Mistrz

Mistrz
BroNiSław WilDsteiN

Świat Książki

Projekt graficzny serii
Małgorzata Karkowska

Zdjęcie na okładce
Flash Press Media

Redaktor serii
Paweł Szwed

Redaktor prowadzący
Ewa Niepokólczycka

Redakcja
Maria Kotowska

Redakcja techniczna
Lidia Lamparska

Korekta
Elżbieta Jaroszuk

Świat Książki
Warszawa 2004
Bertelsmann Media Sp. z o.o.
ul. Rosoła 10, 02-786 Warszawa

Skład i łamanie
Andrzej Sobkowski, MAGRAF S.C., Bydgoszcz

Druk i oprawa
Białostockie Zakłady Graficzne S.A.

ISBN 83-7391-725-X
Nr 4979

Spis postaci

Maciej Szymonowicz zwany Mistrzem, reżyser, twórca
„Instytutu"
Paul Tarois, dziennikarz z Paryża, były stażysta
„Instytutu"
Piotr Rybak, pracownik „Instytutu", działacz
Solidarności, poseł na sejm
Zbigniew Jurga
Grzegorz Antonicki
Jan Młodziak
Zygmunt Majak
Ryszard
Zofia–Helena
aktorzy, asystenci Mistrza
Johnson, amerykański producent telewizyjny
Creolls, francuski redaktor
Mieczysław Kuśnierz, przyjaciel Rybaka, działacz
Solidarności, polityk
Urszula, żona Rybaka
Mikołaj Buran, asystent mistrza, twórca i szef
„Teatru Obrzędu"
Jerzy Zawistowski, reżyser radiowy, kolega
Szymonowicza
Ika, jego żona, aktorka
Plater, arystokrata, krakowski intelektualista

Adam Sosna, kronikarz „Instytutu", potem zastępca
   redaktora naczelnego „Głosu Dnia"
Lucyna, dziennikarka
Milena Majak, żona Zygmunta Majaka
Marta Majak, ich córka
Jola, ich młodsza córka
Sikorski, działacz partyjny, kolega Szymonowicza
Elżbieta Jabłońska, aktorka teatru „Światło"
Józef Kalinowski, działacz Solidarności, polityk
Krzysztof Mirski, dandys, stażysta w „Instytucie"
Łukasz Piotrowicz, poeta, tłumacz, reżyser, stażysta
   w „Instytucie", funkcjonariusz SB
Liliana Piotrowicz, jego żona
Michał Kurniewicz, profesor historii na Kijowskim
   Uniwersytecie, gangster
Sasza, Rosjanin, gangster
Konrad Nawrocki, dawny dygnitarz partyjny, potentat
   finansowy
Henryk Kurlet, przyjaciel Szymonowicza
Tomasz Jarema, urzędnik
Matylda, aktorka
aktorzy, dziennikarze, politycy, działacze partyjni
   członkowie Solidarności, gangsterzy, prostytutki
   funkcjonariusze SB, bohaterowie *Mahabharaty*

Mistrz

Uwierzyli, że teatr pozwoli im przezwyciężyć siłę ciężkości, myślał Paul Tarois, obracając w palcach kartkę ze Stanów. Czy uwierzyli, że potrafią teatr spełnić i przekroczyć? Zadawał sobie pytanie, wpatrując się w fotografię Manhattanu, ponad którym prężyły się wieże World Trade Center. Nawet opowiadali, że podobno kiedyś teatr już się spełnił...

Pewien wielki aktor indyjski, może w zeszłym stuleciu, a może dużo dawniej, wzniósł się nad głowy widzów i śledzony w oszołomionym milczeniu, unosił się coraz wyżej, aby zniknąć wreszcie z oczu nawet najwytrwalej tropiących go w bieli nieba. To było ostatnie po nim wspomnienie, bo nie wrócił już i nie zobaczył go nikt spośród latami wyczekujących na niego. Tak opowiadał chyba Grzegorz. Grzegorz Antonicki. Kilkanaście lat temu. Grzegorz nie żyje już od parunastu lat. A ich teatru nie ma.

Bo może, dawno temu, w Indiach... Bo może tylko ten jedyny raz i nie wiadomo, czy to się zdarzyło. Pozostały usiłowania. Powtarzające się daremne próby. Bo wszystkie kończyły się jak lot Szymona Maga, który może mocą swej woli, uwalniając boską siłę, którą nosi w sobie każdy człowiek, wzniósł się wysoko ponad zasięg ludzkiego widzenia czy może frunął niesiony tchnieniem demona, jak wierzył święty Piotr, modlący się żarliwie, aby Bóg nie pozwolił zatriumfować diabelskim sztuczkom, a Bóg wysłuchał go i ciało Szymona roztrzaskało się o skały jak wór nieczystości.

Wszystkie takie usiłowania kończyć się muszą równie żałośnie, myślał Tarois, choć mogą się wydawać równie bliskie spełnienia. Bliskie jak skoki Wacława Niżyńskiego, który w *Popołudniu fauna* odrywał się od ziemi z taką łatwością, jakby to powietrze było jego prawdziwym żywiołem, zawisał nad głowami rozentuzjazmowanych widzów, płynął nad nimi, aby zdawało się, że nigdy już nie będzie musiał opaść, on jednak powoli osuwał się, zbliżał ku deskom sceny, które zatrzaskiwały się nad jego snem, i pogrążał się coraz bardziej w nieskończone ciążenie obłędu.

Jak dziewczyna przed spektaklem The Living Theatre w kręgu mandali aktorów, widzów, uczestników trzymających się za ręce, wyskakiwała w powietrze, aby pozostać w nim, nie spadać już, tylko wznosić się, lewitować siłą pragnienia wszystkich zebranych, skupionym wysiłkiem woli w zaciśniętych do bólu dłoniach tych wokoło, i na moment potrafiła zatrzymać się nad głowami wierzących, że teatr nie będzie już potrzebny, kiedy dziewczyna, jakby ociągając się, zaczynała wolny lot ku dołowi, aby za chwilę nieomal zdziwiona odnaleźć na ziemi swoje stopy, i trzeba było zaczynać spektakl.

Ciągle ten sam spektakl, mówił do siebie Paul Tarois, paryski dziennikarz, publicysta, realizator telewizyjny, kiedyś miłośnik teatru, patrząc na nieforemne francuskie słowa na odwrocie widokówki z Manhattanu podpisanej: Zbyszek Jurga. Jurgę, jednego z najsławniejszych aktorów tamtych czasów, sławnego dla wtajemniczonych, bo przecież zwykli paryscy teatromani nie słyszeli o nim wcale, chociaż był głównym aktorem i asystentem, prawą ręką Mistrza, Macieja Szymonowicza, twórcy Instytutu, poznał szesnaście lat wcześniej. Tarois nie był jednak zwykłym widzem i słyszał o Jurdze, zanim poznał go w Polsce, w Uznaniu, gdzie przyjechał, aby na miejscu przygotować reportaż o jednym z najgłośniejszych przedsięwzięć teatralnych tamtych lat. Miał przyjechać na tydzień...

Teraz, gdy patrzył na rozchybotane pismo, pomyślał, że Zbyszek umiera.

I

– Przynieś mi jego skalp! – wykrzykiwał podniecony Johnson. – To jest to, czego potrzebuje nasza publiczność! Nasi wyznawcy czekający na cud.

Przez wielkie okna do gabinetu wlewała się coraz gęstsza przestrzeń. Szklana klatka na czterdziestym czwartym piętrze wieżowca wolno frunęła nad obracającą się ziemią, która wybrzuszała się pod nimi tunelami ulic, wibrowała w ruchu samochodów i przechodniów nieomal stąd niewidocznych.

– To cudowny pomysł, mon petit Paul. Właśnie teraz. Bo przecież wiesz, że mierzeni jesteśmy miarą czasu. Właśnie teraz odnaleźć należy tego zapomnianego proroka. Teraz, kiedy upadł komunizm. Rozsypało się imperium zła i nic nam nie grozi. Chociaż, tak naprawdę, to nam tu przecież nigdy nic nie groziło! Prawda, Paul? Tak, wydawało się, że po tym wszystkim teraz zatriumfować miał zdrowy rozsądek. Pod każdą szerokością geograficzną. Teraz, kiedy ideologie się rozpadły, ukazując swoje zatrute flaki, a ich swąd powinien na długo co najmniej odstraszyć od wszelkich mesjanizmów, projektów zbawienia świata i wszystkich na nim śmiertelników, przywrócić zdrowy rozsądek! Tylko czy człowiek może żyć zdrowym rozsądkiem? Przecież nie samym chlebem... Kończy się drugie tysiąclecie. Nadchodzi nowa era! I to my jesteśmy jej kapłanami i zwiastunami. Poprowadzimy na nowe ścieżki, bo to my teraz, naukowo, wiemy najlepiej, co potrzeba ludzkości – publiczności naszej. My będziemy serwować w tej kuchni potrawy za największą forsę, a klientela będzie się oblizywać i prosić o następne. Wymyślne dania, żeby się nie znudziła, coraz to nowe, a przecież takie same, bo nie wolno nagle zmieniać przyzwyczajeń. Johnson zerwał się i biegał wokół biurka, wokół wpatrującego się w jego blat Paula. Pękata postać wymachiwała krótkimi łapkami, a za oknem, w ażurowych konstrukcjach niekończącego się miasta rozbłyskiwały światła. Szerokimi gestami rąk Johnson ożywiał elektryczne płomienie prześwietlające kolejne szklane bryły tak, że nie było już wiadomo, gdzie światło zapala się, a gdzie tylko odbija. W ciemniejącej przestrzeni na znak klowna Nowy Jork ożywał jak nocne zwierzę.

– Cudownie, żeś znalazł tego rosyjskiego proroka... dobrze, niech będzie, polskiego... rozumiem, że znajdziesz go. Wiesz, pamiętam, jak przybył tu... Kiedy to było, dwadzieścia? Dwadzieścia pięć lat temu? Trzeba było mieć specjalne zaproszenie, aby dostać się na jego spektakl... Na jego gusła. Trzy spektakle, coś koło trzydziestu miejsc na jednym... na cały Nowy Jork. Szalałem, żeby znaleźć się między wybranymi i nie udało mi się. Byłem jeszcze młody, a to było takie wyróżnienie. I to był niesamowity sukces. Wyobraź sobie, osiągnięty dzięki odtrąceniu publiczności. A całe miasto mówiło o tym dłużej niż o wszystkich premierach, wszystkich filmach, które podbiły wtedy ekrany. Teraz nawet daje mi to do myślenia. Więc grać można na tak wielu instrumentach, wygrywać wbrew regułom, na przekór zdrowemu rozsądkowi... Może ten Mistrz jest rzeczywiście mądrzejszy niż my wszyscy razem wzięci? Największa widownia, ta, która nie może zobaczyć, zgodnie wydaje najwyższą ocenę... Przecież spektaklu mogło w ogóle nie być. Wtedy nie myślałem tak. Zgoda, byłem naiwny, wierzyłem w objawienia... Ale wierzyłem właśnie w to objawienie, którego nie dane mi było dostąpić, czułem, ile straciłem. To był nieomal cios. Tak, mon petit Paul, to było w ideowych czasach. Walczyliśmy wtedy razem o pokój, wojowaliśmy z agresją i nieźle na tym zarobiliśmy. Pamiętasz moje wietnamskie reportaże? I ty też. Młodzi intelektualiści Starego i Nowego Świata na rzecz świata najnowszego. Ty dłużej pozostałeś pasjonatem. Pojechałeś do tej Polski poszukać guru. Dobrze się stało. Ja wierzę w opatrzność. Teraz dopiero zrobimy z niego guru.

– Tak, Paul, to bohater na nasze czasy. Wyciągniemy go gdzieś z tych słowiańskich lasów, z postkomunistycznego chaosu wyłoni się prorok, jeden z tych, którzy przyniosą nam sacrum. Sprowadzą Boga na wyjałowioną ziemię, dla rzesz czekających i gotowych zapłacić każdą cenę. A my będziemy jego kapłanami. To w naszych szklanych świątyniach będzie odprawiał swoje msze.

– Niepotrzebnie płakano nad odczarowaniem świata. My zaczarujemy go na nowo. Dostarczamy przecież ułudy, magii, tajemnicy. Tyle a tyle cali, bezpieczny, wygodny wymiar ekranu, wymiar naszych widzów, nie herosów przecież. A my nie wywyższamy się, demokraci jesteśmy, bo my jedni z nich, eter ich eteru, lekarze ich dusz, kapłani ich objawień, pozwalamy kieszonkowym pilotom otwierać nowe wymiary za przyciśnięciem guziczka.

Przez szklane ściany po krańce wzroku miasto mieniło się pajęczyną świateł. W gęstej wodzie bez dna. Na horyzoncie pulsowała rozjarzona plazma lotniska Kennedy'ego. Wieża Babel spiralnym ruchem okręcała się w przestrzeni.

Johnson nachylił się ku Paulowi Tarois:

– Daj mi tego proroka, a dam ci dużo forsy. Zrobimy z niego największą, transoceaniczną gwiazdę. Ta najnowsza historia, którąś mi o nim opowiedział jest warta krocie. Jest tam wszystko, czego potrzebuje nasza publiczność. Przezwyciężenie polityki, czarnoksięstwo, śmierć, tajemnica. My z tego zrobimy spektakl. Stwarzaj świat! Idź!

***

– To bardzo ciekawe – Creolls łypnął na Tarois znad zawalonego papierami biurka. Wyjął papierosa ze szczeliny w skręconej brodzie. Postukał w blat i zwiesił nad nim głowę, jakby miał przeczytać kwestię z piętrzącego się stosu papierzysk. Spośród kędzierzawych włosów zaświeciła łysina. – Szczególnie teraz, w dobie postmodernizmu, gdy brak hierarchii i kryteriów zaczyna już w sposób dotkliwy dawać znać o sobie. Stąd przecież te fascynacje nowymi wiarami, które są tylko eklektycznymi kopiami żywych ongiś religii. Stąd renesans gnozy, marzenie o jednej formule, która pozwoli nazwać, a więc i opanować chaos świata. Tak, ten Szymonowicz – wymówił z trudem, ale nieomal poprawnie – to prekursor. Wcale nie dlatego, że był jednym z twórców nowego teatru, ale dlatego że zrozumiał, iż trzeba go przekroczyć, ba, właściwie od początku traktował go tylko jako szczebel. Rozumiał jeszcze, że i politykę trzeba przekroczyć, tak, już wtedy, kiedy my w ideologiach właśnie szukaliśmy recepty na zbawienie. No, ciekawe, czy wymyślił teraz coś nowego... A jeśli nawet nie, to i tak wskazuje drogę do przekroczenia mentalności ponowoczesnego społeczeństwa, i to w sposób, który może być szeroko rozumiany...

Creolls wspierał brodę na splecionych dłoniach. Spoza dymu papierosa w szarej przestrzeni gabinetu wyłaniał się już tylko błysk okularów i poruszenia długiego, wskazującego palca.

– No, wiesz, nie mogę zaproponować ci stawek takich samych jak Johnson. Naszych kilka pism nie może równać się z jego stacjami telewizyjnymi, ale dobrze wiesz, że proponujemy pewien prestiż, który przeliczyć możesz także na pieniądze. Poza tym, oczywiście, cykl tekstów w naszym tygodniku nie jest za darmo i nie sądzę, żebyś gdzieś we Francji trafił dużo lepiej. Tylko musimy ustalić terminy. Nie chcę, abyśmy powtarzali za Johnsonem... Chociaż to oczywiście sprawa do uzgodnienia, bo różnice form...

***

Ciemne chmury. Wylądujemy i będzie noc. Nie zobaczę nawet zmierzchu, myśli Paul Tarois, samolot pożarł zmierzch. To było prawie dokładnie szesnaście lat temu. Zaczynała się wiosna, albo raczej miała zacząć się wiosna w tamtym kraju. Miał zebrać materiały o mistrzu teatru, o którym z nabożną czcią wypowiadali się koryfeusze sceny zachodniej: Brook, Mnouchkine, Chaikin, Gregory, do którego pielgrzymowali wyznawcy z całego świata. A może i on, Tarois, poszukiwał czegoś więcej niż materiałów na reportaże? Czegoś lub kogoś. Kogoś, kto ze skonwencjonalizowanego rytuału uczynić potrafił żywe misterium, który, kto wie, może potrafi zadomowić ludzi na powrót w świecie wymykającym się z palców jak dym? Pamiętał pierwsze spotkania z tymi, którzy powrócili. Przetworzeni, jakby dane im było zobaczyć światło, zobaczyć wszystko z nowego niedostępnego im dotąd miejsca, skąd świat odsłaniał nieznany dotychczas wymiar. Prędko stawali się tacy jak wcześniej, ale czy mętna rzeka codzienności nie spłucze objawienia z każdych oczu, myślał wtedy Tarois albo myśli tak teraz, usiłując zrekonstruować zapomnianego siebie z odmiennego wcielenia. Bo przecież to Zofia dopiero spowodować mogła, że został tam tyle miesięcy, choć trudno było sobie wyobrazić, że czas na reportaż przekroczyć miał tydzień. Dość prędko zresztą przestał usprawiedliwiać się kolejnymi sprawami, które jako sumienny reporter powinien wyświetlić, a którymi nie przejmuje się żaden z nich, bo wie, że i tak zawsze wielka a nieznana ich liczba pozostanie poza zasięgiem reporterskiego poznania, a doświadczenie uczy tylko coraz mniej się nimi zajmować.

Tylekroć potem usiłował sobie odpowiedzieć: czy fascynacja Instytutem, jak w dziwny i zdawałoby się nieadekwatny sposób nazwał swoją grupę Szymonowicz, może nie tyle grupę, co wspólną pracę, zadanie, którego uczestnicy uważali się za bohaterów, a byli tylko elementami konstrukcji, nieznającymi jej celu ani kształtu, a więc, czy fascynacja Paula w tamtym okresie była konsekwencją najprostszego zachwytu kobietą nazywaną tam Zofią albo Heleną? Kobietą, której nie potrafił wyobrazić sobie poza Instytutem? Czy może jego miłość, jak czasami odważał się nazywać swoje uczucie, nie była tylko ostateczną konsekwencją zauroczenia tą grupą oraz jej przywódcą i nie stanowiła wyłącznie jej dopełnienia? Kiedy tyle razy myślał o tym później, gdy powracała doń Helena kształtem czyichś palców na blacie stolika, zarysem przechodzącej ulicę w słońcu sylwetki, czyimś głosem w zatłoczonej kawiarni; kiedy budziła go ze snu, aby odnajdywał się sam lub z kimś innym zupełnie – wtedy chciał myśleć, że nie istniała właściwie. Była konstrukcją jego wyobraźni, widmem stworzonym na jego użytek przez Mistrza.

Jednak to wtedy właśnie, kiedy zniknęła, jak usiłował to potem zrekonstruować, rozpoczęła się jego droga zstępująca, odchodzenie od Mistrza i Instytutu. Rozpytywał wszystkich, co się z nią stało, i uczestniczył w kolejnych akcjach, spotkaniach, treningach, właściwie tylko po to, aby ją spotkać; coraz bardziej roztargniony i nieobecny, coraz bardziej obojętny na to, co działo się wokół niego, tak że asystenci zaczęli zwracać mu już uwagę. Kiedy jednak wreszcie doszło do rozmowy z Szymonowiczem, o którą zabiegał tak długo, nie zapytał go wprost, gdzie jest Zofia, chociaż to Mistrz był jedynym, który musiał o tym wiedzieć. Opowiadał mu o swojej rozpaczy po jej utracie i liczył na pomoc, wierzył w nią, bo tylko Mistrz mógł mu ją okazać. Dostosował się więc do jego polecenia, kiedy po dłuższej wypowiedzi o bólu, cierpieniu i wysiłku, które pokonać trzeba, aby postąpić dalej, umrzeć i odrodzić się, odzyskać nawet to, co wydawało się bezpowrotnie utracone, choć nie będzie to już tym samym, zaznaczając, że demon próżności ze zdwojoną siłą atakuje wymykającą się mu ofiarę, Szymonowicz nakazał, aby w tym przełomowym momencie Paul zszedł na tydzień do pustelni i samotnie stawił czoło złu.

Może schodząc do zimnej piwnicy, liczył, że po przejściu próby Mistrz pozwoli mu odzyskać Zofię? A przecież wiedział, że nie rzuca on słów na wiatr i jeśli powiedział, że to, co zostało utracone, odzyskać można w innej już zupełnie postaci, Helena nie powróci do niego.

Jednak chyba nie myślał wtedy wcale, powodowany obłędem, który potem, ze wstydem, nazywał niekiedy rozpaczą. Wierzył Szymonowiczowi. Uwierzył w niego. Wierzył, że przejść musi próbę, i jak przypomina sobie teraz, nigdy tak jednoznacznie nie poddał się woli Mistrza, nie znalazł się w jego mocy, odrzucając już zupełnie wątpliwości, uśmiercił kornika analizy, który nawet w Instytucie drążył każdą jego pewność, każde zdobyte wreszcie przeświadczenie. Schodząc wąskimi schodkami w dół, nie potrzebował nawet racjonalnie uzasadniać dokonanych wcześniej wyborów. Ciemność zagarnęła go jak morze.

A potem, po zmaganiu się z upiorami, które dopadały go w najróżniejszych postaciach, wyłaniały się z kształtów Heleny, Zbyszka, wreszcie samego Mistrza, po błąkaniu się ciemnymi korytarzami, gdy nie wiedział, czy kilka metrów kwadratowych otwiera się w czarny labirynt, pajęczynę mostów nad niewidocznymi przepaściami, czy prowadzą go tunele podziemne, jak nie wiedział, czy głosy, które nadchodzą, są tylko omamem w ciszy absolutnej, przerywanej raz dziennie dźwiękiem otwierającej się nad nim klapy, skąd spuszczano mu dzbanek wody i kawałek chleba, po nie wiadomo jak długim czasie zrozumiał, że demonem jest Mistrz. Zrozumiał, że ta właśnie próba ma go oddać mu ostatecznie, i wszystko prowadziło do niej: i romans z Zofią–Heleną, która zniknęła po pierwszej

wspólnie spędzonej nocy, i jego rozpacz, i poszukiwania. Zaczął wyć i tłuc dzbankiem w zatrzaśniętą nad nim klapę, aż ochrypł, stracił siły i upadł na posłanie, chyba tracąc przytomność. Obudziły go sny i wtedy dopiero jego wycie i łomot zostały usłyszane albo wysłuchane, klapa nad nim otworzyła się, w ciemność wdarł się płomyk światła i głos. Nie pamięta, jak znalazł się na zewnątrz, gdzie słońce dnia zaciskało powiekami oczy, chwiał się. Mówiono do niego, ale zrozumiał tylko Grzegorza podtrzymującego go i pochylonego nad nim, który powtarzał:
– A zostało ci tak niewiele... to była ostatnia próba, ostatni kryzys, jaka szkoda...

Może więc było na odwrót i to Helena właśnie była przyczyną jego zauroczenia tym tak obcym mu światem? Może jej właśnie zawdzięcza moment, gdy wśród drzew brązowymi cieniami odbijających niewidoczne słońce, wśród ludzi, których znał przecież tak niedługo, poczuł się, jak nigdy dotąd, u siebie i nie musiał mówić nawet, że chce, aby chwila ta trwała, bo ona nie mogła się skończyć, a on nie musiał myśleć o czasie, którego nie było, lekki, zapominając, co to niepokój, śmiał się, obejmował i całował ich, wycierał o ich policzki swoją wilgotną twarz. Gdy wycieńczeni zupełnie, po godzinach prób stania się zwierzętami, rybami, ptakami, co udawało się im prawie, ale tylko prawie i znowu opadali na klepisko wielkiego młyna, przez którego okienne otwory wpadały wiązki światła i zapach zmierzchu, zaczęli nagle osuwać się na ziemię, czując, że siły ich skończyły się – i prawie w tym samym momencie jak na komendę, chociaż nie było komendy ani jej potrzeby, poczuli nawzajem nerwami swoich ciał, że stanowią jedno. Nie musieli wiedzieć, gdyż Paul czuł, jak piersi Mikołaja unoszą się jego wyczerpaniem, palce Anny dotykają dłoni Zbyszka, i widział, jak Grzegorz ogląda jego oczyma ich ciemniejące pod powałą oddechy. Widzieli swoje wyczerpane postacie, ciężko oddychające na klepisku, gdy oni sami lekko unosili się poprzez drewno dachu, wyżej i dalej.

Potem, kiedy chwile te wracały do niego i nie wiedział nawet, czy nie powinien się ich wstydzić jak najbardziej wstydliwych rozkoszy, których nie możemy się wyrzec, i uzmysławiał sobie, że pamięta je wyraźniej niż noc spędzoną z Zofią, powracało pytanie: czy mogła być sprawczynią jego ówczesnego wyboru i wyzwolonych nim przeżyć? Powracały wątpliwości, które pogłębiały się, gdy nieoczekiwanie uświadamiał sobie pokrewieństwo tamtych odczuć ze stanami dawniejszymi, nigdy tak intensywnymi, ledwie cieniem, sygnałem tego, co miało nadejść. Kiedy osiem lat wcześniej w wielkiej sali amfiteatralnej ogłaszali uchwałę, że przejmują władzę nad uniwersytetem, wiedzieli przecież, że to tylko etap przed przejęciem władzy nad miastem, powołaniem kolejnej, tym razem już zwycięskiej Komuny Paryża. Wiedzieli, że są pokoleniem wybranym, a maj 1968 roku wybrany został przez geniusz historii i jak wspólny krzyk niesie ich wiatr przemian. Czuli wtedy podmuch skrzydeł niepokonanego ducha dziejów i czuli go potem w gonitwach ulicznych, gdy podpalali samochody burżujów, uciekali przed policją, a niekiedy atakowali i – przypomina sobie – gdy z niepomiernym zdziwieniem zobaczył granatowe plecy rozsypującego się szeregu i uzmysłowił sobie, że wraz z innymi tłukł czymś w plastikowe tarcze, i zorientował się, że bez żadnej potrzeby wymachuje ciągle prętem wyrwanym z metalowej barierki.

Może więc był w nim i ten inny Paul, który czekał swojego czasu, drzemiąc co dzień w grupie dyskutantów, w tłumie rozbawionych gości i we wszystkich sytuacjach, w których wymieniając żarty i argumenty, Tarois pozostawał obserwatorem uważnie wychwytującym zachowanie każdego z uczestników, aby wpisać je w szeregi znaków składających się na wielkie dossier swojego świata.

Może dlatego wybrał się do Polski, mimo że nie teatr był głównym obiektem jego zawodowego zainteresowania. Pomimo wszystkich dziennikarskich racji, którymi przekonał swoich zwierzchników i siebie, a które czyniły Instytut i jego tajemniczego założyciela zjawiskiem fascynującym, to nie one chyba zadecydowały o jego wyborze. Może, cedząc do ucha pojedyncze wyrazy, niedosłyszalnie prawie zachęcał go do wkroczenia na kolejną drogę ten inny Paul.

Po przygodzie polskiej przestał jednak definitywnie, jak sądził, interesować się poszukiwaczami nowych prawd. Tak jak już kilka lat przed przyjazdem do Instytutu pozostawił utopie polityczne, a dawni współwyznawcy, którzy nadal walczyli ze światowym imperializmem i wyzyskiem globalnym, budzili w nim narastającą irytację.

A przecież Helena powracała do niego. Nie Instytut, który pozostawił za sobą jak odrzuconą książkę, nie Mistrz nawet, który pozostał dlań postacią ze złowrogiego snu, gdy ciemny lej strachu przyoblekał się w jego szarą twarz ze sterczącymi włosami rzadkiej brody i uśmiechem, który wyczuwał, a nie potrafił zobaczyć. Naprawdę nie odstąpiła go tylko Zofia. Towarzyszyła każdej próbie jego poważniejszych związków, aby uświadamiać mu, że Eva, Nicolle, Ivonne, Marie-Pierre nie są nią i choćby to wystarcza, aby ich czarujące właściwości okazywały się po jakimś czasie nie do wytrzymania, a osoba zasypiająca i budząca się obok niego w tym samym łóżku spychała go tylko głębiej i głębiej w ciasny kąt jego samotności.

Właściwie nie myślał o niej, ale pamięć, drżąca pod naskórkiem świadomości, budziła się przywołana sposobem mieszania kawy przez nieznajomą dwa stoliki dalej, gestem dłoni kogoś wychylającego się przez okno autobusu, snem, który, zdawało się mu, zapominał po przebudzeniu. I tylko jak refren przez tyle lat powracało do niego pytanie: czy istniała naprawdę?

Czasami przypominał sobie Szymonowicza i zastanawiał się, dokąd zaprowadzą go jego eksperymenty. Jego i Instytut. Kiedy Polska wypełniła pierwsze strony gazet wizerunkiem wąsacza z Gdańska, znowu pomyślał: co mogą teraz robić oni, w tej sytuacji, w tym kraju? Ale nie zrobił nic, aby się tego dowiedzieć.

Kiedy usłyszał o premierze *Mahabharaty*, w której jedną z głównych ról gra Zbigniew Jurga, aktor ze sławnego a nieistniejącego już Instytutu z Polski, przypomniał go sobie. Twarz cierpiącego zwierzęcia zmienia się w maskę boga, atletyczna postać zwija się w sznur zwisający z gałęzi, staje się płomieniem podnoszącym z trawy, nieważka unosi się w powietrze jak cień. Jego ciało w ciemnościach sali świeci, głos wprawia w wibrację słuchających, już drżą w rytm jego oddechu, czują jego nerwami... Ciemna sylwetka przypada do ziemi, na jej barki wskakuje ogromny Grzegorz, a Zbyszek z przysiadu podrywa się ku górze i rozpoczyna nieprzytomny bieg wokół sceny, areny, miejsca wytyczonego świętym kręgiem. Wyskakuje w powietrze wraz z ciążącą mu na ramionach postacią, wzbija się do lotu, aby przygnieciony ciężarem opaść do dołu, ale znowu się podrywa i coraz prędzej biegnie po krawędzi koła, aż wydaje się, że wraz z siedzącym mu na barkach stają się jednym ciałem, które ulatuje, wznosi ponad widzów i wtedy właśnie rozpadając się na dwie połowy, wali bezwładnie na ziemię.

Nie widział go dziesięć lat. Na premierze zobaczył starca. Maskę bólu na wysuszonym korpusie.

Paul nie wierzył. Przecież Zbyszek grał rolę. Był taki, jak ustawił go Brook. Miał takim być.

Tłumy widzów rozeszły się. Oddalili się także aktorzy. W ciemność pustej ulicy przed bramę teatru wyszedł Zbyszek. Był dwa razy szczuplejszy niż sylwetka, którą zapamiętał Paul. Niższy, skulony. Tarois właściwie nie wiedział, po czym go rozpoznał. W świetle lamp odbijającym się od mokrych kamieni twarz tańczyła cieniami.

Zbyszek potakiwał, ale widać było, że go nie kojarzy. Dyktował numer swojego telefonu, powtarzając: – Widzisz, jaką chałturę trzeba czasem odwalać – i nie zwracając uwagi na uspokajanie Paula, który przywoływał zachwyty widzów i krytyków deklarujących już teatralne wydarzenie co najmniej roku, potrząsał głową. Wyraźnie nie zainteresowała go również osobista opinia Tarois. Przy każdym słowie odór alkoholu unoszący się wokół aktora nabierał intensywności.

Właściwie Paul nie wiedział, dlaczego po tygodniu przyszedł do dawnego znajomego. Czy po to tylko, aby usłyszeć coś o Helenie? Zmierzch za prostokątem okna pędził w górę niebo. Nieład pokoju pogrążał się w nieokreśloności.

Zbyszek z pogardą odsunął butelkę wina, którą Tarois przyniósł ze sobą.

– Napijemy się – stwierdził raczej, niż zapytał, wyjmując z szafy butelkę wódki, i nalał do szklaneczek. Dopiero kiedy wypił, po chwili, po raz pierwszy podniósł głowę i przyjrzał się dłużej Tarois. Spoza fałd skóry, w ciemności zaświeciły oczy, które Paul rozpoznał.

– Wszyscy się rozeszli. Rozjechali. Kiedy rozwiązał Instytut. Czy zresztą trzeba było go rozwiązywać? Czy nie było już po wszystkim, zanim jeszcze wojskowi wyprowadzili czołgi na ulice? Niektórzy przestali mu wierzyć. Przestali mu wierzyć może nawet wcześniej, dlatego że nie czuli już jego obecności. Jaki błąd zrobili! Boże, jaki błąd. Choćby Zygmunt. Jakby chciał go wyzwać. Ogłosił kontynuację Instytutu. Bez niego. Wbrew jego oficjalnemu zakazowi. Ile przeżył? Ile przeżył tę decyzję?! Nie pamiętam nawet, czy był to tydzień, czy dwa. Nie można go było wyjąć. Ciało przemieszało się z metalem. Miazga rozdartego blachą mięsa. To zostało po Zygmuncie. Ale może on wyznaczył mu tę rolę już na początku? Piętnaście lat wcześniej. Kiedy kazał grać mu Judasza, odkrył w nim Judasza albo uczynił zeń Judasza, bo mógł go przecież uratować. Jak mnie. Wiem, że nie zrozumiem go, ale mu wierzę. Wierzę, że się odezwie. Da znak. I znowu wszystko może być jak kiedyś. Przestanę pić. Nie wiem, czemu odszedł. To już tyle lat. Pięć lat. A raczej dłużej, bo oddalać zaczął się wcześniej. Traciliśmy go: miesiąc po miesiącu, dzień po dniu, godzina po godzinie. Ale wtedy wierzyliśmy, że to tylko próba, krótka próba. Ja wiem, że to próba. I będę czekał. Bo jestem najsilniejszy. Doczekam się i stanę się na powrót taki jak wcześniej. I może znowu pozwoli mi wędrować ze sobą jak kiedyś, kiedy unicestwił czas i wszystko było teraz. I byłem z nim na przełęczy, czekając na samochód dniami, które stopiły się w moment. W mgnienie, które było ufnością.

– To próba. Pewnie najcięższa. Znów musimy umrzeć, aby móc zmartwychwstać. Jeszcze raz przejść musimy wszystkie tortury... I nie wszyscy się odrodzą. Słabsi umrą. Pozostaną martwi jak Zygmunt, jak Grzegorz, Ryszard... Ci, którzy przeżyją, będą silniejsi. Jak ja, kiedy kości moje wydobył z ognia cierpienia, kiedy czaszkę moją przetrawił płomieniem bólu i byłem jak kryształ przejrzysty i lekki, i panowałem nad swoim ciałem, i mogłem je opuścić, i być wszędzie i zawsze... Czułem siłę i przestrzeń pod sobą, i ciemny świat, który kłębi się na wyciągnięcie ręki... Może już wtedy oddalał się i dlatego demony o wilczych pyskach zaczynały krążyć wokół nas...

Pusta butelka toczy się po stole. Zbyszek chowa głowę w dłoniach. W ciemności pokoju jego głos od ścian powraca nad głowę i krąży wokół niej.

– Albowiem mam nadzieję... i jestem najsilniejszy, doczekam się. Grzegorz, ten kolos o barach jak konary drzewa, załamał się tak prędko. Umarł, nim minął rok. A był tak zdrowy i silny... Byłem u niego w szpitalu i wiedziałem już wszystko, chociaż nie rozumiałem nic. Był taki chudy i blady, a broda sterczała mu z pościeli i niespodziewanie zobaczyłem, jaki się zrobił do niego podobny. Prawie nie mówił... Byłem niedawno u Jana. Tu. W Paryżu. Wcześniej myślałem, że jest bliski obłędu. Teraz zobaczyłem, że przekroczył już tę granicę. Wołał, że musi wrócić tam, bo tu już nie potrafi wytrzymać. Wyrzucał meble przez okno... Stracił wiarę, a więc nie może już... Nie będzie żył. Jak Rysiek. Był przecież taki młody... Niewiele ponad rok minął od czasu, gdy prowadził korowód, unosząc się w powietrze, jakby nic nie ważył. Tańczył... tańczył. Umarł jak Grzegorz. Bez powodu. Oczywiście, lekarze znaleźli jakąś chorobę... Biedny Jan. Biedny szaleniec. Myśli, że można powrócić do czasu jak do miejsca. Nie wie, że tam pustka może być bardziej dojmująca, nie do wytrzymania...

Cień przed Paulem porusza się. Zbyszek podnosi głowę i patrzy na niego jakby nieco przytomniej:

– Kiedy poznałem go, byłem na dnie. Wiedziałem już, że nie skończę szkoły. Piłem bez przerwy. Nie wyobrażałem sobie dnia bez alkoholu. Może dlatego, że nie wyobrażałem sobie życia bez grania. Życie przeżyć można, tylko ukrywając się przed nim w nieskończonej liczbie wcieleń – tak to wtedy czułem chyba. A drzwi teatru zatrzasnęły się przede mną. Zatrzasnęli je starzy mistrzowie. Tępe kreatury pewne swojej martwej wiedzy, epigoni swoich ról. To wtedy on przyszedł do mnie. Powiedział, że droga prawdy otworzyć może się tylko przed takimi jak ja. Wątpiącymi... szukającymi... cierpiącymi. Zrozumiałem, że razem z tymi, których znalazł, takimi jak ja, stworzymy nowy, inny, prawdziwy teatr, i uwierzyłem mu. To dopiero potem zdałem sobie sprawę, że chodzi o coś nieskończenie od teatru większego, ale wtedy byłem jeszcze ślepy i nie wiedziałem, że jest coś większego od teatru. A teraz w pudełku gram załzawionego starca. Mam udawać

23

cierpienie, a więc kulę się, robię miny, a po twarzy ściekają mi łzy. A przecież wiem, że to jest kolejna próba. Próba siły. I wyjdę z niej zwycięsko, i znowu nie będzie brzemienia czasu ani bólu... A teraz gram ślepego króla.

Był ślepy. To słabość matki spowodowała jego kalectwo. Słabość, która nie pozwoliła jej wytrzymać widoku Wjasy Dwaipajany, świętego męża, gdy zbliżał się do niej, gdy pogrążał się w niej, a jego posępna postać nie była postacią człowieka. Nie wytrzymała tego, co wytrzymać potrafiła druga żona Wicitry, blednąc tylko pod dotknięciem obcego syna swojej teściowej, gdy stawał się jej mężem, aby syn jej urodził się blady na zawsze – Pandu. Matka Dhritarasztry zobaczyła żywego trupa, bo jak umarły był Dwaipajana, dla którego ciało było tylko nieważnym odzieniem, a jego odór zdał się jej zapachem gnijącego mięsa i śmierci. Nie potrafiła poznać, że był to zapach życia w jego śmiercią odsączonej esencji, tak jak nie potrafiła zajrzeć w głąb strasznych oczu Dwaipajany, aby pod grozą obcości wypatrzeć w nich coś innego.

Kalectwo Dhritarasztry było owocem słabości jego matki. I to ono doprowadziło do cierpień i klęsk większych, niż świat widział dotąd. A przecież ciąg fatalnych wydarzeń, który zaprowadzić musiał ludzi na pola Kurukszetra dla ich zatraty, zaczął się wcześniej. Wcześniej nim Satjawati wezwała swego najstarszego syna – obcego świtu ascetę, aby zastąpił jej umarłego syna, Wicitrę Wirję, albowiem jej pasierb, najdzielniejszy z dzielnych, wzór cnót Bhiszma, odmówił zastąpienia swego przyrodniego brata, a raczej udzielenia mu ciała, by duch nieżyjącego odnowił się w synach jego żon. Łańcuch splecionych ogniw przeznaczenia zacząć miałby się więc jeszcze wcześniej, gdy Bhiszma ofiarował ojcu swoje nienarodzone potomstwo, ślubując królowi rybaków – ojcu kobiety-ryby Satjawati, że nie tylko na zawsze rezygnuje z tronu, ale nigdy nie dotknie kobiety, aby potomkowie choćby i wbrew jego woli stać się nie mogli pretendentami do władzy.

A więc łańcuch losu kuć poczęła cnota Bhiszmy, który odrzucił propozycję macochy, heroiczna zasada dotrzymania przysięgi, choćby świat zmienił jej sens i wszystko wokół domagało się odstąpienia od niej. Kiedy Bhiszma powtarzał, że prędzej słońce przestanie świecić, a ogień grzać, niż on złamie raz dane słowo, jego głos porywał lawinę przeznaczenia w dolinę śmierci, po zboczu, z cieniem posępnego ascety zdążającego do matki Dhritarasztry, która nie zniesie jego widoku i zamknie oczy, aby i jej syn nigdy już nie mógł ich otworzyć.

A przecież lawinę wydarzeń w ruch wprawił warunek przez króla rybaka postawiony królowi Kuru, aby wszelkie prawa do tronu przeszły na dzieci zrodzone z jego córki, jeżeli Kuru chce wziąć ją za żonę, a ojciec Bhiszmy, któremu cnota nie pozwalała przystać na warunki ojca Satjawati, wypalany namiętnością umierał, aż syn jego poświęcić postanowił za ojca swoje nienarodzone potomstwo.

A może nikt nic nigdy nie mógł wprawić w ruch i koła czasu toczyły się jak koła rydwanu słońca, zawsze po tych samych koleinach przemierzając ten sam szlak, zawsze i zawsze, bo nikt nie powstrzyma słońca ani koła przemian, w które jak od światła do ciemności wpisana jest też droga od cnoty do zbrodni i od głupoty do mądrości, gdyż słowa człowieka są tylko płomykiem wyrywającym z mroku na moment ledwie niewyraźny ułamek kształtu?

Dhritarasztra urodził się ślepy i słaby. Świat znał z cudzych opowieści. Słuchał ich tak często, że zdawało się mu, iż widział, co go otacza, i znał swój pałac, swoje państwo, swój świat, ale nowy dźwięk z odległości, a może tylko przeczucie dźwięku, cień zapachu albo kształt objawiający palcom wbrew wszystkim dotychczasowym doświadczeniom nowe wrażenie były jak fala porywająca jego spokój i wczepiać musiał dłonie w balustradę, aby nie runąć w odmęty wymieciony wichrem czasu z wątłego schronienia pałacu. Krzyżowały się wokół niego podniesione głosy. Każdy z nich odsłaniał inny świat. Płynęły przezeń gwałtownymi słowami jak niestałe kształty snów, które nawzajem odkształcają i zmieniają swoje formy. Piękny głos Durjodhany, spokojny głos Widury, donośny głos Bhiszmy i tyle innych, a każdy z nich ukazywał inne kształty tych samych rzeczy i inaczej oświetlał znajome twarze, aby ślepiec coraz mniej ufał, że mogą istnieć rzeczy tożsame ze sobą. Niepewny i rozdarty przestał marzyć, że uniknąć można nieszczęścia dudniącego ziemią jak koła rydwanu Ardżuny, i z rozpaczą zgadzał się na zło, aby uniknąć zła większego, nie wierząc, że może się to udać, gdy czuł, że ziemia pęka pod posadzką jego pałacu jak uderzona głosem gniewnego boga.

Był ślepy. Zamykał więc oczy, a spod powiek spływały mu łzy, zmywając na moment obrazy świata, za którym tęsknił. Obrazy świata, który oddalił się, został mu odebrany, kiedy poddano go najcięższej próbie. Kazano mu grać bezsilnego, ślepego króla. I grał go, zamykał oczy, kiedy wokoło wznosił się zgiełk oszalałego świata.

Minęły chyba ze cztery lata, kiedy Polska powróciła znowu na pierwsze strony gazet. A potem minęły kolejne lata. Kiedy dostał kartkę, którą przesłano mu z poprzedniego miejsca zamieszkania, Tarois pomyślał, że prawie zapomniał o tamtym kraju i dziwne, że teraz przypomina mu o nim kartka z Nowego Jorku.

„Jeśli możesz, przyjedź. Jestem sam. W szpitalu jest duszno. Ludzie, którzy przywieźli mnie tutaj, nie odwiedzają mnie już. Umieram. Pomóż mi go znaleźć. Mógłby mnie uratować. Jest gorąco i lepko. Nie wiem, dlaczego się tak dzieje. Chyba jestem za słaby, żeby to wytrzymać.
Zbyszek Jurga"

Tarois liczy błędy we francuskich słowach i machinalnie powtarza adres nowojorskiego szpitala. Wreszcie dochodzi do niego ta najważniejsza informacja. Jurga umiera. Na wzruszenie odpowiada złość. Przecież nie rzuci wszystkiego i nie pojedzie do USA, żeby odwiedzić niewidzianego od lat i obcego właściwie pijaka. Stan Zbyszka mógł być tylko delirycznym przywidzeniem. Jak długo zresztą można ciągnąć rozkładane na lata samobójstwo? List wpada do szuflady.

Jednak na drugi dzień, po nocy pełnej gwałtownych, zapominanych od razu snów i nagłych przebudzeń, z oczami powoli rozróżniającymi kontury przedmiotów przez mrok na granatowym prostokącie nieba za szybą, aż musiał wstawać, zapalać światło, snuć się po mieszkaniu, włączając radio i kartkując bezmyślnie przypadkowe książki, i znowu próbując zanurzać się w ciemności i śnie, po ostatecznym przebudzeniu już w świetle dnia, Tarois zarezerwował pierwszy lot do Stanów i odwołując telefonicznie wszystkie zobowiązania, tłumaczył się, że w Nowym Jorku umiera jego najbliższy krewny.

– Nie wytrzymałem... Dosięgnąłem dna, bólu, rozkładu. Może właśnie tego trzeba było, może przyjdzie teraz... Trzeba zawiadomić go, że wycierpiałem już dość, nie mogę pokutować dalej, bo nie wytrzymam tego, umrę, umieram i tylko on może przywrócić mnie do życia. Znajdź go! Znajdź. Mieszka na stepie sam i przyjdzie do mnie...

Ręka opada na pościel. Oczy zamykają się i tylko prześcieradło, które gwałtownie i nierówno podrywa się na wydętym brzuchu Zbyszka, świadczy, że leżący żyje jeszcze. W zatłoczonej sali szpitalnej z łóżka obok dochodzi rzężenie starego Murzyna, dalej spod ściany jęk kogoś wtulonego w poduszkę. Gorące powietrze klei się smrodem.

– Umarli przywołują mnie. Czuję ich oddech. Grzegorz, Rysiek, Zygmunt, Jan... Wiesz, że Jan nie żyje?

Oczy otwierają się i spojrzenie wydaje się przytom-
niejsze.
– Powiesił się po powrocie do Polski. Nie pamiętam,
czy ci mówiłem. Widzę ich wyraźniej niż kiedykolwiek,
w dwóch postaciach: Grzegorz – siłacz i wychudzone tru-
chło na łóżku, Rysiek – faun frunący w powietrzu i roz-
palone w gorączce ciało... takich ich widziałem. I jakbym
widział tamtych: ciało Zygmunta, z którego nie uszedł
jeszcze ból w mielącym go metalu... Jan tańczący w powietrzu na stryczku, jakby pragnął oderwać się od ziemi,
a przecież w tym ostatnim momencie tak chciałby dosięgnąć jej choćby końcami palców... Dlaczego musiało się
tak stać? Przecież oczyszczaliśmy się w cierpieniu, ofia-
rowywaliśmy się... Tylko czy naprawdę? Czy uwolniliśmy
się od podszeptów próżności, demona pychy, który łudził nas panowaniem tu i teraz... Jeśli Zygmunt wbrew
niemu próbował odtworzyć teatr... Wrócić do teatru... Głu-
piec, jakby nie wiedział, że przyjdzie mu zapłacić za to
od razu, że katastrofa nadciąga już naprzeciw jego pędzącego samochodu... A ja... wróciłem do teatru jak do
ślepoty. Zamknąłem oczy na powrót, aby usłyszeć łoskot
zbliżającej się klęski, ziemia drży i wznosi się maczuga,
aby wytracić moich potomków, krewnych moich, ciało
moje i krew...
   – A przecież kiedy zawędrowaliśmy najdalej, jak myślałem wtedy, kiedy wspinaliśmy się na drzewo i zapominaliśmy o jego korzeniach, i kiedy, zdawało się, byliśmy ponad ciemnością strachu, którego czarne chmury
zostały w dole, odgradzały nas od ziemi, czułem, jak dłonie moje sięgają krańców świata i mogę wszystko – może
to była pycha, za którą przyszło nam zapłacić, ponad światem w zasięgu ręki frunę, a pod nami kłębi się chaos... Bo,
zdawało mi się... przeszedłem swój most bólu. Most cien-
ki jak włos i biały jak kość... Ostry jak ostrze rozcinające
ciało...

Biały płomyk źrenic dosięga Paula:
– Byłeś wcześniej. Szukałeś Heleny. Myślałeś, że możesz ją zatrzymać, a ona była dziełem Mistrza, próbą, wizerunkiem, który roztoczył przed tobą, a ty wierzyłeś, że zatrzymasz ją, jak dziecko, które na wodzie schwytać chce refleks światła. A przecież, gdy prowadziłem nas między drzewami przez noc, kiedy czuliśmy stopami ziemię i przestawaliśmy zauważać różnicę między naszą skórą a gruntem, po którym biegliśmy i stawaliśmy się nocą i sobą nawzajem w radości pozwalającej nam czuć razem... Uderzyłem siekierą drzewo i spod ostrza spływała krew, chciałem pokazać, że jesteśmy naturą, ale przetwarzamy ją, zadając gwałt, spod siekiery płynęła krew, a oni jęczeli z bólu...
– Czy byliśmy uczciwi i bezinteresowni? I akt znaczył dla nas tylko akt? Po miesiącach prób, gdy przeszedłem ból, upokorzenie i, zdawało się, oczyszczenie, po latach wyrzeczeń... Czy potrafiłem ofiarować się cały i bez reszty, bo nauczył mnie, że tylko rezygnując ze wszystkiego i poświęcając wszystko, przezwyciężyć można siebie i osiągnąć... I były takie chwile, w kręgu widzów, których myśli były głośniejsze niż mój oddech, i później, kiedy zanurzaliśmy się w wodzie o świcie... Potem uwalnialiśmy się od siebie i frunęliśmy, a szczyty gór pozostawały za nami jak wizerunki w porzuconej książce... Ale znowu trzeba było spadać w dół, pogrążać się w rozpaloną otchłań krateru pełnego smrodu i jęku, w leje czerwono--żółtych labiryntów... Bo już wcześniej wypaliłem się w płomieniu wyrzeczeń i zrozumiałem, że to nie dla teatru, że chodzi o coś dużo większego, innego, że jestem wodą żywą... Jestem burą, mętną wodą, która zgarnęła wszystkie nieczystości latami swojego biegu. Jestem ślepym starcem. Nie zatrzymałem wozu przeznaczeń, którego koła zmiażdżą mój świat. Jestem ciałem, które psuje się na brudnej pościeli...

Zbyszek milkł. Nawet prześcieradło na obrzmiałym brzuchu nieruchomiało i Paul myślał, że widzi śmierć. Ale po chwili zauważał, że białobrudny wzgórek przed nim drży lekko, w szarej plamie twarzy ożywały punkciki oczu i słyszał zaskakująco wyraźny głos.

– Uratował nas wszystkich... Wydobył nas z nicości i stworzył rodzinę. Wybrał nas i byliśmy wybrańcami. Jedynymi. Szukaliśmy dla siebie miejsca, a znaleźliśmy je dla innych. Byliśmy tak silni, że byliśmy więcej niż ludźmi. Byliśmy silni jego siłą i wiedzieliśmy, że wytrzymamy wszystko... Dlaczego opuścił nas i zostaliśmy jak wydrążone skorupy, kłosy na wietrze, które nie wiedzą, gdzie sypią ziarno... czym zawiniliśmy? Może byliśmy za słabi i nie potrafiliśmy przejść tej ostatniej próby opuszczenia...

Zbyszek umarł trzy dni później. Zaawansowany rak żołądka. Tak odnotowano w rozpoznaniu. Paul Tarois pomyślał, że umiera ostatni łącznik z jego odległą w czasie i przestrzeni przeszłością. Jednak kiedy tylko powrócił do Paryża, zdał sobie sprawę, że oddalone o lat kilkanaście wypadki zaczynają przesłaniać jego teraźniejszość. I pewnego dnia, budząc się po ciężkim śnie, zdecydował, że wreszcie zrozumieć musi to, co przydarzyło się mu w odległym kraju. Musi jednoznacznie zamknąć czas miniony, aby móc odnaleźć się w czasie bieżącym.

Była noc. Powietrze wilgotne i chłodne. Chyba tak jak szesnaście lat temu.

II

Światło dnia przyniosło pewność. Po raz pierwszy od tak dawna Piotr Rybak poczuł spokój. Poranne powietrze wolne było od napięcia, które tak długi już czas czaiło się pod każdą jego decyzją. Napięcie ustąpiło jak skurcz mięśni. Opuściło go wraz ze świadomością, że wszystko, na co decyduje się, jest przypadkowe i nie tylko pozbawione sensu, ale wręcz stanowi sensu tego zaprzeczenie. Szereg chaotycznych działań, na które wreszcie musiał decydować się, oddala coraz bardziej od tej drogi, która poprowadzić może go w kierunku jedynego, wiedział o tym, właściwego mu spełnienia. A życie jego jest jak sen, powracający doń tak często: oto zmierzając w kierunku wznoszącego się na horyzoncie łańcucha gór, orientuje się w pewnym momencie, że mimo wszystkich wysiłków oddala się od nich, wysokie kształty są coraz odleglejsze i bardziej zamglone, i może nie są to góry, a tylko złudzenie, fatamorgana z drżenia powietrza i zmęczenia oczu... Góry oddalały się poza zasięg wzroku, a wokoło w szarej mgle unosi się pustka.

Teraz wreszcie pewny siebie Rybak chciał jak najszybciej opuścić to miejsce. Wyjść z dworku, przejść przez ogród, iść dwa kilometry szosą, aby na przystanku już odczekać czas brakujący do nadejścia autobusu, pomimo że z pewnością będzie trwało to dłużej niż godzinę. Zostawi za sobą pożegnalne gesty obojętnych aktorów, przyzwyczajonych już chyba do wymykania się niefortunnych adeptów, którzy do Teatru Obrzędu trafiali przypadkowo i uchodzili stąd chyłkiem, starając się w miarę niezauwa-

31

żalnie wynieść swoją porażkę. Pozostawił za sobą zdawkowe pożegnanie Mikołaja Burana, który jednak nie dał odczuć, że potwierdzenie wczorajszej decyzji Piotra pozwoliło mu odetchnąć z ulgą.

– Spójrzmy prawdzie w oczy. Nie potrafisz im dorównać. Są od ciebie młodsi o co najmniej dziesięć lat i pracują nad sobą już tak długo – mówił Mikołaj. – Może dwanaście lat to za dużo? Bo odszedłeś od nich przecież dwanaście lat temu? Prawda? A ja robię teatr. I to cholernie serio. Widzisz po nich, jaka to robota. Wiedziałem od początku, że zbyt dużo lat upłynęło, żebyś mógł zacząć od nowa. Z czasem nie wygramy. Możemy walczyć, opierać się, ale wcześniej czy później dopadnie nas... Nie chciałem tego mówić, przypuszczałem, że nie uwierzysz i posądzisz mnie o złą wolę... Musiałeś przekonać się sam... Zresztą może potrafiłbyś odnaleźć tu dla siebie inną rolę, niekoniecznie aktora, który jest u mnie katorżnikiem, chociaż nigdy nie powiem, że powinien być ofiarą...

Kiedy Piotr pierwszy raz wszedł na salę prób i zobaczył, jak Antoni z Magdą wymieniają poza jego plecami porozumiewawczy uśmieszek, uzmysłowił sobie, że nie jest jednym z nich. Czas nie wrócił i nie jest to Instytut, gdzie przyjęto go do wspólnoty, z którą miał zmienić świat. Minęło kilkanaście lat i ma przed sobą obcy zespół połączony świadomością swojej wypracowanej z trudem perfekcji, a członkowie jego oglądają czterdziestoletniego mężczyznę, niezdającego sobie nawet sprawy, jak zabawny jest ze swoimi ambicjami, aby im sprostać. Wydarzenia, których prostą kontynuacją miała być dla Piotra teraźniejszość, były dla nich zamkniętymi dziejami obcych im poprzedników. Nie starali się nawet ich rozumieć zaprzątnięci pracą i walką trawiących ich dni.

Rybak zrozumiał to i pomyślał, że warto podjąć wyzwanie.

Dziewczyna przeskakiwała postumenty, deklamując i krzycząc rytmicznie. Biegła coraz szybciej, aby na końcu wykonać salto i znieruchomieć, deklamując dalej. Rytm jej oddechu i głosu nie zmienił się na jotę. Piotr był wykończony. Głos mu drżał i czuł, jak dygoczą mięśnie. Przypominał sobie swoją kondycję fizyczną, budzącą zawiść znajomych. Pamiętał swoje popisy w więzieniu, ćwiczenia, które usiłował regularnie uprawiać. Przez pierwszych kilka dni zasypiał nieprzytomnie, gdy tylko się położył. Potem ból mięśni, napięcie dnia zaczęły przeszkadzać w śnie, kazały czekać na zaśnięcie, budziły... Po pierwszym tygodniu zachorował. Nie miał siły podnieść się z łóżka. Zataczał się i przytrzymywał ścian, idąc do ubikacji. Gorączka i wymioty szarpały go kilka dni. Potem leżał bez sił.

Aktorzy interesowali się nim niewiele. Codziennie zajmował się nim kto inny, oddelegowany przez Burana, który odwiedził go kilka razy w czasie choroby. Wspólnie doszli do wniosku, że nie trzeba mu lekarza. Pomóc miała dieta, zestaw ziół o najróżniejszych, ale zwykle paskudnych smakach, i przede wszystkim wypoczynek. Poza ustalonymi porami z rzadka zaglądał jego kolejny opiekun, pytając, czy czegoś mu nie trzeba. Raz przyszła do niego Beatrycze. Siedziała na łóżku, patrząc mu w oczy i trzymając w obu rękach jego dłoń. Poczuł, że ręce zaczynają mu drżeć, pocić się i musi zacisnąć zęby, żeby opanować trzęsący nim od wewnątrz skowyt.

Beatrycze delikatnie uwalnia rękę. Patrzy na niego z uśmiechem, który Piotr zna, chociaż Włoszka nie jest podobna do żadnej ze znanych mu kobiet. Beatrycze odchodzi.

Wstał z łóżka i znowu rozpoczął treningi. Niekiedy w spojrzeniach dostrzegał zaskoczenie, ale pomimo wysiłków nie potrafił wmówić sobie, że widzi w nich uznanie. Relacje z zespołem były poprawne i obojętne. Był obcym, który usiłuje się w nim odnaleźć. Członkowie stworzyli mu warunki i teraz spokojnie przyglądają się, czy da sobie radę.

Czasami zdumiony był ich chłodem tak odległym od napięcia, zapamiętanego z Instytutu. – Jesteśmy profesjonalistami – powiedział Mikołaj – dużo musimy poświęcić, zanim osiągniemy ten poziom. Oszczędniej gospodarował siłami. Wsłuchiwał się w swoje ciało, informujące go o granicy, której nie powinien przekraczać. Powoli zaczął odnajdywać wspólny z ćwiczącymi rytm. Jednak ciągle nie umiał zrobić pełnego i płynnego salta. Ciągle nie udawało się mu opanować oddechu po tym, gdy starał się wygłosić kwestię tak, aby nikt nie mógł rozpoznać w niej śladów zmęczenia. Ciągle nie potrafił nadążyć za nimi, chociaż może obserwator nie byłby w stanie zauważyć tego od razu.

Porankiem, na pustym przystanku autobusowym, smakując skroploną w powietrzu wodę, Piotr zastanawia się, jak mógł tak wiele czasu poświęcić przedsięwzięciu, z którym łączyło go tak niewiele. Tak dużo czasu spędzić w teatrze, który pomimo że wywędrował daleko od próżności sceny oficjalnej i czerpał inspiracje blisko ziemi, był przecież ciągle teatrem, a może nawet bardziej teatrem?

Deszcz oddala się. Krople są coraz rzadsze. Szare niebo rozrzedza się jaśniejszymi strużkami, może światłem, przenikającym zaciśniętą powiekę chmur.

Rybak czuje, jak wypełnia go chłodna przestrzeń. Pozwala mu przezwyciężyć ciążenie niczym lepka glina więżące stopy w ziemi. Powietrze prowadzi go białym oddechem spoza pękających chmur. Nareszcie wie dokładnie, jaką drogę wybrać i co robić.

Czas zatoczył krąg. Potrzeba było dwunastu lat, aby zrozumiał, że powinien wrócić. Powinien wsiąść do autobusu, wąskimi, wyboistymi, zniszczonymi drogami ponad godzinę tłuc się w rozklekotanym kadłubie, aby odnaleźć się na dworcu w Lublinie, skąd pociągiem zatrzymującym się na każdej stacji, w hałasie, smrodzie i dymie dotrzeć wreszcie do Warszawy. Stamtąd, gapiąc się w okno, na nieprzytomnie nadbiegające krajobrazy, za chwilę ginące w uporządkowanym smutku, dotrzeć już po zmroku – kiedy wszystko za oknem ukryło się w kokonach czerni – do miasta na drugim końcu Polski, które opuścił dwanaście lat wcześniej.

Siedział pod autobusową wiatą i widział, jak droga mija ostatnie zabudowania, zakręca i wpada w las. Niknie, pozostawiając za sobą białe światło. Z emaliowanych wodą liści wolno odrywały się krople. Żłobiły powietrze i wbijały się w chaos traw. Krople deszczu były wszędzie. Unosiły się w powietrzu, zawisały w tysiącach wcieleń na gałęziach, rozsypane na trawie, ziemi, drzewach, stopione w odmęty kałuż zgarniały w swoje światy całe światło dnia, aby oszczędnie, w pojedynczych mgnieniach oddawać refleksy wszystkich kształtów, które powielały się, wielokrotniały, przetwarzały w nieskończoność.

Lata powracały. Może potrzebny był ten czas prób, złudzeń i porażek, aby powrócić mógł znowu do ludzi Instytutu. Odnaleźć na powrót Mistrza. Inny, a przecież tożsamy ze sobą sprzed lat kilkunastu. Wszystko potrzebne było, żeby teraz w białym świetle gasnącego deszczu poczuć, jak świat oddycha płucami traw i przyjmuje go na powrót. A on wyrusza do nich, swoich braci z czasów, gdy biegli przez deszcz, przeskakując krzewy, nie czując ciążenia ziemi, pewni, że kiedy zechcą, wzniosą się w przestrzeń prowadzeni wspólną wolą, zwielokrotniającą ich siły poza zasięg poznania człowieka. A wola ich jest wolą Mistrza, który prowadzi ich z oddali, otaczając swoją opieką. Mistrza, którego odnajdzie na nowo.

Bo czy to on opuścił go dwanaście lat temu, oddalając się pewnego dnia z Instytutu, jak tylu wtedy, myśli Piotr, podskakując na brudnym siedzeniu autobusu, czy może

Mistrz wycofał się wcześniej, pozostawił im przestrzeń i swoich najbliższych uczniów, wydawało się animatorów wspólnych przedsięwzięć, a ci bez niego okazali się najbardziej samotni i bezradni? Przecież na początku, kiedy droga zaczęła już w istocie prowadzić w dół, wszystko wyglądało wyjątkowo okazale. Tłumy, które nadciągały z początkiem lata, były na pewno nie mniejsze niż w latach poprzednich. Wyznawcy, wielbiciele, ciekawscy i ich towarzysze, i ci wszyscy ciągnący w ślad za nimi: zagubieni, rozproszeni, rozczarowani, przyciągani magnetyzmem tłumu, ciążeniem zbiorowości, wirujący wokół światła, co grzeje i porządkuje świat, pozwalając mu krążyć po oznaczonych orbitach.

Może tylko niektórzy z grupy wybranych czuli, że jest inaczej. Bo inaczej było już od jakiegoś czasu. Rok albo więcej? Szymonowicz coraz rzadziej pojawiał się w Instytucie, coraz rzadziej widywał nawet swoich najbliższych: Zbyszka, Grzegorza, Jana. Takie pogłoski pojawiały się, krążyły między ścianami, ale czy rzeczywiście działo się tak, i czy może precyzyjnie zrekonstruować tamten czas po tylu zdarzeniach, które odesłały go w inny wymiar – myśli Piotr, spoglądając w tylną szybę autobusu, za którą zostają chmury zaczepione o wierzchołki drzew.

W każdym razie na pozór wszystko było nawet lepiej niż dawniej, gdy nadciągnęły pierwsze informacje o strajkach. Strajki były daleko, pojedyncze i jak zawsze nie wiadomo, skąd czerpano o nich wiadomości, bo tak dziwny wydawałby się fakt słuchania przez kogokolwiek, choćby z najdalszych kręgów Instytutu, rozgłośni nadających z zagranicy.

O polityce nie mówili prawie nigdy. Może tylko czasami, jak wszyscy wówczas, rzucali zdegustowane i pozbawione złudzeń uwagi pod adresem „ich" – rządzących, usiłuje przypomnieć sobie teraz Piotr Rybak, patrząc, jak za brudną szybą coraz prędzej w przeszłość ucieka obce miasto.

Wiedzieli, że to, co robią, przekracza znacznie wymiar brudnej gry interesów, jaką jest polityka. W Instytucie istniał zresztą niesformułowany nigdy zakaz mówienia o polityce. Napomknienia o tych, którzy podjęli jej wyzwanie, choćby z najbardziej wzniosłych pobudek, okraszone były obowiązkową, dobroduszną ironią. Tak, przypominał sobie, napomykali niektórzy o swoich przyjaciołach – korowcach. Tak mówiono o teatrze, który w odczuciu asystentów Szymonowicza stać się mógł kolejnym ogniskiem promieniowania Instytutu, ale stoczył się w politykę. Zatracił. Zbyszek, Ryszard mówili o tym z żalem przemieszanym z wyrozumiałą ironią, bo przecież znali ludzi, ich odmienność i słabość, i przekroczyli poziom niegodnego gniewu, urazu i żalu...

W przedziale pociągu Piotr patrzy na sapiące postacie, które osłaniają się płachtami gazet, ślinią ołówki, by mozolnie wpisywać słowa w kratki krzyżówek, szeleszczą papierem, odwijając grube kanapki. Przypomina sobie rozmowę, której nie potrafi przecież zrekonstruować i swoje niespodziewane dla siebie samego słowa: Tego nie sposób już dłużej znosić!

Nieomal w tym samym momencie jest już przy nim Zbyszek. Kładąc mu rękę na ramieniu, powtarza z naciskiem: – Daj spokój! Daj już spokój! – Jednocześnie patrzy na niego. Spod grubych powiek oczy rozszerzają się, wypełniają je czarne punkty źrenic i Piotr wie, że nie chodzi o zwykłe obawy, chęć asekuracji. Dotykając go, Zbyszek mówi, że to oni wspólnie przetwarzają ten świat. Gest po geście, akcja po akcji wznoszą fundament, z którego pewnego dnia jak pod uderzeniem ulewy spłynie brudna pleśń polityki i wyłoni się lśniący ostrą bielą kamień. Budowla nowego świata.

W odorze przesiąkniętych wilgocią grubych ubrań i niemytych ciał Piotr nie potrafi przypomnieć sobie, kiedy ani dlaczego Grzegorz zaczął o tym mówić. Była noc i pili

kolejne herbaty zmęczenia, światło zgubione gdzieś pod ścianą ledwie zaznaczało kontury sylwetek, głos wypełniał salę, był własnością wszystkich...
– To nie ustrój może nas zbawić. Tyle podróżowaliśmy i wszędzie widzieliśmy cierpienie, jego rozmaite twarze. Własne zawsze wydaje się najgorsze, tak jak najbardziej nienawistna jest pochylona nad nami gęba oprawcy. A przecież jest on tak samo instrumentem jak narzędzia, które zaciska w łapach. Jego twarz to maska. Czy potrafimy patrzeć poprzez formy naszego świata? Instytucje, konwencje, układy... układy naszych twarzy, buńczucznie nazywane ich wyrazem? Czy potrafimy zrozumieć, że to, co jest źródłem naszego cierpienia, jest także źródłem naszej wolności? Ta iskra bólu uwięziona w nas to iskra światła, która nie pozwala nam wtopić się w noc świata. Która pozostawia nas zawsze spragnionymi i niezaspokojonymi, dopóki nie prześwietli nas i nie uczyni sobie powolnymi, tak że ciała nie będą czuć już balastu ciążenia. Dopóki nie pozwolimy jej na to...

Dźwięki wydobywały się z nocy niczym cienkie nitki światła od przytulonej do ściany lampki, rozsnuwały się głosem Grzegorza, choć nie jego słowami, ale przecież nie dziwiło to wtedy nikogo, dopiero teraz, w klatce przedziału nad miasteczkami skulonymi w dole, z pojazdami i ludźmi czekającymi na podniesienie szlabanu, Piotr przypomina sobie, że często asystenci zaczynali mówić inaczej niż zwykle, nawet zmienionym, chociaż ciągle swoim głosem i nikogo nie zastanawiało to wtedy, jakby nawet nie trzeba było dopowiadać, że to Mistrz mówi przez nich. Głos Grzegorza roztapiał się w nocy.

Instytut pustoszeć zaczął niezauważenie. A jednocześnie w tym przecież czasie, gdy wśród mieszkańców Instytutu pojawiać zaczął się niepokój, rosnąca kropla próżni, którą pozostawiała za sobą nieobecność Mistrza, Zbyszek i Grzegorz przygotowywać zaczęli największe przedsięwzięcie, potem równie gwałtownie zaangażował się w nie Rysiek. Nazywało się ono *Przedsięwzięcie Rzeka* i zagarnąć miało cały kraj.

Emisariusze wyruszyli na poszukiwanie adeptów. W większości miast czekali na nich wyznawcy, organizujący spotkania z młodymi zapaleńcami. Tam odbywała się pierwsza selekcja. Wybrańcy w dwudziesto-, trzydziestoosobowych grupach przechodzić mieli pierwsze wtajemniczenia, aby potem spotkać się w grupie kilkuset osób i wtedy dopiero przeżyć wielodniowe misterium. Coś, co nie wydarzyło się nigdy jeszcze.

Słyszał, że przedsięwzięcie to nie zostało uzgodnione z Szymonowiczem. Pierwszy raz w Instytucie na taką skalę miało odbyć się coś niezaplanowanego przez niego. Nie było wiadomo, czy Mistrz aprobuje *Rzekę*. Jednak nikt głośno nie dzielił się wątpliwościami, które wraz z napięciem coraz szczelniej wypełniały ściany Instytutu.

Może chcieli sprowokować Mistrza? Zmusić do zajęcia stanowiska, jednoznacznych decyzji, a więc przede wszystkim powrotu. Skłonić go do wypełnienia przestrzeni, którą pozostawił im jak wolność albo z której wycofał się po prostu, ukrywając przed nimi swoją twarz. Tak Piotr mógł rozumować teraz, kiedy jego pociąg usiłował rozpędzić się między kolejnymi przystankami, a on pojął, że ostatnie dwanaście lat było tylko próbą.

Wtedy czuł niepokój. Odczuwał go już wcześniej, ale wtedy właśnie jego przyczyny stawały się coraz bardziej oczywiste: *Rzeka* nie chciała płynąć. Spotkania obliczone na trzydziestu ludzi gromadziły kilku i trzeba było je odwoływać, łączyć grupy, ponawiać zaproszenia. Z dnia na dzień wszystko wyglądało coraz bardziej niepewnie. Był to pierwszy objaw rozregulowania, który Piotr zaobserwował w tak doskonale funkcjonującej dotąd maszynerii Instytutu.

Animatorzy zorientowali się, że przedsięwzięcie może się nie udać. Termin wielkiego spotkania, właściwego

Przedsięwzięcia Rzeki przesunięto na jesień. Na pozór wszystko toczyło się jak wcześniej: spotkania, warsztaty, staże, ale niepokój wywołany możliwością porażki coraz powszechniej przenikał Instytut. Ci, którzy odsłaniali prawdę, musieli odnieść sukces – wiara w to stanowiła jeden z jego fundamentów. Teraz wiara owa została wystawiona na próbę. Może powodował to brak Mistrza i samowolny wybór jego uczniów? Wybór, który nie był konsekwencją jego woli? Pytania drążyły zbiorowość i niezauważenie zmieniały ją w gromadę widzów w napięciu obserwujących, co zrobią aktorzy tej sceny – jeszcze przed chwilą towarzysze i przewodnicy ich wszystkich. Jednak obserwacja szybko eliminowała uczestnictwo, ufne i jednoznaczne zaangażowanie będące warunkiem każdego działania w Instytucie. Ze wspólnego przedsięwzięcia nieoczekiwanie Instytut przekształcał się znowu w teatr z widownią coraz uważniej śledzącą wielotygodniowy spektakl, którego aktorzy, bardziej świadomi dystansu wyraźnie dzielącego ich od reszty, zaczynali zachowywać się nerwowo.

– Stul mordę, jeśli nie chcesz oberwać! – słyszy Rybak warknięcie Zbyszka nachylającego się w kierunku podpitego Ludwika powtarzającego w kółko jakieś niejasne pytania. Ciało asystenta to sprężony mięsień.

A może działo się to później? Gdy gdański strajk pociągnął za sobą lawinę i skoncentrował napiętą uwagę kraju. Stopił w jeden punkt na mapie niewiarę i nadzieję.

Zaczęli znikać. Pomieszczenia Instytutu zaczęły się wyludniać. Po raz pierwszy Piotr pomyślał, że nic na to nie poradziłby nawet Szymonowicz, i może dobrze się stało dla wszystkich, że oddalił się w porę.

Jeszcze na początku, kiedy wszyscy dowiedzieli się o strajku w Gdańsku, chociaż przecież nikt nie mówił o tym głośno w Instytucie, ani nie słuchał rozgłośni nadających z zagranicy, jeszcze na początku pojawiały się ironiczne uśmieszki komentujące szlachetnych zapaleńców, a może raczej płytkich głupców. Jednak wkrótce już wiadomo było, że losy kraju rozgrywają się tam właśnie. Wiadomo, chociaż prawie nikt o tym nie mówił. Gdy podszedł do niego Zbyszek i jak kiedyś, parę lat wcześniej, patrząc mu w oczy, powiedział: – Daj spokój! – Piotr odruchowo strząsnął jego rękę.

Nie warto było mówić. Zobaczył to w spojrzeniu stojącej obok Anny. To bunt, a więc polityka, okazywał się sprawą czystą. Prawdziwym aktem poświęcenia i miłości. I szansą. Jedyną szansą. A gest Zbyszka, milczenie ich wszystkich i Mistrza, nieistotne dotąd kompromisy odsłaniały rdzę hipokryzji, która trawiła fundament Instytutu.

To wtedy się zdecydował. Wyszedł bardzo wcześnie. Ulice były jeszcze puste. Dzień ledwie przebudził się i tylko pojedyncze sylwetki odrywały się od domów jakby spłoszone słonecznym podmuchem. Piotr Rybak szedł na dworzec. Ocknął się po czterech latach snu, który powracał doń teraz, w drodze na stację, mętnie i niekonsekwentnie. Przez moment wydawało się mu wtedy, że obok idzie Zofia – jakby odprowadzała go tak, jak kiedyś wprowadziła do wnętrza Instytutu. Bo chociaż zawiodła go tam jego własna fascynacja, którą wyzwolił w nim spektakl, a może opinie wcześniejsze, powodujące, że poczuł, iż tego właśnie szukał rozpaczliwie i po omacku, a Zofię–Helenę zobaczył później, to przypominać będzie ją sobie zawsze, ilekroć wróci myślą do czasu swojej inicjacji w Instytucie. Nie pamiętał, kiedy zobaczył ją po raz pierwszy. Może było to po spektaklu, kiedy z grupą wtajemniczonych znikała wewnątrz Instytutu, a może wcześniej, kiedy zdawało się mu, że przemknęła obok plama jej twarzy, zarys sylwetki. Mogły to być złudzenia, jak wielokrotnie później, kiedy odnajdywał ją w przypadkowych osobach na ulicach, dostrzeżonych za szybą przejeżdżającego obok samochodu, za załomem muru. Jednak cztery lata później, idąc na dworzec, po raz pierwszy pomyślał o Helenie bez bólu.

Czas zatacza kręgi. Myślał wtedy, że przebudził się, jak myśli teraz – dwanaście lat później, zmierzając do miasta, które wtedy opuścił. Przypomina sobie Helenę równie intensywnie jak Instytut, którego nie ma, choć Piotr wie przecież, że to niemożliwe, skoro Mistrz żyje i dlatego Instytut odrodzi się pod dowolnym imieniem, a on spotka Helenę. Te dwanaście lat było snem spazmatycznym i gwałtownym, próbą, która miała, co zrozumiał dopiero teraz, doprowadzić go do Mistrza.

Doświadczenie Piotra wtopione w los zbiorowości, której tak długo chciał być tylko uczciwym reprezentantem, nie układa się w spójną całość. To tylko pojedyncze obrazy egzystencji dziwnej i obcej... I Piotr Rybak nie wie, czy do końca jego własnej.

– Kilka miesięcy dzień i noc, bez chwili przerwy hakowaliśmy, aby stworzyć porządną gazetę, a teraz, kiedy stworzyliśmy już zespół, mamy czytelników, ich zaufanie, kiedy wszyscy wiedzą, że to my jesteśmy pismem Solidarności, ich pismem, mamy wycofać się i oddać pole partyjnym cwaniakom, którzy poczuli skąd wieje wiatr... mamy stać się wkładką do ich dziennika? – Rybak słyszy swój obcy, krzykliwy głos i widzi za sobą grupkę, która czeka, aby obronił ich, mówił za nich...

Naprzeciwko Wacław przestaje uśmiechać się dobrodusznie i Piotr, prawie nie rozumiejąc słów, zastanawia się, czy dziwnego wrażenia dysonansu nie powoduje zestawienie mocnego głosu przewodniczącego z jego oczami uciekającymi gdzieś na boki.

– To my jesteśmy przywódcami związku i my musimy brać odpowiedzialność za całość, a więc to my podejmiemy decyzję, zwłaszcza gdy nie chcecie zrozumieć, że sprawa wykracza poza wasze opłotki...

– Wystarczyło parę wódek z sekretarzem, a ślusarz stał się mężem stanu, na barki wziął odpowiedzialność za cały świat i rozważa, czy Sowieci nie wejdą, jeśli nie przerobi się nas na wkładkę do partyjnej gazetki – syczy ktoś w ucho Rybaka.

Sala jest zatłoczona i zadymiona. Wszyscy gadają naraz, co chwila ktoś wstaje i przepycha się, aby porozmawiać z kimś siedzącym dalej albo wyjść na zewnątrz, w drzwiach przepychając się przez wracających. A jednak obrady toczą się, uchwały są zgłaszane, głosowania zostają zatwierdzone...
– Czy możemy zgodzić się, by tylko dlatego, że swoimi słowami spisują nasze wnioski, mieli mieć szczególne prawa? Czy nie dość już mamy czasów, kiedy to inni wiedzieli lepiej, czego nam trzeba? Czy nie powinniśmy wreszcie my, robotnicy, decydować o tym, co jest dla nas najważniejsze! Czy nie powinniśmy przestać słuchać się obcych, którzy pod pretekstem doradzania chcą nami rządzić! Czy nie my powinniśmy decydować, co pisze się w naszych, naszych gazetach?!
Oskarżycielski palec mówcy wydłuża się i przedziera przez tłum odsuwających się przed nim, aby dosięgnąć nieomal piersi Rybaka. Z tyłu hałas nagle narasta, ktoś przeciska się gwałtownie w jego kierunku i Piotr słyszy szept donośniejszy niż głosy dookoła:
– Nie przejmuj się, wiem, że chłopaki z Polfy nie będą za nim głosować, nic nie przeforsuje!

Najpierw zobaczył te dziwne drzwi. Dopiero kiedy Danka je otwiera, Piotr dostrzega, że są wyłamane, wiszą na futrynie przytwierdzone konstrukcją haczyków i sznurków. Danka nie wpuszcza go, jej twarz w ciemnym korytarzu jest jak plama niewyraźnego światła.
– Uciekaj! Byli już po ciebie, mogą wrócić w każdej chwili, uciekaj, może czekają, pilnują domu – Danka mówi

nieprzytomnie ni to popychając go, ni to głaszcząc dygo-
czącymi dłońmi.

Łoskot wypełnia całą przestrzeń. Trwa długo – przez
wyginającą się, pękającą i walącą bramę, roztrącając
wspierające ją pojazdy, na przewalających się rytmicznie
gąsienicach, wjeżdżają do huty ciężkie cielska czołgów.
I dopiero chwilę potem słychać ryk wbiegających za nimi umundurowanych postaci i łoskot pałek, którymi tłuką o tarcze. Piotr patrzy na to z otwartej hali znieruchom-
miały. Wszystko dzieje się w zwolnionym tempie, ale
nieuchronnie, i nikt nic już nie potrafi zaradzić, a krzyki o barykadowanie hali wydają się spóźnione i pozbawione sensu.

Zomowcy wskakują przez pozbawione szyb okna, kiedy pojazd na gąsienicach tarasuje drzwi. Zostaje już tylko rozpaczliwe pragnienie ukrycia się. Bez nadziei, bo
przecież Rybak wie, że dopadną go wciśniętego między
szafki, a przecież nawet kiedy widzi ich już, gdy zatrzymują się przy nim, jeszcze wierzy, że potrafi stać się nie-
widzialny... do chwili, kiedy rękawice wywloką go pod
pałki i buty, aby zagłuszyć w nim wszystko oprócz jęku.

Brunatne światło z nieosłoniętej żarówki pod sufitem
jest równocześnie jaskrawe i mętne. Facet w cywilu przemierza przed Piotrem pokój paroma krokami tam i z powrotem, tam i z powrotem, twarz wykrzywia mu ni to
triumfujący, ni to pogardliwy uśmieszek.

– No i doigraliście się. Za długo z wami próbowano gadać po dobroci. Koniec zabawy. Weźmiemy się za was. Będziecie jak trusie. Teraz dokładnie napiszesz mi kto i jak
przygotował strajk. Tylko nie opuść żadnego nazwiska ani
żadnego szczegółu, bo inaczej... wezmę się za ciebie!

Za drzwiami odgłosy butów i pałek, butów i pałek, jak
w hucie. Rybak oblizuje rozbite wargi.

– Odmawiam odpowiedzi i nie będę niczego pisał... – odruchowo usiłuje poderwać się z krzesła i tylko dlatego uderzenie otwartą dłonią przewraca go na podłogę. Dopiero za chwilę gramoli się i siada na powrót. Kolejne uderzenie podrywa go na nogi. Facecik miota się, krzyczy i grozi, ale Piotr orientuje się już, że robi to nie tylko jak zły aktor, ale jak aktor, który stracił wiarę w możliwość przekonania kogokolwiek i teraz usiłuje jedynie do końca odegrać przypisaną sobie rolę.

Trzeba było zdecydować się odpowiednio szybko, zmusić do powiedzenia „już". Wcześniej, kiedy wieziono ich na przesłuchanie, Piotr zorientował się, że ucieczka jest możliwa, gdy będą ich wyprowadzać, bo milicjantów jest niewielu i nie jest prawdopodobne, że więcej niż jeden ruszy w pościg, bo przecież trzeba pilnować innych zachęconych jego czynem... Być może to jedyna, ostatnia szansa, i trzeba się zdecydować, nie rozważać za i przeciw, tylko ruszyć biegiem, nieprzytomnym pędem w chłodzie kaleczącym płuca, zostawiając za sobą zaskoczonych milicjantów, którzy jak na fotografii zatrzymali się wraz z więźniami. Zostawiać za sobą domy i ulice, nie patrząc ani nie zwracając uwagi na samochody, które chyba hamowały gwałtownie. Biec szybciej, niż potrafiło jego ciało, nie oglądając się za siebie ani na boki. Do przodu, tak że nogi z trudem nadążają za wysuniętym tułowiem... i zatrzymać się w nieznanym miejscu z dławiącym skurczem serca, w kolorowej mgle nic nieomal nie widząc, na pustej uliczce, w spokoju śniegu.

Łapiąc oddech, Piotr podnosi zaciśniętą pięść:
– Zobaczymy jeszcze, kto przetrzyma, zobaczymy, kto wygra! – Na mrozie jego głos brzmi niewyraźnie, pięść celuje w obojętny mur.

***

Stukanie jest natarczywe i Wanda zwalnia, zbliżając się do drzwi. Rybak widzi jeszcze jej pytające spojrzenie, zanim odwróci się, zbliżając twarz do oka wizjera, a potem już uspokojona otwiera skomplikowane zamknięcie. Drewniane skrzydło uderza ją tak, że leci na ścianę. Przedpokój wypełnia się mężczyznami i Piotr nie próbuje nawet uciekać, nie myśli, niewyraźne słowa układają się wewnątrz jego głowy w zdania o tym, że ponad dwa lata czekał na ten moment i słyszy to nieomal, gdy na dłonie zakładają mu kajdanki, a potem za ramiona wloką po schodach.

– Nie chce pan współpracować... tak, szkoda. Szkoda, oczywiście, pana. Ci, którzy nabrali pana jak tylu innych, znowu wykręcą się sianem, ale pan... Złamanie chyba wszystkich praw stanu wojennego, ale to jeszcze nic wobec współpracy z obcymi wywiadami... A z tego zarzutu, milcząc, nie wybroni się pan...

Pokój jest szary, jego kształty gubią się w półmroku. Zmięta twarz pochyla się ze współczuciem.

– Nie wiem, czy uda się panu wykpić dziesięcioma latami, będę szczery, to prawie żadna szansa, ale gdyby nawet... Wyjdzie pan, mając czterdzieści trzy lata... będzie pan zniszczony. Więzienie nie konserwuje. I przecież potem nie dostanie pan żadnej pracy. Zostanie łopata. Nawet z tym będą kłopoty... A gdzie będzie pan mieszkał? Rzeczywiście, może lepiej dla pana, żeby pan w ogóle nie wychodził?

Już pięć dni nie widział nieba. Teraz też przesłonięte jest chmurami, zwieszają się nisko, nieomal dotykają kolczastych drutów na murach. Są tak blisko, że Piotr czuje uwięzione w nich krople deszczu. Czarny ptak na drucie wpatruje się w niego. Nagle Rybak pojmuje, że już wygrał. Niepokój rozpuścił się w wilgotnym powietrzu, a śledztwo, proces, choćby ciągnąć się miały miesiącami, są już właściwie za nim. Wybrał, zadecydował i czuje się wolny. Ptak przechyla głowę. W studni spacerniaka chodzą więźniowie. Po drugiej stronie muru, po ulicy, chodzą mieszkańcy. Chmury wciągają jak szary lej, niosą w przestrzeń. Piotr patrzy na odlatującego ptaka. Strażnicy zapędzają więźniów do budynku. Zamykają za nimi drzwi.

Otwierają się kolejne bramy. Nagle nie ma już strażnika i Rybak słyszy za sobą zgrzyt zamykających się odrzwi. Ulicą idą kolorowo ubrane kobiety. Wiatr unosi liście i rzuca nimi w ich twarze. Ktoś przechodzi jezdnię, łapie go za ramiona i Rybak widzi Mietka Kuśnierza, który mówi coś i śmieje się.

Dym papierosa. Kolorowy dym tworzy postacie, aby można było skłębić je i unicestwić następnym dmuchnięciem. Twarze śmieją się, wyłaniają z barwnego półmroku, znikają, ustępują miejsca innym. Alkohol wszystko odrealnia, uwalnia od siły ciążenia. Pozwala unosić się, oglądać rzeczy z wielu miejsc i czuć, że są tylko iluzją budowaną z kolorowego dymu.

– Wypuszczają wszystkich. Wygraliśmy. Terror do niczego nie doprowadził. Teraz trzeba będzie powoli wracać do jawności. Znowu wszystko od początku, ale to my przetrzymaliśmy – Mietek uderza kieliszek Piotra swoim. Alkohol wylewa się na podłogę.

– Oni też chcą zarabiać, robić interesy. Wiesz, trzeba ich rozłożyć od wewnątrz... Rozumiesz, robienie forsy to dziś sprawa ideowa. I tak należy traktować konieczność zatrudniania ubeka, bo każdy przedsiębiorca musi dziś mieć swojego ubeka, rozumiesz, takiego, który zwolnił się czy też przeszedł na wcześniejszą emeryturę, a teraz pełni funkcję konsultanta czy pośrednika, czy kogoś tam jeszcze i wciąga tych innych skurwieli w sferę rynku. Tak rozkładamy ich... – Mietek chichocze, krztusi się śmiechem i dymem. Potok słów kolorową mgłą unosi Piotra wrześniową nocą przez otwarte okno nad śpiącą ulicę.

– A kto mu kazał po pijanemu, wozem wypchanym bibułą jechać na melinę... – Rybak słyszy swój krzyk. – Mam nadzieję, że skurwysyna posadzą na dłużej! Ja palcem nie kiwnę. Pięćset egzemplarzy *Żywota Prymasa Tysiąclecia*! Taka strata. I taka kompromitacja. Jakby mu za to zapłacili.

– I tak musimy dodrukować. *Prymas* idzie doskonale – Kuśnierz jest spokojny. – Inna sprawa, że nie powinniśmy tak się im wystawiać. Ci twoi drukarze mogliby nieco ograniczyć swoje balangi. Chociaż, z drugiej strony, nie wiem, czy to nie lepsze niż sytuacja, kiedy chcieli decydować o tym, co wydajemy. A tymczasem problem jest z „Gońcem". Zarząd Regionu postanowił zdjąć Stefana z funkcji naczelnego za tekst *Co powinniśmy zachować*, wiesz, kolejny z cyklu jego *Garści uwag*. Awantura była już o *Kłopoty demokracji*. Teraz to burza. Oni nawet nie rozumieją, że bez niego „Gońca" nie będzie przynajmniej długi czas. Wiedzą, że są tajnym zarządem, i decydują o pismach regionu.

– Cóż chcesz... Co pozostało im oprócz tej iluzji władzy? Przecież kończy się czas podziemnych struktur, a im mniej działacze mają do roboty, tym bardziej są zachłanni. Stefan to facet uczciwy i oddany, a że próbuje myśleć...

– Chyba jednak nie do końca... Przecież nikt nie czyta „Gońca" dla jego eseików i, poza nami i Zarządem Regionu, oczywiście, nikt ich chyba nie zauważa. Nasz ideowy spór toczy się w próżni. I tak skończy się załatwieniem najbardziej zasłużonego faceta. I jeszcze kryzysem w ważnej instytucji ruchu oporu. Jakie szczęście, że jesteśmy właścicielami swojego poletka, chyba że pewnego dnia pijani drukarze ogłoszą ekspropriację drukarni i sprzedadzą ją na wódkę.

***

Zaczynało świtać. Starannie ułożone włosy przewodniczącej komisji rozsypały się w cienkie kosmyki. Któryś raz liczony stos kartek na środku pokoju nie pozostawiał złudzeń. Przechodzili wszyscy kandydaci Solidarności. Przechodzili w sposób bezapelacyjny i triumfalny. Po raz kolejny na niedomytej tablicy zapisano wyniki nieróżniące się prawie od poprzednich.

– Ale jaja! – powiedziała przewodnicząca, przesuwając palcami po głowie i siadając na ziemi. Spod utlenionej fryzury odsłoniły się ciemno odrastające przy skórze włosy.

Członkowie komisji gapili się w stuporze na nią i na tablicę, na której niewyraźnie wypisywane kredą nazwiska układały się przed ich oczami w płomieniste znaki, a potem na Mietka, Lilkę i Andrzeja – zwiastunów nowego czasu w Okręgowej Komisji Wyborczej. Stos kartek na środku pokoju nauczycielskiego przerobionego na lokal wyborczy zaczynał rosnąć, wbijał się w brunatny sufit, a potem w dach szkoły imienia Obrońców Władzy Ludowej i rozsadzał go, a kartki leciały nad miasto jak konfetti.

Piotr słuchał mężów zaufania, którzy w zadymionym pokoju powtarzali bez końca to samo, przekrzykując w gwarze swoje relacje, pijąc ze szklanek podsuwaną przez kogoś wódkę.

– Komunizm się skończył! – Rybak wrzasnął nagle tak, że zdmuchnął hałas.

W próżni ciszy Mietek się roześmiał:

– Przeceniasz fakt, że zostałeś posłem! A swoją drogą, czy spodziewałbyś się tego?

Ktoś nachylał się mu do ucha:

– Czyś się spodziewał...

– Co chcesz zrobić? – Izbicki przysuwał do niego swoją kościstą twarz. – Awanturę? Chcesz, żeby załatwili naszego najlepszego człowieka? Twojego najbliższego przyjaciela? O to zresztą mniejsza, to już twoja sprawa. Ja próbuję patrzeć na to szerzej. Kuśnierz to świetny organizator, oddany sprawie, zawsze lojalny, do gruntu uczciwy gość. Tak, uczciwy, mówię to z pełną świadomością... Przecież nie wziął dla siebie, dawali mu, dawali bez żadnych wstępnych warunków, on z tej forsy chciał zrobić naszą prasową agencję, a że nie wyszło, to już nie jego wina... Chcesz to rozgłosić, przekazać prasie, dać żreć temu komunistycznemu ścierwu, jeszcze raz pokazać, że to my jesteśmy łapownicy, oszuści...

Rybak odsuwał się.

– Z tego, co wiem, to on zaproponował, żeby dali na ten zbożny cel, sugerując, że pomoże im w uzyskaniu od miasta zamówienia na zabudowę centrum...

Izbicki złapał go za ramiona:

– A mają to na piśmie? Jeżeli nikt z nas tego nie potwierdzi, to nic się nie stało! To był kredyt, dali nam kredyt, a więc wzięli na siebie ryzyko. Tak już jest w biznesie... Mówisz jak dziecko. Czerwoni uwłaszczyli się. Nic się już nie da zrobić... Może zresztą dobrze, bo dzięki temu oddali władzę... Spełnił się projekt Mirka... Po jego śmierci. Oddali władzę, ale znowu mogą ją odzyskać, po cichu, krok po kroku zgarniając wszystko. Co my mamy? Nietrwałą popularność... krótkotrwałą sympatię społeczną. Co to jest w zestawieniu z bankami i koncernami... Musimy zacząć budować swoją pozycję, ale to oni mają wszystkie karty w rękach. Zdobyli je, celując nam w głowę z odbezpieczonego rewolweru. Teraz nie wygramy, trzymając się przyjętych w innym czasie reguł. Tak już jest, że metody ustala twój przeciwnik. Mietek jest nie tylko uczciwy, ale ma jeszcze poczucie odpowiedzialności... A czy ty masz to poczucie, a nie tylko egocentryczną egzaltację... – Izbicki pochylał się nad nim tak blisko, że jego ostatnie słowa Piotr poczuł jak podmuch na ustach.

– Tak się składa, że ma również poczucie interesu, bo miał być także szefem agencji.

– A ma – potwierdził spokojnie Izbicki, prostując się na krześle. – Jest do tego najlepszy. Dlaczego szefem miałby zostać kto inny? A co ty myślisz, że interesy robi się, chodząc w dziurawych portkach? Musimy chuchać na tych naszych biznesmenów, żeby nie pochłonęła nas czerwona fala. I nie za bardzo grzebać im w dossier...

– Wszystko lepsze niż to szaleństwo! – Michał zająknął się. – Spirala rewolucji, rewolucji, która pożera swoje dzieci. Przecież nie nastanie szczęśliwość powszechna, na którą czekają. Będą więc szukać winnych. Najpierw komunistów, potem ich sojuszników, potem tych, których za takich uznają albo tylko będzie im wygodnie uznać.

Michał chodził między przeszklonymi ścianami gabinetu i gestykulował, a spod jego rąk w powietrzu pełnym kurzu zaczynały wznosić się rusztowania szafotu.

– Wyobraź sobie, mówią mi, że zadaję się z niewłaściwymi ludźmi. I kto, kto mi to mówi! – redaktor pogardliwie rozkaszlał się. – Gnojki, mówię ci, gnojki. Pouczają mnie, który w więzieniu spędziłem więcej lat niż oni w szkołach, oni będą mi mówić, co mam robić! Po prostu śmiechu warte. Chociaż komuchy znają swoje miejsce. Kiedy gadam z Olkiem, to nie tylko wiem, że gadam z inteligentnym gościem, ale widzę, że on zna swoje miejsce. Ba... nawet z Urbanem... Wiedzą, kto tę historię robił przez ostatnie lata. A ci... robotnicy ostatniej godziny, chcą rozdzielać dobro od zła. Już nie wiadomo, co bardziej zdumiewa: ich bezczelność czy głupota...

Michał zagapił się w ceglany mur za oknem.

– Nadchodzi trudny czas. Już nadszedł. Możesz mi wierzyć... ja to czuję, chyba zauważyłeś, że w takich sprawach się nie mylę. To za ten czas będziemy później rozliczani. Nie wolno nam spuścić motłochu ze smyczy. Na szczęście

51

nie ulica jeszcze rządzi. To już nie tak jak przed wojną! Jest kultura, są media. Jesteśmy wreszcie my! Ty nie rozumiesz, nikt z was nie rozumie, co znaczy taki żywioł. Tak długo tłumione namiętności zmieniają się w energię destrukcji. Widzę, jak się zżymasz. Mówię motłoch i ranię twoje inteligenckie uszy. Ale to nie jest tak. Mnie jest ich żal, pogubili się. Kto by się nie pogubił... Nic dziwnego, że słuchają demagogów, populistów. I to jest nasze kolejne wyzwanie. Czy potrafimy się im przeciwstawić?! Dotąd sprawdzaliśmy się w destrukcji. Rozbijaliśmy komunę, chociaż mówiliśmy, żeby nie palić komitetów, a je zakładać. Teraz przyszedł czas prawdziwej budowy. Teraz zostaniemy sprawdzeni. I musimy być ostrożni. Nie możemy pozwolić, żeby zaczęła się ta gorączka rozliczania. To wikłanie się w przeszłości. Byłem w tych archiwach. Co za gnój. Nie uwierzyłbyś, co za gnój. Najporządniejsi ludzie... I to spośród nas... To my, opozycja, będziemy winni. My będziemy oskarżani przez tchórzy i konformistów, którzy w ten sposób chcą leczyć swoje kompleksy. Nie możemy pozwolić, żeby to wypłynęło i uświniło wszystko i wszystkich. Szlus. Koniec z przeszłością. Zatrzasnąć, zamknąć, zakopać. Odsłonić za pięćdziesiąt lat albo wcale. Bo kto miałby to rozliczać? Kto ma do tego prawo?! Ci robotnicy ostatniej godziny... Słowo daję, wolę czerwonych. Przegrali i zrozumieli to. A ja mogę im wybaczyć. Stać mnie na to. Ja nawet wiem, że teraz z nimi trzeba się dogadać.

– No więc co?! Chcesz mnie załatwić?! – czerwona, pijana twarz Kuśnierza nachyla się nad Piotrem. – Redaktorek cię podpuścił. Sam zgarnął już wszystko i chce zgasić konkurencję!

Czy to ten sam człowiek, który witał mnie, kiedy wychodziłem z więzienia, czy tylko do niego podobny? – zastanawia się Rybak. I choć powraca pamięć spędzonych razem lat, skurcz gardła i chęć objęcia pijanego i zmienionego Mietka, zamiast przyjacielskiego gestu niespodziewanie dla siebie Piotr odpycha wyciągającą się ku niemu rękę.

– No, dobra. Przecież nie będę się z tobą bił, moralisto. Ale ja ci nie wierzę! Nie wierzę, że jesteś aż taki głupi! Nie rozumiesz, o co idzie gra? Najważniejsza! Dużo ważniejsza niż kiedy rozrzucaliśmy ulotki i zamykali nas do pierdla. Teraz chodzi o pokolenia. O to, kto zdobędzie władzę. A zwycięzców nikt nie będzie rozliczał. Bo potem to oni już będą uczciwi i porządni. To tylko ten moment. Ostatni moment, bo za chwilę będzie już za późno. A nam ciągle chodzi o to samo. Bo przecież obaj wierzymy w to... Żeby demokracja i przyzwoita gospodarka... A do tego trzeba mieć władzę! Redaktorek ją ma. Załapał się pierwszy. Myśli, że czerwoni już są niegroźni, więc załatwia konkurencję. A czerwoni pokażą jeszcze pazury.

Chociaż nie wydawał się słuchać Rybaka, rozumiał go dobrze.

– I o to chodzi. W każdym systemie prawnym są luki. Jeśli nie potrafimy ich teraz wykorzystać, to nie znaczy, że jesteśmy czyści, ale że jesteśmy dupy. Pamiętasz, jak wypracowaliśmy nasz imperatyw? Nie bądź świnią, ale nie bądź dupą!

Kuśnierz zwalił się w głąb fotela.

– O co masz do mnie pretensję? Że mam mieszkanie i samochód? A co? Jak dawniej mam żyć na śmietniku i nie móc końca z końcem związać? Jak mógłbym coś poważniejszego zrobić? Nie pamiętasz, co mówili Grecy? Politykę może robić człowiek majętny, który nie musi zabiegać o elementarne potrzeby. A więc co? Zrobiliśmy rewolucję i teraz oddamy im władzę, bo nie potrafimy zadbać o własną elitę? – Mietek śmiał się. – Cóż chcesz. Skazani jesteśmy, żeby nią zostać. Skazani jesteśmy na wielkość. Przecież jeszcze w coś wierzymy i nie chodzi nam tylko o władzę. Rozliczą nas za klęskę. Bo możemy przegrać ten kraj. Wtedy stoczymy się w zasłużoną nicość, w piekło nasze.

– Ależ szanuję pana! – twarz przed Rybakiem jeszcze bardziej wypełniła się, spęczniała godnością. – Panie Piotrze, przecież możemy rozmawiać szczerze. Po to spotkaliśmy się na gruncie, powiedzmy, nieoficjalnym. Cieszę się, że przyjął pan moje zaproszenie. No, więc nasze zdrowie, taki toast może pan przecież spełnić, zdrowia może pan przecież mi życzyć, prawda?

Szparki oczek w gładkich policzkach zwężały się, jakby Gałązka powstrzymywał się od śmiechu. Dłonie poruszały się, tasując niewidoczną talię kart.

– Szkoda, że nie potrafi pan przestać traktować mnie jak wroga. A przecież czas się zmienił. Znaleźliśmy się w demokracji, więc nie walczyć powinniśmy, ale uzgadniać stanowiska, racje, poglądy... No, napijmy się. Cóż pan chce od biednych przegranych, którzy przyjęli swoją klęskę... Przecież to dzięki nam tak łatwo przejęliście władzę. Teraz tak prosto się mówi, ale wtedy nie było to takie oczywiste, ani nasza klęska nie była pewna... To zresztą śmieszne, jakim determinstą się pan okazuje, kiedy mówi, że nie mieliśmy wyboru, a przecież wcześniej walczyliście z nami pod hasłem walki z determinizmem, bo w innym przypadku... to... to może cały czas mieliśmy rację... Skazani byliśmy na rosyjską dominację, na komunizm... I to my, próbując nadać polski kształt temu reżimowi, starając się zachować, co możliwe było do zachowania, walczyliśmy o polską rację stanu...

Gałązka mówi nieomal smutnym głosem, wyraźnie zastanawiając się nad każdym słowem, ale jego oczy zwężają się w śmiechu, chichoczą, podczas gdy palce budują piramidy z kart.

– Ja nie odpowiadam za stalinowski terror, jestem pana rówieśnikiem... A wyboru dokonałem świadomie, bo chciałem ratować ten kraj...

Gałązka jest poważny. Jego oczy otwierają się szeroko, palce nieruchomieją na blacie.

– Powinien mi pan wierzyć, to przecież bardziej płodna intelektualnie zasada. Ci, którzy zrobili stan wojenny, chcieli ratować ten kraj, ratować przed rosyjską interwencją, oddalającą przemiany o dalsze dziesiątki lat... Nie ma co się oburzać. Czy naprawdę odbyło się to kosztem tak wielkich ofiar? Przecież wielu spośród was usprawiedliwia Pinocheta, ba, wynosi go na piedestał za uratowanie ekonomii chilijskiej i całej Ameryki Łacińskiej przed komunizmem, a tam padały tysiące trupów, tortury były normą...

– Chodziło o nasz interes? Że niby robiliśmy kariery, zarabialiśmy? Ależ to takie ludzkie... O ileż gorsi byliby fanatycy w skórzanych kurtkach... Cóż, zawsze tak jest, kiedy bierze się władzę. Odzywa się ludzki pierwiastek. Nie wie pan o tym? Zawsze znajdzie się ktoś, kto zażąda pieniążków za załatwienie zlecenia na większą inwestycję. Że pieniążki przeznaczone są na słuszne przedsięwzięcie? Później okaże się, że to on akurat będzie jego szefem, na ten przykład, wyobraźmy sobie... agencji informacyjnej. Trudno mieć do niego pretensję, skoro jest akurat najlepszym kandydatem, a że agencja pod jego kierownictwem zbankrutuje, to już inna sprawa. Jest pan przecież w stanie wyobrazić sobie coś takiego. Ludzie po prostu muszą żyć. Muszą stworzyć sobie warunki do robienia polityki. Do służby publicznej. Tak już jest, prawda?

Gałązka siedzi teraz sztywno i patrzy Piotrowi prosto w oczy. Mówi wyraźnie i dobitnie, skandując nieomal każde słowo, wybija je dłonią na blacie stołu.

– Za wcześnie złożyliście nas do grobu. Ale my nie chcemy umierać. Pobawcie się, poszalejcie, zróbcie jeszcze parę głupstw. Podłóżcie się. Coś się wam przecież należy, zdążycie się czegoś nachapać, a ludzie... zdążą do nas zatęsknić. Jak to było w tej waszej świętej książce? Czterdzieści lat prowadził Mojżesz przez pustynię, aby wymarło pokolenie pamiętające niewolę? A chodzi po prostu o bezpieczeństwo. My dbaliśmy o ludzi! A Mojżesz zaproponował im wyrzeczenia, tułaczkę, wojnę wreszcie... – Jesteście amatorzy. Proszę się nie obrażać. Nie znacie polityki. Gdzie mieliście się jej nauczyć? Nie umiecie liczyć, obiecywać, tkać tej materii. Nie potraficie zbudować partii. To skomplikowana gra. Nie jest tak, jak się wam wydaje. Do tego trzeba zawodowców, a wy nawet brać nie umiecie. Jeszcze kilka lat i wrócimy. W przeciwieństwie do was, nauczyliśmy się czekać. Nie będziemy potrzebowali armii ani niczego w tym rodzaju. To ludzie nas wybiorą.

Za oknem zostają strzępy obrazów wyłaniających się z szarzejącego dnia. Poprzez własne odbicie w szybie Piotr Rybak widzi twarze, które przesuwają się za szybko, żeby nadać im imię. Jednakowo nieprawdopodobni uczestnicy wydarzeń, których był bohaterem, albo bohaterowie tych, których był uczestnikiem. Ułamki ginących kształtów. Piotr widzi siebie oczami Heleny, a może są to oczy Urszuli? Chociaż Urszula patrzy w podłogę, nie podnosi głowy, kiedy Piotr wychodzi, wolno i ostrożnie zamyka za sobą drzwi ich wspólnego dotąd mieszkania. Urszula śmieje się, zarzuca mu na ramiona ręce w kręgu przyjaciół, pod pałacykiem Urzędu Stanu Cywilnego. – Prawda, że będziemy ze sobą zawsze, prawda – szepcze mu do ucha. Urszula wciąga go do pokoju, zatrzaskuje drzwi i patrzy na niego w sposób, który Piotr zna, więc podchodzi do niej, zaczyna ją rozbierać, a ona pomaga mu, rozpina spodnie, pieści go dłonią, ustami, osuwając się przed nim na kolana i wreszcie naciąga go na siebie na stół, na zmiętą serwetę i jęcząc przyjmuje go, zaciska powieki, jej usta otwierają się i zamykają, i jest tak bardzo oddana swojej rozkoszy, iż Piotr przez moment myśli, że jest jej właściwie niepotrzebny. Pod oknem, po przeciwległej stronie dużego zatłoczonego pokoju Piotr dostrzega samotną dziewczynę z kieliszkiem w palcach, dziewczyna patrzy na niego, odwzajemnia uśmiech i Piotr podchodzi do niej, zaczyna mówić coś, nie zwracając uwagi na zbliżającego się w tym samym momencie mężczyznę, i słyszy, że dziewczyna ma na imię Urszula.

Urszula nie podnosi głowy. Zofia patrzy na niego uważnie, bez uśmiechu, ale wyławia go swoim spojrzeniem z milczącej gromady, wolno opuszczającej salę po spektaklu, naznacza swoim spojrzeniem, a potem z kilkoma osobami, które podchodzą do niej, znika w znajdującym się za nimi pomieszczeniu.

Dzień skończył się. Spoza brudnych baraków, niedokończonych budowli układających się w rumowisko odsłoniętych fundamentów, sterczących rur i pęków zardzewiałych drutów, zaczęły wyłaniać się pierwsze ulice. Przez zacieki na szybie Rybak zobaczył zapalające się latarnie. Domy i ulice były obce, otwierały się tunelami świateł. Przypomniał sobie, że wtedy wyglądało to inaczej, nie było tylu neonów i może dlatego miasto wydawało się mniejsze. Przez ciemny przejazd pociąg wjechał w światło peronu.

Miasto było inne, choć co jakiś czas Piotr odnajdywał fragmenty znajome: fronton domu podtrzymywany przez dwie przygięte w wysiłku muskularne postacie, klasycystyczną kolumnadę zakręcającą pod kątem prostym, aby wyrzucić go na wielką ulicę, między światła i kontury drzew.

***

Kto zasugerował mu, że powinien zobaczyć przedstawienie? Już od dawna Piotr Rybak wiedział o istnieniu Instytutu. Wzmianki i sugestie w gazetach tworzyły atmosferę tajemnicy. Gdzieś na obrzeżach praśnej rzeczywistości komunizmu tlił się płomyk nieznanego. Nawet przeważające wówczas drwiny i ironia zamiast gasić, prowokowały ciekawość. Zwłaszcza że pojawiały się głosy fascynacji i zachwytu, należące także do tych, niepublikujących najczęściej, w których słowa należało wsłuchiwać się uważnie. Piotr nie interesował się szczególne teatrem. Jednak echa niejednolitego wielogłosu docierały i do niego. Budziły ciekawość. Obserwował fascynację wśród znajomych. Byli między nimi wtajemniczeni, którzy widzieli przedstawienie. Niektórzy poznali ludzi z Instytutu i był to wtajemniczenia krąg kolejny. Środowisko jego dalszych znajomych zaczęło nawet organizować wyprawy na spektakl. Wtedy przedstawienie zaczynało się wcześniej. Organizowanie biletów, a później wyjazd należały już do innego czasu. Odmiennego czasu przedstawienia. Opowiadali potem o przygotowaniach, zdobywaniu pieniędzy lub jeździe autostopem jak o inicjacyjnej podróży przenoszącej w inny wymiar. Organizowanie zespołowego noclegu, na który nigdy nie było pieniędzy, szukanie gościnnych tubylców, nawiązywanie przyjaźni, które musiały krążyć wokół Instytutu – to były kolejne akty wchodzenia w tamten świat, zbliżania się do Mistrza.

Piotr nie wybrał się z nimi nigdy. Dbał o zachowanie dystansu, który był maską pychy naciągniętą na grymas bezradności, może kompleks odrzucenia, może... Marzył, aby ktoś z nich zaproponował mu wspólny wyjazd. Niewidziany teatr coraz natrętniej wypełniał jego uwagę. Stawał się doświadczeniem, którego brak Piotr zaczynał odczuwać coraz mocniej. Nie odnajdywał jednak w sobie dosyć odwagi, aby samemu wyruszyć i przejść przez przedstawienie prowadzące go w inną przestrzeń, którą Rybak wyczuwał, której dosięgał nieomal, ale ona wymykała się, pozostawiając bezradność i nadzieję na pośrednictwo przewodników z dalekiego Instytutu. A może Piotr równie mocno oczekiwał, że wyprawa otworzy przed nim niedostępną dotąd grupę niezbyt bliskich znajomych i obie te strony nieznanego doświadczenia splotły się w jedno oczekiwanie?

Na przedstawienie pojechał, kiedy środowisko dalekich znajomych już nie istniało. Może rozsypało się na grupki, które stracił z oczu, kiedy kończyli studia?

Piotr nie rozumiał, co działo się w ciemnościach. Chwilami ogarniał go lęk: jakby za moment ktoś miał go zmusić do zareagowania na zjawiska niepojęte. Widział z góry miasto pełne cierpiących ludzi, którym nie potrafił pomóc, a ktoś krzyczał mu w ucho, krzyczał nad głową postaci zgiętej w kręgu widzów, pytając, dlaczego nie pochyli się nad nimi. Domagali się, wrzeszczeli, szydzili, pluli w twarz ciemnej postaci, wyciągającej ku nim dłonie. Ręce wysuwają się w geście nadziei, której zostały pozbawione. Czy wszystko było przegrane, pozbawione przyszłości, jałowe? Pozostawało tylko tępe, stadne oszołomienie?

Potem myli podłogę, ciężko, z mechanicznym mozołem. Rozciągali całun.

Piotr wychodził z ciemności, z ulgą i niepokojem stąpając na ścierpniętych nogach. Ciemne misterium skończyło się. Wchodził w krąg elektrycznego światła nie oczyszczony, ale lżejszy. Bardziej pusty. Jednak spokój był krótkotrwałą iluzją. Z żółtym blaskiem spadła na niego potrzeba rozumienia i bezradność. Potrafiłby opowiadać sobie wyłącznie scenki, ale im precyzyjniej układał ich sekwencje, tym mniej miały związku z tym, w czym jeszcze przed chwilą uczestniczył. Jedyne, co zrozumiał, to to, że ciemna postać prowadziła ich przez kręgi cierpienia, zła,

59

śmierci, ale nie wiedział już, czy brała je na siebie, czy usiłowała przezwyciężyć, czy hartowała ich w ogniu beznadziejności...

I wtedy nagle pojął, że rozumieć nie musi. Może powinien poddać się temu, co przeżył przed chwilą, jak poddajemy się innym doświadczeniom, nie próbując nawet rozumieć ich sensu ani dociekać, czy sens taki istnieje. Zrozumieć można pojedyncze sceny, tak jak rozumiemy, dlaczego tłum śmieje się z szaleńca, który mówi im o zbawieniu, i dlaczego szalony tłum śmieje się ze zbawiciela przynoszącego mu wyzwolenie. Dlaczego człowiek chce frunąć, chociaż przywiązany jest do ziemi jak ciemny dwugłowy stwór, który biegnie wkoło między nimi, i podrywa się do lotu, wyskakuje w górę, jakby ulatuje w powietrze, aby rozpadając się, spaść na ziemię. Dlaczego inteligencja kusi człowieka swoim zimnym blaskiem?

Ludzie stali jeszcze grupkami w nieprzyjemnym świetle neonów, ale Piotr był bardziej samotny, niż kiedy przyszedł tutaj, i wtedy, między kilkoma postaciami zbliżającymi się do drzwi pomieszczenia Instytutu, zobaczył twarz dziewczyny. Nie pamiętał, czy widział ją wcześniej. Uśmiechnęła się do niego nieznacznie, jakby przesyłała znak porozumienia. Zanurzyła się w jego samotność, wypełniła ją przez moment, a potem oddaliła się, pozostawiając mu swój wizerunek.

Przyjeżdżał tam potem wiele razy. Zaczęli go poznawać. Za czwartym czy piątym razem zaczepił go Ryszard.

III

Ulica pulsowała zmiennym światłem wielkich reklam. Między nimi pogrążała się w plamy półcienia, które latarnie nakłuwały jedynie. Frontony zmurszałych kamienic z zatartymi rzeźbami przechodziły w drewniane parkany pokryte wystrzępionymi plakatami. Spoza niejasnej plątaniny plam wznosiły się rusztowania i budowle jeszcze mniej czytelne niż mozaika plakatów. I znowu wybuchało światło reklam i przez szkło ścian piramida biurowca zagarniała przestrzeń nocy, a Paul Tarois mógł oglądać swój powielony cień między śpieszącymi się przechodniami, przed skuloną postacią na kolanach wyciągającą ku niemu dłoń.

Nie wiedział właściwie, co nim kieruje, ale gdy skręcił i zobaczył ciemną bryłę kościoła pod trójkątnym zwieńczeniem dachu, i bardziej przypomniał sobie, niż zobaczył figurę Matki Boskiej w ciemnym geście błogosławieństwa, zorientował się, że idzie właściwą drogą. Co chwila pojawiał się budynek lub zaułek, który przypominał mu czas sprzed lat, ale kiedy odwracał się, aby odnaleźć go znowu, domu nie było i kształt ulicy był już nie taki sam, jakby pamięć bawiła się z nim albo miasto i czas łudziły go swoimi nieskończonymi obliczami.

A jednak nieoczekiwanie łatwo odnalazł drogę do rynku. W wielobarwnych światłach reklam i neonów, ciągle ten sam w kwadracie ulic przeglądał się w gotyckiej katedrze i wielokrotniał w otaczających go arkadach. Kamienne schodki prowadzą w dół. Paul zatrzymuje się w pewnej odległości. Stoi nieruchomo, potrącany przez śpieszących się przechodniów, a potem idzie w drugą stronę.

Światło drąży źrenice. Młodzi, bardzo młodzi ludzie przebiegają obok, przekrzykując się i wymachując rękami. Tarois wpatruje się przez szklaną ściankę w postać nachyloną nad komputerem, próbuje wywołać choćby iskierkę wspomnienia, która pozwoliłaby rozpoznać tamtego Adama w tęgim i łysawym mężczyźnie obserwującym łańcuchy seledynowych wyładowań na ekranie.

Sosna poprawia okulary, spogląda na niego bezradnym wzrokiem, zanim najpierw niepewnie, a potem uspokojony rozjaśni twarz, wyszczerzy zęby, poderwie się z fotela i podbiegnie, wydając spontaniczne okrzyki powitania i rozkładając szeroko ręce, jakby chciał nimi objąć co najmniej całą redakcję.

– Jednak jesteś, popatrz, tyle czasu, tyle czasu, osiemnaście lat, więcej... Dobra, niech będzie szesnaście, ale musisz zrozumieć! Dla nas to cała epoka, a nawet wiele... wiele epok. Ciągle dziwię się, że jeszcze żyję. A żyję całkiem nieźle, zobaczysz. Ale może to już nie ja, tylko inne wcielenie... Chwilami patrzę na siebie zdumiony i pytam: czy to ciągle ja? Czy mogło się mi przydarzyć coś równie nieprawdopodobnego, a nasze projekty i pomysły z teatralnych czasów wydają mi się pozbawione wyobraźni...

– Siadaj, popatrz... Jestem szefem jednej z najważniejszych gazet w mieście. No, prawie szefem, zastępcą, ale moja rola... Pokażę ci moją gazetę... Chodź! – Adam ciągnie go za rękę na zewnątrz swojego przeszklonego biura. Chodzą po plątaninie pozbawionych drzwi pokojów, między ludźmi patrzącymi w komputerowe ekrany, mówiącymi przez telefon albo biegającymi tam i z powrotem. Co chwila zbijają się w mniejsze lub większe grupki i przekrzykują, nie interesując się tym, co dzieje się poza ich kręgiem. Nie zwracają uwagi na Adama, który tylko od czasu do czasu przedstawia Paula komuś, kto uśmiecha się grzecznościowo, wyrzuca z siebie kilka zdawkowych zdań i wraca do przerwanego zajęcia.

– Tu tworzy się naszą rzeczywistość. No, żeby nie przesadzać, współtworzymy ją... W każdym razie trzymamy rękę na pulsie, kontrolujemy, sam przecież wiesz... Czwarta władza... Spójrz, jacy oni młodzi, dla nich jestem dziadkiem, starcem. Nieomal. Tylko paru z działu sportowego i łączności z czytelnikami to moi rówieśnicy, a reszta – średnia wieku dwadzieścia cztery lata. Wszystko nowi, bo tu wszystko jest nowe, staje się... – Adam przechyla szklaneczkę i wpatruje w wiktoriańskie ryciny i anglojęzyczne napisy na ścianach pubu. – Wszystko potoczyło się tak prędko, że sam nie wiem, jak to się stało.

– Ta knajpa powstała przed rokiem. Tamta, po drugiej stronie ulicy, przed kilkoma miesiącami, a niedługo, na rogu ulic, dwa kroki stąd, gdzie było kino, otworzą wielki, luksusowy lokal. Tu, gdzie teraz pijemy, dziesiątki lat był bar mleczny. Pamiętam kolejki po pierogi, starych ludzi przez szybę patrzących na ulicę znad talerzy z kopytkami zalanymi burą cieczą, sterty naczyń na stołach, wśród których na odpadki polowali czający się pod ścianami kloszardzi. Ale nie tylko kloszardzi. Czasami tacy jak my, w każdym razie tacy jak ja. Jak ja wtedy, gdy poznałem Maćka. A to miejsce teraz... Kiedy pierwszy raz przyszedłem do tego pubu, zdawało się mi, że czuję jeszcze zapach mokrej ścierki, którą po blacie między talerzami jedzących przesuwała kobieta w brudnym fartuchu. Ale nie było żadnych starych zapachów, w powietrzu unosiła się woń perfum, dezodorantów, dobrego piwa, bukiety drogich alkoholi. Nowy świat...

– Wiesz, przypominasz mi coś. To dziwne. Chciałem ci opowiedzieć o naszej walce z konkurencją. Bo mój, nasz „Goniec Codzienny", jak mówią, jest drugi, no, jest drugi za „Głosem Dnia", ale możemy wygrać, jestem pewny, że wygramy. Oni mają oparcie w tej tutejszej prawicy,

prawicy od siedmiu boleści, która jest przeciw kapitalizmowi. Twierdzą, że przeciw naszemu kapitalizmowi afer, ale taki jest kapitalizm realny i najważniejsze, żeby doprowadzić do końca przemiany. Ci prawicowcy związani z Kościołem i Solidarnością... Chciałem wytłumaczyć ci naszą rzeczywistość, ale przypominasz mi inne czasy, które prawie zapomniałem. O których nie myślę już od kilku lat. Bo żyję teraz. A przecież...

– Kiedy zadzwoniłeś do mnie, żeby opowiedzieć mi, jak umierał Zbyszek, to chciałem i nie chciałem tego słuchać. Może dlatego, że widziałem, jak umierali Grzegorz, Rysiek, Jan. Tacy młodzi i piękni wcześniej. Moment wcześniej. A przecież zginął jeszcze Zygmunt. Może od tamtego czasu przestałem o tym myśleć? Nie chciałem myśleć... Chodź, chciałem ci pokazać miasto...

Paul idzie za Adamem, który w rozpiętym płaszczu, szeroko wymachując rękami i co chwila wpadając w kałuże, przypomina mu jakąś postać z komedii dell'arte.

– Widzisz ten wieżowiec, który budują Anglicy? Zaraz za tym ma powstać kompleks z udziałem kapitałowym z Hongkongu... a może Korei? Teraz miasto to jeden wielki plac budowy. Równocześnie nagle zaczęto wykorzystywać jego naturalne możliwości – zapuszczone dotąd podwórka, zrujnowane podziemia, które ciągną się pod wielką częścią Starówki i przerabiane są na restauracje, sklepy.

– Widzisz to osiedle! – Sosna pokazuje przyczepione do ogrodzenia placu budowy skupisko kilku domków, które z odległości w półcieniu wyglądają jak prowizoryczne składy. – Tu mieszkają przybysze z Południa albo ze Wschodu, zanim właściciel nie wyrzuci ich i nie zburzy tych bud, a wtedy przemieszczą się gdzieś indziej, może na dłużej, bo już wokół miasta zaczynają powstawać nasze favele, osiedla z falistej blachy i desek dla imigrantów albo tylko handlarzy, przyjeżdżających tu na jakiś czas.

Miasto przypominać zaczyna zajazd na skrzyżowaniu wielkich tras. Chodź, wejdziemy tutaj – Adam prowadzi do ciemno oświetlonego lokalu, do którego wchodzi się po cuchnących uryną schodkach.

Po sforsowaniu szatni, gdzie Sosna nabył bony uprawniające do konsumpcji, wkroczyli do wnętrza. Po chwili dryfowania w półmroku, prowadzeni jaskrawo zmieniającym się światłem parkietu, potykając się o kolejne nogi i przepraszając, znaleźli wreszcie wolny stolik. Wtedy Paul zorientował się, że orkiestra nie stroi instrumentów, tylko gra, a na wysuniętym nieomal na środek sali i pogrążonym w ostro zielonym świetle proscenium oblepiona cekinami kobieta śpiewa coś, co w różnych tonacjach, mrucząc, płacząc, krzycząc, powtarza większość osób, nawet Adam, który pod nosem pojękiwał:

O gwiazdo miłości, nie zagiń we mgle,
O gwiazdo miłości, czy poznajesz mnie.

– Chciałem tu przyjść – pomrukiwał Adam, trącając kieliszek Paula. – Tu ostatni raz spotkałem Zbyszka, Janka. Tu nic się nie zmieniło. Popatrz!

Wspierające się o siebie i zlepione pary sennie przemieszczały się po parkiecie. Przy stolikach w ciemnościach kołysały się wyglądające podobnie sylwetki. Tarois ma wrażenie, że tańczący pozbawieni są kośćca, wyginają się, skręcają, osuwają ni to w rytm muzyki, ni to pod ciężarem ciała...

– Knajpa otwarta całą noc. Ile ich było wtedy? Dwie, trzy na całe miasto. Więc przychodziliśmy tutaj. Ty też pewnie byłeś tu, chociaż nie musisz pamiętać. Nic się nie zmieniło. To samo grają, ci sami goście, tak samo ubrani. Jutrzenka.

– To dziwne. Dlaczego umierali tak wcześnie? Dlaczego prawie wszyscy musieli zginąć? Tacy piękni. Władcy siebie, nowa rasa, przyszli panowie. Wiesz – Adam pochylił się ku Paulowi, przyciągnął go i zaczął mu szeptać na

65

ucho – podobno Mistrz, gdzieś w Ameryce, chce stworzyć istotę doskonałą. Taką, w której wszystko stopi się w jedno: ciało i dusza. Esencja i egzystencja. Gest jest jednoznaczny ze słowem, myśl z oddechem i sposobem ułożenia ciała. Wyrażane i wyrażające będą wreszcie jednym. Tak jak przed pęknięciem, które leżało u początków naszej kultury, dekadencji naszej. Ludy przed upadkiem nie znają podziału na duszę i ciało. Wszystko jest w nich jednym. I one są jednym ze światem, z naturą. Wyrażają sobą naturę. Nie żyją jeszcze w niszczącej rzece czasu, która pochłania i zagarnia wszystko. Oni tylko wtapiają się w kolejne wcielenia.

Sosna kołysał się w takt muzyki i Paul miał wrażenie, że kwestie swoje wygłasza również w jej rytmie, podśpiewuje nieomal jak inni tutaj, słaniają się, podążają za nieskładnym brzmieniem orkiestry:

– Anna Maria...

– Tworzy istotę perfekcyjną, golema doskonałego... a ja, gdy mówię to, jestem tylko niewolnikiem wieloznaczności słów, ich nieoczekiwanej ironii, a może i swojej małości, zawiści. Ja, który tonę w rzece czasu, jak na tych średniowiecznych alegoriach tańca śmierci: otulony płaszczem szkielet ciągnie mnie za rękę, a ja podążam za nim prowadzony przez zeitgeist, który jest tylko klekoczącą kośćmi nicością... Pracuję w gazecie, jestem wyłącznie dziś, pędzę za uciekającym czasem, prędzej i prędzej. Zachłystuję się wydarzeniami, krztuszę nimi i zapominam o nich. Żyję w iluzji faktów, będących tylko ogromniejącym składem makulatury. Nawet gdybym chciał, nie mógłbym zajmować się teatrem. Aby podjąć wyzwanie sztuki, trzeba pamiętać. A ja? Popatrz! Jestem trybikiem maszyny, która pożera pamięć. Mieli ją na strzępki papieru, które fruną nad naszymi miastami.

Sosna położył głowę na blacie stolika i mówił tak, że Paul zmuszony był nachylić się, aby zrozumieć cokolwiek.

– A przecież nie sądzę, żebym stał się bardziej cyniczny. Może jestem właśnie bardziej pokorny? Może zrozumiałem swoją znikomość i zacząłem porzucać uroszczenia... Adam podniósł głowę. Skóra na twarzy zwisała mu w grubych fałdach, pod ściągniętymi brwiami niemal nie było widać oczu, usta poruszały się jak u ryby wyrzuconej na ląd.

– Może nie tylko ja? Może zaczęliśmy porzucać urojenia nieśmiertelności i coraz większy dystans mamy do siebie i do czasu, i dlatego próbujemy po prostu żyć? Robić gazety, kłócić się o drogi i domy. Może dlatego, że teraz naprawdę poczuliśmy oddech śmierci?

– Przestaliśmy wierzyć, że możemy zmienić wszystko: świat, siebie... Wiemy już, że aby zrobić cokolwiek, musimy wsłuchiwać się w nasz czas. Musimy czyhać na swój moment, który może zostać nam odebrany... Czy zrozumiałem coś, czy tylko się zestarzałem? Może dlatego, że nie ma go. On mógł rzucać wyzwanie czasowi, mógł naginać świat do swojej woli, ale nie my... Bez niego kim jesteśmy? Grupką rozbitków, których niesie fala czasu w popękanych czółnach i którzy usiłują przetrwać, a więc wiosłować z prądem, bo inaczej mogą jedynie utonąć... Tylko że przecież nie jest tak źle, przecież pragnęliśmy takiego wiatru, historii, a może nawet przyczyniliśmy się do niego...

Od jakiegoś czasu Tarois przestał słuchać Sosny, a teraz nie słyszał już nic, muzyka zawodziła, a pieśniarka wykrzykiwała jakiś nieznany tekst. Adam nachylił się do Paula:

– Dlaczego zostali po nim tylko umarli, zagubieni i garść wspomnień? Czy jego misja miałaby się na tym zakończyć? Co w takim razie miałaby znaczyć?

Słowa Adama odpłynęły znowu. Jakiś człowiek kołyszącym się krokiem podszedł do ich stolika, w półcieniu nachylił się z bliska, lustrując ich twarze, a potem powoli oddalił się, co chwila odwracając się w ich kierunku.

– Pewnie mnie rozpoznał – powiedział Sosna – stałem się w tym mieście dość znaną postacią. No i, nie przeczę, mogę czerpać z tego określone korzyści.

– Czuję się młody i potrzebuję młodości, a może właśnie dlatego potrzebuję młodości, że czuję jej odpływanie, a moja gorączkowa aktywność jest świadectwem gaśnięcia... ale potrzebuję młodych. Wiesz, zadzwonię do mojej panienki. Chcę, żebyś ją poznał, żebyś zobaczył, jacy są młodzi ludzie teraz, tu.

Adam oddalił się. Goście Jutrzenki oglądają się za nim, a potem odwracają w kierunku Paula. W półmroku Tarois nie dostrzega, czy rzeczywiście patrzą na niego, ale odnosi wrażenie, że co chwila ktoś bada go nieprzyjaznym spojrzeniem. Jakby trafili na przyjęcie, rządzące się swoim, nieznanym im rytuałem, który nieświadomie naruszają, powodując narastającą irytację obecnych. Postacie kołyszą się w podświetlonych ciemnościach. Twarze wypływają w rejony światła, ujawniają, aby ustąpić miejsca kolejnym, niknąć. Obce słowa, niezrozumiały, inny język wypełnia salę jak szum rozdrażnionego roju, a wysiłki piosenkarki, aby przekrzyczeć go, są coraz bardziej rozpaczliwe i bezowocne.

Dlaczego siedzę tu i wysłuchuję tego wszystkiego, myśli Tarois. Czy tylko zmęczenie nie pozwala oderwać się od stołu, od gadaniny grubego jegomościa, który udaje Adama Sosnę? Dlaczego nie pójdę do hotelu, aby przywołać sen, który nie może być bardzo różny od tego, co otacza go tutaj?

– Czytałeś moją książkę? – Kępki włosów na głowie Adama skręcają się i wznoszą ku górze, odsłaniając połacie nagiej skóry. Pękata twarz, zwieńczona brwiami, które zbiegają się nad okularami, zbliża się do Paula jak tropiący puchacz.

– Tylko ja potrafiłem ująć to zjawisko jako całość, we wszystkich jego kontekstach, no może nie we wszystkich, ale potrafiłem zobaczyć, zobaczyć... tak... tak całościowo... wszystko... inni dawali tylko przyczynki, szkice, obrazki – Adam macha pogardliwie rękami – i popatrz, ukazało się to w osiemdziesiątym, zaczęli pisać i zaraz wybuchły strajki. Wszyscy zajęli się czymś innym, a potem czasami tylko wspominali, nie powiem, z atencją, ale co z tego, nikt się tym naprawdę nie zajął, nikt już potem nie zanalizował do końca, trzy lata pracy... właściwie więcej, dużo więcej i nawet nie porozmawiałem o tym z nim... Szukałem go, szukałem tyle czasu, ale nie znalazłem, bo przecież tak naprawdę to chyba nikt nie wie, gdzie jest. Nikt nie wie, mimo tego wszystkiego...

Adam pochyla się nad stołem, rozgarnia palcami kosmyki włosów, okulary zsuwają się mu na czubek nosa.

– Bo ja nie tylko opisałem wszystko, pokazałem jak z teatru rodzi się coś więcej, coś, czego nie mogłem i nie potrafiłem nazwać, coś jak wyzwanie i więcej – nowy ład, który przenika nasz świat... który zmieni go jak kiedyś, dwa tysiące lat wcześniej... – Sosna podnosi głowę i Paul nie widzi jego oczu przez zaparowane szkła. – Wiesz, kiedy umierali... myślałem, jak pisać o tym... Pierwszy był Grzegorz, pamiętasz, ten wielkolud. To było tak szybko. To była chyba wiosna, osiemdziesiąty pierwszy. Wróciłem i usłyszałem, że jest w szpitalu. Nie przejąłem się w ogóle, każdemu może się coś przytrafić, ale nie Grześkowi... w każdym razie nic poważnego, dopiero potem powiedzieli mi, że to ciężkie, że to rak. W szpitalu był już długo, już po operacji, wiesz, tamto środowisko było rozbite, już nie szukaliśmy się, wręcz przeciwnie, unikaliśmy. Co mieliśmy powiedzieć, Szymonowicza nie było, wszystko szło siłą rozpędu, a właściwie nic nie szło, świat dookoła wrzał, pienił się w tej narodowej wiośnie, a my jak z innej epoki, zagubieni, jakieś staże, jakieś samooszukańcze projekty, szukaliśmy go, a raczej czekaliśmy na niego, bo przecież wiedzieliśmy, że jego nie można znaleźć, nikt z nas tego nie potrafi. Nie potrafi, bo on przyjdzie, kiedy będzie chciał. *Rzeka*, która miała być zwieńczeniem wszystkiego, nie odbyła się. To znaczy Rysiek zrobił coś. Nawet byłem tam. Zapędzili mnie, chociaż nie za bardzo chciałem. Cały entuzjazm Ryśka, cała jego młodzieńcza pasja spowodowały, że zdarzyło się, wydarzyło się „spotkanie", które było jednak cieniem tamtych, wcześniejszych. I chcieliśmy jak kiedyś spalać się, ale przecież nie wierzyliśmy do końca, może z wyjątkiem Ryśka, a poza tym uczestnicy – zagubione indywidua, które przypadkowo wypełniły nagle zwolnione miejsce... Zawsze mówiliśmy, że nie szukamy prymusów, jak ironicznie określał to Jurga, któremu pozostał uraz szkoły aktorskiej, właściwie prawie nie dobieramy uczestników. Szukamy tych, którzy są gotowi zaryzykować przygodę z nami, których stać, aby wyłamać się ze schematów, otworzyć... Bo przecież każdy ma w sobie tę iskrę... Nic innego nie ma znaczenia, bo fenomen „spotkania" uwalnia w ludziach ich prawdziwą naturę, ekstaza odnalezienia drugiego jest dostępna także zagubionemu i przestraszonemu, i takie ble ble.

– Ale przecież, tak naprawdę, „spotkania" uprzednie możliwe były dzięki wybranym, tym, którzy zostawali już, szli za nami, jak w czasie „spotkań" biegli za tymi, którzy prowadzili korowód, dzięki najlepszym: nietypowym, niezwykłym, nawiedzonym... To dzięki nim mogliśmy stworzyć aurę, w której przestraszeni przeciętniacy przekraczali siebie, odnajdywali w sobie innych, osiągali... takie tam... Tylko że wtedy, na tej imitacji *Rzeki*, pojawili się wyłącznie oni: zagubieni i niepewni siebie, bo tamci, tamci robili już coś innego, odeszli od nas i robili Solidarność, jak i ja zacząłem wtedy z krótką przerwą na *Rzekę*. Ale wtedy została nam tylko grupka biernych fascynatów, którzy nie odeszli, bo chyba nie potrafili i nie mieli gdzie, cóż z tego, że z otwartymi ustami śledzili szaleństwo Ryszarda i niezdarnie próbowali je naśladować... nie mogło ich ono porwać, zaczarować ani odczarować, może dlatego, że inni pełni byli niewiary... jak ja.

– Kiedy przyszedłem do Grzegorza, był cieniem. Odchodzącym cieniem. Na poduszce kościotrup ze sterczącą brodą. Majaczył. Opowiadał coś o mieście. O mieście, które spod stóp wyrosło jak las, zagarnęło i zgubiło... Pytał o niego. Pytał o drogę. Pytał, czemu nie przeprowadził przez gęstwinę. Mówił, że przestał być tym, kim był wcześniej, ale teraz duchy opuściły go i pozostała pustka, wyżerająca go od środka, pustka, która boli...

– Potem był Rysiek. Tylko kilka miesięcy. Też rak. I też przyszedłem do niego tuż przed śmiercią. To wszystko było tak szybko. Miotał się na pościeli. Oczy miał bez źrenic, nieprzytomne i świecące. Majaczył. Mówił o snach. Przeskakiwał przeszkody niemożliwe do przeskoczenia i zachęcał innych. Skarżył się i prosił o pomoc. Prosił go. Mówił o obcym, który zstąpił na niego. Zawładnął nim. Mówił, że tam było jeszcze inaczej. Doznawał wspaniałości, która przeistaczała się w koszmar, ale tam był gotów podjąć ją, tu pozostał już tylko koszmar. Tu jest tylko bruk na popiołach, przypadkowe kamienie na rozsypanych, zmieszanych i zapomnianych prochach, powtarzał. Dziwne jak dokładnie to zapamiętałem, chociaż wtedy nieomal nie słuchałem go i chciałem uciec. Zrozumiałem, że nie mogę o tym pisać. Nie potrafię, a może nie powinienem...

Tarois chciał powiedzieć Sośnie, że ludzie dookoła już nie tylko obserwują, ale zaczynają pokazywać ich sobie z narastającą irytacją. Był jednak zbyt zmęczony, wszystko było zbyt dziwne, a słowa Adama jak ołowiane konfetti osiadały na nim i przygniatały go do krzesła.

– Mogę powiedzieć, że wtedy odszedłem. Tylko czy rzeczywiście? Zaraz była wojna i wypadki poniosły nas. Właściwie przypadkowo dowiedziałem się, że poprosił o azyl w Stanach. Zadeklarował, że zamyka Instytut, całe swoje przedsięwzięcie i nie upoważnia nikogo do kontynuacji...

Przeczytałem to w jakiejś gazetce podziemnej, czy ktoś powiedział mi, albo dopiero potem mówiłem z kimś... Już dawno się nie zbieraliśmy. Wszyscy rozeszli się, rozjechali nie wiadomo gdzie...

– To wtedy ktoś dał mi gazetę – chyba „Gońca", z oświadczeniem Zygmunta Majaka, że będzie kontynuował pracę Instytutu, bo było to przedsięwzięcie zespołowe. W podtekście była jakby polemika z deklaracją Szymonowicza, która w żadnym miejscu nie została jednak przywołana. Zygmunt mówił, czy sugerował mu dziennikarz, że ma do tego szczególne prawa, bo od początku był tam i uczestniczył w tworzeniu Instytutu wspólnie z Szymonowiczem, tak było to wyeksponowane... wspólnie. Mówili mi, żebym z nim porozmawiał, zaapelował do niego. Myślałem, że powinienem, choć wiedziałem, jak trudne czy wręcz beznadziejne może być moje zadanie. Zresztą oddaliłem się od tamtych spraw, ale wtedy poczułem, zacząłem czuć, że coś groźnego gromadzi się wokół Zygmunta i dlatego tym bardziej należy z nim porozmawiać, przekonać go.

– Za szybko się to stało. Kilka tygodni, może mniej. Poślizg niedaleko od miasta. Samochód wbił się w drzewo. Opowiadali, że nie można było go wydobyć. Ciało wgniecione w maskę. Myślałem, że przecież musiało się tak stać, przecież wiedziałem. Rodziło się we mnie poczucie winy: nie porozmawiałem z nim, nie próbowałem nawet, chociaż nie mogło to przynieść rezultatów i może wszystko było już zaplanowane... Zrobił najgorsze co mógł. Zdradził nas wszystkich: Mistrza, nas z Instytutu, tych z podziemia, których poznałem wtedy, przeszłość i teraźniejszość... Odchodzić zaczął wcześniej, a przecież kochałem go jeszcze i żałowałem pomimo tego, co zrobił, ale potem przeszłość zaczęła oddalać się coraz szybciej, rozmazywać i niknąć...

Od stolika, przy którym od pewnego czasu, jak zauważył Tarois, pokazywano ich sobie, oderwał się ma-

sywny osobnik, podszedł i opierając dłonie o blat, nachylił w ich kierunku. Chwilę wisiał nad stolikiem, kołysząc się.

– No i co? Nie poznajesz mnie. Bo ja cię, kurwa, pamiętam. Nie myśl, że zapomniałem cokolwiek... Spotkaliśmy się wreszcie. Tyyy... – wskazujący palec kołysze się
coraz bliżej twarzy Sosny, który poprawia niezdarnie
okulary zsuwające mu się z nosa. Ktoś obejmuje od tyłu
natręta i odciąga do poprzedniego stolika, mówiąc mu
coś prosto w ucho, mimo że tamten opiera się i potrząsa głową. Kątem oka widzi, że z drugiej strony do ich
stolika zbliża się wysoka kobieta. Z bliska dostrzega, że
dziewczyna ma około dwudziestu lat i przygląda się mu
uważnie.

– Zapłać za mnie tę wejściówkę, skoro zaprosiłeś mnie
do tak szykownego lokalu, i pośpiesz się, bo ta harpia przy
drzwiach zaraz nadbiegnie – dziewczyna zwraca się do
Adama, kładąc mu rękę na ramieniu.

– To Lucyna, a to Paul, o którym ci tyle opowiadałem –
Adam zrywa się i biegnie w kierunku wyjścia.

– Nigdy nie wiedziałam, skąd u niego sentyment do tak
podłych miejsc. Nostalgia? Tylko po co mnie tu ciągnie –
zastanawia się Lucyna, siadając. – I co, bohaterskie wspominki – ni to pytanie, ni stwierdzenie kieruje do Sosny,
który jest już z powrotem.

– Tak. Rozmawiamy o Instytucie. O końcu Instytutu.
Opowiadam Paulowi, bo on wrócił do Francji wcześniej,
żeby robić tę swoją wielką karierę człowieka mediów. Bo
wszyscy staliśmy się ludźmi mediów, którymi gardziliśmy
wcześniej...

– Ja nie miałam kiedy gardzić – Lucyna uśmiecha się do
Paula.

– Potem była już tylko sprawa Jana – Adam niepewnie
rozgląda się dookoła. – Wiesz, że on był we Francji, jak
Zbyszek, ale nie szło mu. Wrócił. Nie pamiętam, kiedy się

to zdarzyło. Może pięć lat temu. Nie spotkałem go nawet. Była jakaś popijawa. On wyszedł do drugiego pokoju i tam się powiesił. To było u takiego poety – Bociana. Opowiadał mi, że kiedy wbiegli, ściągnięci hałasem, widzieli, jak podskakiwał na haku. Machał nogami, jakby chciał dosięgnąć ziemi, tak mówił Bocian. Potem skarżył się, że mieli tyle kłopotów. Wiesz, cała ta fizjologia, podobno dywan był zapaskudzony, a oni nie wiedzieli, co mogą ruszać, zanim przyjedzie milicja...

– Po co to opowiadasz? – Lucyna przestała nucić. – Jesteś już chyba pijany, a tak w ogóle to chodźmy stąd!

– Tak, tak, chodźmy – podchwycił Sosna, rozglądając się na boki. Noc była wilgotna i chłodna. Adam marudził, jeszcze w szatni telefonując do kogoś. – Tak, muszę, zebranie przeciąga się – usłyszał Paul, wychodząc na zewnątrz.

Sosna dogonił ich i kontynuował bez chwili przerwy:

– Chciałbyś zobaczyć innych, ale nie ma już innych. To przeszłość zamknięta i zapomniana. Nikt nie potrafiłby jej dzisiaj zrozumieć. Nikogo to nawet nie interesuje. Niezwykle szybko zapomniano. Wystarczyło kilka lat. Nikt nie został. Chyba że Milena Majak, ale ona jest szalona. Bywa nieprzyjemna. Osądza wszystkich i wszystko z perspektywy swojej chorej imaginacji.

– Nie wiesz? Milena, żona Zygmunta. Wdowa po nim. Strażniczka pamięci. Ewangelistka swojego męża. Rozlicza nas, oskarża nas, że nie okazaliśmy się godni jego, godni zdrajcy. Nie chcę tam iść.

– Nie, nie boję się jej. To tylko bezpłodne i nieprzyjemne – Adam spojrzał na ironicznie uśmiechniętą Lucynę. – No dobrze. Możemy iść. Zobaczysz karykaturę naszych wysiłków. Teatr absurdu. To nie przesada. Ona jest obłąkana. Jeśli nie jesteś zmęczony... W sumie to jedyna osoba, która nie tylko pamięta tamte czasy, ale żyje wyłącznie nimi, chociaż to, czym żyje, to tylko wytwór jej chorego umysłu – opowiadał Sosna, zatrzymując taksówkę, wymachując rękami, kręcąc się wokół Lucyny i co chwila muskając palcami jej ramiona, plecy, głowę.

Brama jest stara. Stara i zapuszczona, podobnie jak przestronna klatka schodowa. Z brudnych ścian, między którymi prowadzą szerokie schody, odsłaniają się rzeźbione kafelki. Z drugiej strony niewyraźnego oka wizjera ktoś patrzy na nich, pogrążonych w półmroku, a potem wielkie drzwi wolno otwierają się i na progu staje kobieta z czarnymi włosami związanymi z tyłu głowy.

– A proszę, nasz apologeta. Wejdźcie, wejdźcie – czyni przesadnie zapraszające gesty. – Oto nasi goście, a to prawie domownicy – szerokim ruchem ręki Milena obejmuje siedzących w przyćmionym świetle pokoju.

Tarois czuje gęsty zaduch dymu papierosowego, alkoholu i nieokreślony odór trawiący ściany i przestrzeń między nimi, który przerasta mieszkanie jak grzyb.

– Poczekaj, nie skończyłam z tobą jeszcze – Milena zwraca się do dziewczyny, która pojawiła się nie wiadomo skąd i chce przemknąć przez przedpokój. – Zdajesz sobie sprawę, że jest już prawie dwunasta?! Nie uważasz, że powinnaś mnie chociaż zawiadomić?! Jak myślisz, co twój ojciec może na to powiedzieć?! Co mógłby powiedzieć? Czy nie zdajesz sobie sprawy, Marto, że powinnaś być nieco inna niż twoje rówieśniczki?!

Kręcąc głową, Marta przechodzi korytarz i znika za zamykającymi się drzwiami.

– Kłopoty z dorastającą córką, to chyba normalne – mówi, uśmiechając się niepewnie, Milena, ale zaraz jej głos zmienia się, twarz wykrzywia ironicznie. – Co sprowadza do mnie ciebie, udanego proroka fałszywego mesjasza, ciebie nawróconego właśnie na złotego cielca?

– W porządku, Mileno, nie chcę wojny. Chcę, żebyśmy dogadali się wreszcie jak starzy przyjaciele. Rozbitkowie minionych czasów – Sosna stawia na stole butelkę i opiera głowę na ręce. Zmęczone mięśnie wiotczeją, twarz traci konsystencję. Zlepione włosy w kosmykach krzyżują się na łysinie.

– Ty, rozbitek? Doskonale zaczepiony rozbitek. Dziewczyna, z którą przyszedłeś, tuszę, to nie twoja córka? Chyba że dziennikarka, pewnie stażystka, której postanowiłeś pokazać kawałek starego świata? – z sofy zajętej przez dwie niewyraźne postacie donosi się chichot. – Siewco chaosu, zawsze na właściwym miejscu, kogoś mi tu jeszcze przyprowadził? – gestykulując, Milena wyjmuje kieliszki.

– Dobrze, dobrze. Przyszedłem z Paulem Tarois, który w Instytucie był dziesięć lat temu. To Francuz, chciał zobaczyć, co zostało po tamtych czasach... Milena przygląda się mu i przez półmrok zmęczenia do Paula powraca jej młodsza twarz.

– Tak, teraz nawet przypominam sobie ciebie, chociaż nie pamiętam dokładnie skąd. Coś mi się widzi, że byłeś jednym z tych, którzy ścigali to widmo stworzone przez szarlatana, Helenę, Zofię... Czego chcesz się dowiedzieć? Jak go zabił? Jak zabił mojego męża? Jak go zabił za to, że mu zagroził, bo pokazał, że to tylko oszust, hochsztapler, który żeruję na tym, co święte, i przeinacza to w kpinę i bluźnierstwo. Który otacza się nieudacznikami i uzależnia ich od siebie. Nieudacznikami albo karierowiczami, jak ten tu, jego prorok wówczas, a dzisiaj notabl świata fantomów. Wyobraź sobie, oni uznali, że śmierć mojego męża to właściwa kara, kara za to, co zrobił. I ten tu... Powinnam wyrzucić go za drzwi, ale może lepiej, jeśli będę przypominała mu, że pamiętam. Jest ktoś, kto pamięta ich podłość. Kto dojdzie wreszcie sprawiedliwości...

Milena mówi coraz głośniej i zapalczywiej, gestykuluje gwałtownie, a wypieki na jej twarzy rozlewają się plamami światła.

– Bo wszystko, co się stało, ma sens. I mój mąż nie zginął na darmo. Potrzeba tylko czasu, aby zrozumieli to.

Wiesz, że oskarżali go o zdradę? Ci bezwolni durnie. Że niby poszedł na pasku komunistów, dla kariery, zdradził ich Mistrza – szarlatana. Poszedł na kolaborację... Ha, ha, – śmieje się chrapliwym głosem zamierającym w nieokreślonym dźwięku. – Czy zapomnieli, jak ich guru biegał po dyspozycje do komitetu i jak przyjaźnił się z ubekami, którzy współtworzyli jego przedsięwzięcia? Oskarżają Zygmunta... a on chciał uratować nie to, co robił szarlatan, ale wszystkie pragnienia, całą pracę, wyrzeczenia, poświęcenia, które ludzie przynieśli tu, do Instytutu, i które mogły uświęcić to miejsce. Wszystko to, co on sam ofiarował, nie szarlatanowi, ale sprawie, dla której poświęcił swoją karierę... Bo on był wielkim aktorem, nie jak te odpadki, nieudacznicy, zgarniani przez szarlatana w aktorskich szkołach, bo nic nie mieli przed sobą, tych wyrzuconych, alkoholików, jak ten kretyn – Jurga, którego potem nazwał swoim asystentem. Role grane przez Zygmunta, zanim dał się oszukać szarlatanowi i poszedł z nim, tak, bo na początku on też dał się oszukać i wykorzystać... Ja mam tu recenzje z czasów, kiedy Zygmunt grał jeszcze w Krakowie, gdzie piszą o nim: genialny, największe odkrycie młodego pokolenia, najinteligentniejszy aktor, nie tak jak tamte bezmózgie kreatury szarlatana. Zygmunt był za inteligentny. Za prędko poznał się na nim i dlatego tamten kazał mu grać Judasza, naznaczył go stygmatem zdrajcy, a Zygmunt zaakceptował to. Zaakceptował, bo zrozumiał, że zdradzi szarlatana, aby uratować to, w co wszyscy oni wierzyli, w co wierzyliśmy, po co do Instytutu przychodzili ludzie i ofiarowywali się mu. To właśnie Zygmunt chciał uratować i dlatego musiał zginąć. Zginął, żeby przeżyli inni i ty, karierowiczu – Milena prawie uderzyła wskazującym palcem o pierś półleżącego na stole Adama – i ty – odwróciła się gwałtownie do Paula.

Mówiła w uniesieniu, zachłystując się wciąganym gwałtownie powietrzem:

– Bo jeszcze nie zrozumieliście, jeszcze nie wiecie, w czym naprawdę uczestniczyliście, przy czym wasze, jak mniemacie historyczne, starania są niczym. On uratował was i dlatego musiał cierpieć, nie tylko agonię w zgniecionym samochodzie, ale i udrękę złych posądzeń i oskarżeń o zdradę, o wszystko, co najgorsze...

Zaułek i miasto były ciemne, jedynie gdzieś u wylotu ulic rozmazywało się niewyraźne światło. Odprowadzili Lucynę na postój taksówek a potem Sosna, choć sapiąc głośno, niepewnym krokiem z trudem nadążał za Paulem, uparł się, aby towarzyszyć mu do hotelu.

Tarois nieomal nie pamiętał, jak wyszli od Mileny. Słyszał jej coraz bardziej podniesiony głos, jakieś bezsensowne uwagi postaci z sofy, a potem, gdy już wychodzili, zobaczył w otwartych drzwiach pokoju, w którym wcześniej zniknęła Marta, młodszą dziewczynę, raczej dziewczynkę, choć miałby kłopot z określeniem jej wieku, bo zapamiętał tylko dziwnie poważne, ciemne oczy, jakby sen przenosił ją do obcej, niezrozumiałej jawy. Wychodzili, a Milena krzyczała coś o słuchowisku, które było niczym kuszenie. Dziewczynka w drzwiach patrzy, oczekuje od nich czegoś i matka dobiega do niej, obejmuje histerycznie jej sztywne ciało.

– Można powiedzieć o niej, że jest jeszcze jedną ofiarą tamtych czasów, jeszcze jedną, która nie potrafiła udźwignąć ciężaru – Adam bełkocze, zataczając się. – Może i ja nie potrafię go udźwignąć i dlatego żyję teraźniejszością. Coraz dalej od czasu i nieśmiertelności. Może dlatego, że coraz lepiej rozumiemy, jak znikomi jesteśmy. Kiedyś śmierć istniała dla mnie jako widmo, ciemny wymiar grozy, która osacza istnienie – Adam opiera się o mur i gada z głową pochyloną ku ziemi. Paul musi zatrzymać się i zbliżyć, aby zrozumieć cokolwiek, choć powtarza sobie, że powinien zostawić tego pijaka i jego bełkot.

– Wielkie słowa, patetyczne obrazy: ciemne otchłanie, lot głową w dół, zimna ciemność bez końca... Teraz śmierć dla mnie to zadyszka po dobiegnięciu do tramwaju, poranny rozpad ciała na pościeli, bezsilność kutasa, to coraz bliższa granica mojego istnienia, za którą nie ma nic. Zostawił nas. Odszedł. Nie skarżę się. Przecież nie mogę mieć do niego żalu. Pewnie nie nadążyliśmy. Nie wytrzymaliśmy próby.

– Żeby zajmować się choćby tylko teatrem, trzeba pamiętać. Ja straciłem pamięć. Pracuję w gazecie. Czy stałem się cyniczny, czy tylko inny? Czy w popiołach przetrwało coś? Czy pożarł nas już Uranos, zeitgeist jak wizerunek średniowiecznej śmierci? A może było w tym wszystkim jakieś nieporozumienie? Czekaliśmy na słowo, zaklęcie, formułę, a więc doktrynę jakąś, której przecież być nie mogło. Bo nie trzeba było rozumieć, bo rozumieć znaczyło istnieć właśnie?

– Mówiłem ci, że Szymonowicz chce stworzyć istotę doskonałą? Stworzył misteria, gdzie jak w alchemicznym tyglu oczyszcza człowieka. Oczyszcza albo stwarza, chociaż pewnie rozróżnienie takie nie ma sensu. Jeśli z ołowiu, siarki i węgla wypalić można złoto, to widocznie było ono tam już od samego początku. W codziennych ćwiczeniach, jak tu kiedyś, Mistrz wypala ciało i duszę adepta, przywraca jedność zagubioną w naszej kulturze. W wielogodzinnym monotonnym tańcu i śpiewie, które wprawiają w trans i prowadzą gdzie indziej, więc w autentyczność właśnie, w świat jedności sprzed wieży Babel, przed klątwą Jehowy.

– Dobrze, rozumiem, że chcesz spać. Ja także powinienem być już w domu. Chciałem ci tylko powiedzieć, żebyś uważał na fałszerzy. Pełno ich wszędzie. Oszustów, którzy powołują się na jego słowa. Tych, którzy podobno widzieli go, spotkali i dostali zadanie. W jednym Milena miała rację. To słuchowisko, które Szymonowicz zrobił jeszcze w Krakowie... Powinieneś je wysłuchać, powinieneś – głos Adama oddala się z chwiejną postacią, która macha za zatrzymującą się taksówką i niknie w wilgotnej ciemności.

– Czy nie wiesz, że to on stoi za każdym twoim krokiem? Prowadzi cię jak kukiełkę – mówi ktoś do Paula, szepcze mu do ucha, ale to Milena, która wykrzykuje głośno, gdy on dostrzega kogoś w przedpokoju i wie już... wybiega, otwierając szeroko drzwi, ale Helena znika w następnym pokoju, tam, gdzie schroniła się wcześniej Marta. Paul biegnie za nią i chce otworzyć kolejne drzwi, chociaż z tyłu chwytają go za ramiona. – To tylko moja córka, widmo stworzone przez szarlatana – woła za nim głosem Zofii Milena. – Biegniesz do śmierci, jak w średniowiecznym danse macabre – słyszy sapanie Adama. Jeszcze raz usiłuje się wyrwać i uderza w drzwi, a one otwierają się i odsłaniają Jana – z rękami przy szyi podryguje na stryczku, palce usiłują rozerwać pętlę, skurcz ust wisielca jest jak szalony chichot, ciało tańczy na sznurze, a usta wyrzucają skrzepy śmiechu. Tarois chce dobiec, uratować go albo zdjąć tylko, a może uciec, ale już ścigający dopadają, ręce oplatają go jak ciemność, jak słowa, widzi uśmiech Joli, która może być Heleną, ale nie jest nią i oddala się długim korytarzem, zabierając światło i pozostawia go bezsilnego w czarnym tunelu ludzkich rąk i oddechów...

Ciemność spada na Tarois, kiedy podrywa się z łóżka. Siedzi, nie widząc nic w gęstym mroku, przez który przedziera się oddech księżyca spoza okna, i dopiero powoli zaczyna odnajdywać siebie w hotelu w mieście, do którego wrócił po szesnastu latach.

IV

Tarois przyciska klawisze magnetofonu. Dźwięk urywa się. Cisza wlewa do pokoju przez odsłoniętą szybę wraz z zielonkawą ciemnością, w której tli się światło niewidocznych latarni i blady płomyk dalekiego księżyca. Upalny dzień nad pustynią u wrót rozjarzonego do białości miasta dźwięczy jeszcze w mroku hotelowego pokoju jak żar stygnącego metalu. – Hoooch... – zawodzi ktoś nieomal poza zasięgiem słuchu.

A więc jest w kolejnym mieście. W Krakowie, gdzie rozpoczęła się wędrówka Szymonowicza i dokąd Tarois przyjechał szukać jego śladów. Jeszcze kilka godzin pociągiem z Uznania, zgodnie ze wskazówkami Adama „ewangelisty na emeryturze" – Paul z rozbawieniem przypomina sobie słowa Mileny. To za jego radą dotarł do miejscowej rozgłośni, gdzie za niewielką opłatą przegrano mu na kasetę słuchowisko.

Lśniąca ryba kasety wyślizguje się z magnetofonu. Powinna być niczym pozostawiony mu list, kod dla wtajemniczonych, ukazujący wreszcie pewną drogę wśród sprzecznych sygnałów i niejasnych znaków. Kaseta w jego dłoni lśni jak butelka, którą wydostał z brzucha wieloryba czasu, głos niby dym winien przeistoczyć się w postać, aby wytłumaczyć wreszcie...

Tarois musi zebrać myśli. Spróbować zrozumieć, co usłyszał. Uporządkować obrazy świata, który otwierał się pod jego palcami. Otwierał w żarłoczny ogień pustyni, na którą co rano wyruszali bohaterowie, aby w chłodzie wieczoru ciała ich powracały, odbijając metal spowijającego ich księżyca. Porażający dźwięk słońca, który odbija się od murów i biegnie wokoło długo, tak długo, aby wyczuć krzywiznę muru. Mury, od których odbija się każdy głos, ściana naprzeciw słońca, ściana naprzeciw piasku, naprzeciw ludzi pustyni, którzy odbiją się od niej jak wiatr co rano uderzający w mur.

– Nikt nie kwestionuje. To było piękne. Może najpiękniejsza rzecz, którą zrobił. Słuchowisko, które długo się pamięta. Nikt nie przeczy – miał talent. Gdyby dalej robił swoje... Tak, gdyby dalej robił piękne słuchowiska, nikt poza specjalistami nie słyszałby o nim, jak nie przymierzając o mnie.

Wosk twarzy Zawistowskiego układa się w poprzeczne fałdy śmiechu. Ciemne okulary badają reakcję, a niski głos ustawiony na dokładnie ten właśnie niegłośny, ale głęboki i wyrazisty ton, kontynuuje:

– Tak, więc osiągnął, co chciał, a że może nic już tak dobrego nie stworzył... – zawiesza głos, ciemne szkła na moment odwracają się ku szybie kawiarni, poza którą płyta chodnika świeci w ostrym słońcu, omiatana skrzydłami gołębi, a para wodna unosi się jeszcze wokół pomnika wieszcza, dwóch wież kościoła, ozdobnych gzymsów domów w coraz bielsze powietrze nadchodzącego południa.

– Ciekawe, że tak wielu pisało o nim, a dopiero pan, cudzoziemiec, zainteresował się jego słuchowiskami. Jest pan pierwszym, który chce je wypożyczyć, i pierwszym, który rozmawia o nim ze mną. Tak, potrafił budować dźwiękiem przestrzeń.

– Hoooch. Cztery razy padało miasto. Pierwszy raz przez pychę.

Bramy miasta otwierają się o świcie. Kiedy noc ostatnim oddechem dosięga jeszcze murów i pieści ludzkie twarze. Znieruchomiałe morze pustyni prowadzi po horyzont, a upał dopiero budzi się wśród płatków piasku. To wtedy z miasta ruszają bohaterowie, aby w odległej przestrzeni za widnokręgiem osadzić ludzi pustyni, którzy jak piasek zbliżają się do murów, do bram, aby wypełnić i zasypać ludzkie siedziby, aby pochłonąć ciała, domy, świątynie i księgi. Wypić krew i wodę, pozostawiając za sobą sypkie ziarna płomienia. Dlatego bohaterowie niosą swoje miasto w pustynię, niosą jego dumę i chwałę i są jak ruchomy mur, jak nawałnica, która pędzi przed sobą kurzawę pustynnego ognia. I chociaż tych najdzielniejszych co noc przywożą z oczyma znieruchomiałymi w srebrnym odbiciu księżyca, chwała miasta piętrzy się jak niebo czarne nocą nad domami i dalej nad horyzontem, i dalej jeszcze nad piaskiem bez końca. Hoooch...

Magnetofon milknie, ale brzmienia nie opuszczają pokoju. Daleki krzyk walczących. Brzęk metalu. Sypki szelest piasku usuwającego się spod kopyt. Dźwięki oddalają się. Trzeba coraz bardziej skupiać się, koncentrować, aby usłyszeć, ale przestrzeń powiększa się, przemawia coraz dalszymi szmerami. Wzywa w głąb. Cisza przyzywa dźwięki. Coraz mniej konkretne, otwierają nienazwane obszary poza zasięgiem wzroku, dalsze i subtelniejsze wyzwalają kolejne. Brzmienia na granicy milczenia, nieskończone sygnały niekończących się przestrzeni. Ktoś szepcze. Objawia się nienazwanym tonem. Prowadzi w ciszę, która jest jego głosem.

Paul słyszy jeszcze śpiew słońca, metal wznoszący w powietrze swoje błękitniejące zawodzenie. Piasek powietrza nasyca się wilgocią. Za oknem drzewa wyciągają gałęzie, słychać, jak soki płyną pod ich korą, pęcznieją, gotowe do jej rozdarcia i eksplozji. Między drzewami, w cieniu widzi postać kogoś mu przypominającą. Może to ten, którego spotkał tu już kilka razy, jeżeli był to ten sam, jeżeli między drzewami stoi ktoś, a Paula nie łudzi światło księżyca. Ten ktoś, mężczyzna, którego żadnej cechy nie potrafi określić, może dlatego, że wydają się mu coraz inne, i raz jest to zażywny jegomość w średnim wieku, a raz ktoś młody i drobny, a może w ogóle wygląda inaczej, tak że Tarois nie wie, jak rozpoznać tożsamość wszystkich tych wizerunków, ale wie na pewno, że jeśli widział kogoś na plantach przed wejściem do hotelu i w kawiarni, kiedy rozmawiał z reżyserem, gdy chodząc i rozpoznając pajęczynę ulic wokół rynku, zauważył kogoś przez moment tuż obok siebie, jeśli nie łudziły go zmęczone zmysły, za każdym razem był to ten sam człowiek.

Teraz ogarnia go noc. Jest to noc wilgotnych kasztanów i akacji, które spijają brudną wodę minionej zimy ze świeżo odtajałej ziemi, filtrują ją w zielony nurt liści drżący już pod pękającą korą. Noc miasta, które wchłania wilgoć z powietrza. Rośnie ku księżycowi jak drzewa, których soki płyną pod ulicami, przez fundamenty i ściany, przez gzymsy i dachy szybują kroplami westchnień i snów. Noc nadchodzi oddechem gorącym jak piasek w poświacie księżyca, rozmazuje domy wokoło, wysusza wilgoć i odbija w murach na pustyni żar dnia. Zamknięte bramy czekają na powrót synów miasta. Chociaż pustka jest wyjątkowa i cisza uderza jak ciemny dzwon. Nikt nie nadchodzi, a przed murami rośnie ściana ognia, która nie pozwoli mu zbliżyć się, choć wie, że musi to uczynić, że musi przekroczyć mury, do których nie może się zbliżyć.

– Nie pan pierwszy pyta mnie o to – wystudiowany ton i uśmiech spod ciemnych okularów jakby przełamany zaskoczeniem, uznaniem nawet. Tarois ma wrażenie, że po raz pierwszy Zawistowski przygląda się mu, a nie tylko dobiera wyraz twarzy do wypowiadanych zdań. Siedzą naprzeciw siebie w tej samej kawiarni na rynku, z widokiem na niesymetryczny kościół i pomnik nachmurzonego poety.

– Pyta pan, czy rozumiem to słuchowisko. *Miasto*. Słusznie zauważa pan, że chodzi nie tylko o – jak pan to powiedział – sens generalny. Ten przekaz da się zrekonstruować z paru zasadniczych partii chóru. Pycha prowadzi do śmierci i upadku miasta, ale bez niej nie byłoby sztuki, a więc piękna, a nawet tworzenia – czyli życie nie tylko straciłoby sens, ale nie mogłaby zaistnieć cywilizacja. Upraszczając, możemy tak powiedzieć. Prawda? Panu chodzi jednak o znaczenie wydarzeń czy wręcz o ich rekonstrukcję. Bo nie jest to oczywiste, prawda? O logikę i sens wypadków, z których przecież powinien wynikać ten, jak pan powiedział, sens generalny. Czyż nie tak? Sam pytałem go o to.

– Czy naprawdę jesteś w stanie rozumieć wszystko? – Korpulentny, młody człowiek w szarym, opiętym garniturze nachyla się w kierunku Zawistowskiego, który, młodszy o prawie czterdzieści lat, wygląda tak samo, w ciemnych okularach, z wyrazem skupienia na twarzy odsuwającej się nieco przed naporem interlokutora. Twarz Szymonowicza powinna być gładka i pyzata. Tarois usiłuje nałożyć ją, jak liczne fotografie, które oglądał ostatnio, na obraz swojej pamięci, pociągłą, wyżłobioną bruzdami fizjonomię z rzadkim zarostem.

Reżyserka jest przyciemniona, a spoza wielkiego okna w półmroku szeleszczą kasztany. Zawistowski łokciem opiera się o konsoletę z licznymi suwakami, jakby instynktownie szukał oparcia przed Szymonowiczem gestykulującym coraz bliżej jego oczu, a po drugiej stronie grubej, podwójnej szyby chodzą i mówią coś bezgłośnie niewyraźne postacie.

Szymonowicz, młody, pyzaty reżyser zapala papierosa i dmuchając w twarz Zawistowskiemu, który tym razem nie przypomina, że w reżyserce nie wolno palić, uśmiecha się ni to ironicznie, ni z rozczuleniem, jakby tłumaczyć musiał dziecku sprawę tak oczywistą, że aż trudną do wysłowienia.

– Był wyjątkowo ożywiony. Zapomniał nieomal o ironii, o typowym dla siebie dystansie – przypomina o sobie Zawistowski w kawiarni na rynku krakowskim trzydzieści siedem lat później.

– Czy naprawdę rozumiesz wszystko z rzeczywistości, z którą obcujesz? Nie pytam nawet o sens zdarzeń, bo to kwestia twojej woli interpretacyjnej, ale o logikę konkretnych wypadków. Czy rozumiesz, jeśli tylko zdobędziesz się na chwilę refleksji? A przecież ze sztuką sprawa jest bardziej jeszcze skomplikowana. Zgoda, trzeba ją jakoś intelektualnie pojmować, ale to daleko nie wszystko. Trzeba ją przede wszystkim przeżyć. Powinna stać się obiektem medytacji prowadzącym w inny wymiar, który tak trudno dosięgnąć nam, rozproszkowanym w wirze codzienności. Ale dlatego właśnie sztuka musi być piękna. Czy wiemy, dlaczego coś jest piękne? – Szymonowicz pożera dym papierosa, jak niezbędny mu do mówienia narkotyk.

– Tyle atramentu, tyle atramentu i farby drukarskiej, żeby uchwycić istotę piękna. Określamy proporcje, reguły kompozycji po to tylko, by w końcu powiedzieć, że prawdziwe dzieła wymykają się tym kategoriom, a istota piękna pozostaje nieuchwytna – Szymonowicz śmieje się. – Może dlatego, że jest pierwiastkiem boskim w naszym życiu? Piękno to może objawienie innego wymiaru i rzecz jest piękna tylko jak lustro, w którym odbija się kwiat. Ale my kwiat znamy tylko z lustra. Żyjemy w świecie rozbitych luster wysyłających ku nam refleksy, strzępki zdeformowanego świata. Może to, co rozumiemy, co wydaje się nam, że rozumiemy, to tylko nasze iluzje, urojenia o tym, czym jest rzeczywistość i co może ona znaczyć?

Maciej Szymonowicz jest poważny. Uspokaja się. Wchłania dym tak długim haustem, że widać, jak koniec papierosa popieleje, przeistacza w szary stożek.

– Chcę we współczesnych warunkach, w najbardziej nowoczesnym środku przekazu, jakim jest radio, uzyskać efekt dawnej opowieści. Recytacji, która stawała się rodzajem transu i wprowadzała słuchaczy w inny wymiar. Widzieli świat, który stawał się. Może powracali do dawnych wcieleń?

– Więc kim ja mam wreszcie być? – Solidna postać Tkaczyka zbliżała się i przytłaczała nieomal skręconego na krześle Szymonowicza. – Mam być bohaterem, który ryzykuje życie swoje i swoich najbliższych w obronie ojczyzny, czy szaleńcem opętanym ambicją i poświęcającym wszystko w pogoni za nie wiadomo czym?! Czy może jeszcze kimś innym? Muszę to wiedzieć, żeby móc grać, a nie tylko wygłaszać tekst. Aby móc budować jakoś rolę. Czy nie potrafi pan zrozumieć spraw tak oczywistych?

Szymonowicz uśmiecha się, podnosząc przekrzywioną głowę w kierunku Tkaczyka.

– Nie powinien się pan tym przejmować. Przecież informuję pana, jak ma pan grać kolejne sceny. To wystarczy.

– Nie, tego już za wiele – Tkaczyk obraca się dookoła, biorąc na świadków wszystkich obecnych. – Jak on mnie traktuje? Mam być maszyną? Dodatkiem do mikrofonu? Jak on to sobie wyobraża? Czy tak właśnie ma zamiar pracować z aktorami?!

– Będę im mówił, co mają robić – Szymonowicz uśmiecha się z satysfakcją. Dziwnie skręcony, wciskając się jeszcze bardziej w krzesło, wygląda jak gruby gnom.

– Co, co... – nie wiadomo, czy Tkaczyk rzeczywiście nie może znaleźć słów wyrażających jego oburzenie, czy przypomina sobie rolę, która najpełniej powinna oddać taki stan ducha. – Kim on jest? – zwraca się do obecnych. – Jakie ma osiągnięcia?! Przecież to gówniarz, a zachowuje się jak dureń!

– Uspokój się – Krystyna chwyta go za rękę. – Przecież nie masz czym się irytować – mówi, patrząc wymownie na Szymonowicza.

– Ależ panie Andrzeju... – zaczyna kojąco Zawistowski, podchodząc do Tkaczyka, jego gesty uspokajają.

– Może jestem durniem, ale wiem, co pan powinien robić w reżyserowanym przeze mnie słuchowisku – Szymonowicz jest wyraźnie ubawiony sytuacją.

– Jednak przy tych wszystkich awanturach, kiedy musiałem interweniować, uspokajać, godzić, a gdy nie dało się godzić, to pośredniczyć... wie pan, Tkaczyk był na niego tak obrażony, że przez dłuższy czas w ogóle nie rozmawiali, i musiałem przekazywać informacje i instrukcje dla niego... Tak, mam w tym słuchowisku swój udział – Zawistowski zawiesza głos i układa twarz w maskę wtajemniczonej zadumy, aby rozmówca miał czas do namysłu nad tą kwestią. – Przy tym wszystkim umiał porozumiewać się z aktorami i solidnie z nimi pracować.

– Musi pani prawie śpiewać. Ten lament jest nieomal śpiewem. Jest pani trochę jak płaczka żałobna. Rozpacza pani po śmierci wnuka, a jednocześnie śpiewa o nim, opiewa go, prowadzi w inny świat. Spełnia pani obowiązek, jaki żywi mają wobec umarłych. – W półmroku słabej lampki aktorzy siedzą wokół stołu w studiu, gdzie dalej stojące sprzęty gubią swoje przeznaczenie w cieniu tężejącym w miarę zbliżania się do ścian. Drewniane parawany zatrzymują brązowe światło, które śledzi na nich niejasny wzór. Aktorzy siedzą nieruchomo, słuchając Szymonowicza, a jego przedramiona tańczą nad stołem w rytm wypowiadanych słów.

– Powtarzacie, ale powtarzacie tylko zdania, a nie sposób ich mówienia czy intonację. Pokazujecie, ile tkwi za tymi słowami – Szymonowicz skanduje, akcentując słowa niezwykle jak na niego wyraźnie. – Cztery razy upadało miasto. Pierwszy raz przez pychę, drugi raz przez wiarołomstwo, trzeci raz przez żądzę posiadania, czwarty raz przez niesnaski. Czterokrotnie zmieniało swe imię – Szymonowicz na chwilę zawiesza głos i studio wypełnia mrok. – Jesteście chórem i potraficie zrozumieć świat, nadajcie mu imiona, które przetrwają. Pokazujecie, ile tkwi za nimi. Nadajecie imiona, a więc zaklinacie. A potem wasze zaklęcia przeradzają się w modlitwę. I ty, która mówisz o swoich ginących synach, modlisz się za nimi. Rozpaczasz na początku, potem przyjmujesz porządek rzeczy i uznajesz jego sens. Modlisz się.

– Bardzo długo siedział z realizatorem dźwięku – twarz Zawistowskiego nieruchomieje. Ciemne okulary patrzą przez szybę kawiarni, pomnik i kościół. – Niesłychanie pieczołowicie dobierał tło akustyczne. Chwilami miałem wrażenie, że jest to dla niego ważniejsze niż pierwszy plan akcji. Mówił, że musimy usłyszeć wszystkie głosy, głosy pustyni budzącej się rano, tej najbardziej rozpalonej słońcem, i tej, nad którą nadchodzi noc. Że musimy usłyszeć nawet to, co jest już na granicy słyszalności albo nawet dalej. Mówił, że powinna to być medytacja. Człowiek niewtajemniczony słyszy tylko pierwszy plan, najgłośniejsze brzmienia. Świat jest dla niego jednowymiarowy, płaski. W miarę medytacji otwiera się. Słyszymy brzmienia coraz cichsze i bardziej subtelne, słyszymy coraz dalszą przestrzeń. A im dalej docieramy, tym bardziej wymiary nakładają się. W odległych przestrzeniach odnajdujemy dźwięki minionego czasu, odnajdujemy tamten czas, odnajdujemy wszystko to, co utraciliśmy. Tak jakoś mówił... – Zawistowski lekko otrząsa się, uśmiecha i przybiera właściwy sobie wyraz spokojnego zrozumienia.

– Trochę to wszystko dziwne – Paul patrzy wzdłuż kolejnych przeszklonych i pustawych wielkich sal kawiarni, wśród nielicznych głosów słysząc głosy inne, trudne do określenia, a budowanie zdań, precyzowanie wątpliwości przychodzi mu wyjątkowo ciężko. – Z tego, co pan mówi, wyłania się jakiś platonik, mistyk sztuki nieomal, a przecież niewiele potem zaangażował się bez reszty w tworzenie Związku Młodzieży Rewolucyjnej i walczył o czystość marksizmu, o czystość komunizmu... Jak mógł połączyć z tym swoją fascynację Wschodem? Jogin w kurtce komisarza?

Twarz Zawistowskiego układa się w uśmiech nauczyciela, który z uznaniem przyjmuje właściwe pytanie.

– Tak, ma pan rację. Powinien pan porozmawiać z jego ówczesnym przyjacielem, z którym wspólnie działali wtedy. Sikorski... kiedyś znana tu postać, teraz zapomniana nieco, jak wszyscy... Ale ma pan rację. Maciek był wtedy zapaleńcem. Chociaż to niewłaściwe słowo na określenie go wtedy czy kiedykolwiek indziej.

– Zaczął próby do słuchowiska według *Mahabharaty*, to znaczy według niektórych wątków poematu. Właściwie źle mówię. Nie zaczął, przygotował scenariusz i dostał nań zamówienie z redakcji teatru w Warszawie. Potem jednak coraz rzadziej pojawiał się w rozgłośni. To był w ogóle nieprzytomny czas i chyba nikt dziś nie potrafi zdać sobie z tego sprawy. Nie tylko obcokrajowiec, jak pan, i nie tylko młodzi ludzie, którzy o komunizmie nie mają już pojęcia. Nawet ja z trudem przypominam sobie tamtą epokę. Pięćdziesiąty szósty rok. Boże, odżyliśmy. Wszyscy. Nawet tacy jak ja, którzy nie mieli nigdy żadnych złudzeń ani nie wierzyli w Gomułkę. Wierzyliśmy, że będziemy mogli przestać się bać.

Zawistowski jest poważny. Jego ciemne okulary stopniowo zataczają krąg, odbijając kawiarnianą amfiladę z postacią kelnerki leniwie przemieszczającą się w kierunku baru, potem ścianę z lustrami, w której odwzorowuje się pociemniały rynek, przechodniów zatrzymujących się pod pomnikiem, kwiaciarki wśród żółto-biało-czerwonych kwiatów, wieże kościoła w pętlach nieprzytomnie wirujących czyżyków. Pod kadrem lustra dwie kobiety dziobią sernik z porcelanowych talerzyków. Okulary przesuwają się dalej i Tarois widzi siebie, swoją twarz w ciemnej soczewce, zniekształconą, a może tylko źle pamiętaną.

Musi patrzeć długo w okulary naprzeciw siebie, zanim zacznie widzieć w nich niewyraźne postacie w uniwersyteckich aulach i ciasnych pokojach akademików, młodych mężczyzn w szerokich spodniach i grubych, wełnianych marynarkach, z dłuższymi nad czołem, zaczesanymi do tyłu włosami, które trzeba co jakiś czas poprawiać, aby nie spadały na oczy, i kobiety w żakietach, swetrach i luźnych spódnicach, ze związanymi z tyłu włosami; postacie na ulicach i placach, ludzi w ciężkich płaszczach gromadzących się, zbierających w tłumy otaczające trybuny...

– Żeby zrozumieć, co działo się wtedy, trzeba wiedzieć, co działo się wcześniej. Nie! Nie tylko wiedzieć. Trzeba to czuć. Trzeba było żyć w strachu, który zszedł tak głęboko, że można było nieomal o nim zapomnieć. Tylko niekiedy, niespodziewanie, kiedy system sięgał po kogoś mackami swoich funkcjonariuszy, nikt nie miał wątpliwości, że ofiara jest przegrana, bezbronna jak każdy, bo mógł być nią każdy, wydany na łaskę nieznanych, na pastwę niepojętej logiki aparatu. Ale na co dzień żyło się nieomal normalnie. Przeżywało najzwyklejsze radości i smutki. Tylko zakazy wbite były w świadomość tak, że nie wywoływały już żadnej refleksji. Zapieczętowane sfery rzeczywistości, gdzie nie wolno było zaglądać, tonęły w podświadomości. Nawet strach był ukryty i niepamiętany nieomal. Tylko tlił się, tlił cały czas pod wszystkim, co próbowaliśmy robić. Wyściełał naszą egzystencję... Kompromisy nie były już kwestią moralną, lecz sprawą przeżycia, i nikt nie zastanawiał się już nad ich kosztem, tak jak nie zastanawiamy się nad ceną życia. Przecież niedawno była wojna, wybraliśmy życie. Trzeba było żyć. I trzeba było zapomnieć, ale przecież nie da się nie pamiętać bez konsekwencji, świat ma swoje prawa i niepamięć, fałsz zaczyna przenikać nasze ciało i myśli. Powoli zaczynaliśmy wierzyć, że kłamstwo nie do końca jest kłamstwem, bzdura nie do końca bzdurą, a świat wygląda tak, jak się nam go każe widzieć, bo przecież nie można bez końca uczestniczyć w aktach świadomej hipokryzji i pomimo naszego oporu to, co jest, zaczyna dominować... I ten przytłaczający smutek miasta... Był to czas mojej młodości. Muszę wspominać go z niejaką nostalgią: tyle było jeszcze przede

mną i wydawało się mi, że tyle jeszcze mogę. Ale ta młodość była skażona. Jeśli człowiek zdobędzie się, aby spojrzeć prawdzie w oczy, spróbuje być ze sobą szczery...
– Tylko że niewiele wcześniej była wojna. Nasz świat zawalił się wtedy i nigdy nie został odbudowany. Potem przyszli Sowieci i komunizm. Miałem trzynaście lat, kiedy wybuchła wojna. On miał sześć. Mieszkałem wtedy w Warszawie. Byłem w powstaniu. Udało mi się uciec. Moich przyjaciół pozabijano. Z naszej stolicy zostały zgliszcza, jak z naszego świata. Niewiele pozostało do wierzenia. Niewiele rzeczy pewnych. Mój ojciec zginął. Matka... Wyjechałem do Krakowa, bo musiałem się ukrywać. Byłem w AK. Miałem szczęście. Nikt mnie nie znalazł. Ani wrogowie, ani przyjaciele. Nie rozmawialiśmy o tym. To znaczy, nie dało się tego uniknąć. Jednak były to tylko wzmianki. Raz, chyba raz... Opowiedział mi, że jego matka krzyczy. Prawie zawsze w nocy budzi się z krzykiem i długo trzeba ją uspokajać, żeby doszła do siebie. O ojcu nie chciał opowiadać. Wojna została w nas na zawsze. Może stąd *Mahabharata*, pola Kurukszetry...
Zawistowski przerywa, poprawia okulary i zaczyna znowu swoim charakterystycznym głosem:
– To, czym był stalinizm, widać było po erupcji pięćdziesiątego szóstego roku. Odrzucenie z dnia na dzień kłamstwa, które powtarzali wszyscy. Powszechna radość i wiara, że będzie wreszcie, jak być powinno... Cieszyłem się, oczywiście, jednak nie wierzyłem w ten system. Wierzyłem, że będzie lepiej, może nawet dużo lepiej, ale żeby było normalnie... Jak jest teraz, kiedy jestem już za stary... Dlatego jego pasja irytowała mnie nieomal.
– Pytasz, jak mogę łączyć te rzeczy? Ardżuna pyta Krysznę, który jest ziemskim wcieleniem boga Wisznu, ale jest także woźnicą Ardżuny, czy musi walczyć, czy musi walczyć przeciwko swym krewnym i przyjaciołom? Kryszna wysyła go w bój. Tak stoi w *Bhagawadgicie* – świętej księ-

dze indyjskiej, ewangelii tradycji, która jak żadna inna kwestionuje wartość materialnego świata, uznanego tam za mają, to znaczy złudę. Nawet tam – Szymonowicz uśmiecha się swoją pyzatą twarzą – nawet tam... A może właśnie tam... – w wielkim pokoju reżyserów i realizatorów dźwięku pozostali sami. Za oknami, na wietrze, w ulewie miotają się nagie gałęzie drzew i trzepoczą światła latarni. Szymonowicz podnosi się nad stołem.

– Chcę robić teatr, a przecież teatr jest zjawiskiem społecznym. Nie mogę abstrahować od rzeczywistości, w jakiej zaistnieją moje przedstawienia. One zresztą są, bo muszą być, elementem tego świata. I robię je dla tego świata, aby zmienił się. Zmieniam go – uśmiecha się do Zawistowskiego, spoglądającego na niego nieufnie spoza ciemnych okularów, a potem znowu patrzącego w okno, powracającego do kontemplacji nocy, deszczu i kołyszących się świateł. Szymonowicz podąża za jego wzrokiem. – Nie jestem jak ci, którzy udają, że potrafią wydostać się poza rzeczywistość i w swoich sztucznych rajach tworzyć, nie wiadomo po co, swój świat. Jakby to było możliwe – Szymonowicz znowu spogląda na swojego rozmówcę. – Najbardziej wypieszczone estetycznie spektakle obliczone są na wrażliwość ludzi tu i teraz, bo inaczej nikt by ich nie zauważył nawet. A poza tym robimy to, co wolno nam robić – milknie. Cisza wypełnia się nocą i ulewą.

– Jednak ten czas jest niezwykły. Dany nam tak niespodziewanie. Czy jeszcze niedawno moglibyśmy uwierzyć w coś podobnego? To nie o teatr teraz chodzi albo nie tylko o teatr. Bo przecież i w teatrze nie o teatr wyłącznie chodzi, jeśli traktujemy go serio. Teraz chodzi o nasze przeżycie. Jeżeli wszyscy nie włączymy się w to, co dzieje się teraz, i nie zbudujemy demokracji takiej, jakiej pragniemy, nie zaangażujemy wszystkich swoich sił, może nas czekać katastrofa, krew, ruina, zwycięstwo despotyzmu na długie lata. Sam wiesz, że nie możemy tylko jakoś sobie żyć. Rzeczywistość dopadnie nas w naszych schronieniach. Wiesz o tym dobrze. Wiesz, że wolności i cywilizacji nikt nam nie podaruje, że...

Zawistowski patrzy w okno. Nagle odwraca się:

– A będziemy mieli demokrację czy może tylko socjalizm? Może są tacy, którzy nie wierzą w socjalizm... – Zawistowski spogląda na zamknięte drzwi.

Szymonowicz jest poruszony. Mówi, gwałtownie wymachując rękami:

– Wiem, że nie wierzycie w socjalizm. Dla was to cenzura i UB. Ale przecież to zostało już potępione! Jakie mamy inne wyjście? Przecież socjalizm tak naprawdę oznacza, że ludzie we własne ręce biorą swój los. To powinniśmy właśnie rozumieć. Każdy staje się artystą. Z gotowego świata konwencji przechodzimy do świata kreacji. Z mieszczańskiego pokoiku na otwartą przestrzeń. Tak, wiąże się to z ryzykiem. A jaka sztuka może obyć się bez ryzyka?! Jakie życie, jeśli nie chcemy zadowolić się wegetacją?

Zawistowski już od jakiegoś czasu dłonią daje mu znak, by mówił ciszej. Szymonowicz siada. Teraz mówi już spokojnie, akcentując wyraźnie każde słowo.

– Dobra, nie był to piękny poród. Długi i paskudny, jak się to zdarza. Ale wreszcie skończył się. I może warto było. Nie chcę niczego usprawiedliwiać. Stało się zło. Jednak na wojnie również wyrządzamy zło, często niewinnym ludziom. A walczyć musimy. Musimy się bronić. Teraz wszystko jest w zasięgu naszych rąk. To prometejskie wyzwanie. Jesteśmy reżyserami, a możemy być reżyserami życia. Nie działać pośrednio. Tak jak dotąd, kiedy niepewnie próbowaliśmy zasiać jakieś ziarno. Teraz możemy stwarzać ludzi. Może żyjemy w tym niezwykłym czasie, od którego liczyć będzie się nową erę? Czy kiedykolwiek rozpoznawano powszechnie zwiastunów nowego? Czy dwa tysiące lat temu w Palestynie faryzeusze dostrzegali w młodym człowieku wygłaszającym patetyczne frazesy i otoczonym gromadą nieudaczników największego proroka nie tylko swoich czasów? Boimy się nowego, bo burzy nasze przyzwyczajenia, wyrzuca nas z naszych małych kryjówek na otwartą przestrzeń, która przyprawia o zawrót głowy. Nasz świat zatęchł jak to miasto. Ugrzązł w mieszczańskiej rutynie, w wydrążonym z sensu rytuale. Poruszaliśmy się jak somnambulicy, jak chochoły. Dosyć już tych mieszczańskich cnót, które były tylko rutyną. Przed nami otwiera się największy teatr. Teatr życia.

Zawistowski patrzy w ciemne okno, w deszcz przecinany smugami świateł. Patrzy przez szybę kawiarni obok Paula Tarois na rynek, gdzie mury powoli nagrzewają się w słońcu południa.

– Tak, imponował nam wtedy – twarz Sikorskiego marszczy się jak schnące jabłko. – Był naszym przywódcą. Nie tylko najinteligentniejszym. Miał w sobie nie tylko to coś, co zjednuje zaufanie. Potrafił mówić tak, że wszyscy dookoła słyszeli swoje myśli wyrażone tak, jak sami nigdy nie potrafiliby tego zrobić. No, cóż. Charyzmatyczna osobowość – Sikorski chichocze. Zmarszczki jego twarzy zbiegają się, wprawiają ją w ruch i w przyćmionym świetle kolorowych kloszy transformują w pulsującą plamę. Sikorski trąca kieliszkiem kieliszek Paula. Mówi niewyraźnie. Coraz bardziej niewyraźnie.

– Był otoczony jeszcze nimbem artysty-geniusza. Rozumie pan, działacz-artysta. Wcielenie ideału. Pamiętam, jechaliśmy do Warszawy. Mieliśmy bronić naszego związku. Młodzieży Rewolucyjnej. Śpiewaliśmy w pociągu piosenki. Jednak nas połączyli. A on znalazł się w zarządzie. Przekonał wszystkich, że trzeba ratować co się da. Tak. Był krótko. Potem pojechał do Azji. Ja byłem w Krakowie. Zniknął nagle. Nie wiedziałem, co robić. Narzucali nam kolejnych ludzi. Potem zamknęli „Po prostu". Mieliśmy szczęście. To było w Warszawie. Nie musieliśmy zajmować stanowiska. Ale wtedy byliśmy jeszcze młodzi. Kłóciliśmy się długo. Pół nocy. Jego nie było. Był w Azji. To wtedy Franaczek zaczął nas straszyć. Był przewodniczącym. Z rekomendacji. Uspokajali mnie. Nie można podskakiwać, bo damy im pretekst. Trzeba zostać i ratować co się da. Nie zrobiliśmy nic. Chociaż... nie potępiliśmy potem rozruchów, chociaż tyle. Zajmowałem się kulturą. Byłem nawet w KW. Ciągle jeszcze wydawało się, że dużo można. Jest walka, he, he, walka trwa. Musimy cofnąć się po to, aby bronić. Potem zaatakujemy, a potem zapomnieliśmy. Jak wrócił, to załatwiłem mu, to znaczy pomogłem załatwić, posadę w Teatrze Starym. Może dostałby ją i beze mnie. Ale atakowali go: formalizm, burżuazyjny estetyzm, pięknoduchostwo, rewizjonizm. No i starzy... atakowali go starzy z Krakowa. Ci z kruchty, dla których był komuchem. To czasami okazywało się nawet pomocne. Używałem tego, żeby go bronić. Tłumaczyłem, że załatwiając go, pomagamy czarnym. Że stary Kraków boi się go bardziej niż nas. Bo on był już jakby trochę z boku. Aczkolwiek z legitymacją. I znał prawie wszystkich, ale już z boku. Artysta. Guru. Gadaliśmy o tym jego projekcie własnego teatru. Tłumaczyłem, że to się da zrobić tylko gdzieś dalej, na prowincji, że to ryzyko. Zgodził się. Chciał tego. Wygrał. Nie tylko ja mu pomagałem, także wielu ze związku. Pojechał do Olsztyna. A tu było coraz ciężej. Nadchodzili kwadratowogłowi. I były problemy. Towarzysze się miotali: hodujemy indywidualistyczne eksperymenty, które nie tylko nie mają nic wspólnego z socjalizmem, ale są mu przeciwne. Pokazywaliśmy jego rewolucyjne montaże. Poezja rewolucyjna. Spektakl o mieszczańskich odwetowcach z NRF. I znowu wygrał. Większy teatr w większym mieście. Dużym mieście. Sam byłem zdumiony. A potem wylali mnie. Był sześćdziesiąty ósmy. Zaczepiałem się przy gazetach. Był już sławny. Nie odezwał się ani słowem. Potem przyszedł Gierek i jakoś się żyło. Widywałem go w telewizji. Mówili, że ma niebywałe plecy i układy. Dostawał, co chciał. A może już był taki sławny na świecie, że opłacało się go forować? Nie spotkałem go już nigdy.

Paul wepchnął bełkoczącego Sikorskiego do taksówki. W płucach poczuł krople przelotnego deszczu, który przestał padać przed chwilą, i ulgę. Niewielki placyk, z trzech stron zamknięty domami, otwierał się przez secesyjny pałacyk na ciemny pas plant, drzewa, noc. Tarois poczuł obcość miasta. Idąc ulicami wokół rynku, usiłował zrozumieć, co robi. Jego hotel był blisko i daleko zarazem. Noc nabierała materialnej konsystencji. Zanurzył się w pierwsze jasne, przeszklone drzwi i po chwili przez jaskrawe światło zobaczył siedzącą przy barze Helenę.

Paul powoli szedł w jej kierunku. Światło pretensjonalnego kandelabra oślepiało go. Uważnie sprawdzał podeszwami butów posadzkę. Przesuwał się ostrożnie, trochę jak ślepiec, który usiłuje wyczuć niewidzialną przeszkodę, zanim zaskoczy go ona twardym kształtem. W żółtym blasku postacie rozmazywały się, a gwar był rojowiskiem niezrozumiałych głosów, przez które musiał przedzierać się, aby wreszcie, po niezwykle długim czasie, kiedy wydawało się, że obity miedzią kontuar ludzi go, oddala się, Tarois dotknął palcami jego zimnej powierzchni, a Helena odwróciła się do niego i uśmiechnęła.

Kobieta siedząca przy barze nie była Heleną. To był moment, gdy przed oczami Paula Tarois rozsypywały się wszystkie zapamiętane wizerunki Zofii–Heleny. W popłochu uświadamiał sobie, że w tej właśnie chwili zapomina ją, pamięć o niej popieleje jak pergaminowe manuskrypty po setkach lat wydobyte na światło dzienne. Obrazy jej twarzy rozmazywały się jak cała jego pewność, że zawsze będzie w stanie przywołać jej postać, realniejszą niż te, które go otaczały. Przez moment, który unieważniał czas, Paul wyobraził sobie, że nigdy nie potrafi rozróżnić jej pomiędzy napotkanymi kobietami, nigdy nie będzie w stanie powiedzieć, czy ta naprzeciw, patrząca mu w oczy, nie jest nią właśnie, nie potrafi jej odnaleźć i cała jego wyprawa do Polski traci sens... zanim nie zrozumiał, że kobieta uśmiechająca się do niego znad kontuaru na pewno nie jest Zofią.

Kiedy dosiadł się do niej i potem, kiedy szli przez noc podświetlaną latarniami, myślał, że podobieństwo było tylko grą wyobraźni, ale jednocześnie dostrzegł coś w skrzywieniu ust swojej towarzyszki, co przypominało mu wydymające się wargi Heleny, chociaż porównanie to kazało raczej myśleć o karykaturze. Profil idącej obok kobiety wyostrzał wyraziste rysy Zofii i aż po uciekający w dół podbródek rysował ptasi kształt, który był złośliwą fantazją na temat może bardziej wyobrażonej niż zapamiętanej twarzy. Niespodziewane ruchy głowy Heleny u kobiety obok przeradzały się w nerwowe szarpnięcia, a uśmiech był skrzywieniem, rutynowym grymasem na nieruchomej twarzy. I nagle, wbrew wszystkim tym spostrzeżeniom Paul uświadomił sobie, że idąca obok jest uderzająco podobna do Heleny.

Rozbierająca się w jego pokoju kobieta była dziwną lalką, którą nakręcił dla niego złośliwy demiurg. Wywoływała złość. Z pasją wciskał członek w jej usta, szarpiąc ją za włosy, jakby jej głowa była mechanizmem, aż mechanizm zepsuł się i poczuł równocześnie jej zęby i ból. Za włosy poderwał ją z kolan na nogi. I kiedy usiłowała złapać równowagę z rozmachem trzasnął w twarz z jednej i drugiej strony. Pomyślał jeszcze, jak śmiesznie wygląda goła z kolebiącymi się wielkimi piersiami, kiedy łapie się za głowę i zataczając, biegnie w kierunku stolika.

Kobieta niezgrabnie próbuje chwycić pozostawioną na blacie torebkę, ale Paul wyrywa ją i z całą pasją zaciśniętą pięścią uderza w środek przerażonej twarzy przed sobą. Czuje coś miękkiego i lepkiego, i widzi, jak lalka powleczona skórą groteskowo przewraca się z rozrzuconymi nogami. Tarois dobiega i staje nad nią, dysząc, z trudem powstrzymuje się, aby nie kopać, nie zacząć tłuc i tratować leżącego na ziemi miękkiego, bezbronnego ciała. Kobieta rozmazuje na twarzy krew i szminkę.

– Ty skurwysynie – chrypi, gramoląc się z podłogi – zaraz narobię wrzasku i wszyscy się zbiegną. Zapłacisz za to. Pójdziesz do pierdla, a wcześniej moi chłopcy obetną ci jaja. Nie masz życia, skurwysynie.

Paul uspokaja oddech, ale gdy mówi, co chwilę musi chwytać powietrze:

– Uspokój się. Sam mogę wezwać obsługę. Powiem, że chciałaś mnie okraść, a kiedy zorientowałem się, rzuciłaś się na mnie i musiałem się bronić. Zobaczymy, komu uwierzą: dziwce czy francuskiemu dziennikarzowi – wysypuje zawartość jej torebki na stolik. Na stosik między pojemnikiem z gazem, podpaskami i prezerwatywami wysypuje się obszyta koralikami portmonetka. – Zaraz będę wiedział, ile mi ukradłaś. To co? Mamy spróbować?

– Zostaw to! – kobieta rzuca się ku niemu, ale wyciągnięta ręka zatrzymuje ją. – No, dobrze. – Kobieta wyprostowuje się nieomal spokojna. – To powiedz, czego chcesz ode mnie?! Czego chcesz?!

Brama. Jakby pogrążył się w murze. Szedł niekończącym się tunelem, nie mogąc nadążyć, daleko, coraz dalej za prowadzącą go postacią. Szedł za ciemnym kapturem osłaniającym głowę, za sylwetką gubiącą się w nocy tunelu bramy, gdzie coraz słabiej majaczy poświata ognia.

Sam nie wiedział, jak mógł tego dokonać, jak mógł przejść ścianę płomieni przed ścianą muru, ale poświata ognia zostawała za nim, rozpływała się w coraz dłuższym korytarzu, a przed sobą widział już przeźroczyste światło,

99

diamentowy blask, w którym zanurzył się i zobaczył, że Helena odwraca głowę... Albo tylko zdawało się mu, że zobaczył cokolwiek, bo niknęła mu z oczu, przestawał ją widzieć w kręgu diamentowego lśnienia i kiedy wyszedł w ciemność, wypadł na czarną, lepką ziemię, na pogrążoną w ciemności równinę, gdy potknął się i osunął na kolana, w czarnych kształtach pod rękami wyczuł zwiędłe liście, a przed sobą, daleko, widział ledwie zarys kopczyków. Kiedy znalazł się między nimi, zrozumiał, że są to groby, które ciągną się bez końca, a on nie ma już przewodnika, Helena zniknęła... dookoła była noc.

– Zrobił wreszcie to słuchowisko. *Mahabharatę* – Zawistowski nieomal krzywi się, w namyśle wydymając usta. – Wrócił ze Wschodu i był inny nieco. Schudł, choć nie był to jeszcze ten asceta, którego widziałem później w telewizji. Mniej się uśmiechał i chyba zaczął tracić ten ironiczny ton, tak charakterystyczny dla niego wcześniej.

– *Mahabharata*. Pomysł radiowo doskonały. Perspektywa ślepca od urodzenia, kogoś, kto świat poznawać może tylko z relacji innych. Król-patriarcha, już nie pamiętam, jak się nazywał. Król rozpamiętuje klęskę i zagładę swojego rodu, śmierć swoich synów, i czuje się winny, bo ulegając słabości, nie zapobiegł temu. A wszystko dzieje się na pobojowisku. Jak po końcu świata. Jednak, robiąc to słuchowisko, przeeksperymentował. Przesadził. Były tam fragmenty świetne, ale wszystko tak się komplikowało, że nie sposób było zrozumieć. I to jego nieprawdopodobne maltretowanie słowa, języka... zmuszał aktorów do najdziwniejszych intonacji, wyjękiwania, wystękiwania, specyficznego, cudacznego wyśpiewywania, które nawet nie miało imitować namiętności, ale prowadziło do kompletnego odrealnienia, deformacji języka, zatraty sensu.

Patrzy na kasztany. Paul Tarois patrzy na drzewa za oknem hotelu, usiłując zrozumieć poszczególne słowa, sens zdań z jęków, pokrzykiwania, modlitewnej inkantacji, żałobnego lamentu. Co właściwie robi tu i po co wsłuchuje się w tę kasetę, studiuje ją jak znak, który pozwoli mu rozszyfrować tajemnicę: gdzie leży wspaniały Szalja jak słoń, który utonął w bagnie, a głowa jego z otwartymi ustami bez języka wydartego przez ptaki...

Przez pola Kurukszetry, przez skowyt demonów, które wypijają krzepnącą krew zabitych, podąża ślepy ojciec Kaurawów Dhritarasztra oparty na swojej zawodzącej żonie. Prowadzeni przez przewodnika poszukują zwłok zabitych synów, wszystkich stu, bo wszyscy zginęli. Dhritarasztra na zawsze już samotny niósł będzie brzemię winy, która jest jak ślepota, jak ślepota zrodzona ze słabości matki jego i jego słabości, która świat zmieniła w pola Kurukszetry i ściągnęła na nie drapieżne ptaki, szakale i upiory pożerające ciała poległych. Zmieniła ziemię w cmentarzysko niepogrzebanych ciał. Słyszy krzyk żon króla Sindhu i krzyk drapieżnych ptaków, których kobiety nie potrafią przepędzić od ciał swoich mężów, a przewodnik płacze, kiedy mijają ciało pięknego Karny jak drzewo obalone przez burzę, przyjaciela ślepca i jego synów, a niedaleko żona syna Ardżuny – Karny zabójcy – w objęciach trzyma głowę swojego martwego męża i śpiewa o chwilach szczęścia, delikatnie obmywając jego rany, jakby nie chciała go budzić. Idą wśród chichotu rakaszy, przez obóz we śnie wymordowanych Pandawów, jak w gnieździe pogrążonych we śnie kruków uśmierconych przez ptaka nocy, a zabójca ich, krzycząc, że Pandawowie na kawałki rozbili most sprawiedliwości i na świecie pozostała tylko zemsta, zbliża się, roztaczając wokół siebie smród krwi i ropy. Docierają wreszcie do miejsca, gdzie leży najstarszy ich syn, Durjodhana. Matka dotyka jego zgruchotanych maczugą członków i zawodzi, wyrywając się z ramion męża swego, ślepego Dhritarasztry:

– Ty, którego muskały jedynie pióra wachlarzy pięknych kobiet, teraz uderzany skrzydłami sępów...

Krzyk ptaków, ujadanie szakali i śmiech demonów zagłuszają ludzkie lamenty i wypełniają pole, szarpią nerwy długimi haczykami dźwięków, które biegną dalej i dalej przez niekończącą się równinę śmierci. Zdania rozpadają się. Jęk cierpienia to już tylko zbitki słów wzywających pamięć, aby wypełniła ciemną dziurę pustki. Demony rozrywają ciała, pożerają języki, w nocy kości świecą jak płomienie, stosy ofiarne. Słowa rozsypują się na pojedyncze sylaby bólu, fonemy rozpaczy. Język dociera do dźwięków, które były tożsame z czuciem i znaczeniami. Z zawodzących dźwięków jak terkot modlitewnego młynka uchodzi nawet ból.

Paul Tarois nie wie w końcu, gdzie melodeklamacja, lament żałobny tak deformuje słowa, że zatracają one znaczenie, a gdzie on sam przestaje rozumieć nie swój przecież język.

I teraz, kiedy w wiosennym południowym słońcu, przedsmaku letnich upałów, spacerując wokół rynku, słyszy, że język, którym mówią dookoła niego – choć zrozumiały – jest obcy, Paul Tarois czuje, że nie jest stąd. Gdzieś został jego kraj, jego miasto, a on niedokładnie przypomina sobie, skąd tu przybył. Kiedy siada w ogródku kawiarni, zamawia kawę i patrzy na ludzi, gromady przechodniów nurzających się w słońcu, które odbija się od bruku i szyb wystawowych, w oczach kobiet i spojrzeniach mężczyzn, słyszy śmiechy i szum głosów jak brzęczenie na łące, przez słońce obudzonej do życia, nie za bardzo wie, kim jest. Chociaż powtarza sobie swoje imię i nazwisko, wie jedynie, że jest tu obcy, i chociaż przypomina sobie, że przyjechał zrobić reportaż i przygotować programy telewizyjne, wspomnienia i projekty wyrywają się z kontekstu, tracą znaczenie i stają jedynie pretekstem, aby zapomnieć o dziwnej próżni w głowie i poczuciu, że piękny świat dookoła jest zbyt nierealny, aby on mógł się nim cieszyć.

Siedząc w ogródku kawiarni i pijąc kwaśną kawę, Paul Tarois próbuje rozkoszować się ciepłem promieni, które dotykają jego dłoni, twarzy, i czuje nostalgię, której źródeł nie potrafi określić, bo nie tęskni przecież za Paryżem.

– Tłumaczył, że ma to być rodzaj medytacji – Zawistowski uśmiecha się spoza ciemnych okularów. – Niektóre słowa mogą usprawiedliwić wszystko, ba, pretensjonalności nadać rangę objawienia.

– Wiedza wytapia się w cierpieniu. Prawdziwa wiedza, która prowadzi do przeistoczenia człowieka – policzki Szymonowicza nie są już takie puculowate, koło oczu zarysowują się bruzdy. – Świat zakończył się apokalipsą, utonął w bólu. Na polach Kurukszetry nie tylko pogineli bohaterowie, ale umarła tradycyjna rycerskość i honor. Zatracił się oczywisty kod działania. Przecież znamy to. Na polach Kurukszetry pozostała noc, trupy, demony i zagubieni opłakujący. Ci, którzy przeżyli, ale nie wiedzą po co, którzy na pobojowisku pozostawili nie tylko najbliższych, ale i najważniejszą cząstkę siebie, nadzieję, pewność jakichkolwiek prawd. Ich lament nad zabitymi wyraża już tylko cierpienie, bo cierpienie nie potrzebuje słów. Właściwie słowa nie wyrażają go, a służą jedynie oswojeniu. Wpisaniu cierpienia w nasz ludzki porządek sensów. W nasz porządek czasu, aby odesłać go w przeszłość, zamknąć. Słowa służą stępieniu bólu, pozbawieniu go jego druzgoczącej mocy. Bo słowa są przecież domeną kultury i nie sięgają prawdziwego cierpienia, które jest skowytem i trwa w niekończącej się teraźniejszości.

– Jednak wiedza opłakujących o tym, że istnienie jest tylko bólem, prowadzi dalej. Wznosząc w zawodzeniu pojedyncze słowa, powtarzają je bez końca, tak że tracą one swoje znaczenie, oddają się medytacji, która pozwoli im przekroczyć zaklęty krąg cierpienia i wydostać poza pola

Kurukszetry. To dopiero tam i w taki sposób mogą się odrodzić. Powtarzają słowa, które przestają znaczyć i są jak zaklęcie. Stają się mantrą, która prowadzi do pierwocin języka, kiedy słowa były tożsame ze znaczeniem, z porządkiem świata, a ten, odnaleziony, pozwala przekroczyć widmowy kosmos cierpienia.

Skowyt, krzyk, chichot i jęk rozbijane na akustyczne atomy przeistaczają się w abstrakcyjne dźwięki. Świat brzmień pobojowiska, wyśpiewywany w jaskrawych modulacjach, w powtarzających się po wielekroć w najrozmaitszych intonacjach tych samych słowach szumi obco, jak przekaźnik odbierający sygnały z kosmicznej pustki. Paul wyłącza magnetofon.

Aby znaleźć Mistrza, musi wytropić jego ślady. Zrekonstruować je, zrekonstruować jego drogę życia, aby go zrozumieć. Bo tylko wtedy będzie mógł go odnaleźć. Tylko wtedy zrozumie swoją drogę i odnajdzie Helenę. Ale teraz przestaje rozumieć cokolwiek. Kaseta pozostaje w magnetofonie jak zapieczętowany list.

– To oczywiste, że nie był to już taki sukces jak *Miasta*. Ale nie ukrywam, że *Mahabharata* miała wielu wręcz entuzjastów. Mówiłem zresztą panu, iż widać w tym talent. Chwilami jest to piękne słuchowisko, choć równocześnie popadające w niezrozumiały, daruje pan słowo, bełkot. To zdumiewające, iż robiąc rzeczy tak elitarne, zagadkowe, żeby nie powiedzieć ostrzej, zawsze, już od samego początku, miał swoich wyznawców. I to z kręgu opiniotwórczej elity. Pamiętam, że o słuchowisku tym napisał pozytywnie znany krytyk teatralny, który prawie nigdy nie pisał o radiu – Zawistowski zamyślił się z palcem wymierzonym w nieistniejącą gazetę. – Ale wtedy Szymonowicz zaczął już pracować w Teatrze Starym.

– Wcześniej jeszcze, przed wyjazdem, jakby w pośpiechu zrobił *Wujaszka Wanię*. Może dlatego tak mi się wydaje, że wtedy wszystko było w pośpiechu. Cóż, re-wo-

-lu-cyj-ny czas – Zawistowski akcentuje z parodystyczną pasją. Wosk jego twarzy układa się w maskę ironii. – To było takie rewolucyjne przedstawienie. Niewiele z Czechowa. Miałem nawet wrażenie, że robione było przeciw autorowi. Działo się na dwóch poziomach. Kilka metrów nad sceną zamontowana była platforma. I akcja toczyła się na przemian to tu, to tam, ale najczęściej równocześnie tu i tam. Ten poziom wyższy, na platformie, to była sfera ideału, a ten zwykły, na scenie, to bytowanie przyziemne, filisterskie. Takie było jego odczytanie Czechowa, jak pan pewnie zauważa, niespecjalnie wyszukane. Nawet jako człowiek zawsze staromodny miałem wrażenie, że jest coś niestosownego w takim posługiwaniu się Czechowem i przerabianiu go na agitkę. Jest tylu innych, którzy bardziej się do tego nadają. Bo przedstawienie w Starym sprowadzało się do kilku prostych tez: pogrążeni jesteśmy w konformizmie, w pustych rytuałach konwenansów, składających się na naszą egzystencję i należy wyrwać się, podnieść nasze życie do poziomu ideału, który mieści się na platformie nad sceną, skąd lekarz wykrzykiwał swoje wzniosłe tyrady, zanim realność nie ściągnęła go w dół, w pijaństwo i beznadzieję.

Zawistowski milknie i zastanawia się chwilę. Patrzy na Paula Tarois i zdejmuje okulary, stuka w nie wskazującym palcem, zakrzywionym jak szpon ptaka.

– Tak panu opowiadam, ale nie było to zupełnie złe: ta parodystyczna codzienność, chyba tylko ten jeden raz robił coś takiego, a nawet te deklaracje z platformy... Ściągnął do tego świetnego aktora jeszcze ze szkoły aktorskiej – swojego później nieodłącznego wykonawcę – Zygmunta Majaka.

– Tak, przedstawienie było oceniane różnie, ale Majakiem zachwycili się wszyscy, wszyscy dostrzegli go. To od tego spektaklu zaczyna się jego kariera. Miał wtedy niewiele ponad dwadzieścia lat. Nie wiem, jak Szymonowicz go wytropił. Często odwiedzał wtedy szkołę aktorską... Miał tam nawet jakieś dorywcze zajęcia. Tam chyba także poznał tych swoich nieudaczników, z których później zrobił gwiazdy: Jurgę, Antonickiego, ale Zygmunt był kimś innym. Nie był z ich środowiska, prowadził inny tryb życia, zresztą nie musiał pogrążać się w dekadencji, jego talentu nikt nie kwestionował. Potem do głównej roli zaangażował go Lutycki w swojej inscenizacji *Kordiana*. To było wtedy bardzo ważne przedstawienie, a Majak był w nim niezwykły. Pan może nie wie, ale od wojny *Kordiana* trudno było wystawiać. Sztuka patriotyczna, poświęcona walce z Rosją, rozważająca uzasadnienie terroryzmu w słusznej sprawie... Trudno mi teraz powiedzieć, czy Lutycki zrobił wybitne przedstawienie, ale było ono bardzo, bardzo znaczące, wstrząsające nawet. Przedstawienie o nas wtedy, o naszej bezradności i zagubieniu, o chichoczącej historii, tym lepsze, że uniwersalizowało nasze sprawy w klasycznym tekście. A było ono takie w dużej mierze dzięki Majakowi. To po nim stał się on postacią w naszym mieście. Takim Cybulskim na miarę Krakowa – wie pan, to aktor, który grał w *Popiele i diamencie* Wajdy, a z którym zidentyfikowało się całe pokolenie o dekadę późniejsze niż bohaterowie filmu.

– I wtedy Szymonowicz wrócił i zrobił *Dziady*. Pan nie może wiedzieć, co znaczy dla nas ten dramat. To najbardziej podstawowa opowieść o dziejach narodu, o jego przeszłości i przyszłości. Taka narodowa Biblia trochę. A przy okazji romantyczna, pokomplikowana struktura. Otóż jest w tym dramacie obrzęd wywoływania duchów, tytułowe dziady, które chrześcijańskie święto łączą z pogańskim obrzędem. Tymczasem dla niego obrzęd ten stał się nie tylko kompozycyjną osią, ale i głównym rezerwuarem znaczeń. Cały chrześcijański wymiar obrzędu i dramatu doszczętnie wyparował z inscenizacji w Starym, a pogański rytuał pochłonął wszystko. Dodatkowo z przedstawienia ulotnił się cały narodowy charakter dramatu, cała wielka epopeja cierpiącej zbiorowości i narodowa teodycea, odpowiedź, dlaczego Bóg skazuje Polskę na klęskę i co znaczy ta klęska w metafizycznym wymiarze. A więc jego interpretacja *Dziadów* to jakby, zachowując proporcje, zinterpretować ewangelię, zapominając o Chrystusie.

Zawistowski zmęczył się. Przez chwilę wpatruje się w stolik, a jego pozbawiona kontroli twarz nieruchomieje jak maska starości. Postać pochyla się bezwładnie, przywodząc na myśl kostium nieuważnie porzucony przez właściciela. Po chwili jednak reżyser wraca do siebie, ciało prostuje się, a twarz układa w formę zadumy.

– Znowu, jak wszystko u niego, było to niejasne. W każdym razie było o umieraniu i naszym z umarłymi kontakcie. O kontakcie z innym wymiarem istnienia, w którym bytujemy, nie zdając sobie z tego sprawy. Najważniejszy był w tym wszystkim obrzęd. Sceny w salonie Senatora, będące dla Mickiewicza obrazem plugawego, jak mówi, bytowania konformistów, których małość prowadzi wręcz do zdrady, w jego spektaklu były pantomimą żywych trupów. Bo jakoś się to odwracało: kontaktujący się z umarłymi, świadomi ich nieustającej obecności, byli żywi, a sprowadzeni do pogoni za doczesnością byli martwi. Cały patriotyczny fundament wartościowania, poczucie odpowiedzialności za zagrożoną zbiorowość, znikł, jakby go nigdy nie było. Najważniejszy stał się rytuał. A i ten niewiele miał wspólnego z Mickiewiczem. Chwilami był to egzotyczny amok. Swoisty święty trans, w który wpadali uczestnicy ceremonii. To w ten sposób szukali łączności z umarłymi. Bohater, Gustaw-Konrad stawał się postacią marginalną, a nad wszystkim królował Guślarz – Majak. Nawet przeciwnicy spektaklu, a było ich wielu, przyznawali, że był świetny. Chociaż i tak wcale liczni twierdzili, że w bezsensownym przedstawieniu bezprawnie odwołującym się do Mickiewiczowskiego tytułu, świetnemu aktorowi kazał odgrywać historię choroby psychicznej. Tak jakoś stało w „Tygodniku Powszechnym". A o histerii pisali chyba wszyscy. Jak zwykle miał swoich obrońców. Wychwalali doskonałość warsztatową, prowadzenie aktorów, niezwykłą sugestywność obrzędu, nastrój tajemnicy itd. Czuć było w tym bezradność. Nie potrafili nazwać tego, co podobało się im w przedstawieniu. Jeśli coś podobało się im naprawdę. Chociaż nawet ja muszę przyznać, że coś w tym było. Pytanie tylko co i jakim kosztem.

– Hochsztapler. Niebezpieczny hochsztapler. I szkodnik. Komunistyczny szkodnik – ostre słowa Plater wypowiadał spokojnie. Oparty o poręcz fotelika patrzył na Paula Tarois i uciekającą przeszłość niebieskimi, nieruchomymi oczami, a kolejną sprawę, którą wydobywał z przepastnego archiwum swojej pamięci, ujmował w słowa pewne i jednoznaczne. Mówił po francusku i Tarois po paru próbach uległ mu i powrócił do ojczystego języka.

– Wiem, że teraz nie wypada tak o nim mówić. Chociaż może teraz wypada bardziej. Nie jest już tym absolutnym guru prowadzącym modernistyczny teatr na nieodkryte szlaki. Widzi pan, jak się to teraz szybko dzieje? Wystarczy kilka lat, abyśmy zaczęli zapominać naszych nowych, najnowszych, najbardziej bezdyskusyjnych mistrzów. Czy to czasy niewdzięczne, czy mistrzowie pośledniejszego gatunku? Czy może jedno i drugie? Niebezpieczny, bo zdolny. Żarliwy wówczas komunista. Nie wiem, czy koniunkturalista, ale to w końcu nie takie ważne. W każdym razie potrafił załatwić sobie co trzeba. Samodzielny teatr w Olsztynie po ilu to... trzech czy tylko dwóch przedstawieniach, które nie wywołały wcale tak powszechnego entuzjazmu. Może po prostu matuszka partia wyrażająca zbiorową mądrość, partia, która przecież nie myli się nigdy, wyczuła jego przyszłą wielkość i stworzyła mu warunki do jej rozwinięcia? Jak dobrze było nam w komunizmie. Wybitny artysta nie musiał tworzyć pod presją niwelującej komercji. Mógł robić teatr nawet bez widzów. Gdzie indziej byłoby to możliwe? I rozwijał się, ciągle rozwijał: z Olsztyna do Uznania, większe miasto, większy teatr, większe środki.

– Nie wiem, czy był koniunkturalistą, ale coś tu wszystko za dobrze pasuje. Nie jestem przeciwnikiem eksperymentu, ale wszystko dzieje się w określonym kontekście. To po październiku, po pięćdziesiątym szóstym mieliśmy dopiero możność wystawiania w miarę swobodnie naszych klasyków. I on przenosi na scenę nasz najważniejszy dramat, który, jak zawsze wielka sztuka, mnóstwo mógł o nas wtedy powiedzieć. Gdyby dzisiaj ktoś wystawił *Dziady* tak jak on, żachnąłbym się tylko. Nie miałoby to większego znaczenia. Wtedy, w szatkach fałszywej, uwodzicielskiej nowoczesności deformował i niszczył nasz teatr, który był i być powinien w tamtych warunkach ostoją naszej tożsamości. Zamiast dyscypliny – znaczeniowy bełkot. Zamiast czytelnego konfliktu wartości – rozegzaltowany relatywizm. Chaotyczny eklektyzm zamiast osadzenia w naszej narodowej rzeczywistości, gdy tymczasem romantyk Mickiewicz pod pozorem właściwego epoce rozwichrzenia zbudował solidny, ugruntowany w czasie i przestrzeni, i na konkrecie oparty ład. A w Starym przesypywał się śmietnik form i wierzeń. Dla młodego człowieka wówczas wszystko to mogło być fascynujące. Nie tylko wówczas, nawet dzisiaj może się wydawać bardziej atrakcyjne. Mętne intuicje zamiast solidnej wiedzy, zamiast pracy – uniesienia. Może uznać to pan za starcze i mentorskie marudzenie, ale tak myślałem wtedy, a nie byłem jeszcze starcem.

– Komunizm chce przetworzyć duszę. Jest karykaturą boskich prac. Na szczęście nie potrafi stworzyć nowego człowieka, potrafi natomiast zepsuć tego, który istnieje. Komunistyczne usiłowania są karykaturalne, dlatego naznaczone nimi twarze mają tak błazeński grymas. Po to jednak, aby przekuwać naród, deformować, trzeba pozbawić go fundamentów, kultury, i tu nasz Mistrz spełniał zadanie szczególne. Jego działania były z gruntu nihilistyczne. Aby podważyć fundament realnie istniejącej kultury, tworzył chaos form i religii, „masz tu kaduceusz, mąć nim wodę, mąć" – jak pisał nasz inny klasyk.

– To znamienne – Plater odwraca swój jastrzębi profil w kierunku małego kopulastego kościółka na rynku, zbudowanego na miejscu jednego z najstarszych kościołów w tym mieście. W dziesiątym wieku? – Tarois przypomina sobie czyjąś relację. Plater mógłby tak pozostać, rzeźba na tle muru albo kawałek muru, z twarzą wyrzeźbioną przez czas jak wizerunki na gotyckich kościołach.

– Miał takie możliwości penetracji naszej kultury, zapoznanej wtedy, mógłby iść za Mickiewiczem, który pokazywał uniwersalizm poprzez konkret, który jest nam bliski. A on usiłował udziwnić i przeczytać *Dziady* przez, bo ja wiem, teatr Kathakali? Albo teatr No? Mógłby zastanowić się nad chrześcijaństwem, głębszym niż wszelkie mądre zdania wypowiedziane na jego temat, nad kulturą którą wchłaniamy, chodząc po mieście, gdzie się urodziliśmy, poznajemy, ucząc się naszego języka. Chrześcijaństwo zbudowane jest na tradycji starszej, którą zabsorbowało i przekroczyło, jak możemy to zobaczyć u Mickiewicza właśnie. To Mickiewicz pokazuje, ile jest głębi, niewyczerpanych poznawczo warstw w tych naszych wydawałoby się doszczętnie rozpoznanych, zrutynizowanych obyczajach. A on wolał nasz obrzęd przeinaczyć w, bo ja to wiem, melanezyjskie ekstazy.

– Tak. Miał szczęście. Wszystko, czego się dotknął, stawało się sukcesem. Nie wszyscy byli takimi szczęściarzami. Był taki młody, niezwykły reżyser. Swinarski. Może najlepszy z tego pokolenia. Też zaczynał w tym czasie. To był wielki ferment. Może dlatego, że pod stalinowską pokrywą zebrało się spore ciśnienie, które eksplodowało w momencie lekkiego uchylenia wieka. Wystartował paroma przedstawieniami. Zrobił porywającą *Burzę* Szekspira. I potem chciał wystawić *Nieboską komedię*. Polski ewenement sceniczny na światową skalę. Pierwszy prawdziwy dramat o rewolucji, który mógłby być napisany dzisiaj, a został stworzony przez młokosa w trzydziestych latach zeszłego stulecia. Na początku były problemy z akceptacją przez cenzurę samego pomysłu – taki reakcyjny dramat, po co?! Wreszcie zgodzono się. Byłem na próbie generalnej. To było objawienie. Wielki teatr. Cenzura interweniowała: nie ma mowy. Przedstawienie zostało definitywnie skreślone, skazane na niebyt. Opowiadano mi potem, że również z powodu zachowania Swinarskiego. Zrobił awanturę w Komitecie Wojewódzkim. Nic nie dało się zrobić, ciężko to przeżył. Już wtedy pił. Potem zawziął się na *Szewców* Witkacego. Jakby wstąpił w niego demon samozniszczenia. Wiadomo, jakie było to ryzykowne. Widziałem pojedyncze sceny. Pamiętam je lepiej niż wiele głośnych i świetnych przedstawień. Mógłbym opowiedzieć je panu, ale pan przecież chce rozmawiać o kimś innym. Już gdy widziałem te sceny, czułem, że to nie może przejść. Próbowałem nawet sugerować mu coś, choć to, co widziałem, było konsekwentne i nie za bardzo wiedziałem, jak można by zmienić te sceny, nie łamiąc całej koncepcji. Skądinąd to zabawne – ja jako cenzor, wzywający do rezygnacji z nadmiernego radykalizmu! W tym przypadku doszło do konfliktu z dyrektorem teatru tuż przed próbą generalną. Dyrektor opowiadał potem, że chciał uratować dobre przedstawienie przed oczywistą cenzorską interwencją. Swinarski się awanturował. Wreszcie obraził się i, tu wersje są różne, albo sam złożył dymisję, albo został zwolniony. Po tym nie mógł już dostać żadnego reżyserskiego etatu w Krakowie. Wylądował w Tarnowie, gdzie zrobił jakieś dwa kontrowersyjne przedstawienia, a potem wyleciał i stamtąd. Trudno już było dociec, w jakim stopniu alkoholizm był tylko pretekstem, a w jakim realnym powodem. W każdym razie coraz trudniej go było bronić. I to był już jego koniec. Nic więcej nie mógł zrobić. Nie pozwolono mu. Spotykałem go potem kilka razy, zawsze pijanego. Opowiadał o swoich projektach. Szkolne zeszyty zarysowywał scenografiami do najrozmaitszych inscenizacji, o których potrafił pięknie mówić, scenografia również była niezwykła, ale głównie zajmował się wtedy naciąganiem innych na alkohol. Wypadł z okna klatki schodowej trzeciego piętra. Nie wiadomo, czy był to wypadek, czy samobójstwo. Umarł po kilku dniach. Nawet jego zeszyty nie znalazły się. Był najzdolniejszy z pokolenia. To jest porażające. Widzieliśmy te rodzące się dzieła, które pozostały tylko w naszej pamięci. Jak jego postać. Mógłbym mówić o wielu. O takich, którzy nawet nie podejmowali działań od początku, czując się skazani na klęskę. O przegranych twórcach, niezrealizowanych dziełach. Pańskiemu Mistrzowi udawało się.

Plater patrzy na Tarois. Patrzy przez niego w jasny odcień światła na murze, przez który sączy się czas.

– Nie miał żadnych kłopotów. Pamiętam te jego październikowe ataki na mieszczańskość w prasie krakowskiej. A więc de facto na te wartości, które potrafiły uratować Kraków przed komunizmem. Potrafiły zrobić z tego miasta oazę. Czy atak na nie mógł być tylko zwykłą bezmyślnością, prostym nałożeniem na rzeczywistość ideologicznych formułek, które nijak się do niej mają? Szczególnie że mieliśmy do czynienia z rzeczywiście inteligentnym człowiekiem?

– A jeszcze ukradł nam Zygmunta – Plater uśmiecha się do odległych wydarzeń. – Zygmunt był tak wspaniały jako Kordian. Kiedy dowiedzieliśmy się, że jedzie z Szymonowiczem do Olsztyna, odczuliśmy to, jakby car uwiódł Kordiana i poprowadził w głąb swojego zimnego imperium. Iluś ludzi przekonywało Zygmunta, żeby nie robił tego. Lutycki i ja wreszcie. Z tej rozmowy pamiętam jedynie refleksy. Zygmunt tłumaczył, że nie rozumiemy jego Mistrza, bo już wtedy tak go nazywał. Że jadą odnawiać nie tylko teatr, ale całą naszą kulturę. Uważał, że jesteśmy niesprawiedliwi i nie chcemy dostrzec namiętności Szymonowicza, która ma siłę przeistaczającą i porównać można ją z prawdziwie religijną pasją. Twierdził, że to jest przyczyna jego konfliktu z naszymi ustalonymi i wychłodzonymi już wiarami. Usprawiedliwiał nawet jego komunistyczną proweniencję. Zapewniał, że to nie maska, ale autentyczna wiara w idee, które leżą u podstaw tej ideologii, i właśnie taka postawa może transformować system, a Szymonowicz ma moc budzenia nawet u tych zepsutych i cynicznych odruchów szczerych i pozytywnych, co jest źródłem jego sukcesów, choćby uzyskania teatru w Olsztynie.

Plater uśmiecha się, kontynuując rozmowę po ponad trzydziestu latach w spokojnej świadomości, że nic już od niej zależeć nie może.

– Dobrzy aktorzy nie muszą być mądrzy. Jednak Zygmunt był wyjątkiem. Ale wtedy, gdy rozmawiałem z nim, miałem poczucie, że mówię z kimś, na kogo rzucono urok, zaczarowanym, zakochanym może? Pojechał i już właściwie nic więcej o nim nie słyszałem. Bo były sukcesy Instytutu, ale zawsze były to sukcesy Szymonowicza. Z czasem zaczęto mówić o wybitnym aktorze, ale ku mojemu zaskoczeniu nie był to Zygmunt tylko Jurga, którego znałem troszkę i nie dałbym za niego złamanego szeląga.

– Był z grona tych nieudaczników, którzy swoją karierę rozpoczynają od zachowań w potocznej świadomości znamionujących prawdziwych artystów i zwykle na tym ją kończą. Alkohol, narzekanie na niewrażliwy, mieszczański świat, opowiadania o bezsensie istnienia i domaganie się potwierdzenia swojej wyjątkowości, która akurat nie wiadomo na czym miałaby polegać, bo alkoholizm w Polsce nie jest czymś wyjątkowym. Nie pamiętam, czy tego Zbyszka wyrzucili wtedy ze szkoły, czy jeszcze studiował, ktoś nawet powiedział mi, że jest zdolny, ale nie była to jakaś szczególnie powszechna opinia. Spotkaliśmy się w SPATiF-ie. Był już pijany i wykrzykiwał coś o swojej genialności. Zapytałem go, co genialnego zrobił, aby miał prawo tak mówić. Chciał się na mnie rzucić.

– Byli tam jeszcze inni, których potem zabrał do Olsztyna. Jakieś bliżej nieznane postacie z tego cyganeryjnego kręgu. Zastanawiałem się później, już w czasie jego uznańskich sukcesów, czy mogą być prawdą wszystkie zachwyty nad kunsztem jego aktorów? Czy może być prawdą perfekcja wypracowana podobno latami pracy? Katorżniczej pracy, której mieli się poddawać, a tak do niej nie pasowali. Jednak uznanie dla ich rzemiosła było powszechne, nawet wśród ludzi niebędących wielbicielami jego teatru. Co ważniejsze, między tymi aktorami, jako jeden z nich, i to nie największy, był Zygmunt. A ja ceniłem go nie tylko jako aktora, choć jego wybór był dla mnie, powiedzmy, niejasny.

– Wielokrotnie miałem okazję wybrać się na ten spektakl. Nie mówię o wcześniejszych, ale o tym najważniejszym przedstawieniu już w Uznaniu, które miało być ukoronowaniem wszystkich jego teatralnych przedsięwzięć, a jednocześnie przekroczeniem barier, takim heglowskim zniesieniem teatru. Wreszcie, mimo wszystkich oporów, pojechałem. Rzeczywiście, to, co zrobił ze swoich aktorów, było wręcz nieprawdopodobne. Jakby zatracili właściwości i byli tylko tworzywem podatnym na transformacje. Chwilami wydawało się, że na scenie potrafią stać się wiązką światła. Równocześnie w przedstawieniu byli konkretnymi istotami, upostaciowaniami archetypów i jednocześnie prawdziwymi ludźmi, reprezentującymi określoną postawę. Zygmunt był Judaszem, to znaczy, zdaje mi się, wcielał sceptyczny racjonalizm, osobę, która, o ile dobrze interpretuję tamten spektakl, musi zdradzić to, co wzniosłe i wielkie. Zaprzeczyć powołaniu człowieka. Zdradzić zbawiciela.

– Była w tym przedstawieniu specyficzna doskonałość czarnej mszy, odwrócenia chrześcijańskiego przekazu. Była jakaś sceniczna, ciemna gnostycka formuła, która miała przynieść objawienie. Podobno wyznawcy oglądali przedstawienie po kilkadziesiąt razy. Ciemny przekaz o człowieku-zbawicielu. Nie porozmawiałem z Zygmuntem po spektaklu. Nie widziałem go już nigdy więcej. Nie wiem, co się z nim teraz dzieje.

– Nienawidził kobiet! – żona Zawistowskiego mówi gwałtownie, wyrzucając z siebie słowa i gesty. Jest znowu młodą dziewczyną reagującą spontanicznie na dwuznaczności świata. Jej szczerość nie zna kompromisów i wahań. Ostro umalowana twarz pięćdziesięcioletniej kobiety dziwi się i oburza wszystkimi rysami, wszystkimi zmarszczkami.

– Zawsze była tak dynamiczna – Zawistowski pokazuje swoją żonę Paulowi z nieomal zażenowanym uśmiechem szczęśliwego posiadacza. W bladych oczach starego człowieka widać odbicie dwudziestoletniej dziewczyny wykrzykującej światu swój sprzeciw.

– Te jego ręce ciągle w kieszeni, jakby usiłował osłonić swoje przyrodzenie, a może raczej ożywić je. Ręce ciągle międlące, poruszające się w kieszeniach jak żywe stworzenia. Można było zwymiotować. Pamiętam jak z tym swoim złośliwym uśmieszkiem podszedł do Iwony, miała na sobie orientalne szarawary, to było przedstawienie *Śakuntali* w Olsztynie, i polecił scenografowi, który zajmował się także kostiumami, aby przycięto je nieco powyżej kolan. Iwona była piękna, ale miała słoniowe nogi, a w ten sposób on wyeksponował je na plan pierwszy. Definitywnie ją oszpecił. Można było odnieść wrażenie, że kostiumy dla kobiet właśnie po to zamawia. Chce zdeformować swoje aktorki. Uczynić z nich monstra. Tyle o nim pisali. Z tak różnych perspektyw oceniali jego sztukę, a nikt nie próbował zanalizować jego działań w sposób najprostszy. Nienawiść do kobiet, która wynika z niemocy. Chciał pozbawić kobiety kobiecości, zaprzeczyć jej, zohydzić ją.

– Nie przesadzaj, Iko – Zawistowski unosi rękę nie tyle w geście towarzyszącym słowom, ale jakby chciał pogłaskać swoją żonę po głowie z wyrozumiałością ni to ojca, ni to męża, którego ujmuje młodzieńcza przesada małżonki – przecież był na pewno świetnym reżyserem.

– Może był albo raczej bywał. Ja mówię o motywach. O tym, jak chciał być absolutnym panem zespołu, kontrolować nasze prywatne życie do ostatniego drobiazgu. Takie panowanie było substytutem... no, wie pan. I może dlatego robił to z taką pasją, tak konsekwentnie i wreszcie z takim sukcesem. Bo prawie wszyscy ulegli mu, zresztą kto nie uległ, nie miał tam czego szukać. Prędko zdałam sobie z tego sprawę. Nie chciałam zostać w tych warunkach, mając do czynienia z ciągłym pomiataniem ludźmi, w atmosferze jakiejś, ja wiem, sekty, z Mistrzem, który wszystko o wszystkim wie i o wszystkim za wszystkich decyduje. Bez dyskusji, z tym krzywym uśmiechem i łapami grzebiącymi w kieszeniach. Sama odeszłam zanim mnie... to znaczy, zdecydowałam się... Bo na początku byłam bardzo zaprzyjaźniona ze Zbyszkiem Jurgą. Jeszcze wcześniej, w szkole aktorskiej. Pamiętam takie rozmowy w knajpie przy alkoholu, był tam jeszcze Grześ, Janek i już nie pamiętam kto, może Maryna. Rozmowy o niezwykłej możliwości, która pojawia się przed nami. O możliwości uczestnictwa w rewolucji teatralnej na epokową miarę. Gwarancją tej rewolucji i jej znaczenia był właśnie on, Szymonowicz. Dla tych, z którymi rozmawiałam, którzy później pojechali do Olsztyna i zabrali mnie ze sobą, jego wielkość była oczywista. Zresztą kiedy tylko przychodziło się do szkoły, od razu trafiało się w sam środek histerii, której on był bohaterem. Jedni nie znosili go i wygadywali najróżniejsze rzeczy, ale większość chyba żyła w przeświadczeniu, że to geniusz, który wreszcie gruntownie przemieni polski teatr. Właściwie o jego genialności nie świadczyły nawet te dwa chyba tylko przedstawienia, które zrobił w Starym, a słuchowiska mało kto znał. Ja również dopiero potem zrozumiałam znaczenie teatru w radiu, w dużej mierze dzięki mojemu Misiowi – Ika odwraca się, posyłając uśmiech swojemu mężowi, którego pofałdowana twarz skierowana jest na nieznane Paulowi obrazy. – W każdym razie geniusz Szymonowicza był faktem powszechnie uznanym. Zbyszek mówił mi, że właściwie czekał na tę propozycję, nie zdając sobie z tego sprawy, propozycję od Mistrza, bo tylko on mógł ją uczynić. Zbyszek miał dość tego oszustwa mieszczańskiego, akademickiego teatru, nie mógł pogodzić się z nauką zawodu, która była rzemieślniczym przysposobieniem, przyuczeniem do chałtur, gdy on wiedział, że aktorstwo to powołanie. To moc przeistaczania się i rozpoznawania świata z wielości wcieleń. Prawdziwych wcieleń, a nie paru grepsów. Wyjątkowo wyraźnie pamiętam to, co mówił do mnie w tej knajpie. Takie pierwsze objawienia smarkuli. Zaczynałam wtedy szkołę. Pojechałam do Olsztyna w środku szkoły, potem miałam kłopot, żeby wrócić, skończyć ją. Oni wszyscy byli od niego zależni, co mieli zrobić bez dyplomów, układów, mnie na szczęście dostrzegł mój Misio i pomógł.

– I tak dałabyś sobie radę – Zawistowski uśmiecha się z nieobecnym wyrazem twarzy.

– W każdym razie wszyscy oni byli od niego uzależnieni. Wszyscy, których wypluł wtedy, wszyscy, którzy odeszli, znikli, rozpłynęli się bez wieści. Jedynie Wojtek robi jakąś karierę w kinie.

– Byliśmy młodzi – stara kobieta uspokaja się i pochyla głowę nad stołem – młodzi i entuzjastyczni. Wierzyliśmy, że tworzymy coś zupełnie nowego i przyprowadzimy widza do teatru, który potrafi przemienić go, być tym, czym był dla Greków. Potem okazało się, że realizujemy ambicje impotenta, cwanego gościa, wykorzystującego swoje partyjne układy. Dobrze, że odeszłam wcześniej. Co stało się z nimi?! On zawsze umiał spadać na cztery łapy, zawsze miał towarzyszy, którzy nie dali mu zginąć. Ale co stało się z nimi, już ostatecznie od niego uzależnionymi, zużytymi i bezradnymi?! On zawsze miał klakę pochlebczych krytyków, a potem już nie wypadało źle o nim pisać. Płynął na fali snobizmu i układów. Ale oni? Cyniczny gracz. Biedny impotent.

– Za plecami mam planty, wchodzę w ulicę Szczepańską, po lewej stronie, przez ulicę, mijam Pałac Sztuki z amfiladą schodów i eklektycznymi ornamentami, miniaturę Grand Palais, po prawej stronie ulicy, którą idę, przechodzę obok salonu z ciuchami, gdzie wcześniej znajdowała się knajpa SPATiF-u, zawsze z wódką i piwem do późna w nocy, gdy inne lokale straszyły już czarnymi oknami, ale aby wejść do tej przytulnej oazy artystów, trzeba było zaświecić w oczy cerberowi jak obolem legitymacją członka... – Paul mówi do malutkiego dyktafonu, który stale nosi ze sobą. Nagrywa rozmowy i notuje spostrzeżenia, aby precyzyjnie w czasie i przestrzeni narysować mapę startu Mistrza, ruszyć jego drogą. – Teraz obchodzę narożny gmach Teatru Starego, gdzie zaczynało się wszystko, przechodzę koło szklanych witryn, przez które aktorzy patrzą na nas oczyma postaci Szekspira, Dostojewskiego, Gombrowicza i Mrożka, skręcam w prawo, w ulicę Jagiellońską...

Słońce robi się mleczne, a postacie przechodniów, których zdziwione spojrzenia jeszcze przed chwilą ściągały jego uwagę, stają się przeźroczyste i na ulicach majaczą zarysem, cieniem zarysu... Ktoś prowadzi go ulicami w inne światło dnia, pośród innych przechodniów. Ktoś wyznacza jego szlaki, ulice instynktownie układają się w rytm jego kroków wokół katakumb teatru, otchłani guseł, skąd można wywoływać zaklęcia innego świata, pokazać ludziom, że jest inny wymiar, poza ich nieświadomą codziennością, jak przestrzenią snu, z której co rano usiłują się wymknąć, słowa zmarłych bezgłośnie szepczą ku odwracającym się twarzom. Z teatru na rogu Jagiellońskiej ma się wydobyć głos, który zadźwięczy w znieruchomiałych ze starości murach, na chwilę każe zatrzymać się śpieszącym do swoich spraw mieszkańcom, aby zrozumieli, że ich gorączkowa krzątanina to tylko koleina, do której zdążają przywykłe do tych samych torów stopy. Mury są blisko, ale poza nimi, poza codziennymi sprawunkami, kolejkami i wszechwładzą urzędów, poza lękiem o przetrwanie i strachem przed obcą twarzą, poza skurczem wnętrzności i bólem duszącego się w puszce czaszki mózgu, poza czarnym kręgiem miasta otwiera się przestrzeń.

Widzi zasłuchanych ludzi. Biegnące ulicami gromady. Gwałtowny ruch dnia i pustkę nocnego trotuaru, odbijającego światła latarni. Widzi ożywające nocą kamienne chimery i malowidła ścienne, które jak okna otwierają się na nieznane światy. Widzi przed sobą tlącego się papierosa, popielejący kształt, który trzyma w palcach. Na niewygodnym krzesełku przy plastikowym wielokątnym blacie, w ciemnym namiocie kawiarni podąża wzrokiem za niewyraźnymi refleksami małych lampek, z trudem dostrzegając w nich na ścianach geometryczne plamy, których barw nie potrafi zrekonstruować, i widzi wokół siebie ogniki papierosów rozjaśniających twarze, gdy dym wędruje do płuc palaczy.

– Rozumiem, że pijecie. Poprzez stan nierzeczywistości oddalacie od siebie nierzeczywistość otaczającego was świata. Ale trzeba będzie dokonać wyboru i się przebu-

119

dzić. Proponuję wam przebudzenie. Proponuję wam morderczą pracę, ale także role, na jakie nigdzie indziej nie macie szansy. Proponuję wam wyrzeczenia, ale i pewność, że poprowadzę was najdalej, dokąd można dotrzeć z teatrem. Poprowadzę was nawet jeszcze dalej. Chcę uczynić z was ofiary, chcę, aby wasze role były jak akty samospalenia, abyście ofiarowali się publiczności i cierpieli za nią, abyście w ten sposób stali się kimś nieskończenie więcej niż aktorami, czymś więcej nawet niż potraficie sobie teraz wyobrazić. Proponuję wam nie teatr konwencjonalnej nudy, nie salę higieny duchowej, która pozwala łatwiej znosić podłość egzystencji, ale teatr objawienie, który promieniował będzie dalej, niż potraficie to teraz pojąć – żar papierosów pulsował coraz szybciej, wyrywając z mroku nieruchome twarze.

Ciemna kawiarenka rozjaśnia się, przeistacza w gabinet o wysokich oknach. Postać przed nim, za biurkiem zawalonym szpargałami, pod wizerunkiem orła, rozlewa do szklaneczek przeźroczysty płyn.

– Widzisz, ile mamy z wami kłopotów? Po co znowu chcesz zaczynać od zera? I tak było sporo problemów. Z czarnymi, którzy protestowali przeciw prowokacjom, a sam wiesz, że właśnie tu i teraz mają oni coś do gadania. I z naszymi. „Burżuazyjny formalizm" to najłagodniejsze określenie, jakie słyszę na twój temat. A teraz w Olsztynie teatr dla ciebie! Teatr eksperymentu! Masz wymagania. Nie lepiej już zostać tu, powalczyć z kołtunerią i zdobyć powszechne uznanie?

– Masz rację. Mam większe wymagania. Ale w sumie idę ci na rękę. Tu miałbyś ze mną więcej kłopotów. A tam... w prowincjonalnej dziurze prowincjonalny teatrzyk. Widzisz, ja wierzę w rewolucję, w życie jako twórczość. Dlatego mogę zejść na prowincję, bo i tak wiem, że wyjdę stamtąd. Może nawet wygodniej rewolucję poprowadzić z Olsztyna. Zobaczysz: stary teatr posypie się jak stary porządek. Życie zwycięży. Ja zwyciężę, ale do tego potrzebuję zespołu i czasu. Potrzebuję Olsztyna.

Z pomieszczeń kawiarni, biur, klubów studenckich, z ulic, nocy, która staje się dniem, odbija od brudnych ziejących pustką szyb wystawowych, wyłaniają się postacie, mówią coś do niego, prowadzą go, pokazują mu drogę, którą on przeszedł przed nim. W zamęcie cieni, stłumionych świateł i głosów, ktoś nachyla się do niego:

— Jesteś utopistą. Wierzysz w rewolucyjne harmonie, a rzeczywistość każe poświęcać mrzonki. Czytasz *Rękopisy*, a zapominasz, że Marks potem napisał *Kapitał* i o młodzieńczych manuskryptach zapomniał. Teatr dla ludzi, pamiętaj, dla ludzi!

Siedzi przy stole pod ścianą niedużej, gęstej od ludzi i dymu sali. Szum, hałas uspokaja się. Ktoś wykrzykuje coś namiętnie. Odpowiada spokojnie, ręka z papierosem wystukuje lekko rytm na stole. Przez nasyconą ciemność słychać pojedyncze słowa, fragmenty zdań:

— Zawsze pozostanie pytanie: po co? Pytanie o sens. Jeśli nawet przełamiemy nasze indywidualistyczne, mieszczańskie opory i potrafimy zjednoczyć się we wspólnocie działania, pytanie pozostaje. Musi być jakiś wyższy sens naszej aktywności. Nasze zbiorowe teatralne przedsięwzięcie, bo teatr jest aktem zbiorowym i to nie tylko zespołu teatralnego, ale twórców i odbiorców... Nasze przedsięwzięcie jest modelem. Powinno być przeżyciem ekstatycznym. Pozwolić nam przełamać alienację. Odnaleźć spełnienie tu i teraz.

Zaczerwienione twarze mężczyzn nachylają się ku sobie. Słowa grzęzną w oparach gryzącego odoru tytoniu, wódki i korniszonów.

— To taki farbowany lis, komunista zapatrzony w indyjskie ascezy, niebezpieczny ptaszek.

W filiżance kawy odbijają się niewyraźne głowy, sylwetki, gotyckie sklepienie sufitu i refleksy odległych okien, punkciki światła.

– Najbardziej z nich niebezpieczny. Trzeba się go pozbyć, odwołując choćby do jego towarzyszy. Oni też go nie kochają. Psuje im uładzony świat. Trzeba pokazać im, że to rewizjonista, trockista, zwolennik permanentnej rewolucji. Ci prymitywni cynicy są lepsi. Nie chcą ryzyka. A ten jest naprawdę niebezpieczny. Nie wiadomo, co nim powoduje, ale chce zniszczyć naszą tradycję, nasz teatr.

Tarois odnajduje w pamięci kolejne miejsca. – Jesteś kukiełką, którą prowadzi na nitce, kieruje każdym twoim krokiem – słyszy słowa powracające do niego nie wiadomo skąd. To trwa, trwa długo, zanim Paul z wysiłkiem przypomni sobie dźwięk głosu, poruszające się usta i sen, żonę Zygmunta Majaka i jej słowa, odbijające się od ścian bezludnej uliczki wśród drzew na tyłach kościoła. Doszedł tu, bezbłędnie wybierając drogę i wypełniając dyktafon opisem kolejnych miejsc, w których bywał w innych czasach, kiedy stawał się Mistrzem, Maciejem Szymonowiczem, i teraz nie wie już, czy tylko wyobrażał to sobie po tylu relacjach, tylu stronach najrozmaitszych tekstów nakładających się na siebie w jego pamięci, których nieomal uczył się na pamięć w salach czytelni, czy rzeczywiście znalazł się tam i usłyszał głos sprzed lat, znieruchomiały w powietrzu jak rysunek na ścianie. Teraz nagle zapomniał nazwy uliczki i nie pojmuje, po co nią idzie.

Nadchodzi zmierzch i Paul uświadamia sobie, że od jakiegoś czasu – godzin, dni – nie zastanawia się nad swoimi działaniami. Prowadzą go ulice miasta i wydarzenia sprzed lat, nagle bliższe mu niż całe dotychczasowe życie. Odkrywa czyjeś szlaki, przemierza raz jeszcze odbytą już drogę i napotyka minione wydarzenia. Nie zastanawia się, po co to robi. Może więc uzyskał tę właściwą świadomość, którą osiągał niewiele razy w życiu, kiedy potrafił robić coś, skupiając się wyłącznie na przedmiocie swojego działania, a właściwie na samym działaniu. Kiedy pisał, nie myśląc o przyszłych czytelnikach, lub wcześniej zbierał materiały i pogrążał się w odkrywanej historii, zapominając o tekście, który powstać miał w efekcie jego poszukiwań. Jednak chociaż mógł określić swój stan jako dziennikarskie objawienie, skupienie tak doskonałe, że stawał się jednym ze śledzoną postacią, wiedział, że teraz nie to kieruje jego krokami po Krakowie sprzed ponad trzydziestu lat. Wiedział również, że nie jest tym sprzed lat szesnastu, kiedy to pod pretekstem reportażu pogrążył się w pracach Instytutu i stał jednym z jego ludzi tak bardzo, iż wcześniejsze życie jawiło się mu obce i obojętne. Teraz działo się coś innego. Wywoływało niepokój, kiedy nagle zatrzymał się w nieznanym sobie miejscu na obcej ulicy. Dziwny stan, który kazał przypuszczać, że ktoś powoduje jego krokami i przejmuje jego myśli. Teraz jednak Paul wątpi, czy myślał tak kiedykolwiek. Noc spada spomiędzy świeżo rozpostartych w gęstej zieleni liści, niesie ostry zapach, którego nie potrafi nazwać, i każe wątpić w wolę patrzącego, jego samodzielną świadomość, otwartą przecież na strumień świata jak skrzydła okna w głębi ulicy otwarte czyjąś zdecydowaną dłonią. Teraz uzmysławia sobie, że świadomość jego trzymała się na rusztowaniu codziennych konieczności: porannych przebudzeniach i nocnym spoczynku, rytmie pracy i urzędowych obowiązków. Jednak poza wątłą dyscypliną spraw narzucanych mu każdego dnia, wprawiały ją w ruch strumienie impulsów, przebiegały rzeki obrazów, ciała niebieskie uwalniały w nim przypływy i odpływy zatracających się w momencie powstania myśli, nieznane bodźce kazały odzywać się obcymi słowami. Na ciemnej ulicy o nieznanej nazwie, gdy nie potrafi zrozumieć, co tu robi i co się z nim dzieje, a świadomość okazuje się stacją przekaźnikową nieznanego nadawcy, powraca myśl, że może nigdy nie panował nad nią?

Wydawało mu się, że za kościółkiem powinien skręcić na ścieżkę prowadzącą między drzewa. Liczył, że wyjdzie z drugiej strony murów, ale nie potrafił ich znaleźć. Szedł wśród coraz ciemniejszych drzew w nocy, którą gęsto wypełniały chmury. Właściwie bardziej słyszał, niż widział drzewa, gwałtowniej szumiące w narastającej wichurze. Szedł na oślep, a otoczenie wydawało się coraz bardziej nieznane, chociaż miał nadzieję, że przypomni sobie, odnajdzie drogę, skręcając w kolejną dróżkę, na którą trafiał przypadkowo po iluś nieudanych próbach. Miasto oddaliło się. Nie słyszał go. Nie widział nawet najdalszych refleksów świateł. Nie było domów ani ulic, nawet droga, którą szedł, przypominała leśny trakt poprzegradzany wystającymi korzeniami. Słyszał zawodzenie drzew przeradzające się w łoskot. Błąkał się, tracąc poczucie czasu. Czuł zmęczenie, zamęt, a wreszcie strach, przygnębienie wywołane wichurą i ciemnościami. Był cieniem niesionym przez wiatr pomiędzy pniami drzew.

Potem wiatr ucichł. Chmury rozsypały się i patrząc w gwiazdy, prowadzony światłem księżyca, Paul wydostał się spomiędzy drzew na pustą ulicę. Szedł długo. Mijał kolejne domy, które od siebie niczym się nie różniły. Skręcając w następną przecznicę, uświadomił sobie, że chyba był już tutaj albo mógł być, więc może chodzi w kółko i będzie tak chodził do nadejścia dnia. Wtedy daleko, nieomal na końcu ulicy, zauważył jakąś postać, zbyt odległą, aby usłyszała jego wołanie. Przechodzień zatrzymał się na moment, zanim skręcił za róg, a Tarois, ciężko dysząc, pośpieszył za nim. Ścigał go na kolejnych ulicach, wciąż w tej samej odległości, aż wreszcie znalazł się na rynku, wielkim placu, po którym chodzili ludzie.

Przechodniów nie było wielu. Poruszali się leniwie i co jakiś czas postać lub kilkuosobowa grupka znikała w podziemiach jakiegoś budynku, skąd dobiegał gwar i przesączony dymem zapach.

Paul schodzi po wąskich schodkach, idzie ciemnym korytarzem i ze zdziwieniem odnajduje się w pełnej ludzi przestronnej sali, której strop niknie w czarnej krzywiźnie łuków. Sam nie wie, dlaczego wspina się do umieszczonej na podwyższeniu klatki z powyginanych w roślinne wzory prętów. Ludzki głos i muzyka zanika w przestrzeni i słyszy tylko w tle akompaniament, który zdąża do ciszy. Sączy swój rozcieńczony alkohol, nie myśląc i odpoczywając. I dopiero po chwili dostrzega, że ktoś siedzi obok niego. Musiał dosiąść się przed momentem, cicho i nie pytając o zgodę. Tarois gniewnie patrzy na intruza. Chociaż nie widzi jego twarzy, wie, że tamten uśmiecha się do niego.

– Przepraszam, że nie zapytałem o pozwolenie, ale chciałem, żeby się pan odprężył. To była daleka droga, prawda? – pyta przybysz i kontynuuje, nie czekając na odpowiedź. – Czasami obcemu trudno odnaleźć się, kiedy nagle zejdzie ze swojego szlaku. Wtedy zwykłe, zadrzewione aleje mogą zmienić się w las, a ulice miasta w pozbawiony jakiegokolwiek porządku labirynt, w którym nie sposób odnaleźć wyjścia. Zresztą może tak jest naprawdę? Może kilka drzewek, kilka alejek skwerku to nieskończony labirynt natury, przed którym nie odczuwamy lęku tylko dlatego, że nie dostrzegamy go zamknięci w kokonie przyzwyczajeń? Może te kilka ulic miasta to labirynt czasu i przestrzeni? Dobrze, że ktoś pomógł panu odnaleźć wyjście. Trudno wydostać się z siatki kilku splątanych uliczek, trudno zrekonstruować czyjeś życie.

– Tyle głosów, tyle opinii. O tym samym człowieku. Jedni mogą pokazać drogę, inni sprowadzić ze szlaku. Ludzie proponują interpretacje – ty wybierasz. Wybierając, stwarzasz siebie, bo przecież stwarzamy siebie i pan o tym wie. Można wybrać trywialnie, głupio, podle wreszcie. Nasz czas jest czasem interpretacji podejrzliwych, a więc często małostkowych. Dokonują ich ci, którzy sądzą że są świadomi i nie pozwolą się oszukać. Tymczasem oszukują siebie i innych. Zachowują się niczym opętani bogacze, którzy życie poświęcają ochronie skarbu. Wszystko dokoła zdaje się im intrygami w celu odebrania czegoś, co dawno już utracili.

– Ludzie, których spotykasz, to wysłannicy. Pokazują różne strony tych samych wydarzeń, jak drogi wiodące w krainy, skąd przybyli, choć nie pamiętają już tego. Ich drogi to także próby. Jedne prowadzą donikąd – ich wybór jest porażką. Inne rozwidlają się w kolejne wybory, kolejne próby.

Z krańca stolika pogrążonego w ciemnościach dochodzi monotonny szept na granicy słyszalności i rozumienia. Tarois jest zmęczony. Ma wrażenie, że rzeczywistość opuszcza go, odpływa w ciemność. A on w metalowej klatce unosi się nad salą, która nie wiadomo, czy jeszcze istnieje.

– Pewnie zastanawiasz się, kim i skąd jestem. Może jestem również posłańcem, tylko posłańcem świadomym? Wiem gdzie i dlaczego chcę cię prowadzić. Może umiem czytać w twoich myślach. Potrafię się przeistaczać. Popatrz!

Ostro wypowiedziana komenda podrywa Paula z letargu. Tam, gdzie spoczywała niewyraźna uśmiechająca się postać, nie ma już nikogo. Dopiero po chwili Tarois orientuje się jednak, że ktoś mówi do niego, a odwracając się wie, że słyszy głos Zawistowskiego i widzi go na pustym dotąd krzesełku.

– Był coraz mniej ironiczny i zaczął nabierać już wówczas tego profetycznego tonu, który stał się potem tak dla niego charakterystyczny. Specyficzna intonacja potrafi nadać głębię nawet całkiem banalnym konstatacjom. No, nie chcę powiedzieć, iż mówił wyłącznie banały i że tylko o intonację chodziło – woskowa maska zastyga w wyrazie nieco ironicznej zadumy. Postać przechyla się do tyłu. Twarz znika z kręgu światła.

– Gadał, gadał, zawsze umiał gadać – profil żony Zawistowskiego wyostrza się, przywodzi na myśl wiedźmę z książki dla dzieci – a oni byli jak zaczarowani, jakby ten impotent hipnotyzował ich. Mówili mu o wszystkim, słuchali go we wszystkim i dla niego ze wszystkiego rezygnowali. Układał im życie w najdrobniejszych szczegółach. Organizował im nawet orgie, które mógł oglądać, nareszcie oglądać do woli, jak na jego polecenie jego pajace kopulują z kobietami, które wreszcie może posiadać naprawdę!

– Potrafił przekonywać – pochylony nad stołem Sikorski mówi niewyraźnie, a jego głowa przy kolejnych słowach podskakuje, jakby uderzała o niewidzialną przeszkodę – nawet takich, którzy mieli teatr w dupie. Potrafił tłumaczyć, jakie to ważne. Że ludzie w ten sposób mogą zrozumieć i takie tam... sam nie wiem, jak to robił. W każdym razie kupowali to i wierzyli. Taki Nowak, przez niego, za pomaganie mu, wyleciał z KW w Olsztynie. On tymczasem przekonał kogo trzeba na górze i dostał teatr w Uznaniu. Nowak poleciał, a on awansował. I tak było zawsze. Jak to robił?

– Zastanawiam się, jakiego słowa właściwie użyć: uwodził? A może czarował raczej, kusił? – z cienia wyłania się Plater wyprostowany i nieruchomy, jego profil rzuca cień, który roztapia się poza kręgiem światła. – Na początku zdobywał ich, przekonywał do swojej jedyności, a potem uzależniał. Może to zresztą było źródłem doskonałości aktorskiej jego ludzi? Pozbawiał ich osobowości, a potem mógł już im nadawać jaką chciał formę. Nawet ta jego metoda była diabelska i tym bardziej diabelska, im bardziej doskonała. Bo to jego poszukiwanie ziemskich rajów, ściąganie Boga na ziemię było destrukcją wszystkiego, co istniało wcześniej. W imię tego ostatecznego celu wzywał do zakwestionowania wszelkich norm, przekroczenia całej kultury, której wszystkie zasady okazywały się okowami, ograniczeniami uniemożliwiającymi nam skok w doskonałość. Zniszczenie osobowości związanych z nim aktorów było zapowiedzią jego działań. A dla uzasadnienia swoich praktyk jak prawdziwy demon używał ewangelii, mówiąc: „zostawcie umarłym grzebanie ich umarłych", czy: „przyszedłem poróżnić ojca z synem!".

– Widzisz – postać naprzeciwko znowu uśmiecha się z cienia niewyraźnie. – Pokazałem ci ich wszystkich. Chyba wierzysz już, że jestem prawdziwym wysłańcem? Pokazałem ci tych powodowanych małością i tanią zawiścią, tych uwikłanych, którzy tak chcieliby go sprowadzić do swojego poziomu. Spotykałeś tych, którzy obawiali się go, tych rozgniewanych, że wypłasza ich z kryjówek, jak się im wydawało, zabezpieczonych już na zawsze, podczas gdy było to tylko złudzenie, naiwna wiara, że kiedy będziemy udawali naszych przodków wszystko będzie dobrze. I nikt z nich nie potrafił zrozumieć, że można znaleźć dobro nawet w złym, zbawić nawet demony. Że trzeba zło uczynić narzędziem dobra, gdyż inaczej nie potrafimy go pokonać.

– To miasto nie kończy się w czasie ani przestrzeni. Można w nim znaleźć wszystko. Tylko zaludnione jest przez śpiących, dusze pogrążone we śnie i swojego snu broniące. A miasto... widzisz tylko jego jedno oblicze, choć jest ich nieskończona liczba. Każda uliczka, każdy dom ma swój odpowiednik gdzie indziej. To miejsce, w którym znaleźliśmy się, pretensjonalna klatka z giętego metalu, ażurowa forma ponad ludzkim krzykiem. Pomyśl! Ulice, którymi szedłeś dzisiaj, i ulice z tamtego czasu są innymi ulicami. Odbijają się tysiącami kroków, echa twoich kroków powtarzają się bez końca w innych miastach, które są wizerunkami tego, a ulice są jak rzeki, którymi płynie i powraca czas. Ulice szaleństwa tłumów i zamyślenia ostatnich przechodniów, widmowe drogi, jak wydeptany trakt dla podążających nieustannie dzień w dzień tymi samymi koleinami, i ulice odkrywane przez porannych kochanków, golgoty pijaków i kobierce zdobywców. W każdej cegle odciśnięte są wszystkie głosy budowniczych, mieszkańców i przechodniów; odkłada się obraz każdej minuty i tworzy kolejną warstwę palimpsestu. A przecież każda ulica jak każdy metal coś znaczy, jak metal ma swoją duszę, która zmienia się, gdy łączy się z inną, gdy łączy się ze swoim dopływem. Plan miasta, nieskończony plan miasta... Ci, którzy wybrali źle, nie mogą dokonać kolejnych wyborów. Błąkają się po tych kilku splątanych uliczkach, nie potrafiąc znaleźć z nich wyjścia, zawierzyli niewłaściwym przewodnikom, niewłaściwym interpretacjom i jak ty dzisiaj trafiają na swoje odciśnięte już ślady. Tylko że oni zaczynają myśleć, że to już całe miasto, cały świat, wszystko, co może istnieć, a jest to tylko ich świat, którego granic nie potrafią przekroczyć. Ich wtajemniczenia się kończą.

Postać z cienia, z drugiej strony stołu, mówi coraz ciszej, szepcze niemal. Paul nie wiedział, czy słyszy słowa, czy domyśla się sensu z melodii głosu. Czy słyszy, czy domyśla się opowieści o teatrze, który jest życiem, pędem życia porywającym wszelkie formy.

– Szukasz go. To dobrze. Jeśli jednak chcesz go odnaleźć, musisz stać się nim. On ci pomaga, zaprasza. Wyciągnij do niego rękę. Musisz umrzeć, aby się odrodzić. Musisz cierpieć, aby uzyskać spełnienie. Pewnego dnia odszedłeś od nas, ale zawrócić już nie mogłeś... bo przyszedłeś. Zamknęło się za tobą morze. Podążyłeś za Zofią, poznałeś ją, więc nie możesz jej już zapomnieć. Musisz pragnąć jej i szukać. I dlatego odkąd odszedłeś, nigdy już nie byłeś naprawdę spokojny i szczęśliwy. A teraz... Pomyśl, czy od szesnastu lat byłeś tak zintegrowany, istniałeś tak spokojnie i celowo? Ale musisz jeszcze nauczyć się widzieć. Dostrzegać precyzyjnie, nawet boleśnie. Ranić oczy o fakturę murów. Rozpoznawać i pochłaniać gesty ludzi, kształt budowli, zamyślenie i rozmowę. Odkrywać, przeżywać wszystkie znaki. I ktoś musi cię poprowadzić. Sam nie znajdziesz drogi. Musisz odnaleźć Mistrza, połączyć się z nim.

A wiesz, co było dla niego najważniejsze? To, kiedy pojechał do Indii. Autostopem. W Afganistanie czekał kilka dni na okazję. Sam w górach. To nieprawdopodobne, że udało się mu dojechać. Udało się przeżyć. Gdy wrócił, ludzie nie poznawali go. To nie Indie były najważniejsze.

Tarois nie pamięta, jak opuścił lokal. Z klatki na podwyższeniu zsunął się w rojowisko ludzkie. Wydostawał się długo, aż wreszcie wspiął się na górę, a potem nocnymi ulicami szedł w kierunku hotelu. Pamięta głosy wokół siebie. Jakieś postacie, które dopominały się o coś i ciemną próżnię wśród ścian domów. Włóczęgę po labiryncie ulic, później podskakiwanie na wybojach. Jazdę po nierównej, kamienistej drodze. I świt. Dzień na pustym płaskowyżu z zarysem gór na horyzoncie.

Biała, usypana z kamieni pustka ciągnie się bez końca wśród poszarpanych konturów obłoków. Znieruchomiały pejzaż w kolorze kości – piana zastygłego morza, chmury siadają na nim jak stada zmęczonych ptaków. Kierowca, który dowiózł go tu, aby skręcić w lewo, w niewidoczny prawie trakt, przekonywał, pojedynczymi, angielskimi słowami, by jechał z nim dalej:

– Tu nie samochodów, nie ludzi, nie, nic – mówił, wskazując miejsce, gdzie zatrzymali się. – Ja, miasto, Kabul znajdziesz samochód Rawalpindi. Długo, znajdziesz, tu nic. Nic – powtarzał, rozkładając ręce i potrząsając gwałtownie głową.

Odjeżdżając, wychylił się jeszcze z szoferki, kręcąc głową, jakby dawał mu ostatnią szansę.

Rżenie silnika słyszał nieomal dopóty, dopóki widział kształt samochodu niknącego między pagórami barwy popiołu. Potem opadła go szara cisza. Kiedy siadał na plecaku przy drodze i patrzył na ostatnią, niepełną paczkę papierosów, którą wygrzebał z kieszeni kurtki, pomyślał po raz kolejny, że właściwie nie wie, dlaczego zdecydował się pozostać na pustej drodze zamiast pojechać do Kabulu, gdzie wcześniej czy później znalazłby coś do Rawalpindi albo chociaż do jakiegoś miasta w tamtym kierunku. W tym miejscu mógł liczyć tylko na los szczęścia. I raz jeszcze zdał sobie sprawę, że właśnie dlatego dokonał tego wyboru, a nie z powodu iluzorycznych oszczędności setek kilometrów, które podobno – jak przekonywał siebie – uzyskiwał, pozostając na prostej drodze na wschód. Zapalił papierosa i czuł, jak dym miesza w płucach kawałki ostrego lodu powietrza. Patrzył na kamieniste niebo i ziemię w szarych smugach uciekające poza zasięg wzroku. Przypominał sobie ostrzeżenia, że droga, na której się znalazł, wprawdzie najprostsza, jest już zniszczona, na wielusetkilometrowym odcinku omija jakiekolwiek osiedla, a uczęszczana bywa niezwykle rzadko...

Powietrze miało cierpki smak. Chmury tonęły w białym niebie. Pustka przybierała realność kamienia. Był sam w przestrzeni, poza czasem. Ze zdziwieniem przypominał sobie człowieka, który nosił to samo imię i nazwisko. Tego, który wydawał się częścią zbiorowości, elementem wspólnego istnienia. Jego gadulstwo. Niekończącą się rzekę słów, wypełniającą szczelnie tamten świat i równie realną jak mury domów. Tamte ambicje. Fizjologiczne pragnienie dominacji, nieopuszczające go jak potrzeba snu i towarzystwa innych, którzy musieli wypełniać jego świat, aby pustka nie rodziła strachu. Miał prowadzić... Odnajdywać nowe szlaki w labiryntach słów i prowadzić nimi innych. Sycić ich głody na nowych pastwiskach mowy. Odległe miasto, które miało być jego, za wieloma ścianami gór osuwa się w zapomnienie.

Przeźroczysta bańka ambicji wypełniała się urazami. Obojętność rozmówców, ich niechęć, drobne żale rosną w niepojmowalne teraz cierpienia porażki. Sukcesy, słowa, poszum publiczności, ludzie wokoło mnożą się w tłum tak potrzebny, tłum bez twarzy, widma w niedobranych ubraniach... Nie słychać ich zachwytów, okrzyków. Wśród gór rozpływają się ich siedziby, ich miasta. Coraz bardziej oddala się głęboko ukryty lęk, budzący czasami jak krzyk matki, coraz dalszy i mniej zatrważający. Tamten człowiek, coraz bardziej obcy, niezrozumiały niknie w siwym blasku nieba. Pozostaje droga, kamienna ziemia, chmury.

Zdecydował się otworzyć puszkę, kiedy głód zaczął drażnić go bardziej niż pustka drogi, a kolejny papieros przyprawił o zawrót głowy i mdłości. Wolno żuł tłuste mielone mięso, odkrywając nieznane dotąd warstwy smaku, i pogryzał resztkami gumowatego placka. Pieczołowicie zacisnął poszarpaną pokrywę puszki, owinął ją czystą szmatką i po chwili namysłu postawił obok plecaka. Powietrze było ciche, tylko w jednym momencie zdawało się mu, że daleko przeleciało stadko ptaków. Kiedy jednak zaczął wpatrywać się w tamtą stronę, zobaczył jedynie białą mgłę, zmieniającą się w zimny, męczący oczy i niemożliwy do nazwania blask. Kamienie spoczywały niczym wielkie skorupy, z których nic nie mogło się już wylęgnąć.

Cisza była tak bezgraniczna, że rodziła dźwięki. Co chwila miał wrażenie, iż wręcz słyszy wibrowanie powietrza zwiastujące warkot motoru, ale im dłużej wpatrywał się w tamtym kierunku, tym bardziej pustka otwierała swoje skrzydła, a wibrowanie okazywało się echem milczenia. Wydawało się, że to szarawe cienie chmur wydają przenikliwe głosy, zawodzi powietrze, które wciska się między odległe ziarna żwiru, dźwięczą połyski słońca przedzierające się niekiedy przez płaskowyż mgły.

Później, kiedy światło nasyciło się popielatym odcieniem, poczuł chłód i furię. Zagłuszyły pęczniejący głód i zmusiły go do poderwania się na nogi. Właściwie nie zdawał sobie sprawy z chaotycznego biegu, podskoków, marszu, gniewnego ruchu ciała, tak jak nie kontrolował absurdalnych słów wykrzykiwanych do nie wiadomo kogo. Wymyślał sobie, ubliżał swoim idiotycznym pomysłom i ich autorowi. Głazy tonęły w ciemności.

Potem usiadł, odwinął i otworzył puszkę, aby zachłannie, nożem wpakować sobie w usta wielki kęs mielonki. Następny ruch noża był już spokojniejszy. Zamknął i zawinął puszkę. Wypił nieco wody z manierki i zapalił papierosa. Ogień zapałki na moment oświetlił pejzaż kamieni, uciekające wielkie jaszczurki cieni i zgrabiałe palce zaciśnięte na białym kształcie. Wiedział, że musi zostać przy drodze. Samochód nadjechać może w nocy i może to być ten jedyny samochód. Rozprostował nogi i znowu usiadł, opierając się o plecak. Zapiął pod brodę kurtkę, owinął się śpiworem. Mrok wyłonił się niespodziewanie spośród kamieni i pochłonął materię świata. Otoczyła go noc bez gwiazd i księżyca. Czarne oddechy unosiły się wokół niego. Był kamieniem. Bez oparcia. Był ciemnym punktem między zawirowaniami przestrzeni. W nocy jak w oceanie ciekłego asfaltu. Ocknął się, gdy ciemność dotknęła zimnymi palcami jego ciała. Chłód był czarny. Słyszał głos ciemności, głos zimna. Wolnym ruchem ziemia zbliżała się ku niebu. Porwał go ciemny wir.

Budził się. Budziły go cisza i chłód. Za którymś razem zobaczył, jak czarne krawędzie głazów rozdzierają czerń nocy. Później zapanowała szarość i kamienie przesypywały się, jak kości rzucone obojętną ręką. Wreszcie nadszedł dzień ze słońcem bielejącym odblaskiem kamieni.

Zjadł mięso pozostałe w puszce, ale nie zaspokoiło głodu, którego nie oszukało również parę łyków wody. Zapalił papierosa, chcąc uspokoić drżenie ciała, niespodziewany dygot kończyn i mięśni. Usiłował skupić myśli. Nie potrafił im nadać kształtu zdań, uciekały w pojedynczych, panicznych słowach. W bezgranicznie przejrzystym, wyciskającym łzy powietrzu dym odrywał się od papierosa w paru nitkach i w tym samym momencie rozpływał się, nie pozostawiając śladu.

Chwilami ogarniała go wściekłość na siebie tak przemożna, że z trudem powstrzymywał się, by nie rozbić głowy o kamienie. Cisza oplatała go białym światłem. Twardą obręczą zaciskała się wokół czaszki. Wwiercała w uszy, pustką sięgała oczodołów. Zapalał papierosa, aby otulić się dymem, zatracić w kokonie własnej samotności, ale dym niknął w momencie pojawienia się, a pustka przesiąkała go jak mgła. Słyszał chichot powietrza. Coś unosiło się nad skorupami kamieni. Skamieniałe morze – myślał – dno, znad którego wyparowało życie. Zawodzenie kości. Pobojowisko istnienia. Koniec. Zarys gór na granicy świata. Jestem na granicy świata. W martwej pustce, gdzie ziemia staje się niebem. Gdzie wszystko staje się jednorodnym, jałowym chaosem.

To była ostatnia puszka. Kiedy oderwał się od niej i zrozumiał, że została już tylko połowa jej zawartości, światło zaczęło zmieniać barwę. Teraz noc zapadała długo. Górskie kontury powoli zmieniały się w czarną ścianę. Noc bez pośpiechu wchłaniała głazy, niebo, ziemię, aż zatopiła świat.

Wolno zbliżały się do niego ogniwa mroku, zarodki strachu. Wraz z nimi nadpływała porażająca obcość, obłęd nieznanego. Zapalał papierosa, ale cienie przyczajały się wokół bliskiego światła zapałki. Słyszał ich oddech.

Świecąc nierzeczywistym blaskiem, zawodząc i rozrywając przed sobą ciemność, nadbiegały demony. Zbliżały się, wyjąc i grożąc. Były coraz bliżej. Zagarniały wszystko i były tuż. Nieuchronne. Obudził się, kiedy samochód minął go. Zaczął krzyczeć, wyplątując się nieprzytomnie ze śpiwora, krzyczał, biegnąc za oddalającymi się w czerwonawych połyskach światłami i warkotem maszyny, aż upadł, a kiedy podniósł się, samochód niknął, zabierając ze sobą światło i dźwięk.

Znowu leżał półoparty o plecak. Powtarzał sobie, że nie może zasnąć, choć wiedział, iż szansa na pojawienie się samochodu w najbliższym czasie jest nierealna. Jednak bał się zasnąć. Aby napić się wody musiał otworzyć drugą manierkę. Kiedy łapczywie wypijał pierwsze łyki, nie myślał jeszcze. Dopiero gdy minął skurcz zwilżonej krtani, nadszedł strach. To była ostatnia manierka. Bulgocząca w niej woda była ostatnią porcją. Do świadomości powrócił stan ciała. Wiele godzin, dni czuł opór wysychającej skóry. Dotąd tylko jak uwierające ubranie, z istnienia którego nie do końca zdawał sobie sprawę. Teraz powietrze wypełniało się ziarnami żwiru. Skóra boleśnie naciągała się na twarzy. Czuł syk obolałego ciała.

Organizm domagał się papierosa. Dookoła gęstniała noc bez gwiazd. Musiał zapalić zapałkę, aby zobaczyć, że naprawdę nic nie zbliża się do niego, że to tylko złudzenie nocy i zmęczenia. Płomyk odepchnął ciemność jedynie na wyciągnięcie dłoni. Na moment odsunął czające się w mroku zagrożenie. Tylko pierwszy haust dymu dał tę przyjemność lekkiego oszołomienia. Kolejne były zaledwie zajęciem palców, ust, oczu i niepokojem kurczącego się niedopałka. Raz jeszcze przeliczył pięć papierosów w pieczołowicie złożonej paczce.

Zasypiał na chwilę. Budziły go pojawiające się wokół niego postacie, tężały i zagarniały przestrzeń dziwnymi głosami, których nie potrafił zrozumieć. Wypełniały wszystko, a on niknął i trwał między nimi tylko urwanym oddechem. Potem budził się. Uderzał głową w twardą ścianę nocy.

Powoli nieprzejrzysta wilgoć świtu wypełniła płaskowyż i odbiła od gór na horyzoncie. Głód tańczył w jego ciele niekończące się pasaże. Podniósł się, chodził tam i z powrotem wzdłuż niezbyt widocznej drogi. Ogarnął go strach i pomimo zimna poczuł jak po ramionach, pod pachami, po ciele płyną strużki potu. Uświadomił sobie, że pozostanie tu. Nie zabierze go żaden samochód, nie ma żadnych szans dotarcia do położonych nie wiadomo gdzie w górach osiedli ludzkich, oddalonych może o setki kilometrów. Ziemia dokoła była martwa. Kamienie to kości dawno umarłego i zwietrzałego istnienia. Pozostaje mu umieranie. Długie, mozolne zatracanie się w pustce.

Zjadł połowę z pozostałej zawartości puszki, ale nie zaspokoił głodu. Zapalił papierosa i przez moment poczuł zamęt, wirowanie rzeczywistości. Potem zachłannie łykał dym, aby nie uronić żadnej smużki. Przemawiał do siebie jak do dziecka. Próbował uspokoić się, mówiąc głośno, wyraźnie i przekonująco, tak jak kiedyś zwykł był mówić, w zapomnianych już sytuacjach, do obcych ludzi. Ale argumenty, że musi nadjechać kolejny samochód, który zabierze go, bo ludzie w takiej krainie nie zostawiają bliźnich, nie miały związku z tym, co się z nim dzieje i może stać tutaj. Płaskowyż zastygłego nieba nie miał związku ze słowami. Zdania rozpływały się w wydrążonej w skale próżni. Śmierć miała smak mgły i zapach kamieni.

Ssał go głód i potrzeba nikotyny. Blisko słyszał szelest. Spomiędzy kamieni gwałtowny ruch jakby niewidocznej łasicy. Tuż, tuż. A potem chichot, tuż spod piasku, spod szarej pokrywy powietrza. Chichot jest jak trzepot powietrza, łopot ogromnych skrzydeł. Albo towarzyszy im tylko.

Jest jak robak na odsłoniętej skale. Bezbronny i nagi. Wydany obcemu światu. Słyszy, jak wokoło gromadzą się nienazwane siły. Czuje je. W czaszkę uderza ogromny dziób ciszy, kości jęczą, pękają, czaszka otwiera się, a dziób, z bólem przenikliwym jak pociągnięcie metalu po kamieniu, zanurza się w mózgu i zaczyna go wyżerać. Pustka wysysa krew.

Rozpaczliwie próbuje się uspokoić. Nie wpaść w panikę i nie rzucić pędem w jakimkolwiek kierunku. Powtarza uspokajające słowa, których nie rozumie. Sięga po paczkę papierosów i znowu powstrzymuje się, ponownie licząc dwa białe podłużne kształty. Raz jeszcze ogląda zawartość puszki, ostatnią porcję, której nie ma już sensu

dzielić, i wlewa w spierzchnięte gardło nieco wody z manierki, sprawdzając raz jeszcze, jak niewiele jej zostało.
Usiłuje znieruchomieć, nie myśleć, nie istnieć. Z bez-
władnego półsnu podrywa go bezgłośna eksplozja powietrza. Głuchnie. Cisza nie świdruje już uszu. To gruba war-
stwa ziemi, która wypełnia głowę. Nadpływają chmury.
Lecą pod nim jak drapieżne ryby. Zawieszony w białej pustce nie czuje oparcia. Nie ma góry ani dołu. Pozostaje bezgłośny skowyt śmierci. Ziemia pęka pod powierzchnią. Pękają kamienie. Niemy łoskot, konwulsja pustki zbliża się
do niego. Niesie ból i nicość. Spoza rozdartej zasłony mgły
nadchodzi niewypowiedziane. Skulony na ziemi strzęp
paniki. Czeka na cios.

Poczucie istnienia przywraca głód. Prostuje obolałe ciało. Między uszami rośnie balon próżni, a w ustach czuje
smak własnego szpiku. Nie jego głowa wyrasta z nie jego
ramion. Nie on patrzy przez rumowisko chmur i kamieni. Ciało i kości nie są własne i doskwierają, jak za ciasny
but na poranionej nodze. Głazy czają się aż po horyzont.
Wyjmuje puszkę i łapczywie wyjada resztkę mięsa. Pustą
puszkę odrzuca daleko, z pasją, aby usłyszeć uderzenie
metalu o kamienie, ale słyszy tylko suchy stuk, który grzęź-
nie w przestrzeni, jak niedokończone słowo.

Zapala papierosa. Powietrze ciemnieje. Kontury głazów
wyostrzają się i grzbiety gór na widnokręgu nabierają wy-
razistości. Od skał odrywają się jakieś postacie, unoszące
się w powietrzu. Zbliżają się ciemne wrzeciona. Nadchodzi czarny wiatr nocy. Usiłuje ukryć się za wiotkimi smuż-
kami dymu, za słowami o zwidach z wiatru, zmierzchu
i zmęczenia. Papieros gaśnie. Widma pojawiają się nagle,
blisko. Wymykają się jego oczom. Czają. Czekają na noc,
na niebo spadające na ziemię z ciemnym szumem. Znowu zapala papierosa. Ostatniego papierosa. Płomień zapałki to tylko plamka jasnego koloru, która tak krótko broni przed nocą.

Usiłuje skupić się na papierosie. Roztopić w zapachu nikotyny, ale ten ulatnia się natychmiast w górskim powietrzu, a on próbuje zatrzymać go jak najdłużej. Pożera dym, aby zagłuszyć łaknienie.

Pogrążony w nocy. W skomleniu głodu zmęczonego ciała. Wlewa w wyschniętą krtań haust wody, z przerażeniem wsłuchując się w bulgot resztek cieczy w manierce.

Stoją wokół niego. Czekają na jego ciało. Na krew. Na kości. Widzi ciemne postacie pozbawione twarzy. Są nocą i zimnem. Przenikają go. Zamyka oczy tylko na moment. Potem patrzy w ciemność i zawieszony w kropli pustki czeka. Trwa.

Później leci – rzucony w odmęt przestrzeni pędzi w serce ciemności. Spada w ciemny, bezdenny lej. W chichot i jęk.

Budzi się i widzi gwiazdy. Krople światła rozrzucone w nocy odbijają się od kamieni białych jak kości. W promieniach gwiazd pustka nieruchomieje w oczekiwaniu.

Otwiera oczy, kiedy słońce jest już wysoko. Wstaje i prostuje się. Potrząsa manierką, wypija z niej resztkę wody. Ogarnia go spokój i pewność. Siada przy drodze. Nie pamięta, czy minęła godzina, czy wiele godzin. Samochód w końcu przyjechał. Podniósł rękę i zatrzymał go. Podniósł plecak i wsiadł do szoferki obok zdziwionego kierowcy.

Samochód jedzie długo. Kształty za oknem rozmazują się. Droga wznosi w nierównych podrygach. Pogrąża w ciemności. Cienie za oknami krzepną w bryły, w ściany domów. Miejski pejzaż. Miasto nachyla się nad nim. Ogarnia go.

Tarois idzie pustą ulicą. Dociera do hotelu, wspina po schodach. Zbliża do drzwi swojego pokoju. To, co widzi, nie jest twarzą, chociaż mogłoby nią być. Świecą czerwono-niebieskim światłem ornamenty, znaczone w powietrzu zygzaki nieznanego pisma pojawiają się i znikają. Jest w prześwietlonym błyskawicami tunelu. W korytarzu ognia. Nie obawia się już. I to nie strach każe mu trwać nieruchomo naprzeciw pędzącego w łoskocie błękitnie fosforyzującego byka. Pękają, rozpadają się skorupy naczyń, pieni się biało nasienie, chlusta purpurowa krew. Twarz ognia, czarna twarz śmierci wznosi się nad nim, pochłania. Pozostawia spokój.

Miasto wydaje się nieduże. Zachmurzony dzień i wilgotne powietrze prowadzą Paula Tarois wąską uliczką o kocich łbach koło średniowiecznego muru, pod nisko sklepionym łukiem, na niewielki placyk, gdzie rozpoznaje dom i bramę, choć nie ma już na niej szyldu, który pamięta z fotografii: Teatr Mały w Olsztynie.

V

Rynek zaczął się wyludniać. Piotr poczuł zmęczenie. Wtedy dopiero zorientował się, że już ponad godzinę chodzi dokoła ratusza i gotyckiej katedry. Ponad godzinę w świetle latarni próbuje rozpoznać w przechodniach ludzi zostawionych tu dwanaście lat temu. I wbrew dziwnemu impulsowi, który dał mu pewność, że wystarczy dojechać tu, wysiąść z pociągu, dojść do rynku i pospacerować wokoło jak wtedy, coraz bardziej przekonuje się, że czasu tak łatwo nie zawróci i wiara, że odnajdzie tych samych ludzi w tych samych miejscach, była tylko złudzeniem. Teraz, kiedy pije kawę, patrząc przez wielkie okno na rynek, nieomal z rozbawieniem uświadamia sobie, że przecież nie zerwał ze wszystkim, co przydarzyło się mu w ciągu tej epoki przejścia, snu i niepamięci, a jedyny uznański numer telefonu zapisany w jakby zapomnianym notesiku, który jednak zabrał ze sobą, jest telefonem sejmowego kolegi, chyba nadal kontynuującego swoją parlamentarną karierę.

Kiedy odłożył słuchawkę umówiony już na jutro z Józefem Kalinowskim – jak się tu znalazłeś, trzeba było uprzedzić... – i wracał do stolika, zastanawiając się nad hotelem, który musi znaleźć, całkiem blisko zobaczył samotnie siedzącą Zofię. Przez chwilę stał nieruchomo, ktoś przeprosił, popychając go delikatnie, przez głowę przesypywały się nic nieznaczące słowa, a potem prowadzony niejasnym imperatywem zaczął zbliżać się do stolika Heleny, ostrożnie, jakby nie chciał spłoszyć przywołanego widma, które – jak wierzył – można zatrzymać. Widział

Zofię z profilu – ciemne, związane z tyłu włosy, zarys nosa, podkrążonych oczu... Kiedy dochodził już do niej, tłumacząc sobie, że przecież niemożliwe, aby Helena pozostała tak młoda jak kilkanaście lat temu, chociaż nie wiedział, jak młoda była wtedy, i że dziewczyna przy stoliku różni się jednak od niej, już bez zastanowienia zaczął nieskładnie mówić...

– Przepraszam, nie chcę przeszkadzać, ale pani wydawała się mi, to znaczy nadal wydaje, podobna albo właściwie taka sama, jak moja przyjaciółka sprzed kilkunastu lat, z Instytutu... Nie wiem, czy słyszała pani, bo ciągle nie wiem, czy to pani, że był taki teatr bardzo głośny, wybitny, mnie tu długo nie było, nie wiem właściwie, co się stało z nim, z nimi, miała na imię Zofia albo Helena, to znaczy i tak, i tak, więc jakoś chciałbym się dowiedzieć, nawet jeżeli pani nie jest Zofią, jeżeli można...

– Proszę usiąść – kobieta patrzyła na niego z półuśmiechem nieomal, ale teraz był już pewny, że to nie Zofia. Z bliska wydawało się, że ma chyba więcej niż trzydzieści lat, mocny makijaż i zmęczoną twarz – nie panu jednemu przypominam Zofię–Helenę. Spotykałam ją, ale znałam słabo. Niewiele rozmawiałyśmy. Oczywiście, znam Instytut, chociaż mój teatr był później i doszukiwano się w nim echa tamtego przedsięwzięcia, ale to nieporozumienie. Owszem, byli dla nas klasykami, po prostu klasykami, tyle że najbliższymi, poprzedzającymi bezpośrednio...

Kobieta mówi coraz szybciej, na jej policzkach pojawiają się rumieńce, z torebki wyjmuje papierosa i łapczywie zaciąga się dymem:

– Ale my byliśmy teatrem, z czego oni zrezygnowali i dlatego skończyli się. Przecież nie ma ich. Nie wie pan? Oficjalnie Mistrz, no wie pan, Szymonowicz, rozwiązał teatr już dziesięć lat temu. Kiedy ogłoszono stan wojenny, poprosił o azyl w Ameryce i zakazał kontynuacji swojego przedsięwzięcia. Zygmunt nie posłuchał go. Znał pan Zygmunta Majaka? Był z Mistrzem równie długo jak Zbyszek Jurga, ale był inny, coraz dalej od wszystkich przedsięwzięć Instytutu, z coraz większym dystansem... W ogóle był od nich inny. Powtarzał, że chce robić teatr i zaczął robić go wbrew woli Mistrza. Niedługo. Kilka dni po swojej deklaracji zginął w wypadku. Dziwne, prawda? Zresztą poginęli wszyscy. Jeszcze wcześniej umarł Grzegorz i Rysiek. Potem, już po śmierci Zygmunta, powiesił się Jan. W Stanach umarł Zbyszek. Seria ponurych zbiegów okoliczności, aż dziw bierze. W każdym razie nie ma czego szukać. Podobno Mistrz zamknął się w jurcie na pustkowiu...

Czas już jakiś stoi przy nich mężczyzna w jasnej, sportowej marynarce, który ze zmarszczonymi brwiami patrzy na kobietę. W pewnym momencie opiera się o stolik.

– Odejdź, Łukaszu – kobieta mówi spokojnie – nie mam czasu.

– Widzę, że masz nowe towarzystwo – Łukasz krzywi się w wysilonej ironii – rzeczywiście, jest ci potrzebne. Musisz mieć kogoś, aby poopowiadać mu o sukcesach swojego nieistniejącego teatru – mężczyzna czerwienieje. Mówi coraz gwałtowniej, zaciskając pięści nad blatem stolika. – Co, pokazała ci już recenzje – zwraca się wprost do Piotra – opowiedziała, że była największą aktorką w tym kraju?!

– Czego chcesz – Piotr czuje narastającą irytację i chce podnieść się, ale ręka kobiety ujmuje go za przegub i zatrzymuje – przecież pani powiedziała, że nie ma ochoty z tobą rozmawiać. Nie mamy ochoty na twoje towarzystwo, więc uciekaj – Piotr mówi coraz głośniej. Dłoń kobiety zaciska się na jego ręce.

– Nie warto – kobieta mówi do niego półgłosem, a potem zwraca się do Łukasza: – Dosyć już powiedziałeś. Odejdź! Nie chcę z tobą rozmawiać! Czego chcesz ode mnie?! Nie chcę cię w ogóle widzieć!

Zdenerwowanie kobiety staje się widoczne, jej nozdrza poruszają się szybko, głos nieomal rwie.

– Ależ Elu – Łukasz zmienia ton, zwracając się wprost do niej...

Piotr uwalnia rękę, podrywa się i staje przed Łukaszem, dopiero teraz czuje zapach alkoholu:

– Ile razy trzeba ci powtarzać, żebyś zrozumiał?! Czy mam ci to wytłumaczyć w inny sposób?!

Łukasz patrzy na niego z wściekłością, potem spogląda na Elżbietę i rezygnuje.

– Dobrze, oczywiście, nie będę przeszkadzał. Może się jeszcze spotkamy – dodaje, łypiąc wyzywająco na Piotra. – Jeżeli zabraknie ci mężczyzny, możesz zwrócić się do mnie – mówi do Elżbiety, wykonuje przed nią dworski ukłon ręką i oddala się szybko.

– Skurwysyn, ubek – Elżbieta oddycha gwałtownie, rozgniata papierosa w popielniczce i wyciąga następnego. Te przypadkowe znajomości, których nie sposób uniknąć, potrafią potem zatruwać życie.

– W razie czego obronię panią – Piotr przypomina o swojej obecności i zasługach.

– Aaa, dziękuję – Elżbieta uśmiecha się do niego – ale niech pan uważa na niego. Potrafi być niebezpieczny. Był kiedyś związany z Instytutem. Ale to kapuś. Trzeba na niego uważać. Nawet nie wiem, co teraz robi. Pewnie pracuje w banku.

Piotr przypomina sobie. Niewyraźnie widzi postać Łukasza sprzed lat kilkunastu, jego skrzywioną w kumpelskim uśmiechu twarz. Elementy są niepodobne, inny kostium, inny sposób poruszania, ale coś pozwala w człowieku, który zaczepił ich przed minutą, zobaczyć widmo tamtych lat.

– A wiesz, że on miał rację? – Elżbieta jest już spokojna. – Rzeczywiście, pisali kiedyś o mnie, że jestem najlepszą aktorką w tym kraju. Największym talentem.

Mogę ci pokazać – Elżbieta wyjmuje z torebki etui i wypakowuje z niego pieczołowicie złożoną stronicę gazety o poszarpanych brzegach. – To „Goniec Codzienny". Widzisz, recenzje z naszego spektaklu: *W świecie koszmaru, Teatr Światło – Sceny według Dostojewskiego*. O tu. A tu piszą o mnie: „Elżbieta Jabłońska, młoda odtwórczyni postaci stanowiącej syntezę bohaterek *Zbrodni i kary, Idioty* i *Braci Karamazow* stworzyła niezapomnianą kreację. Można pomyśleć, że nie ma dziś w Polsce innej aktorki, która podołałaby takiemu wyzwaniu. Nawet spośród aktorów Teatru Światło Jabłońska wyraźnie wybija się jako najbardziej fascynująca osobowość sceniczna. Na firmamencie polskiego teatru zajaśniała nowa gwiazda".

Elżbieta chowa ostrożnie gazetę w etui, które wkłada do torebki.

– Nie myśl, że każdemu nowo poznanemu pokazuję te recenzje. Po prostu tamten ubek i tak już powiedział. A poza tym jesteśmy niejako kolegami z dawnych czasów – Elżbieta uśmiecha się do niego nieśmiało, co przywołuje wspomnienie niepewności dziewczyny sprzed wielu lat.

W kawiarni nie sprzedawali czystego alkoholu i musieli pić jakieś drinki. Potem spacerowali po wyludniającym się mieście.

– Wiesz, niedaleko stąd jest taka knajpa. Nazywa się Jutrzenka. Chodziliśmy tam wtedy. Na początku lat osiemdziesiątych. Wtedy to było wyjątkowe miejsce, knajpa otwarta całą noc. Tam się nic nie zmieniło. Chcesz zajrzeć? – Elżbieta wyciąga do niego rękę.

Schodki cuchnęły. Piotr mgliście przypomina sobie ten lokal. Aby wejść do sali pogrążonej w hałasie i kolorowo rozbłyskujących ciemnościach, trzeba tak jak paręnaście lat temu kupić bony konsumpcyjne. Pomiędzy tańczącymi, słaniającymi się postaciami o nieokreślonym wieku i kształtach, jakby pozbawionymi układu kostnego, można było zobaczyć scenę tonącą w zielonkawym świetle i kobietę w fosforyzującym kostiumie, z mikrofonem, która zawodziła: O gwiazdo miłości, nie zagiń we mgle...

Rybak miał wrażenie jakby zanurzył się w dziwny sen o przeszłości. Wszystko tu wydawało się znane, przecież był w tej knajpie, i to chyba nie raz, ale jednocześnie wszystko było odrealnione i przerysowane. Ktoś stworzył karykaturę minionego czasu – myśli Piotr – czy może teraz nie potrafię uwierzyć w to, co było dla mnie zwyczajne dwanaście lat temu?

– Pamiętam, przychodziłam tu także z aktorami z Instytutu. To było już później, było ich coraz mniej i ich nimb rozpływał się w nowych czasach. Nie było już także Mistrza, znaczy Szymonowicza, i może był to jeden z powodów... Oczywiście, jego nie spotkałam tu nigdy. Zresztą nie spotkałam go nigdy osobiście. Ale można powiedzieć, że unosił się nad Instytutem, ożywiał go albo wypełniał duchem czy... jak to się mówi... i kiedy odjechał, ludzie stamtąd jakby stracili duszę. Zatracili zapał, tę wściekłą energię, którą mieli wcześniej, która udzielała się innym. Czyniła z nich, jak się to mówi, postacie... charyzmatyczne. Potem wyglądali jak chochoły, wydrążone pałuby, jak somnambulicy, którzy poruszają się we śnie, jak... jak ludzie tutaj.

Piotr zauważa, że Elżbieta usiłuje starannie dobierać słowa i wypowiada zdania z pewnym oporem, zastanawiając się nad nimi czy przypominając je sobie z trudem.

– Zaczęli dużo pić. To znaczy wcześniej też im się zdarzało, ale wtedy potrafili się jeszcze mobilizować. Pamiętam, jak raz Zbyszek po takiej nocy, która zaczęła się tu, a potem... To znaczy, nie wiem, wcześniej znałam ich słabo, a potem... Potem też to nie trwało długo. Jeden Zygmunt był inny. Ale to było tak krótko, zanim zginął. To znaczy Mistrza nie było już wcześniej. Zanim wyjechał do Ameryki i ogłosił koniec Instytutu. Był chyba jeszcze nawet tu, w Uznaniu, ale jakby wycofał się. Ukrył. Nie mieli z nim kontaktu i chyba wtedy wszystko się zaczęło. To znaczy ten rozpad, załamywanie...

Kolejna wódka rozsypuje nieskoordynowane słowa, przez barwny pył przedziera się ostry makijaż kobiety naprzeciw. Rybak z wolna zaczyna rozumieć, co powiedziała mu Elżbieta. Co mówiła wcześniej... Awantura z Łukaszem, Elżbieta... Dopiero teraz, gdy zaczyna pojmować, stan oszołomienia pogłębia się coraz bardziej i Piotr nie wie, czy pije, żeby uwolnić się od kropli próżni, w jakiej został uwięziony i która oddziela go od świata, czy poprzez alkohol uzyskać chce dystans, żeby przemyśleć, zrozumieć...

Elżbieta powiedziała mu o odejściu Mistrza i śmierci Instytutu. O ich śmierci. O śmierci Ryszarda. A Piotr przyjechał znaleźć ich. Teraz, w zawodzeniu piosenkarki i pokrzykiwaniu gości, w refleksach światełek migoczących nad estradą, w odorze alkoholów ze stołów i ust, w zapachu korniszonów, przypalonego tłuszczu i pieczarek, zatraca się, spada i leci, nie mogąc uchwycić się niczego. Świat wokół rozpada się na pojedyncze refleksy wizualne i akustyczne, na podmuchy zapachów i reakcje skóry. Piotr traci świadomość: nagle sam do siebie zaczyna mówić, później opowiadać Elżbiecie o tym, o czym z nikim nie mówił dotąd w ten sposób. Opowiada, jak odszedł z Instytutu. Jak jego życie stało się po tym snem kogoś innego. Barwnym snem o kimś, komu Piotr użyczał swojego ciała, swojego umysłu, namiętności nawet, ale zawsze z poczuciem obcości, nierzeczywistości nieomal.

– Trudno mi to wszystko nazwać. Może to wynik zniesmaczenia. Może dlatego wszystko, co było wcześniej, cała nasza walka, Solidarność, podziemie, wszystko wydaje się teraz nieprawdziwe, bo doprowadziło nie tam, gdzie miało, i chociaż może zmieniliśmy świat, to on zmienił nas jeszcze bardziej, a więc ówczesne nasze wyobrażenia, które okazały się iluzją z dzisiejszej perspektywy, otaczają to, co robiliśmy, aurą nierzeczywistości. Spełnienie okazało się tak dalekie od naszych oczekiwań... Co się stało z tymi ludźmi? Co się stało z nami? Może to polityka, która jest brudna i chora... Dziesiątki codziennych układów i kompromisów prowadzą do zapomnienia, o co idzie naprawdę. I rzeczywiście przestaje chodzić o cokolwiek. Świat hipokryzji, codzienne lekcje dla początkujących i zaawansowanych... Wreszcie uczysz się, że wszyscy wierzą w to, co jest im wygodne. Bo właściwie każda rzecz, każda sytuacja potrafi być tak różna z różnych punktów widzenia, że pytamy: czy istnieje poza naszym spojrzeniem?

– Ale nawet nie to było najważniejsze. Bo wtedy, kiedy wszystko wydawało się jasne, choć niełatwe, kiedy walczyliśmy z komuną i mieliśmy za sobą wszelkie racje, chyba nawet wtedy miałem wrażenie, że istnieję tylko w jednym wymiarze. Im dłużej to trwało, tym bardziej czułem, że ulegam redukcji. Ten prawdziwy ja był gdzieś indziej, coraz odleglejszy, bledszy i mniej rzeczywisty... Wtedy właśnie zapomniałem. Zapomniałem Instytut. To znaczy wiedziałem, że spędziłem tam nieomal cztery lata, ale nie pamiętałem, co mi się tam przydarzyło, co przeżyłem, przestało mnie to interesować, jak cudza przeszłość. A może lepiej byłoby powiedzieć, że ten, któremu użyczyłem swojego ciała i duszy, nie interesował się moimi innymi doświadczeniami... Wyczerpywałem się w codziennej gonitwie, a potem nic mi się już nawet nie śniło. Coraz bardziej byłem tylko sumą gestów, taktycznych posunięć, drobnych zysków i strat... I nawet coraz mniej już tęskniłem za czasem, kiedy próbowaliśmy przekroczyć nasze ograniczenia, być kimś więcej, niż potrafiliśmy. Za czasem Instytutu... Za czymś, czego nie pamiętałem. A potem, kiedy zwyciężyliśmy, kiedy zdawało się nam, że zwyciężyliśmy... ze mną było coraz gorzej... To wtedy – kiedy obudziłem się i poczułem, że już nie tylko nie potrafię opowiadać o czasach Instytutu, bo opowiadać o nich nie potrafiłem nigdy, nie tylko niczego z tamtych czasów nie jestem w stanie przywołać, bo wydarzenia znam tylko jak historię, której nie pamiętam, opowiedzianą mi przez obcego człowieka... ale przestałem rozumieć cokolwiek z tamtych swoich doświadczeń i nie czułem już nawet żalu, tylko pustkę – wtedy zrozumiałem, że mam ostatnią szansę, muszę obudzić się, powrócić tu i odnaleźć Mistrza... I wtedy obudziłem się ze snu. Sen wytrącił mnie z tego dwunastoletniego snu. Przebudził mnie sen, którego prawie nie pamiętam, zapomniałem go po obudzeniu, choć był jak wiadomość, sen o ptaku, o locie...

Postacie wokół słaniały się. Wykrzywione gęby z bliska zaglądały im w twarze, odęte policzki pluły słowami nie do odróżnienia w hałasie, wszystko ogarniał odór trawionej wódki, ostrej wody kolońskiej i stygnących dań, mrużyły się kolorowo umalowane oczy, trzepotały doklejone rzęsy, jaskrawe wargi składały się w ryjki, jakieś sylwetki nachylały nad nimi. Elżbieta coś mówiła. Opowiadała o ich spektaklu. Papieros w jej długich palcach rysował scenki rozmazujące się w dymie. Jej piersi wypełniały bluzkę i wprawiały ją w ruch, sutki wyraźnie odciskały się na napiętym materiale. Piotr zrozumiał, że chce jej. Przypomniał sobie, że od dawna już nie miał kobiety. Jego dłonie tęsknią za sprężystą skórą, wyobraźnia odsłania zakamarki kobiecego ciała, prowadzi jego palce, usta, język, odsłania jego skórę dla jej pieszczot...

– I udało się nam. Potrafiliśmy to wszystko oddać w jednym spektaklu. To było jak egzorcyzmy. Wywoływaliśmy demony i pokazywaliśmy widzom. Uwalnialiśmy ich od demonów, które wstępowały w nas. Tak jak w motcie do *Biesów* z Ewangelii świętego Mateusza: Chrystus uwolnił opętanego i wygnał demony w świnie, które potopiły się. I my byliśmy tymi świniami. To było prawdziwe katharsis! I może dlatego utonęliśmy potem. Po przedstawieniu

nie mogliśmy dojść do siebie. Piliśmy. Boże, ile wtedy pi-
liśmy. Do nieprzytomności po każdym przedstawieniu.
Trzydzieści cztery spektakle. W ciągu niecałego roku.
A potem wszystko się rozpadło.

Piotr dotyka dłoni Elżbiety, a ona nie odsuwa jej. Końcami palców muska jej odsłonięte kolano i myśli, żeby wyprowadzić ją stąd. Pójść do niej albo do hotelu. Zanurzyć
się w jej ciele, które wypełni czas i przestrzeń. Elżbieta
mówi, nie zwracając uwagi na postacie zatrzymujące się
przy stoliku i przyglądające im. Piotr nie wie nawet, czy
patrzy na niego, czy przez niego wpatruje się w niedostępne mu rewiry.

– Ofiarowaliśmy się. Tak jak chciał Mistrz. Bardziej niż
ludzie z jego Instytutu. Pytają tacy różni: czemu tylko jeden spektakl? Dobrze, że nie zapytałeś o to! Jakbyś rozumiał. Pytają, jakby trzeba było tłuc po kolei dziesiątki inscenizacji, aby nabrało to sensu, kiedy pewnie jest na
odwrót. My spaliliśmy się w jednym. A każde przedstawienie było dla nas tym jedynym. Dlatego nie mogliśmy
potem dojść do siebie. Nie mogliśmy i nie chcieliśmy po-
paść w rutynę. Czy nie to właśnie jest spełnieniem? Ofiarować się naprawdę, przecież spłonąć można tylko jeden
raz. Ale ten jeden raz wart jest każdej ceny.

Oczy Elżbiety świecą. Usta rozchylają się na jego przyjęcie. Teraz Piotr jest pewien, że ona patrzy na niego. Zaprasza go. Ofiarowuje się.

Wydostają się z kolorowego zgiełku przeszłości. Ze
śmierdzącej bramy wychodzą w noc. Idąc, obejmuje ją.
Przesuwa palcami po jej ramieniu. Całuje jej policzek,
ucho, szyję, usta. Rozchyla jej wargi, językiem poszukuje jej języka, bada wnętrze jej ust. Poczucie, że nie odnalazł swojego miejsca i swojego czasu, opuszcza go. Na
granicy świadomości kołacze myśl, że Mistrz przecież jest
gdzieś, przeżył, pozostał i on, Piotr, musi do niego trafić. Postacie jego przeszłości, które w ciągu kilku godzin

okazały się martwe, ich wabiące go tu widma oddaliły się. Pozostała Elżbieta, jej ciało, które nadaje sens przybyciu do Uznania.

Jego życie jest teraz. Wspina się na trzecie piętro za kobietą, wcieleniem wszelkich obietnic, Heleną i Zofią, szeregiem kobiet, które wymknęły się mu i których doświadczał, a nie potrafił zachować nawet w pamięci i dlatego pozostały dlań jedynie jak znaki, punkty odniesienia wyobraźni raczej niż pamięci. Teraz niczego nie żałuje. Przez mały przedpokój wchodzi do pokoiku. W przyćmionym świetle z plakatów na ścianach, z pękających ciał wyłaniają się bajecznie ozdobne szkielety. Na szafce stoją figurki. Zaprzężony w konie rydwan z dwoma egzotycznymi wojownikami.

Kiedy Elżbieta odwraca się do niego tyłem, aby włączyć magnetofon, Piotr popycha ją na materace leżące na podłodze. Zdziera przez głowę półrozpiętą bluzkę. Chwyta za piersi i przewraca ją na wznak, ale Elżbieta opiera się i Piotr nie wie czy to prowokacja, czy może chce tylko przedłużyć ten moment. Ściąga jej wreszcie majtki, wdziera się między uda i przez chwilę widzi twarz kobiety w skurczu. Ze ściany w połyskach pulsuje ptasi szkielet. Palce zatrzymują się na skórze, chociaż chcą ją rozerwać jak zasłonę oddzielającą od dalszych doznań. Słyszy słowa, których nie rozumie, rwący się w gwałtownym oddechu jęk. Usiłuje przypomnieć sobie, kto leży pod nim i gdzie jest. Na szybie widzi uśmiechającą się Zofię, kiedy ktoś szarpie paznokciami jego plecy.

Ktoś dotyka jego twarzy. Poprzez powieki naciska gałki oczne. Rysuje paznokciem wzory na skórze. Piotr otwiera oczy i musi przymknąć je uderzony światłem słońca, które przez szybę osiada prosto na jego twarzy. Odwraca głowę i widzi częściowo przykrytą kocem kobietę o potarganych włosach. Prawie w tym samym momencie powraca do niego splątana fantasmagoria dnia wczorajszego: Zofia w kawiarni na rynku, Zofia, która okazuje się Elżbietą, mówi mu o śmierci wszystkich stanowiących Instytut i o wyjeździe Mistrza – Zygmunt zginął w parę dni później, dziwne, prawda? Jan powiesił się, Zbyszek, Rysiek, Grzegorz... Ktoś obsypany fosforyzującymi cekinami wyśpiewuje nad jego głową, a dookoła podrygują pajace, męskie twarze zmieniają się w kobiece i rozmazują, obca twarz pod nim zamyka oczy, usta wykrzywia skurcz. Na szafie stoją figurki egzotycznych wojowników, rydwan z dwoma postaciami...

Piotr dotyka i zaczyna poznawać nagie ciało obok, w które zanurza się i nie wie, czy ona śpi, czy zgadza się tylko odruchowo. Kiedy parę chwil później płucze usta i polewa się gorącą wodą, zmywając oszołomienie i pot wczorajszego dnia, uświadamia sobie, że właściwie nie jest pewny, co się mu przydarzyło.

Teraz próbując zapomnieć o ucisku mózgu na czaszkę i spoglądając w popłochu na zegarek, przypomina sobie, że pozostało tylko pół godziny do spotkania z Kalinowskim. Ubiera się pośpiesznie, patrząc na ramię Elżbiety wyłaniające się spod koca, jej łydkę, kawałek biodra, przesłoniętą przedramieniem twarz, z której może wyróżnić tylko fragment nosa, policzka, ucho między potarganymi włosami. Uświadamia sobie, że nie pamięta, jak Elżbieta wygląda i być może nie byłby w stanie poznać jej na ulicy.

– Wychodzisz? – słyszy niewyraźny głos.

– Jestem umówiony, daj mi swój telefon – mówi szybko.

– Nie mam telefonu – odpowiada mu matowy głos, którego nie poznaje.

– To umówmy się może w tej samej kawiarni, na rynku, o czwartej – ni to pyta, ni stwierdza. Słyszy jakby przytaknięcie. Wybiega. Idzie szybko i zatrzymuje pierwszą taksówkę.

Teraz, kiedy siedzi naprzeciw Józefa i słyszy jego rozlazłą gadaninę, Rybak nie rozumie, dlaczego tak się śpieszył i po co w ogóle się z nim spotyka. Od takich ludzi chciał się uwolnić i, jak mu się wydawało, uwolnił kilka miesięcy temu. Jego nagła ucieczka od Elżbiety, bo wie, że była to ucieczka, mogła ją dotknąć. Wczoraj wieczorem umawiał się z Kalinowskim, chwytając się każdego możliwego punktu zaczepienia. Potem spotkał Elżbietę, która mogła być jego przewodnikiem, jeżeli był jeszcze sens poszukiwania przewodników po wymarłym świecie, jeżeli pozostało jeszcze coś do szukania.

– Więc jednak zrezygnowałeś. Szkoda, ale dla nas może to dobrze. Mogę zaproponować ci pracę w naszym biurze. Bardzo odpowiedzialną pracę. Potrzebujemy ludzi inteligentnych i ideowych, a sam wiesz, jak trudno połączyć oba te przymioty. Tu, w samorządzie, stanowimy jedną z bardziej znaczących sił – Kalinowski chichocze, kołysząc się nad stolikiem. Przypomina gnoma z rzadką brodą i rozwichrzoną głową.

– Oni, unici, mają ludzi inteligentnych, może nie mądrych, ale inteligentnych, takich co to potrafią wykorzystać mechanizmy świata. No, nie chcę cię urazić. Domyślam się, że możesz mieć między nimi wielu przyjaciół, ale...

Józef jest zaskoczony:

– Instytut mówisz, tak, oczywiście, że pamiętam. Wszyscy, którzy mieszkali w Uznaniu, musieli coś o tym wiedzieć. Tylko że teraz to jak przedwojenne wspominki. Jakaś Reduta i Osterwa... Jakiś Instytut, Skamander, Legiony i tak dalej. Jedyne, co dobrego mogę powiedzieć o tym ich Mistrzu, jak nazywali Szymonowicza, to to, że potępił stan wojenny i na znak protestu rozwiązał Instytut. Chociaż wtedy to już nie miało takiego znaczenia. Dla opinii publicznej Instytut przestał istnieć wcześniej. Zamknięta sprawa.

Piotr patrzy na ludzi nadchodzących spoza katedry. Niewielka grupa idzie w miarę zwartym szykiem, pokrzykując coś i wyśpiewując.

– Chcę napisać o nich książkę. Właśnie dlatego, że, jak mówisz, sprawa zamknięta, i to zamknięta ostatecznie. Wiesz przecież, że oni wszyscy wymarli – Piotr widzi już napisy na kilku transparentach: „Polska krajem otwartym", „Dawniej goście – dziś gospodarze", „Pamiętaj, że kiedyś tobie udzielono pomocy".

– Nie wiedziałem, że zajmujesz się teatrem. No, ale rzeczywiście tak jest z nami wszystkimi. Zajmowaliśmy się czymś, zanim zaczęliśmy się zajmować polityką, a właściwie nie tyle polityką, ile obalaniem komuny. Dopiero potem okazało się, że jest to polityka. Staliśmy się politykami i nikomu nie przychodzi do głowy, że kiedyś byliśmy specjalistami w całkiem innych dziedzinach. Nawet nam samym. Ja, na przykład, byłem mediewistą – Kalinowski zasumował się, odwrócił do okna i zauważył manifestację. – Zobacz tych gówniarzy! Czy naprawdę nie mogliby choć trochę ruszyć głową, zanim zaczną coś robić?! Chociaż pewnie ruszając innymi członkami, zapomnieli, że mają jeszcze głowy. Przecież gdyby otworzyć granice, jak postulują, to zalałaby nas fala emigracji ze Wschodu i kraj pogrążyłby się w chaosie. Nie ma mowy, nie dalibyśmy sobie rady z milionami przybyszy. Narody muszą się bronić, bo inaczej padną łupem barbarzyńców, a stoimy w obliczu wędrówek ludów. Ten bałwan, Adam Sosna, jeszcze ich podpuszcza. Tak w ogóle, to on może cię zainteresować. Był kiedyś monografistą, a właściwie ewangelistą Instytutu i jego twórcy. Apologetyk. A teraz jest wielkim redaktorem, zastępcą naczelnego w „Gońcu Codziennym", i chwali taką młodzież za kierowanie się szlachetnymi odruchami. Może by tak zamiast odruchów wprawili w ruch szare komórki? Napływ imigrantów dopiero spowodowałby ksenofobię!

– Przypominam sobie, że o nas również mówiono jako o ludziach kierujących się wyłącznie odruchami, bez rozważenia realiów i warunków – Piotr widzi na czele pochodu długowłosego młodzieńca wznoszącego okrzyki, które powtarzają za nim dosyć nieskładnie pozostali manifestanci. Przez szybę kawiarni dobiega szum, z którego wyrywają się pojedyncze słowa niezależne od ruchu ust tych na placu. Przypomina to film z niezsynchronizowaną ścieżką dźwiękową.

– To zupełnie nieporównywalne sprawy – Kalinowski wprost nadął się powagą.

– Nie chcę dyskutować. Nie znam się na tym. Teraz interesuje mnie tylko moja książka – Piotr chce uniknąć spodziewanego dalszego ciągu rozmowy.

– Pięknoduch z ciebie. Nie przypuszczałem. Musisz spotkać się z tym Adamem. Teatrolog został redaktorem jednego z największych dzienników w mieście. Kiedyś wielbił Szymonowicza. Każdą wymierzoną weń krytykę uznawał za potwarz. Dziś stał się liberałem i tropi u nas zgubny, religijno-narodowy integryzm. Teraz za potwarz uznaje każdą wątpliwość wobec któregoś z dogmatów współczesnego liberalizmu. Taak... Przypominam sobie tamtą sprawę. Instytut... Słyszałem o tej epidemii, która pochłonęła tylu z nich. Prawie wszystkich. Samobójstwo, rak, wypadek. To po prostu literatura. Opuścił ich Mistrz, a więc umarli. I jeszcze sprawa tego wypadku. Zygmunt Majak zginął, bo chciał reaktywować Instytut wbrew woli Szymonowicza. Tak mówią. To było w czasie stanu wojennego: deklaracja Szymonowicza zza oceanu, oczywiście pominięta przez oficjalne media, które wcześniej łowiły każde jego mimochodem rzucone zdanie i oczywiście przedrukowane przez wszystkich oświadczenie Majaka, będące nieoficjalną odpowiedzią Szymonowiczowi, że zamierza kontynuować prace Instytutu, a zaraz po tym śmiertelny wypadek Majaka.

Przez szybę kawiarni Kalinowski zagapił się gdzieś w przeszłość.

– Opowiadano, że to klątwa Szymonowicza – jego usta wykrzywiają się w uśmiechu, ale twarz pozostaje poważna – że Mistrz miał moce. Został wtajemniczony. Albo że był rodzajem demona. Tacy bardziej nowocześni mówili, że parapsychologicznymi metodami osiągnął panowanie nad swoimi aktorami w stopniu tak dalekim, iż potrafił im na odległość odebrać życie. Jakoś to nawet w sposób naukowy czy pseudonaukowy próbowali tłumaczyć. Jeszcze inni mówili, że ten ich ostatni spektakl był czarną mszą, profanacją chrześcijańskiego rytuału. A ich śmierć była karą...

– Wszystko jedno, zostawiając na boku stare czy nowe przesądy, można powiedzieć, że chłopcy bawili się ryzykownie i rezultaty są widoczne. Tylko Sosna przetrzymał wszystko. Zostawił gdzieś mętne teatralne mistyki i stał się heroldem czystego racjonalizmu. To z tej pozycji gromi nas w swoim organie i naucza już nie technik wschodnich transów, ale europejskości. Jak trzeba będzie, przekwalifikuje się znowu.

– Teatr Światło, mówisz? Według Dostojewskiego? Nie kojarzę.

Więc jednak dobrze, że umówili się tutaj, w redakcji, myśli Rybak, patrząc na korpulentnego, łysawego pana za szybą, stopniowo przesłaniającego mu wizerunek długowłosego brodacza, z którym w Instytucie zamienił tylko kilka zdań. Adam należał do najbliższego otoczenia Szymonowicza, mówiono o nim z przydechem szacunku – pełnił rolę specyficzną, a dla Instytutu był postacią nietypową: intelektualista, który łączył swój związek z Mistrzem z uznaną pozycją w kulturalnym establishmencie kraju. W Instytucie pojawiał się nieczęsto, niekiedy miał wykłady o teatrze i miejscu Instytutu na kulturalnej mapie świata.

Sekretarka wpuszcza wreszcie Piotra do gabinetu i Adam Sosna patrzy na niego, mrugając oczyma spoza grubych szkieł okularów.

– A to pan! Coś sobie przypominam – mówi, wyraźnie nie przypominając sobie niczego. Chyba nie zmieniłem się tak jak on, myśli Rybak.

– Tak, to ciekawe – protekcjonalnie zastanawia się Sosna – ale muszę uprzedzić, że, jak mówiłem przez telefon, nie mam za dużo czasu. Pan rozumie, obowiązki – robi szeroki gest ręką, zagarniając nią postacie spoza szyb – trzeba zajmować się wszystkim. A swoją drogą, to interesujące. Kilka dni temu przyjechał mój kolega z Francji, Paul Tarois. Nie wiem, czy spotkał go pan, był związany z Instytutem. Jakieś kilkanaście lat temu pojechał robić reportaż, ale potem sam zaangażował się w prace. Później we Francji natrafił na Zbyszka, który grał wtedy w *Mahabharacie*. Wie pan, Zbyszka Jurgę. Potem był przy jego śmierci. W Stanach. Chce coś napisać o Instytucie. Może zrobić film. To znana postać. Znany dziennikarz. Wysłałem go śladami Maćka Szymonowicza do Krakowa, potem do Olsztyna. Ciekawe jest to nagłe zainteresowanie wydawałoby się zamkniętą sprawą. Ale niewiele będę mógł panu pomóc. Sam pan widzi, ile tu pracy. Teraźniejszość nas pochłania.

– Właściwie śmiało mógłbym dołączyć do grona frustratów opłakujących komunę. Jakoś mi się wtedy powodziło. I te wszystkie możliwości: nieograniczony czas, brak rygorów zewnętrznych, właściwie można było zawiesić wszystko, ruszyć w wędrówkę z nowo poznanym. Dlatego cudzoziemcy nas tak kochali, nikt nigdzie nie poświęciłby im tyle czasu.

– Teatr Światło. Tak, było coś takiego. Jedni z legionu naśladowców Instytutu. Ci jeszcze nienajgorsi. Fakt, że pamiętam ich nazwę... Tak, to było według Dostojewskiego. Chyba ich jedyne przedstawienie. Wtedy te teatry kończyły się równie szybko, jak powstawały. Nie wiem, co się z nimi potem stało. Pamiętam jedną ich niezłą aktorkę, bardzo apetyczną panienkę.

– No, nie tylko pan chciałby go znaleźć. Ale nie sądzę, abym mógł panu pomóc. Nie jestem upoważniony... – rozgadany Sosna robi się nagle czujny i uważnie lustruje Piotra przez grube szkła. – To znaczy, nie chcę powiedzieć, że wiem, gdzie on jest, mogę przecież mieć swoje poszlaki, z tym, że...

– Tak, to trafne spostrzeżenie – Sosna wygląda, jakby tym razem rzeczywiście usiłował sobie przypomnieć Rybaka. – Jak pan zauważył, trudno uwierzyć, by wszyscy nagle zapomnieli o nim i jego pracy. Aby nie zostało po nim nic, poza kilku starymi książkami i recenzjami w nieistniejących już gazetach. A z tłumów wielbicieli nikt się nie ostał, żeby próbować podjąć jego przedsięwzięcie...

– Są ludzie, którzy twierdzą, że istnieje grupa wyznawców usiłujących kontynuować prace Mistrza i nawiązać z nim kontakt, ale świadomie działają w sekrecie. Unikają mediów. Uważają, że hałas mógłby im tylko przeszkodzić. Pewnie mają jakąś rację. Jeśli istnieją – Sosna uważnie spogląda na Piotra. – Ja należę do świata mediów, więc mnie powinni unikać szczególnie. Podobno wyjątkowo serio traktują jego przesłanie i już zupełnie nie interesują się teatrem, tak zresztą jak i Maciej w ostatnim okresie, a może nie tylko w ostatnim. Tak, podobno organizują się, tak opowiadają, ale czy można wierzyć we wszystko, co człowiek usłyszy? Muszę się już z panem pożegnać. Pewnie zostanie pan trochę w naszym mieście. Proszę się jeszcze do mnie odezwać. Zwłaszcza gdyby dowiedział się pan czegoś ciekawego.

Dopiero teraz, popychając drzwi kawiarni, Piotr zauważa napis na miedzianej tablicy przy wejściu: Casablanca.

Dochodziła czwarta i Elżbiety nie było jeszcze. Piotra zaskoczył własny niepokój. Niepewność tliła się w nim, odkąd wysiadł z taksówki i zaczął myśleć o tym, co przydarzyło się mu w Uznaniu, ale teraz wielokrotniała gwałtownie, przeistaczała w obawę, że utracił Elżbietę. Wielki zegar nad kontuarem niepostrzeżenie przesuwał wskazówki. Światło za oknem łagodniało. Przechodnie śpieszyli się nieco mniej.

Nagle Piotr uświadamia sobie, że może nie poznać Elżbiety. Z pamięci potrafi odtworzyć jedynie ciemne, związane do tyłu lub rozrzucone włosy, podobieństwo do Heleny, które jest teraz tylko wrażeniem, refleksem odbijanym przez nieznane postacie. Przypomina sobie zasłoniętą ramieniem twarz na poduszce, zarys fragmentu policzka, ucha, głowy. W napięciu przygląda się kobietom w kawiarni, ale żadna nie zdradza śladu podobieństwa do Elżbiety. Zegar nad kontuarem pokazuje dziesięć minut po czwartej, zegarek Piotra również.

Usiłuje przypomnieć sobie nazwę ulicy, na której mieszka Elżbieta. Ale pamięta jedynie, że w nazwie był ptak. Powtarza bezmyślnie półgłosem: Gołębia, Łabędzia, Słowikowa...

Nie potrafi zrozumieć, przed czym uciekał rano. Teraz może być za późno. I właściwie nie wie, czy obawia się utraty przewodnika, który mógł mu otworzyć drogę po labiryncie Uznania, czy w stan pogłębiającego się niepokoju wprowadza go zagubienie jedynej nagle bliższej mu osoby, którą odnalazł w tym mieście, czy chodzi mu po prostu o kobietę, Elżbietę...

Od stolika, który zajmuje grupa mężczyzn, słyszy podniesione głosy. Odwracając się, widzi, jak jeden z nich uderza drugiego. W gwałtownej szamotaninie Piotr nie potrafi zorientować się, kto z kim walczy, a kto jedynie próbuje rozdzielić walczących. Podrywa się, ale w tym właśnie momencie szamotanina ustaje: dwóch mężczyzn wycofuje się tyłem ku drzwiom, jeden z nich w wyprostowanej ręce trzyma pistolet wymierzony w pozostałych, któryś z nich oburącz trzyma się za twarz. Obaj mężczyźni wolno wychodzą z kawiarni, rozglądając się na boki i patrząc w oczy odwracających się za nimi. Po przekroczeniu progu zaczynają biec, Piotr widzi sylwetki znikające za szybą. Dwóch pozostałych wyprowadza słaniającego się i trzymającego za twarz towarzysza. Nie oczekują pomocy. Ich spojrzenia skierowane na podnoszących się od stolików nie są zachęcające. Mężczyźni wychodzą z Casablanki. Zegar nad kontuarem pokazuje czwartą dwadzieścia.

Piotr wolno opuszcza kawiarnię. Kiedy jest już na zewnątrz, dostrzega kilka postaci podążających za nim w pewnej odległości. Elżbiety nie ma na rynku. W pobliżu nie ma też kawiarni, dokąd mogłaby trafić. Pozostaje wiara, że źle zrozumiała godzinę, że powiedział coś niewyraźnie, że coś się przydarzyło...

Wraca do stolika i beznadziejnie czeka, patrząc na zegarek, może tylko dlatego, żeby nie wyrzucać sobie, iż znowu zaprzepaścił okazję, tak jak dzisiaj rano.

Zaczynało szarzeć, gdy zorientował się, że chodząc w ten sposób, nie odnajdzie miejsca, gdzie mieszkała Elżbieta. Niepostrzeżenie trafił do zupełnie nieznanej sobie dzielnicy eleganckich, willowych domów (czy możliwe, aby wszystko zbudowane zostało ostatnio?) i szedł odprowadzany spojrzeniami ochroniarzy, którzy wysuwali się z przeszklonych budek albo spacerowali parami, niekiedy prowadząc wielkie psy w kagańcach. Uświadomił sobie, że nie pamięta, kogo szuka. Przez moment myślał o Helenie.

Elżbietę przypomniał sobie dopiero po chwili. Przechodził przez park i widział splecione w górze gałęzie ciemniejących drzew. Kiedy pojawił się w Teatrze Obrzędu, albo jeszcze wcześniej, gdy dopiero tam zdążał, odczuł, że natura powróciła do niego. Znowu potrafił zobaczyć, jak zawieszone w przestrzeni miasto wyrasta z ziemi i jest tylko wypryskiem na twardej skorupie, pod którą gotują się przemieszane energie. Park, drzewa w mieście były jak zielona ręka stukająca w okno ludzkich siedzib, aby przypomnieć, że są tu jedynie krótkotrwałymi lokatorami.

Kiedy wyszedł z parku było już ciemno. Szedł słabo oświetloną, zaśmieconą odpadkami ulicą. Przed sobą dostrzegał rojowisko drobnych świateł. Dopiero po chwili zorientował się, że są to małe lampki oświetlające stragany ciągnące się wzdłuż trotuarów. Brązowa poświata wydobywa z głębi kartonów metaliczne połyski jakby rybich łusek, zawiasy jak skrzela, pomiędzy głowami kranów i ryjkami kurków skręcają się zwoje instalacji sanitarnej, stosy rodzynek, fig i suszonych daktyli układają się w makiety tajemniczych krain. Zapach oleju i towotu wdziera się zgrzytem w bakaliowe przestrzenie. Nadpływają inne zapachy. Piotr czuje ostry odór kiszonej kapusty, nikły aromat pomarańczy i cytryn, zanim w migotliwym świetle dostrzec może beczki i stosy owoców na drewnianych ladach. Mija matowe pryzmy swetrów, bluzek i koszul pod połyskiem skórzanych kurtek zwisających z drągów, dalej stoiska międzynarodowej mody otwierają aleję dżinsowej konfekcji. I znowu najpierw czuje zapach ziemi, korzeni, a potem egzotycznych roślin, zanim zobaczy na gazetach awokado i pietruszkę, marchewkę i banany, a wreszcie jakieś łodygi, bulwy, ciemne kształty, których nie potrafi nazwać. Spoza roślin wyłania się księżycowy kraj rozbitej na fragmenty instalacji, której przeznaczenia Piotr nie jest w stanie określić. Obok otwartych pudeł wiertarek i mikserów leżą rurki, dziwnie skręcone śruby, głowice ze zwiniętymi sprężynami, lśniące złowrogo zamki. Metalowe pejzaże przeistaczają się w alchemiczne pracownie różnokolorowych jasnych i mętnych płynów w słoikach, butelkach i buteleczkach. Zmieszany aromat nieznanych mu przypraw przypomina Piotrowi jakąś młodzieńczą lekturę, której tytułu zapomniał. W gwarze język polski coraz częściej przeplatał się z dziwnym żargonem, przerośniętym wielką liczbą form i słów rosyjskich. Nie było już wiadomo, czy to język polski kaleczony i zniekształcany, czy deformowany przez polskie naleciałości rosyjski, który coraz to rozbrzmiewał w różnojęzycznym hałasie. Coraz częściej słychać też było obce słowa – gardłowe dźwięki albo brzęczącą wymowę azjatycką. Nad lampkami nachylały się płaskie twarze kremowego koloru, czarniawe ptasie profile i czerwone policzki sczepione guzem nochala; skośno wydrążone szczeliny oczu napotykały źrenice jasne i okrągłe jak krążki monet, aby za moment zderzyć się z oczami, które odbijały noc.

W nozdrza uderza ostry odór alkoholu. Na zaimprowizowanym kontuarze, z desek wspartych na starych walizkach, ktoś napełniał szklaneczki przeźroczystą cieczą, którą stojący wypijali z fantazją, odrzucając głowy i wycierając usta wierzchem dłoni. Dalej, na prowizorycznych ladach, leżała poukładana w pudełkach różowa i niebieska bielizna. W połysku lampki na ladzie Piotr dostrzega kolorowe pisma złożone z samych fotografii, które wyglądają jak barokowa abstrakcja z dominującym czerwono-różowym motywem. Dopiero po chwili zorientuje się, wyróżniając już rozłożone nogi, wypięte pośladki, wysunięte języki i sterczące członki, jakie albumy przerzucają nachylający się klienci.

Ludzie pokrzykiwali, przepychali się, zatrzymywali i zbijali w grupki bez wyraźnego powodu. Paru mężczyzn szło zdecydowanym krokiem, rozpychając kupujących. Podchodzili do sprzedawców, omijając kontuar straganu i znikając z oczu patrzących, aby za chwilę wyłonić się znowu i kontynuować swój obchód. Niespodziewanie

Piotr usłyszał spazmatyczny płacz kobiety. Za straganem stała blondynka w średnim wieku z kwiaciastą chustą narzuconą na ramiona. Przyciskała ręce do wielkich piersi, a z jej co chwila otwierających się w skurczach ust dobiegał ni to skrzek, ni to zawodzenie. Za straganami, pod ścianą wybuchło zamieszanie. Piotr słyszał krzyki, podniesione głosy, ale kiedy zbliżył się, wszystko zdążyło już ucichnąć. Ludzie potrącali go, przepychali się, nagle zbijali się w grupki. Nieco dalej, pod murem, Piotr zobaczył dwóch policjantów, którzy leniwie, z przymrużonymi oczami przyglądali się przechodniom. Ktoś szarpnął go za rękaw. Dopiero po chwili zorientował się, że to cygański chłopczyk – wysuwał do niego otwartą dłoń, a w drugiej trzymał kartkę papieru z napisem wykaligrafowanym drukowanymi literami.

Czuł intensywny nacisk obcych postaci, tłumu, który wydawał się coraz bardziej zwarty, coraz bardziej natarczywy i agresywny. Ludzie popychali go, potrącali, otaczali ze wszystkich stron, ziejąc przetrawionym alkoholem, kiszonymi ogórkami i ostrym zapachem wody kolońskiej. Odbierali oddech, dusili. Rybak usiłuje wyrwać się z tłumu. Przeciska między straganami. Wydostaje pod mur i przesuwa dalej, widząc przez szyby knajpy i restauracje pełne ciemnego zgiełku.

To było obce miasto. W niczym niepodobne do tego, które usiłował sobie przypomnieć. Z ludźmi wokół niego nic go nie łączyło. Ta samotność była inna od tamtej, spokojnej i pewnej, którą poczuł, rezygnując z kandydowania do Sejmu i deklarując zerwanie z polityką; inna od samotności, której doznał, odchodząc od Urszuli, inna również od tej, którą odczuł w Teatrze Obrzędu w zderzeniu z obojętnością reprezentantów nowej generacji. Teraz był sam w obcym świecie, zonie zmarłych. Miejscu, w którym to on był nieżywy. Czuł dotknięcie zimnego cienia. Chłód przez skórę przesączał się w głąb jego nerwów.

Nadchodziła noc innego świata. A przecież szesnaście lat temu przybył tu również ścigany samotnością. Wtedy jednak była to tęsknota za drugim... Rozpaczliwe, młodzieńcze pragnienie wyłamania się z bezosobowego porządku trawiących ich instytucji, które wkręcały w społeczne mechanizmy i pozostawiały automatyzm odruchów. Niedawno przyjął samotność wieku dojrzałego i jej konsekwencje. Teraz dosięga go samotność śmierci. Do Uznania wrócił, aby wydobyć się z samotności wieku dojrzałego, aby powrócić do czasu wspominanego jako jedność z towarzyszami poświęcającymi się wspólnemu zadaniu tu, w Instytucie, jedność, która ogarniała świat. Tamten okres, mimo wszystko, zapamiętał jako czas ekstazy. Teraz wrócił i zastał zabudowane miejsce po umarłych. Miasto wzniesione na zwłokach jego pamięci.

Skręcająca w boczną uliczkę kobieta zatrzymała się i spojrzała na niego. To była Helena. Roztrącając stojących na drodze, ruszył za nią. Za sobą słyszał przekleństwa i krzyki. Kiedy jednak wbiegł wreszcie na alejkę, gdzie znikła Helena, zobaczył przed sobą tylko ciemny tunel próżni. Chodził po pustej, nieoświetlonej ulicy – kontury pozwalała wyróżnić łuna świateł zagubionego nagle miasta i gwiazdy dziurawiące sklepienie nad głową.

Kiedy po nieskładnej rozmowie z Ryszardem Rybak przyjechał na staż, liczył, że spotka dziewczynę, którą widział kilkakrotnie, gdy po przedstawieniu wchodziła z aktorami do Instytutu. Pamiętał ją nieomal tak intensywnie jak spektakl. Kiedy jednak pojawił się w Instytucie już w innej roli, zaproszony do wewnątrz, za kulisy, jak mógłby powiedzieć, gdyby owa teatralna metafora miała w tym przypadku jakiś sens, to nie myśl o niej zdominowała jego z rozpaczliwym wysiłkiem porządkowaną świadomość, która usiłowała nadążyć za wyostrzonymi do granic bólu zmysłami. Wspomnienie dziewczyny żarzyło się zaledwie, przesłonięte podnieceniem, napięciem, lękiem nawet.

Kiedy jednak pierwszy etap jego inicjacji skończył się i z ulgą, która okazała się radością, Piotr odkrył, że potrafi być jednym z nich, równocześnie z całą euforią poczuł ukłucie żalu. Nie spotkał jej, nie uczestniczyła w jego przeistoczeniu. Potem długo jeszcze, już kiedy Ryszard zaproponował mu, aby został, a on zgodził się i otrzymał swoje miejsce na wieloosobowej sali, Piotr nie spotykał Heleny i nieomal zaczął wierzyć, że była jedynie powidokiem spektaklu. Wtedy odważył się zapytać Ryszarda. Pomimo nieskładnych tłumaczeń Rybaka asystent zorientował się szybko:

– Chodzi ci o Zofię – powiedział. Tłumaczył, że mimo znaczącego miejsca zajmowanego w Instytucie, w jego pracach Helena uczestniczy nieczęsto. – Mistrz rezerwuje dla niej szczególną rolę – powiedział ze specyficznym uśmiechem, jakiego Piotr nigdy wcześniej u niego nie zauważył. Nie chciał jednak wyjaśniać, co za specyficzną rolę Zofia ma do spełnienia. Mówił, że niezwykle trudno jednoznacznie ją określić, w każdym razie jest w najbliższym otoczeniu Mistrza. – Jest piękna, nieprawdaż? – zakończył. Później dodał, że Piotr zobaczy ją wkrótce.

Kończyła się właśnie noc ćwiczeń, które wreszcie prowadziły do uwolnienia w nich strumieni nieznanych głosów wprawiających w drżenie nie tylko wytłumioną salę, ale cały budynek, wyzwalających poczucie, że głosem potrafią wprawiać w ruch całe miasto, burzyć domy i budzić nieznane siły, gdy pewni swoich mocy, spokojni już leżeli, wybijając na podłodze takt drzemiących w nich dźwięków i odnajdowali wspólny rytm, ktoś odsłonił i otworzył okna, przez które wpadły do sali pierwsze niebieskawe nitki brzasku i krzyk budzących się ptaków. Słuchali, kończąc wybijać ostatnie rytmy, aby wreszcie zapaść w ciszę i w głosy mówiącego do nich świtu. Wtedy na tle okna stanęła Helena. Światło obrysowywało jej twarz, sylwetkę. Wkrótce zobaczył ją znowu. W trakcie ćwiczeń niespodziewanie wpadła między nich rozebrana do pasa. W rękach trzymała żywe węże. Była w transie, który poderwał ich, udzielił się obecnym. Ale był to jej trans, a oni byli tylko jej kręgiem. Zastanawiał się później, czy było to zaplanowane przez prowadzących.

– Wiesz, to dziewczyna Mistrza – szepnęła mu później Agata.

Nie wiedząc czemu, nie uwierzył. Wreszcie odważył się zapytać Ryszarda. Nigdy nie widział go zaśmiewającego się w ten sposób.

– Dziewczyna Mistrza, cudowne – powtarzał Ryszard, uderzając dłonią w plecy Piotra – muszę to koniecznie opowiedzieć!

Piotr wielokrotnie krążył wokół budynku Instytutu, licząc, że uda mu się ją spotkać. Pomysł na indywidualne umówienie się z nią tak bardzo nie mieścił się w obyczajach zbiorowości, do której zaczął już należeć, że nie przyszło mu nawet do głowy, aby poprosić Ryszarda o pomoc. Równocześnie zaczął widywać ją częściej, zwykle w towarzystwie Zbyszka, Grzegorza, czasami Jana, raz nawet Ryszarda. Nie za bardzo mógł podejść. Pomimo całej bezpośredniości stosunków niewidzialne linie precyzyjnie dzieliły społeczność Instytutu. Asystenci stali najwyżej. Można było do nich zagadać, wyciągnąć ich na rozmowę, ale w żadnym wypadku nie należało przeszkadzać, kiedy znajdowali się we własnym gronie. Nie odważali się na to nawet ich wybrańcy, opiekunowie staży, którzy byli przecież kimś innym niż reszta. Kiedy asystenci rozmawiali z Heleną, byli w swoim kręgu, niepowołani wiedzieli, że nie mają do niego wstępu.

Wreszcie spotkał ją samą. Wyglądała, jakby śpieszyła się, ale niemal nieprzytomny z determinacji podszedł i niewyraźnie wydukał zdanie, które przygotował sobie już dawno:

– A wiesz, że do Instytutu trafiłem przez ciebie?

Zofia nie wyglądała na zaskoczoną ani zdziwioną. Uśmiechnęła się, jakby rozumiała wszystko. Teraz, kiedy próbuje odtworzyć ich spotkania, uświadamia sobie, że prawie nie pamięta jej słów. Nie były najważniejsze. Może to dźwięk głosu, sposób mówienia powodował, że jej słowa potrafiły przywołać inne, niewypowiedziane, może niedające się wypowiedzieć, które otwierały przed nim inną rzeczywistość. Przypomina sobie właściwie tylko kilka zdań. Jakby zawierało się w nich wszystko, co miała mu do powiedzenia. Równocześnie wydaje się mu, że z nikim nie potrafił od razu i tak doskonale się rozumieć. Mówiła do niego: – przecież wszystko mogłoby być takie proste, uwolnieni od bólu, tęsknoty, poczucia winy, wolni od pragnień i ambicji – a Piotr rozumiał, że właśnie ona osiągnęła już ten stan, za którym on mógł jedynie tęsknić.

– Wtedy dopiero wszystko mogłoby otworzyć się przed nami. Wtedy moglibyśmy podążyć nową drogą zdumieni możliwościami, jakie odnajdujemy w zasięgu naszych rąk, i tym, jak wszystko okazuje się proste i naturalne, jak potrafimy zadomowić się w naszym, wtedy już naprawdę naszym świecie – po tylu latach Piotr słyszy ją ponownie, słowo po słowie.

Upłynęło sporo czasu, zanim poszli na długi spacer. Przez szczelinę w parkanie przedostali się do ciemnego parku i kiedy szli w gęstym zapachu zieleni, po raz pierwszy końcami palców dotknął jej włosów, potem policzka, zaczął głaskać ją po głowie i sam nie wiedział, kiedy zaczęli się gwałtownie całować. Trwało to czas jakiś, później ona wzięła go za rękę, wyprowadziła z parku i zaprowadziła pod budynek, gdzie był zakwaterowany. Pomachała mu ręką i znikła, a on poszedł spać niespodziewanie zmęczony, oszołomiony i szczęśliwy. Potem nie odnalazł jej już. Chodził po miejscach, gdzie spotykali się dotąd. Szukał jej. Nie mógł znaleźć sobie miejsca. Dostrzegał ją w zarysie sylwetki każdej kobiety, w każdej odwróconej twarzy. Nie mógł skupić się na niczym. Czuł, jak w płucach nabrzmiewa mu bańka próżni, a pod każdą myślą czai się ból. Staże przekształcały się w fizyczny mozół, nie kryło się pod nimi już nic, poza wysiłkiem, w którym chciał się zatracić. I coraz więcej kosztowało go, aby się zmusić do tego. Po jakimś czasie zaczął dostrzegać zniecierpliwienie Jana, Zbyszka. Tylko Ryszard patrzył na niego w inny sposób, co Piotr zauważył chyba dopiero później. Dlatego wreszcie zdecydował się zapytać go, jak może odnaleźć Zofię. Bezradność Ryszarda była autentyczna.

– Prawie nikt nie potrafiłby ci pomóc. To nie jest osoba przywiązana do miejsc i do konkretnych ludzi. Przecież i my nie jesteśmy na harcerskim obozie. Przecież nie przyjechałeś tu, aby poderwać sobie panienkę, a jeśli tak w jakimś sensie było, to twoje rozczarowanie będzie tym większe. Podjęliśmy się ciężkiej roboty, która angażuje bez reszty. Mamy przed sobą niespotykaną szansę, ale jak zawsze wymaga ona poświęcenia. Nie można mieć wszystkiego, z niczego nie rezygnując. Musisz zdać sobie z tego sprawę albo odejść. Mówię to pomimo, a może właśnie z powodu całej mojej sympatii do ciebie. Nie chciałbym, abyś odchodził. Rozumiesz, naprawdę czujesz, o co chodzi w naszym wspólnym przedsięwzięciu. I dlatego musisz pamiętać, że nie przyjechałeś tu zamykać się w dwuosobowym, bezpiecznym gniazdku. Ty masz być przewodnikiem, a teraz masz być jednym z nas. Ona wie o tym doskonale. Dlatego możesz potraktować to jako jeszcze jedną próbę. Tutaj wyzbywamy się wszystkiego poza własnym ciałem, a ty chciałbyś mieć Helenę na własność?!

Po raz pierwszy w Uznaniu, wykończony po wściekłym rytmie wielogodzinnego stażu, który trwał do późna, powiedział do Mikołaja Burana:

– Napiłbym się czegoś – a Mikołaj niezdziwiony nawet rzucił lekko:

– Jest taka knajpa, otwarta jeszcze. Chodźmy tam.

To była chyba Jutrzenka i aby wejść do niej, trzeba było kupić bony konsumpcyjne. Lokal pełen ludzi, kolorowego hałasu i tandetnej muzyki, był miejscem, którego oczekiwał Piotr. Nie pamięta, kiedy Mikołaj zaczął opowiadać.

– Jakbyśmy czekali na to. Nie było między nami już żadnego wstydu, a napięcie stawało się pewnością... no wiesz, pewnością... spełnienia. Było tam nas sześciu, nie... siedmiu facetów i... raz, dwa, trzy... pięć – liczył skrupulatnie – kobiet. Między nimi Helena. Co to za wspaniała dupa! Cudowna dziewczyna. Potrafiłaby chyba zaspokoić wszystkich naraz. Wszystko zmieniało się gwałtownie, wymieniały się role, miejsca, osoby i pozycje. Aż wreszcie już nie tylko nie wiedzieliśmy, kogo posuwaliśmy, kto pieścił nas, a kogo my, ale i kim jesteśmy. Byliśmy jednym ciałem. Samym pierwotnym doznaniem. Bez wstydu i lęku. Nigdy wcześniej ani później nie doświadczyłem czegoś podobnego. Nie potrafię tego opisać. Robiliśmy z nimi, na co mieliśmy ochotę. Mieliśmy niestworzone pomysły, a one miały ochotę na wszystko. To było coś niezapomnianego. Chyba nikt z nas nie wiedział, że ma w sobie tyle ikry. Wszystko było możliwe. A potem... Po prawie całej nocy leżeliśmy na granicy snu, czy może śmierci, z wyczerpania, tak spokojni, w takim szczęśliwym nieistnieniu. Jak nigdy wcześniej ani później.

Byli już prawie pijani. Słowa Mikołaja wbijały się w mózg Piotra jak grube gwoździe. Chciał wyć. Złapać Burana za gardło. Potem bezgłośnie powtarzał jego zdania, z których każde eksplodowało w czaszce bólem. Ale chciał słyszeć. Usłyszeć jeszcze raz. Zapamiętać na zawsze. Jakby tam był. Jakby widział ją między tymi mężczyznami. Chce, żeby Mikołaj powtarzał mu to bez końca, żeby opowiadał w najdrobniejszych szczegółach, aż słowa wypełnią całość obrazu, który będzie mógł je wtedy zastąpić. Pokryta potem twarz Mikołaja lśni. Przymyka oczy. Zanurza się we wspomnieniu. W kolorowej aurze muzyki i tandetnej zabawy dookoła.

– A wiesz, że on tam był?! Oczywiście nie uczestniczył, ale był. Właściwie zaaranżował to. A potem patrzył. Przyglądał się jak spektaklowi, który wyreżyserował, albo jak stażowi, który zainicjował. Pamiętam z tego nieprzytomnego zamętu jego twarz. Taką z jakby zadowolonym uśmieszkiem.

Ciała to wielkie, przenikające się krople. Krople w pieniącym się morzu. W deszczu, który tnie powierzchnię w bruzdy. W pianie opadających na siebie fal.

– Byliśmy jak zwierzęta. Tacy szczęśliwi. Tacy nieświadomi.

Twarz i głos Mikołaja rozpływają się w barwnym dymie i Piotr słyszy tylko głos:

– Boskie zwierzęta. Byłem sobą i kimś innym. Nie potrafię ci tego wytłumaczyć. Jakbym odnalazł swoje dopełnienie, które tylko przeczuwałem wcześniej.

Ciała są rojowiskiem splecionych węży. Morski potwór rozrzuca swoje odnóża. Ich trzepot jest oddechem, roślinami tropiku, które krztuszą się słońcem. Helena wabi go. Otwiera się przed nim, a potem niknie pod ciałami mężczyzn. Piotr widzi ich postacie, kłębiące się sylwetki zatracają tożsamość, ale dostrzega znowu tępo wykrzywioną w rozkoszy twarz Mikołaja i oblicze Mistrza, który przygląda się wszystkiemu jak księżyc wycięty z blachy nad dekoracją teatralną.

Po kilku dniach Piotr spotkał go po raz pierwszy. Odpoczywali po wyczerpujących ćwiczeniach, kiedy Szymonowicz wszedł do sali w towarzystwie Ryszarda. Podszedł do Piotra i uśmiechnął się. Rybak nie pamięta dokładnie jego słów. Mówił, że niektóre próby są ciężkie, ale niezbędne. Mówił o wyrzeczeniu jako warunku doskonałości. Mówił, że zdobyć wszystko można dopiero wtedy, kiedy z wszystkiego się zrezygnuje. Uśmiechał się. To po tym Piotrowi po raz pierwszy udało się bezbłędnie wykonać ewolucję, nad którą pracował już długo. Nieomal bez wysiłku przeszedł serię zakończonych pełnym saltem ćwiczeń, dotychczas kończących się bezsilnym upadkiem lub koślawą karykaturą skoku wyciśniętą z wykończonego ciała. Teraz miał wrażenie, że uwolnił się od siły ciężkości. Kiedy zrobił pełny obrót w powietrzu i opadł pewnie na nogi, spokojnie zaczął deklamować fragment wiersza, który przyszedł mu do głowy. Jego oddech był płynny, a słowa wyrzucał z siebie spokojnie i pewnie. Starał się nie myśleć o niej i nieomal się mu to udawało. Wierzył Mistrzowi. Opanowywał mięśnie i stapiał je z wolą. Postępował we wtajemniczeniach. Awansował w hierarchii Instytutu. Niekiedy blisko widział odbicie, które wyłaniało się z innej przestrzeni. Czuł, że może stopić się z własnym cieniem i zawładnąć jego światem. Zjednoczyć się z wszystkimi dookoła i odnaleźć ja, które przekracza ludzką tożsamość. Czasami Zofia powracała do niego w snach. Budził się i myślał nieprzytomnie, że przecież wierzy, iż ją odnajdzie. Że Mistrz zagwarantował mu to. A potem powracał do rytmu dnia.

Był coraz pewniejszy. Potrafił już prowadzić korowód, który porywał nowo przybyłych i pozwalał zapomnieć im, czym byli dotąd. Potrafił prowadzić ich w lesie, w ciemności, aby stali się jednym z drzewami, chłonęli ich korą i czuli, jak soki ziemi płyną ich korzeniami przez pień ciała i parują w przestrzeń. Wskakiwali do pokrytej krą rzeki, nie czując chłodu, bo byli wodą. Przez moment potrafili być jednym. Czując pod stopami piasek, unosili się w niebo, które ogarniało ich i pozwalało rosnąć, wypełniać przestrzeń i czas. W ciemności sali potrafił tańczyć do momentu, kiedy tracił ostatnie siły, mięśnie odmawiały posłuszeństwa i kiedy już miał osunąć się na parkiet, runąć całym ciężarem, ktoś przejmował go, unosił jego ciało i wprawiał w ruch, do jakiego nigdy nie byłby zdolny. W nieprzytomnym wirze nie był już w sali, w ścianach budynku, ale frunął, unosił się i był duchem, który tańczył nim. Pochylał się, zapalając płomyk świecy i uwalniał w swoim ciele śpiew. Na początku niezrozumiałe, ciche mruczenie wibrowało w nim i przeistaczało się w coraz potężniejszy głos, zawierający w sobie nieznane mu języki, głos, który wprawiał w drżenie miasto i był znakiem mocy, jaką mógł opanować, czerpać z niewidzialnych dookoła, z ich głosu. I nawet potem, zmęczony, gdy wracał do rzeczywistości zakupów, rubryk w coraz to nowych papierach, które trzeba było wypełniać bez końca, porządków we wspólnych pokojach, zdawało się mu, że widzi inaczej. Dostrzega coś, czego nie widział dotąd, i ciągle nie potrafił nazwać. Niekiedy widział myśli tych naprzeciwko, ich ukryte lęki i pragnienia. Spoza konturów budowli dostrzegał nieistniejące już kształty i cienie postaci żyjących tu niegdyś. Wydawało się mu, że jest u progu tajemnicy. Zrozumienia, które nie będzie już tylko stanem umysłu, bo nie będzie już osobno ciała i ducha, zmysłów i refleksji, a jedynie jedność doznania pozwalająca stopić się ze światem i zapanować nad nim.

A potem zaczął być coraz bardziej zmęczony. I choć rozpaczliwie próbował, tańcząc, doprowadzić się do stanu wycieńczenia, przeradzającego się w ekstazę, siły opuszczały go wcześniej i ciężko osuwał się na parkiet. Biegnąc przez noc, aby odnaleźć pozostawione wcześniej stosy drewna, z których wybuchnąć miał ogień, odkrywał nagle, że poza biegiem i gromadką osób zaciekle pragnących uwierzyć w coś niezwykłego, nie dostrzega nic więcej. I poraża go coraz większe znużenie. Miał wrażenie, że zmęczenie ciężką chmurą ogarnia cały Instytut. Choć może to teraz tak mu się wydaje? Teraz świat widzi przez pryzmat swojej słabości. I może wtedy było tak samo. Może swoją słabością Piotr chciał naznaczyć, obarczyć za nią odpowiedzialnością Instytut?

To wtedy do Brazylii i na Antyle wyjechał Mistrz i prawie dziesięcioosobowa grupa, w której byli Zbyszek, Grzegorz, Jan, Ryszard, Mikołaj... ale nie było Piotra. Przez kilka tygodni życie w Instytucie zamarło. Odbywały się wprawdzie staże i treningi, ale teraz Piotr przypomina to sobie jedynie jako czytelną dla wszystkich grę pozorów. Powrócili w gorączce. Szymonowicz po powrocie pojawił się w Instytucie chyba tylko raz. Potem zniknął na dobre. I nic już nie było tak jak dawniej. Tak w każdym razie przypomina to sobie Piotr dwanaście lat później w Uznaniu, szukając na pustej ulicy widma Zofii. Wydaje się mu, że staże były coraz mniej udane. Coraz dalsze od spełnienia. Zaczęła dominować gra. Udawane przeżycia, ekstazy, transy. Może najmniej dotknęło to Ryszarda, chociaż to on zmienił się najbardziej. Na stażach szalał. Wydawało się, że przekracza ludzkie możliwości, że to nie on, że jakiś bóg zstępował na niego. Ale już po wszystkim, rozdygotany, pełen napięcia czekał na coś... Wcześniej uosobienie pewności i spokoju, teraz przypominał kłębek nerwów.

Piotr nie potrafił rozpocząć z nim rozmowy. Co jakiś czas wydawało się, że Ryszard odzyskał spokój, ale prędko okazywało się, że pod jego pozorem drżały napięte jak struny nerwy. Kiedyś Ryszard zaczął mówić. Późno w nocy zmęczeni parzyli herbatę, kiedy zaczął:

– To brzemię. Tam było niezwykłe i wspaniałe, choć niepokoiło również, niekiedy napawało lękiem. Byłem potem jak umarły. Ale teraz... Tam słyszałem śpiew ich pokoleń. Dosiadał mnie bóg. Teraz porywa mnie jakaś siła, ale nie wiem już, co to jest i czy jest to dobre. Teraz mógłby, teraz powinien mi pomóc.

Ryszard łapie Piotra za rękę. Skóra jego dłoni jest sucha i gorąca. Oczy świecą białym blaskiem, a usta poruszają się spazmatycznie:

– Wiem, że to próba. Ale ja nie potrafię, nie mogę jej sprostać. Może jestem za słaby, za słaby tu, ale jaki człowiek wytrzyma to obce, tak przerastające nas istnienie... – Ryszard przerwał równie nagle, jak zaczął. Owinął się w kurtkę i wyszedł. Potem nie mówili już o tym. W ogóle mówili niewiele. Nadchodziło lato osiemdziesiątego roku. Dopiero teraz Piotr przypomina sobie to wydarzenie. Powraca do niego z tamtymi dniami, które z trudem usiłuje odnaleźć w nowej, obcej epoce.

Demonstracja przeszła szybko, a jej ostatni uczestnicy garnący się w niewielką grupkę przyśpieszali kroku, zerkając na nielicznych zatrzymujących się gapiów. Piotr rozpoznał jednego z manifestantów, ale dopiero automatycznie podążając za nim, uświadomił sobie, że to Łukasz. Po wielu godzinach poszukiwania Elżbiety poprzedniego dnia, pojawiła się szansa. Piotr podążał za manifestacją, chociaż nie wiedział jeszcze, jak skłoni Łukasza do pomocy. Teraz wydawało się mu to tylko szczegółem. Chyba mniej niż sto osób z tymi samymi co wczoraj transparentami dotarło do jakiegoś urzędu, gdzie długowłosy brodacz odczytał przez chrypiący megafon listę żądań. Piotr słyszał zaledwie pojedyncze słowa: żądamy, pełni praw, imigrantów, elementarna sprawiedliwość, praca, kapitaliści. Chóralne okrzyki zlewały się w niezrozumiały, dziwnie słaby głos. Piotr podszedł do Łukasza, gdy po ogłoszeniu przez brodacza końca manifestacji, jej uczestnicy stali jeszcze niepewni, czekając na pierwszych, którzy zdecydują się odejść. Łukasz patrzył na niego, mrugając oczami. Spłoszony nieco usiłował go sobie przypomnieć, a Piotr słyszał w uszach jak płytę przeskakującą na jednym dźwięku głos Elżbiety: to ubek, ubek!

– Czego pan chce?! – Łukasz przypomniał go sobie.

– Chciałbym po prostu spokojnie z panem porozmawiać – Piotr usiłował nadać swojemu głosowi najbardziej miłe i ciepłe brzmienie. – Nie ukrywam, że sporo mógłby mi pan pomóc. Może więc pozwoliłby się pan zaprosić na jednego?

Wypili już po kieliszku wódki, ale Łukasz ciągle obserwował go nieufnie, gdy Piotr przystąpił do meritum, orientując się, że przygotowane przemówienie rozsypuje się i ucieka z pamięci, a w głowie tłuką się tylko słowa Elżbiety: to ubek!

– Zdziwi się pan, ale zgubiliśmy się z Elżbietą, po prostu przypadkowe niedogadanie i teraz trudno mi ją znaleźć. Jak panu mówiłem, nie jestem stąd i mam wielkie kłopoty z jej odnalezieniem. Mam nadzieję, że nie wziął pan sobie do serca naszej bezsensownej sprzeczki i pomoże mi, bo jestem pewny, że może mi pan pomóc...

W miarę słów Piotra twarz Łukasza rozpogadza się i wreszcie roztapia w uśmiechu.

– A więc zgubił ją pan? Uciekła? I teraz ja mam pomóc panu ją złapać? A może poda mi pan choć jeden powód, dla którego miałbym to zrobić? – Łukasz coraz pewniej rozpiera się na krzesełku i gapi bezczelnie na Piotra, który podejmuje kolejny wysiłek:

– Nie sądziłem, że takie wrażenie zrobi na panu sprzeczka sprzed paru dni. Myślałem, że to nieistotna drobnostka, ale jeżeli panu zależy, gotowy jestem przeprosić...

– Co mi tam pańskie przeprosiny – przerywa bezceremonialnie Łukasz, wyraźnie bawiąc się sytuacją. – Tamta sprawa... ja tam nawet pana już nie pamiętam! Nie widzę po prostu powodu, aby doprowadzać na sznureczku Elżbiecie kolejnego amanta.

Piotr czuje, że zaczyna ogarniać go wściekłość. Chciałby uderzyć w zadowoloną gębę Łukasza, ale próbuje się uspokoić i zaczyna kolejny raz:

– W porządku. Nie chce pan o tym mówić... Napijmy się i niech mi pan powie, co pan robił na tej manifestacji. Zawyżał im pan średnią wieku.

Łukasz przestaje się uśmiechać:

– A co? Co ona panu powiedziała? Chyba nie traktuje pan serio każdego epitetu puszczonej baby...

– Napijmy się – Piotr wznosi szklaneczkę. – A swoją drogą, dwa dni temu nie wyglądało, żeby się pan przed nią oganiał...

Łukasz obserwuje go spod oka.

– Wie pan, czasami przychodzi ochota na odgrzane danie...

– Taak, ale pan nie odpowiedział mi, skąd się pan wziął na manifestacji, chyba to nie tajemnica?

– A co to właściwie pana obchodzi? – Łukasz zaczyna się irytować. – To chyba normalne, że na manifestacje przychodzi się, aby dać wyraz swoim poglądom!

– Rozumiem, że pana główną pasją jest walka o prawa imigrantów? Szlachetna namiętność, tylko dlaczego zaraz się pan tak denerwuje?

– Czego pan chce? Czego tak naprawdę pan chce?! – Łukasz wyraźnie traci nad sobą kontrolę.

Piotr jest spokojny, jak nie zdarzyło się mu od kilku dni. I znowu powraca do niego obraz Łukasza sprzed wielu lat. Tylko teraz wypełnia się, obrasta w kolejne szczegóły. Dopiero teraz Piotr identyfikuje z Łukaszem człowieka, który pojawił się na stażu i został z nimi kilka miesięcy. Tamtego innego człowieka, jak się mu teraz wydaje, o innym imieniu, z tym znacznie starszym mężczyzną o wystających żuchwach napinających skórę policzka. Tamtego człowieka, który niezupełnie do nich pasował, chociaż programowo nie mieli dostrzegać inności. Teraz Piotr milknie na chwilę, zanim nie stwierdzi:

– A pan wie, że spotkaliśmy się jakieś trzynaście lat temu? W Instytucie. Było lato, kiedy pojawił się pan na stażu.

175

Chyba zaczął pan u Jana. Ciekawe, czy ta sama pasja, która przygnała pana do Instytutu, każe panu teraz walczyć o prawa imigrantów?

Łukasz cofa się w głąb siedzenia, jego twarz zmienia się.

– Jednak ta dziwka powiedziała ci! Co, chcesz jej adres? Ulica Ptasia siedem. Nie będziesz pierwszy, nie będziesz ostatni. Kurwa! Wchodzi się po takich schodkach... Mam ci opisać łóżko? Ciekawe, że wtedy jej nie przeszkadzało... Chociaż wiedziała wszystko, prawie wszystko. A ty co? Dziennikarz? Czy może jeszcze kto inny? A tak! Walczę o prawa imigrantów. I uważam za nasz psi obowiązek zapewnić im takie same możliwości, jakie kiedyś nam zapewniano na emigracji! Bo co, niby nie mam prawa mieć ideałów? Wiesz, że jestem poetą? Tłumaczem Rilkego! Wiesz, kto to Rilke? To ja tłumaczyłem *Elegie duinejskie*. Łukasz Piotrowicz, do usług! Proszę butelkę! Teraz na mój koszt! – świecąca potem twarz Łukasza nachyla się ku Piotrowi. – Któż pośród chórów anielskich usłyszy mój krzyk, a gdyby nawet skłonił się ku mnie, spopieliłaby mnie jego moc... wspaniałość bowiem jest początkiem grozy, co nas pomija obca, obojętna i żyć pozwala... Myślisz, że teraz pracuję w UOP-ie – ich bezpiece? Tej karykaturze? Wolne żarty. A może wiesz to wszystko dobrze? Myślisz, że chodziło mi o forsę? Przypominam sobie ciebie teraz. Jeden z tych wyznawców. Ślepych wyznawców. Jak myślisz, jak mogło to funkcjonować w tamtym systemie? Bez zgody władz?

– Istnieliście dzięki takim jak my. Pilnowaliśmy, żeby się wam czegoś głupiego nie zachciało, i to pilnowaliśmy na prośbę waszego Mistrza, Maćka Szymonowicza. Bo on był jednym z nas. Z tych myślących, co to nie chcieli dać się prowadzić, a sami woleli pociągać sznurki. Dlaczego zrozumienie świata ma być podłością?! Dlaczego cnotą ma być głupota? Nazwijmy rzeczy po imieniu! Nie chcę oszukiwać nikogo słowami: naiwność, niewinność. Zawsze chciałem wiedzieć wszystko. Za każdą cenę. I czy to ma być grzech? Ten pierworodny. Owoc z drzewa wiedzy, bo wiedza wyprzedza dobro i zło...

– Nie przyszło ci nigdy do głowy, że Szymonowicz robił dla was skansen. Żeby wyprzedzić i zastąpić polityczne pomysły, aby zgarnąć gorące łby do kupy i poddać was zbiorowej hipnozie! Nie powiem, było to nawet fajne. Lubiłem, bo lubię teatr. Takie wyłączone miejsce. Wyspy szczęśliwe pod specjalnym nadzorem. To ja zapewniałem wam ten nadzór. I powinniście podziękować, że dzięki mnie byliście szczęśliwi! Mało komu było to dane. Straszny komunizm! Dobre sobie! Przedszkole, a nie reżim. Tutaj to już w ogóle był kram na zamówienie. Stoliczku nakryj się. Dla każdego, co by chciał. Komunia dusz i ciał. Teatr, prorocy, metafizyka – czego dupa zapragnie. Nawet poświęcenie i wyrzeczenie. Teatr skromny, ale wszystko za darmo. Aktor-męczennik. Na dodatek wszystko było czytelne. Nie to, co teraz – królestwo hipokryzji. Przecież i tak rządzą ci sami. No, może do klanu przyjęli trochę nowych, ale czy warto było o to robić aż tyle rabanu? Demokracja – kurwa! Demagogiczne popisy dla głupków, bo przecież zawsze komuś się służy. Wolność to cnota niewolników! Ich marzenie. Ludzie wolni, ci świadomi, że muszą się wynająć, nie oszukują się. Nie gonią za ułudą, która pozwala ich oszukiwać. A że większość chce być oszukiwana, bo nie stać jej na prawdę... Bóg z nimi. Demokracja to rządy motłochu. Wszystko uśrednić w dół. Zobacz, co się zrobiło. Zobacz, co się dzieje z teatrem. Nawet twój Mistrz już niczego nie wymyśli. Kogo to zresztą dzisiaj obchodzi?!

– Powiedziała ci, że byłem ubekiem! A powiedziała, że podkapowałem kogoś? Zrobiłem komuś krzywdę? Pilnowałem, żeby się wam nic nie stało! To była moja robota i robiłem ją dobrze. Bo jestem nie byle kim. Oni bardziej potrafili się na tym poznać niż ci dzisiaj. Jestem poetą, tylko kto dzisiaj czyta Rilkego?! Pewnie, było różnie, ale jak by nie było, chodziło o coś. Były jakieś idee. A teraz? Strach patrzeć! I jeśli ja uważam, że nie powinno się prześladować ludzi, którzy u nas szukają schronienia, u nas, goszczonych setki lat po wszystkich krajach świata, to ty się dziwisz. Śmieszy cię to i doszukujesz się podtekstów.

– To, co robiliśmy wtedy, było niezwykłe. I ja z wami. Pracowaliśmy razem. Człowiek wobec spraw ostatecznych. Jakbyśmy próbowali sięgnąć wstecz naszej cywilizacji i zobaczyć, gdzie został popełniony błąd. Bo został i co do tego chyba nie ma wątpliwości. Przecież inaczej nie skurwiłoby się tak wszystko! Ale wtedy... to, co robiliśmy, było... było... wzniosłe...

– A ja... ja przyszedłem, bo to była gra. Wiedziałem, że wszystko jest grą, ale ja chciałem być rozgrywającym, a poza tym... Już wcześniej rozumiałem, że mówią przez nas inni bogowie, obce potęgi wprawiają nas w drżenie, byłem poetą, tłumaczem Rilkego... Nie, nie miałem wyrzutów sumienia, bo niby dlaczego? Przecież wiedziałem, że to wszystko gra i byłem uczciwy, nie chciałem zakłamania. Potem przeżywałem, kiedy byłem z wami, i co z tego, że Mistrz wymyślił to dla was... uczucia przerastają nas, jest w nas za dużo wszystkiego i tylko w ciemności, która wydziera nam twarz...

– Teatr powtarza się. Kręgi teatru jak lustrzane odbicia, chcemy oglądać, wydaje się nam: oglądamy marionetki, kukiełki, śmieszne poruszenia lalek tańczących na sznurkach. Wyobrażają sobie, że to one wprawiają w ruch linki, przeżywają dylematy, dokonują wyborów i wreszcie wykonują gest, kiedy skaczą na końcu sznurka, który w ruch wprawia ktoś inny. Ale i my, my, którzy pociągamy za sznurki, odnajdujemy się na scenie amfiteatru oglądani przez innych. A nasze poruszenia... Złudzenie istnienia, przebłysk między minionym i tym, co nastąpi...

Druga butelka była pusta. Okna wypełniła ciemność, w której grzęzły światła latarń. Łukasz przerwał swój niekończący się monolog i popatrzył na Piotra. Twarz miał czerwoną i mokrą. Potem znowu zaczął mówić.

– A może Mistrz był mądrzejszy, niż nam się zdawało? Może to on grał z nami tę swoją wielokrotnie złożoną grę? I może ktoś od nas, wyżej niż ja, wiedział o tym... Ona pamięta. Jak inni przypomina sobie, kiedy jest jej wygodnie. Tak, płacimy za każdą chwilę słabości. Potem jest już za późno. Zawsze jest za późno. Po co mówię o tym...

– Wtedy myślałem, że kontroluję świat. Panuję nad tym, co zobaczę i nazwę, ale potem wszystko się zmieniło... Teraz... – Przez okno na głowę Łukasza napływa noc. Pogrążają się w niej stoliki i postacie przy nich, ich spowolniałe gesty, gwar. Przestrzeń zastyga w obrazy.

– Wtedy, u was, bawiłem się dobrze, a jednocześnie miałem was w garści. W gronie naiwniaków wiedziałem wszystko i pilnowałem tych, którzy nic nie wiedzieli, nic nie rozumieli. Jak mi się czasami chciało śmiać. Wyrywałem panienki i mówiłem do nich: po prostu chciałbym... mówiłem tym kodem, który oznaczać miał porozumienie dusz... Ale zgadzam się – to było niezwykłe...

– A potem zaczęło się coś psuć. Zaczęły się strajki. Już wcześniej wszystko zaczęło być coraz dziwniejsze. Szymonowicz się gdzieś zgubił. Nie pokazywał się. Ci postanowili coś robić: Zbyszek, Grzegorz, Rysiek... Nie wiem, czy ustalali z nim. Co robił wtedy? Gdzie w ogóle był? Ten wcześniejszy wyjazd... Dziwny wyjazd na antypody... Rozmawiałem z przełożonymi, ale kazali mi się nie przejmować. Czy ich to mniej interesowało w coraz bardziej napiętej sytuacji, czy może wiedzieli coś więcej? A może to były już za wysokie progi dla mnie? A potem świat zwariował. Zaczęliśmy tracić władzę. I już nic nie było wiadomo. Nastąpił chaos. Później stan wojenny i ta wiadomość, że wystąpił o azyl i rozwiązuje Instytut. Wtedy Majak dogadał się z nimi. Z nami. To było dziwne... Zygmunt... Ja zajmowałem się... już nie zajmowałem się tym, tylko interesowałem. Potem Majak zginął: zablokowali mu kierownicę, zepsuli hamulce, ale nikt nie prowadził nawet śledztwa. A przecież zginął człowiek. I to nie byle kto. Można było zacząć się bać. Kto to zrobił... bezkarnie? Oni tu są i jest ich coraz więcej. Przestawałem rozumieć. Może byłem głupi, bo przecież i wcześniej, w partii nie wiedziałem wszystkiego i tylko zdawało się mi, ale teraz... Chaos, chaos. Nawet teraz. Nigdy już nie będzie jak kiedyś. Nie będzie kierunków ani punktów orientacyjnych. Zresztą może było tak zawsze i tylko ja byłem idiotą, a moja wiedza i pewność... Słuchaj, a ty skąd jesteś? Czasami myślałem, że muszą przecież przyjść do mnie, bo jestem ogniwem, może nie takim ważnym, ale... Czy on wrócił i jest tu już, jak mówią niektórzy?

Zostawił Łukasza, który opowiadał coś o miłości. O kochankach, którzy nie wiedzą, że są medium tylko... Piotr bez słowa podniósł się i wyszedł. Widział jeszcze, że Łukasz patrzy za nim i mówi coś bezgłośnie, deklamuje może.

Pytał o ulicę Ptasią zdumiony, że słowa nie chcą formować się w jego wargach i opuszczają je niekształtne i niedokończone. Otwierał usta szeroko i uciążliwie lepił zdania w dźwięki, według zasad, które usiłował sobie przypomnieć, ale słowa kpiły z niego, wykrzywiając się dziwacznie. Szedł kierowany cudzym głosem, wydobywanym z jego ust przez kogoś innego, poganiany śmiechem, chichotem i dziwnymi uwagami. Szedł przez miasto dziwniejsze niż za dnia. Miasto, które nie miało nic wspólnego z tamtym sprzed lat, bo może tamtego nie było w ogóle, jak nie było już Instytutu, tylko wspomnienia śmierci i głos Łukasza wdzierający się w obrazy jego życia, rozstępujące się jak widma światła przed wiatrem nocy, który gnał go coraz bardziej obcymi ulicami. Włókna ciemności układały się w wizerunek człowieka szarpiącego się z nieruchomą kierownicą pędzącego samochodu, a strach krzepł na jego miażdżonej blachą twarzy. W mroku ich ekstazy, w ciemności świeciły oczy, notowały każdy ruch owadów nieruchomiejących w plastrach żywicy i nieświadomych swojej roli. Twarz Zofii była maską pustki. Jej postać tańczyła w rytm niewidocznych gestów ukrytego za kotarą prestidigitatora. Wszyscy poruszali się pod tą niewidzialną batutą. Nawet grymasy twarzy nie były ich własnością.

Nie wiedział, jak odnalazł ulicę i kiedy zaczął ją rozpoznawać. Właściwie nie wiedział, dlaczego zatrzymał się przed budynkiem numer siedem. Miał wrażenie, że między drzewami, po drugiej stronie ulicy jakiś człowiek słania się, trzymając za twarz, a spomiędzy palców kapie mu krew. Wszedł po schodkach i zaczął dzwonić. Z zamkniętymi oczami, oparty o dzwonek trwał długo, ale za drzwiami nie słychać było żadnego poruszenia. Usiadł na schodach. Po chwili pochłonęła go ciemność. Stracił poczucie czasu. Co jakiś czas światło zapalało się. Ktoś przechodził obok. Ktoś pytał go, co tu robi. Odpowiadał, że czeka. W ponownie ogarniającej go ciemności słyszał czyjś głos mówiący mu o wyrzeczeniu, a inny, a może ten sam, opowiadał o grze, której był panem, zanim nie zorientował się, że jest tylko kolejnym pionkiem. Słyszał ciężki oddech biegnących wokół ścian postaci i syk knota dopalającej się świecy. Pasma ciemności oplatały mu głowę jak dym. Wreszcie usłyszał Elżbietę. Rozpoznał jej kroki wspinające się po schodach. Nachyliła się nad nim, a on uniósł ku niej głowę.

– Jesteś pijany – powiedziała z nutą rozbawienia, wprowadzając go do mieszkania.

Opowiadał, że szukał ją dwa dni. Wypytywał, dlaczego nie przyszła na umówione spotkanie. Mówił, że zapomniał nazwy ulicy i pamiętał tylko, że była związana z ptakiem, przecież umówili się i był pewien... Obejmował ją, a ona właściwie nie stawiała oporu. Wtulał się w nią, zamykając oczy, bo nie chciał widzieć, nie chciał pamiętać, chciał, aby świat zamknął się w niej, stopił w jej oddech, jej niewyraźny kształt.

Elżbieta leżała obok niego. Twarz przykrywała ramieniem. Pokój wypełniała pierwsza jasność dnia. Piotr przywarł do ciepłej skóry kobiety. Nie za bardzo pamiętał, jak się tu znalazł, i nie myślał o tym. Poczuł się szczęśliwy. Zasnął. Obudziły go odgłosy ożywającego mieszkania. Ubrana Elżbieta krzątała się po kuchni. W porannych gestach, pękającej pod zębami skórce świeżej bułki, w smaku masła, sera i konfitur Piotr poczuł nowy dzień. A potem powracać zaczął do niego dzień miniony. Wchłaniał aromat gorącej herbaty i starał się smakować poranek. Skupić na Elżbiecie, która była wypoczęta i zadowolona. Poruszała się energicznie.

– Niedługo będę musiała wyjść do pracy. Chcesz zostać? Mogę zostawić ci klucze – powiedziała.

Piotr nie był zaskoczony, właściwie nie myśląc, oczekiwał tego, ale czuł się odurzony. Głos kobiety był zapachem nowego dnia. Światło, świeży aromat, słowa Elżbiety... Dopiero po chwili Piotr zorientował się, że kuchnia wypełniona jest statuetkami. Teraz uświadomił sobie, że widział je również w pokoju. Były to zarówno posążki, jak i prostokątne płytki z gliny i gipsu, na których rozgrywały się najróżniejsze scenki. Chodził i brał do ręki odwzorowania rzeźb ze ścian świątyni Khadżuraho, przedstawiających gmatwaninę sylwetek w nienaturalnych pozycjach oddających się rytualnym orgiom, gąszcz walczących ze sobą postaci gigantów i bogów z pergamońskiego ołtarza, posążki Piłsudskiego z marsową miną. Patrzył na *Dawida* Michała Anioła, *Perseusza* Celliniego smutnie wpatrującego się w głowę Meduzy, którą unosił w wyprostowanej ręce, antycznych Galów zadających śmierć swoim rodzinom, a potem sobie, alegorie z grobowca Medyceuszy, posągi bogów greckich i wizerunki Chrystusa, a nawet Swarożyca o wielu twarzach. Oglądał także figury, których nie kojarzył z niczym. Przede wszystkim byli to jednak bohaterowie *Mahabharaty*. Rybak pamiętał ich z czasów Instytutu. Był to jeden z bardziej żywych mitów ich wspólnoty. Przywoływany tak często, wrósł im w pamięć, stał się nieomal fragmentem ich doświadczeń, punktem odniesienia, źródłem metafor i porównań. Na ścianach Instytutu widniały reprodukcje tradycyjnych rycin stanowiących ilustrację eposu. Z czasem tak przywykł do tych przedstawień, że na pierwszy rzut oka potrafił odróżnić głównych bohaterów. Potrafi rozróżnić wszystkich Pandawów i syna Ardżuny Dronę i kolejnych Kaurawów, synów Dhritarasztry... i Karnę... To w indyjskim eposie miała zawierać się suma mądrości zapomniana w zgiełku budowy naszych miast, wieży Babel technologicznej cywilizacji. Rybak przypomina sobie, jak niekiedy nocą, dla zmęczonych i zgromadzonych już nad ostatnią herbatą fragmenty eposu deklamowali Grzegorz, Zbyszek. Nie było nawet wiadomo, w czyim tłumaczeniu, ktoś sugerował, że Mistrza. Nie ulegało wątpliwości, iż kiedyś, w jakiejś postaci Instytut musi zmierzyć się z tą tradycją, przygotowuje się do tego, ale ten czas nigdy nie nadszedł. Teraz przypomina sobie, że kiedy pojawił się u Elżbiety, na szafie pędził w rydwanie Ardżuna ze swoim woźnicą, którym był Kryszna.

– To moja praca – wyjaśniła mu, uśmiechając się, Elżbieta. – Wypalamy je w takim wielkim piecu. Nie tylko robię je, ale nawet pomagam czasami sprzedawać. Oczywiście, wzory i pomysły są właściciela. No, ale czasami pracuję jeszcze gdzie indziej – dodała tajemniczo.

Poprzedni dzień powrócił do Piotra. Znowu słyszy bełkotliwe zdania Łukasza, na które nakłada się opowieść Elżbiety o śmierci asystentów.

183

– O twoim adresie dowiedziałem się od Łukasza – zaczyna Piotr. Opowiada jej o wszystkim, co wtedy usłyszał. Mówi, że nie wierzy, ale również nie rozumie. Nie potrafi także zinterpretować tego, co ona mu powiedziała. Orientuje się, że mówi coraz bardziej niejasno, sam przestaje rozumieć, czego oczekuje od Elżbiety. Jakby prosił ją, aby powiedziała, że wszystko, co dotąd słyszał, było nieprawdą. Aby pocieszyła, że wszystko, czego oczekiwał, jadąc tu, odnajdzie na swoim miejscu, bo w Uznaniu czas płynie inaczej i dwanaście lat przemknęło tutaj niezauważenie.

– Przecież nie może tak być, aby wszystko rozwiało się z ich śmiercią i nie zostało nic. A co z nim? Siedzi w Stanach i nie interesuje się pobojowiskiem, które zostało po nim? Nie robi nic? Jeśli nawet nic nie zostało, to ja chcę dotknąć tego ręką i sprawdzić, czy to rzeczywiście już tylko wystygłe popioły. Przecież musisz znać ludzi związanych z Instytutem, którzy pozostali tu – mówi Piotr podniesionym głosem, a Elżbieta, uśmiechając się może smutnie, może wyrozumiale tylko, obiecuje, że wieczorem pójdą do jej znajomych.

VI

Słychać klapnięcie wizjera i drzwi się otwierają. W ciemnym przedpokoju naprzeciw nich stoi kobieta, która wykonuje powitalny gest wobec Elżbiety, a potem ostentacyjnie i badawczo wpatruje się w Rybaka.

– Milena, żona Zygmunta, a to Piotr Rybak, w Instytucie spędził parę lat i przyjechał tu, żeby zobaczyć, co się stało... – dokonuje prezentacji Elżbieta.

– Taak, przypominam sobie... – z półmroku przedpokoju wychyla się ku Piotrowi twarz kobiety. Jej policzki wypełniają się i zaokrąglają, oczy lśnią spod łuków brwiowych i Piotr poznaje piękną żonę Zygmunta Majaka, którą spotkał kilka razy tylko. Jej uroda głośna była w Instytucie.

Również Zygmunta Piotr nie widywał często. Wydawało się, że aktor oddalał się od prac Instytutu. Poszeptywano, że nieprzypadkowo w ostatnim przedstawieniu Mistrz uczynił z niego Judasza. Napomykano o jego zadawnionej rywalizacji z Jurgą. Przegranej rywalizacji. Oczywiście, były to wyłącznie półsłówka, sugestie, znaczące gesty. O takich sprawach w Instytucie nie mówiono przecież otwarcie, a plotka była zdecydowanie poniżej godności adeptów. Nieliczne staże Zygmunta, poświęcone wyłącznie sztuce aktorskiej, chociaż rozumianej bardzo szeroko, wydawały się coraz bardziej obce wobec innych działań Instytutu. Budziły coraz mniejsze zainteresowanie. Można było nawet odnieść wrażenie, że należało wobec nich zaznaczać, broń Boże nie demonstrować, ale dyskretnie okazywać rezerwę. Prace Zygmunta prowadziły zresztą nie tyle w przeciwnym, ile po prostu w innym niż cała aktywność Instytutu kierunku. Majak chciał do końca zgłębiać tajemnice sztuki aktorskiej, wykorzystując w tym celu najrozmaitsze tradycje i techniki, podczas gdy oni przestali interesować się aktorstwem i zostawili je – jako wyczerpaną formę – w poszukiwaniu czegoś znacznie poważniejszego. Staże Zygmunta skończyły się jakiś czas po przybyciu Piotra. A jego samego w Instytucie widać było już coraz rzadziej.

Milena wprowadza ich do pokoju, przedstawiając zgromadzonemu tam towarzystwu. Na Piotra spogląda znowu podstarzała, chuda kobieta o ptasich rysach i zapadniętych głęboko oczach.

Elżbieta, jak zapowiedziała wcześniej, tłumacząc się obowiązkami, wyszła szybko. W ciemnym pokoju półgłosem rozmawiają ludzie, których Piotr przestał identyfikować natychmiast po prezentacji. Niektórzy przemieszczają się nerwowo, inni siedzą pogrążeni w zniszczonych fotelach, na rozległej kanapie jakby zostali tam przytwierdzeni na stałe. Przez pokój niezauważenie stara się przemknąć młoda dziewczyna. Przez chwilę zatrzymuje spojrzenie na Piotrze.

Milena z bliska zagląda mu w twarz.

– Byłeś tam ważną postacią. Potem zniknąłeś. A był to moment, kiedy zaczęli znikać i inni. Tak, odszedłeś po tym wyjeździe, na który nie zabrali cię. Po tej ich podróży do źródeł magii, gdzie szarlatan chciał odzyskać tracone moce. Ale nie na wiele się to przydało. Wręcz przeciwnie. Ty odszedłeś. Nie można za długo utrzymywać iluzji. Gmach kłamstw zaczął się chwiać, pękać, więc szarlatan ukrył się. Wyjechał. Ogłosił finał. I jeszcze wykorzystał koniunkturę polityczną. No, tę umiał wykorzystywać zawsze. A ty przyjechałeś, wróciłeś teraz, bo brakuje ci czegoś. Tęsknisz za tamtymi doświadczeniami. Wiesz, że należy szukać. Wiesz, że dotknąłeś świętości, chociaż skażonej manipulacjami szarlatana. Bo wasza praca i wyrzeczenia były przecież prawdziwe. Tylko nie wiedziałeś wtedy, kim jest Zygmunt. Ponieważ on świadomie usunął się w cień. Czekał na czas, który – jak wierzył – nadejdzie. Kiedy wieża oszustw runie, ludzie pozostaną samotni i zaczną szukać prawdy. On mógłby ją im dać. Dlatego zginął. Zginął za nich. Za was. I to była jego prawda.

Wciśnięty w kąt kanapy i półmrok, Piotr słyszał Milenę i odpowiadające jej rytmicznie głosy gości, ale przestawał rozumieć słowa. Nie wiedział, dlaczego tkwi tu jeszcze. Nagłe zmęczenie wciskało go głębiej w siedzenie i pozbawiało woli. Jakakolwiek decyzja wydawała się nie do podjęcia. Jednak podniósł się i pokonując nieomal materialny opór powietrza, ruszył ku drzwiom, mrucząc jakieś niewyraźne wyjaśnienia. Przy wyjściu dogonił go wysoki, młody mężczyzna.

– Chętnie wyjdę z tobą – powiedział, a Piotr z trudem uświadomił sobie, że jego towarzysz nazywa się Mirski.

Okazało się, że Mirski proponuje odwiedziny jakiegoś lokalu i Piotr bezwolnie zgodził się, przypominając sobie, że Elżbieta zapowiedziała późny powrót. Szli przez zaskakująco głośne i rojne o tej porze ulice, depcząc po światłach, które odbijały się w mokrym trotuarze. Spoza przeszklonych drzwi sąsiadujących nieomal ze sobą knajpek, kawiarni i restauracji dobiegał ich gwar głosów. Jakiś akordeonista odbijał się co chwila od muru i wykrzykiwał po rosyjsku pieśń o czarnym kruku. Wtórował mu bełkotliwie ni to klęczący, ni to siedzący mężczyzna, który wyciągał przed siebie czapkę.

– Nie trzeba zgadzać się ze wszystkim, co mówi Milena, aby do niej przychodzić – stwierdził Mirski. – Ale może przekonała cię? Bo przecież jej męża załatwili. Chyba nie masz co do tego wątpliwości?

– Rozminęliśmy się. Pojawiłem się w Instytucie niewiele przed twoim odejściem, tak że nie możesz mnie nawet pamiętać. Bo ja, oczywiście, pamiętam cię dobrze. Tak, byłem świadkiem ich śmierci, świadkiem wydarzeń, których ty już nie znasz. Też dziwne sprawy. Niezwykłe i wręcz niepojęte. Właściwe słowa: dziwne i niezwykłe. To, co przeżyłem w Instytucie... Wiesz, niby wszystko kończyło się, a jednak... Naznaczyło to mnie i teraz brakuje mi tego, szukam...

Weszli do pomieszczenia gęstego od dymu i gwaru. Mirski powoli torował Piotrowi drogę wśród ludzkich fal do przystani, która znajdowała się w końcu sali, za półokrągłym barem. Co chwila pozdrawiał mijanych ludzi. Wzniesioną ręką powitał opartego o kontuar i odprowadzającego ich wzrokiem barmana. W końcu usiadł, zdejmując ze stolika kartkę z napisem „Zarezerwowane".

– Tak, znam ten lokal – uprzedził pytanie. – To ciekawe miejsce. Zorientujesz się.

Nisko sklepione wnętrze rozwidlało się w kilka nieforemnych pomieszczeń. W drugim, widocznym na przestrzał, niewielki zespół grał jakiś jazzowy standard. Dopiero po kilku minutach Piotr z harmideru wyłowił melodię *Martwych liści*.

– Ta knajpa to jeden z organów miasta – mówił Mirski – wewnętrzny organ, nie wiem nawet jaki, ale niezbędny. Nie taki reprezentacyjny, jak inne na zewnątrz, ale zawiadujący wielu funkcjami.

Do ich stolika szybko podszedł nerwowo rozglądający się mężczyzna z błyszczącymi oczami.

– Krzysiu, musimy pogadać, to bardzo ważne... – zaczął.

– Daj spokój – Mirski przerwał mu obcesowo. – Powiedziałem, że nie mamy już o czym mówić. Twój czas się skończył.

– Ale to naprawdę coś zupełnie innego, musisz mnie wysłuchać – intruz nie ustępował, rozpaczliwie wpatrując się w oczy Mirskiego, który zmierzył go pogardliwym spojrzeniem.

– Dosyć tego, powiedziałem ci, spadaj! – Za plecami przybysza pojawił się barczysty mężczyzna, który ujął go za ramiona i spokojnie jak dziecko zaczął prowadzić przed sobą.

– No, idziemy – przemawiał do człowieka, a ten szedł, bezwolnie poddając się gestom wyprowadzającego i rozglądając w panice po sali.

– Tak, nie to miało stanowić o wyjątkowości tego miejsca. Natręci pojawiają się wszędzie, tylko może tu prędzej się ich eliminuje – mówił Krzysztof, z zadowoleniem rozpierając się na krześle. – Może nie znajdziesz tu tych znanych z pierwszych stron gazet, ale dzięki takim jak ci tutaj wszystko się jeszcze kręci. A poczekaj, za jakiś czas, kto wie, może i oni znajdą się na tych fotografiach. Chociaż na to może za dużo tu cudzoziemców. Ale przecież teraz dla naszego kraju ważne są międzynarodowe relacje... Na nowo powinniśmy zdefiniować stosunki z sąsiadami – Mirski wybucha śmiechem. Jakby nim przywołany do stolika zbliża się ostrzyżony nieomal przy skórze krępy mężczyzna w dżinsowej kurteczce. Okrągła twarz o wystających kościach policzkowych i skośnych oczach nachyla się nad nimi.

– Pan Krzysztof, można się przysiąść? – pyta gość ze śpiewnym akcentem.

Mirski przysuwa mu krzesło.

– Siadaj Sasza. To przyjaciel z dawnych lat – przedstawia Piotra – ostatnio znany polityk. Poseł do Sejmu.

– Były poseł – poprawia z niechęcią zaskoczony Piotr.

– Politycy... Tacy nam potrzebni – w szerokim uśmiechu Saszy błyska złoty ząb – bo i wam, i nam jednako na sercu dobro kraju leży. Bo ja przyjechałem tu i zakochałem się. W waszym kraju, konieczno.

– Nie jestem już politykiem. Wycofałem się – mówi poirytowany Piotr, a Mirski wykonuje pojednawczy gest dłonią.

– Powiedziałem tak, bo pewnie jeszcze jedną nogą musisz tam być. Przecież trudno tak z dnia na dzień... A poza tym to interesujące dla naszego gościa. Rzadkość. Mało kto potrafi zrezygnować z dobrze zapowiadającej się kariery...

– Co za kariery, co się niby miało zapowiadać? – Piotr próbuje opanować narastającą złość.

– To za pomyślność – Sasza wznosi toast. – Wszyscy mieniamy się. Takie czasy. Ja byłem oficer. Teraz jestem biznesmen. No i ładnie. Pewnie przyjdzie tu zaraz taki profesor z Kijowa. Był od antyku albo od antycznego Wschodu, a teraz też biznesmen. Interesy mamy wspólne.

Mirski spogląda na Rybaka:

– My z Piotrem zajmujemy się teatrem. A raczej poszukujemy tego, co zostało po takim sławnym teatrze, który był więcej niż teatrem. Długo by i skomplikowanie wyjaśniać. Gdybyśmy na przykład chcieli taki teatr, taki Instytut odbudować – potrzebne są nam pieniądze. Skończyły się czasy, kiedy państwo dawało na wszystko. Teraz potrzeba przedsiębiorczości. Innej niż wtedy. Bardzo się trzeba zmienić, żeby móc pozostać takim jak kiedyś. To chyba tak jakoś szło.

– Jest takie wasze powiedzenie, że pieniądze leżą na ulicach – Sasza znowu wznosi toast, śmiejąc się ciągle – i to prawda. Wierzcie mnie, bo ja co dzień pieniądze z ulic zbieram. Taki fart!

Do stolika dosiada się wysoki, zgarbiony mężczyzna o szpakowatych włosach. Sasza poważnieje.

– Ale ja robię sieriozne biznesy. Warto pamiętać. Jestem poważny człowiek. Mógłbym zaproponować ciekawe sprawy.

– Wiem, że znasz Kalinowskiego – Mirski znowu wpatruje się w Piotra. – A Kalinowski kręci radą miasta. Myślę, że można by temu miastu zaproponować coś ciekawego. Coś bardzo dla miasta korzystnego.

– O tak – zapala się Sasza. – Zajmujemy się budową, pośredniczeniem... Takim... no... wszystkim. Ja wiem, że miasto szuka wykonawców. Możemy się podjąć. Bardzo dobra konkurencja jesteśmy. Tak.

Piotr zauważa, że w pewnej odległości od ich stolika zatrzymuje się wysoki, młody człowiek. Nieomal wspinając się na palce, wygląda jak uczniak, który ma do przekazania coś ważnego, ale boi się zakłócać rozmowę dorosłych. Szpakowaty mężczyzna czyni nieznaczny gest głową. Sasza odwraca się gwałtownie.

– Nu szto! – wykrzykuje na pół sali.

Młody człowiek zbliża się ostrożnie, jakby szedł po lodzie. Nachyla do ucha Saszy:

– Przepraszam, minutka.

Sasza oddala się za nim.

– Niech pan nie daje się zwieść pozorom. My rzeczywiście jesteśmy poważni przedsiębiorcy – mówi szpakowaty, spoglądając badawczo na Piotra. W jego słowach prawie nie słychać obcego akcentu.

– Tak, tak, posłuchaj Michała – potwierdza Mirski. – Wiesz, specjalnie przyprowadziłem cię tutaj. Nie chcę, żeby pojawiły się jakiekolwiek nieporozumienia czy niedopowiedzenia. Dobrze, żebyś sam się zorientował. Chciałbym po prostu, żebyś poznał moich przyjaciół.

– No, tak... – Michał uśmiecha się. – Sasza wygląda jak bohater Babla. I może trochę taki jest, ale pewnie pan pamięta: uchwyty między niebem a ziemią i tyle siły, żeby można je do siebie przyciągnąć. Niebo do ziemi. Żyjemy w dziwnych czasach. Trudno stosować zwykłe kryteria do niezwykłych czasów. Rozliczą nas nie z tego, czy trzymaliśmy się reguł, ale z tego, co po nas zostanie. Wie pan. Ja się zorientowałem trzy lata temu. Pisałem książkę o Mitanni. Dziwnym królestwie Hurytów, które Asyryjczycy, a potem ludy morza zniszczyły pewnie trzynaście wieków przed naszą erą. Niewiele o nim wiadomo. Pracowałem nad tym ponad dwadzieścia lat. Chciałem napisać wielkie dzieło, w którym w miarę możliwości rozwiązałbym wszystkie zagadki tego imperium. Dzieło prawie kończyłem. Właściwie potrzebne mi było tylko kilka podróży na Bliski Wschód i rok, dwa lata pracy. Ale wszystko zaczęło się psuć wcześniej. Już w osiemdziesiątym ósmym stopniowo zaczęto odcinać mi zagraniczne publikacje. Najważniejsze dla mnie publikacje akademickie. I wtedy okazało się, że również mój wyjazd stał się nierealny. Wielkie dzieło, jedyne na świecie, zostało nieukończone. Moja praca, którą zaczęłam jeszcze jako student, której poświęciłem całe życie, straciła sens. Mogłem pozostać wprawdzie na uczelni i przez wiele lat publikować prace na podstawie tego, co miałem już przygotowane. W ten właśnie sposób przy okazji doktoryzowałem się i habilitowałem. A więc mógłbym zachowywać się jak wszyscy moi koledzy po fachu. Akademicy. Mógłbym wegetować w nieprawdziwym świecie uniwersytetu, ale to, co robiłem, straciło już sens.

Do stolika powrócił Sasza milczący i poważny. Michał wzniósł kieliszek i w ciszy kontrastującej z knajpianym gwarem spełnili bezsłowny toast. Orkiestra grała kolejne tango, tęsknie wyciągane solowym popisem saksofonu.

– Bo właściwie powinienem zacząć od wyjaśnienia, dlaczego zająłem się tak egzotycznym tematem i skąd pomysł napisania dzieła o tajemniczym państwie, o którym wiadomo tak niewiele poza tym, że rozsypało się w proch ponad trzy tysiące lat temu i od wtedy ślad po nim i po zamieszkującym go ludzie zaginął.

– Kiedy zacząłem pisać o wielkości i upadku Mitanni, kiedy zdecydowałem się na poświęcenie temu wielu lat, tylu ile będzie trzeba, a nie wiedziałem wtedy, ile mi to zajmie, bo równie dobrze mogło to wypełnić cały dany mi czas, już wtedy pogrążony byłem w historii starożytnego Wschodu i fascynowała mnie tajemnica tego państwa. Na historię poszedłem już zainteresowany tamtymi dziejami.

Odkąd pamiętam, rzeczywistość wokoło wydawała się mi nierealna i właściwie nieciekawa. Źródło i sens wszystkich spraw dookoła zanurzone były w niewypowiedzianym. Wszystko było niejasne i nieuchwytne. Świat wokół mnie oddychał oficjalnym kłamstwem i trudną do nazwania, acz wyczuwalną tajemnicą. Była nią historia moich rodziców i dziadków, i rodziców i dziadków moich przyjaciół, i ich krewnych. Miejsce, gdzie poznali się moi rodzice, i sens rytuałów: pochodów, wieców i czynów partyjnych, zaklęć w gazetach i na trybunie. Oficjalny język i półsłówka w domu. Historia Ukrainy i historia partii bolszewickiej, której twórców zabijano w ramach błędów i wypaczeń, ale nie należało o tym mówić. A obiektywnie, mimo owych omyłek, kraj podobno miał się rozwijać, a ludzie żyć lepiej. Chociaż cała historia przeczyła marksistowskiemu schematowi, schemat był słuszny, a odstępstwa dialektycznie go potwierdzały. Oficjalne deklaracje i prywatne sugestie, perskie oczka. Wszyscy byli jak w letargu. W somnambulicznym śnie, w którym wykonywali półświadomie wyznaczone sobie zadania. Poruszali się bez woli i nieomal bez zdolności poznawczych. Nawet kontrolujący kraj i ludzi, utrzymujący ich w stanie hipnozy i wydający polecenia, sami świadomi byli w stopniu niewiele większym. Działali spętani czarem, który ich determinował, narzucał ich myślom i działaniom swoją pokrętną logikę.

– Ta nierealność męczyła mnie już jako nastolatka. Może dlatego zająłem się odległą historią, bo jej tajemnice były naturalne. Były wyzwaniem, z którym można się było zmierzyć. Natrafiałem jedynie na opór materii, jej nieciągłość, luki, sprzeczne wersje. Mogłem je konfrontować i śledzić bez obawy, że napotkam milczenie czające się jak groźba.

– Odległa historia była więc paradoksalnie konkretniejsza od rzeczywistości, która otaczała mnie na kształt gęstej mgły. Konkretniejsza, bo można było wyrokować o niej lub choćby określać obszary naszej niewiedzy i jej przyczyny. Powoli historia ożywała dla mnie coraz bardziej. Wyłaniały się z niej realne postacie, przez ciała widać było krążącą w nich krew. Ludzie, którzy domagali się istnienia, a więc odtworzenia losów ich i ich świata. Słyszałem dalekie głosy. Oni byli bardziej prawdziwi niż widmowa codzienność za moimi oknami. Świat pozorów, kłamstwa, niejasnych zdarzeń, niedocieczonych motywów ukrytych za pustym dla wszystkich obrzędem, narzucającym nam jednak swoje absurdalne i ponure konsekwencje. Zamknąłem drzwi i okna. Nie czytałem gazet, nie słuchałem radia, nie oglądałem telewizji. Jak mogłem, próbowałem odciąć się od świata widm spętanych złym zaklęciem. Starałem się zredukować maksymalnie kontakty z moimi tak zwanymi współczesnymi. Nie tylko nie byli mi do niczego potrzebni. Wręcz przeszkadzali. Bo ja zdolny byłem podążać już drogami Mitanni. W moim pokoju słyszałem cichy jeszcze, ale coraz wyraźniejszy gwar rozmów jej mieszkańców, potrafiłem rozróżniać ich głosy. Losy owych osób były mi coraz bliższe i lepiej znane. Zacząłem rozpoznawać zarysy ich twarzy, sylwetki, domy, w których żyli, i sprzęty, którymi się posługiwali.

– Coraz mocniej czułem swoje zobowiązania wobec ludzi, których tropiłem po upływie trzech i pół tysiąca lat. Mogłem przywrócić ich istnieniu, pozwolić im żyć raz jeszcze. Domagali się tego z ciemności. Jeśli odtworzyłbym ich świat i ich dzieje, jeśli odtworzyłbym detale stworzonych przez nich przedmiotów, godziny, minuty ich życia... Jeśli skończyłbym to dzieło, a wiedziałem, że mogę tego dokonać, pozwoliłbym zatriumfować im nad wrogami, którzy na pogorzelisku zniszczonego przez siebie Taide siali złe ziele zahheli. Wrogami, którzy ich nagich i spętanych pędzili w głąb Asyrii, znacząc za sobą drogę nasypami gnijących trupów, ostatnim śladem ginącego Mitanni. Słyszałem ich modlitwy, zaklęcia, okrzyki bojowe, westchnienia miłosne, jęki bólu i agonii. Uczyłem się ich języka, ich pisma, zapisów, przypominających kody i szyfry, gdy próbowałem odczytać kliny na glinianych tabliczkach. Porównywałem, jak robili to inni z niewielkiej grupki zapaleńców, których wysiłki na całym świecie podążały w tym samym kierunku. Bo utrzymywaliśmy ze sobą korespondencję, obserwowaliśmy swoje osiągnięcia, kłóciliśmy się, współpracowali i konkurowali o tajemnice, których wyjaśnienie było sensem naszego istnienia. Uczyłem się tak wielu języków, rudymentów tylu pism, aby znaleźć choćby wzmiankę o losach Mitanni.

– Kiedy zacząłem mieć kłopoty, nie powiem, koledzy z całego świata za darmo przysyłali mi swoje pisma i prace. A potem, gdy zorientowałem się, że w Kijowie nie dokończę już dzieła, proponowali mi pracę w rozmaitych akademiach, uniwersytetach Europy i Ameryki, nawet w samej Rosji, choć tam zaczynało się dziać tak jak u nas i szanse na kontynuację książki były żadne, szczególnie że było tam wielu, którzy nie przepadali za mną, bo zaćmiłem ich, w dużej mierze skazałem na nieistnienie. Ale gdzie indziej... Za granicą. Zastanawiałem się nawet. Chociaż i tam sprawa nie wydawała się zbyt pewna, raczej mocno niepewna. Zaproszenia były jednak dosyć wstrzemięźliwe. Byłem za dobry. Mógłbym się załapać, ale kontynuować pracę, która musiałaby być priorytetowa... Może za jakiś czas, może...

– Kiedy zdałem sobie sprawę, że nie mogę skończyć książki, czułem się jak ktoś, kto przegrał swój cały wielki majątek – pusty i zrozpaczony. Zastanawiałem się, choć teraz wstyd się do tego przyznać, nad samobójstwem. I wtedy dostrzegłem, że coś dzieje się dookoła. Coś się zmienia, rzeczywistość przybiera konkretne kształty, nabiera znaczenia. Zły czar zaczął ustępować i ludzie rozglądali się ze zdziwieniem, dostrzegając, co ich otacza i co sami dotąd robili.

– Zorientowałem się nagle, że ludzie potrafią już zarabiać pieniądze, a nie tylko wypraszać je na najprzeróżniejsze sposoby u dysponentów swojego istnienia. I wtedy, nie do końca świadomy, jeszcze w poczuciu nierzeczywistości, choć świat dookoła stawał się coraz bardziej rzeczywisty, postanowiłem wyjechać do Polski na handel. Nawet niewiele myślałem o tym, ile mogę zarobić. Zdecydowałem się zrobić coś zupełnie nowego, co dotąd było dla mnie zupełnie obce. Namówił mnie jakiś znajomy: historyk, który już jakiś czas wcześniej zrezygnował z pracy na uniwersytecie. Pożyczyłem pieniądze i... sprawy jakoś się potoczyły. A kiedy zarobiłem pierwsze pieniądze, zacząłem o nich myśleć. Nawet nie o tym, co mogę za nie kupić. To było jak gra. Wziąłem urlop i kursowałem niczym wahadłowiec. Zacząłem zapominać o Mitanni. Zapominać o księżniczce Giluhepa i ucieczce księcia Kiliteszuba, który z Babilonu przemierzył tysiące kilometrów stepów, aby nad rzeką zwaną przez starożytnych Halys upaść do stóp hetyckiemu władcy i stać się Szattiwazą. Coraz bardziej wciągał mnie wir teraźniejszości. Świat liczony już nie na lata nawet, ale na godziny, minuty.

– Zacząłem kombinować i jeździć dalej, w głąb Polski. To opłacało się bardziej. Po dwóch miesiącach napadli na mnie i zabrali wszystko. A ponieważ opierałem się, pobili. W szpitalu, w Kijowie, dokąd jakimś cudem, pozszywany naprędce, wreszcie trafiłem, obiecałem sobie, że już nigdy więcej nie dam się okraść. Tam, na łóżku, cały byłem gniewem, namiętnością i chęcią rewanżu. Chciałem walczyć. Moi bracia, moi przyjaciele, moi krewni z Mitanni umarli nadzy na bezwodnych płaskowyżach, pędzeni przez brodatych wojowników. Umarli tysiące lat temu. Nie było ich już, nie słyszałem ich skarg. Moje wyzwanie było tu.

– Miałem już znajomych ze wspólnych wyjazdów. Porozumieliśmy się i zorganizowali. Sprzedałem wtedy wszystko, co miałem, wszystkie książki. Sprzedałem je za bezcen w porównaniu z tym, ile były warte. Specjalistyczne książki. Poczułem się jak zdrajca, jak ktoś, kto opuszcza latami kochaną, a nagle zobojętniałą żonę. Ale wiedziałem, że tak muszę zrobić. Życie uwalniające się od złych zaklęć domagało się tego ode mnie. Moi Huryci oddalali się, umierali, rozkładali się w jałowej ziemi Asyrii.

– Wtedy, podczas wyprawy do Polski, poznałem Saszę. Dogadaliśmy się i zaczęli pracować wspólnie. Wkrótce przestałem handlować. Zacząłem robić interesy. Teraz jestem przedsiębiorcą.

Michał uśmiechnął się, wznosząc znowu toast. Sasza wpatrywał się w niego z nieukrywaną fascynacją.

– Lubię, jak Misza opowiada. Taki dar. Za takie skazki w więzieniu ma się dobrze. Jak coś jest piękne, musi być prawdziwe. Ja na ten przykład byłem podoficer, ale awansowałem się na oficera. Tak ładniej. Chociaż swoje odsłużyłem. Byłem w Afganistanie. Ja tam nie tak jak profesor – czułem się realnie. Za bardzo realnie i chciałem uciec tam, gdzie realnie mogłoby być mniej. To teraz czasami czuję się dziwnie. Ale dobrze.

– Nasze kraje potrzebują dynamicznych ludzi. Takich, którzy potrafią coś stworzyć – zaczął znowu Michał, uśmiechając się do Piotra. – Stworzyć pomimo przytłaczających nas rupieci przeszłości. Ciągle jeszcze, wy mniej, my bardziej, ale ciągle jesteśmy uwięzieni w obumierających instytucjach, które nas duszą. Teraz czas zawierzyć życiu. Im prędzej zbudujemy nowe w miejsce zgruchotanej skorupy, tym lepiej dla wszystkich. Formuły prawa... Przywykliśmy za prawo uznawać spisane paragrafy, nie wiedząc nic o ich genezie. Gdybyśmy wiedzieli, owocem jakich kompromisów, jakich przepychanek, a czasami matactw jest to, co nazywamy prawem... A zresztą dziedziczymy komunistyczne prawo, zanim dorobimy się nowego... Papier musi ustąpić przed życiem – wiem to szczególnie dobrze. Tak będzie lepiej dla wszystkich. Im więcej, bardziej dynamicznie będziemy działali teraz, tym szybciej stworzymy rzeczy, którymi będziemy mogli szczycić się w przyszłości, zanim znowu uwięźniemy w gąszczu nowych przepisów, we władzy biurokratów, którzy wszystkim chcą obciąć jaja. Teraz mamy szansę niepowtarzalną, jakiej nie mają także na Zachodzie. Przecież wszyscy wiemy, że moralność reguluje tylko życie społeczne. Jest niezbędna, aby świat nie rozlazł się w szwach. Służy tym, którym zależy na ustabilizowanym ładzie, którzy zdobyli już swoje miejsce i pozycję. Ale w czasie stającym się... Prawo broni utrwalonego ładu, natomiast w epoce chaosu, kiedy jedno prawo umarło i pozostały po nim tylko martwe przepisy, a nowe nie narodziło się jeszcze, kto stanowi prawo? Dla kupców ze Wschodu, którzy chcą tu zarobić, prawem jest Sasza i ja. Bo wprowadzamy reguły i mamy dosyć sił, aby je egzekwować. Niech mi pan wierzy, oni są szczęśliwi, chociaż kosztuje ich to trochę. I okazuje się, że to Hobbes miał rację.

– Wie pan dobrze, że moralność to kwestia historyczna. Ale zgadzam się, ta wiedza powinna pozostać dla wybranych, silnych. Słabi potrzebują przewodnika. Codziennego przewodnika, który kieruje ich krokami. Jedni potrzebują rozkładu pracy rozpisanego co do minuty, a inni potrafią tworzyć go sami. Sprawiedliwość? W naszych krajach forsę mają i rządzą ci, którzy nakradli się i ustawili za czasów komunizmu. I tak ma zostać? Pozostaje tylko pytanie, czy potrafimy być silni. Wystarczająco silni.

Mirski nachyla się do Piotra:

– Oni kontrolują cały ten wschodni bazar, jak nazywają go w Uznaniu, wiesz, tu niedaleko, ulice targowe do późna w nocy oświetlone lampkami...

– Cywilizujemy go – Michał uśmiecha się, ale twarz ma poważną. – Wkraczamy w sferę pierwotnych konfliktów, walki każdego z każdym i ustanawiamy rudymenty prawa.

– Silny wygrywa... jak to stoi u Darwina? – w napięciu usiłuje sobie przypomnieć Sasza.

– Walka o byt – podpowiada Michał.

– Właśnie – uspokaja się Sasza. – Silny wygrywa, no, nie tylko silny, ale lepszy, mądrzejszy, silny duchem. Tak będzie lepiej dla wszystkich, silny może działać, korzystają wszyscy.

– Musimy iść – decyduje Michał i zwracając się do Piotra dodaje: – A pan przy okazji niech pamięta, poszukujemy tutaj poważnych pośredników... W razie czego mamy kapitał i mamy gwarancje, na negocjacje przychodzimy z prawnikiem, polskim, dobrym prawnikiem. Wiem, że obawiacie się tych ze Wschodu, dzikusów, ale nie wszyscy z nas to dzikusy, cywilizujemy się prędko, a pieniądze... Gdyby chciał się pan z nami spotkać, Krzysztof będzie wiedział – kończy i płaci, nie zwracając uwagi na niepewne gesty Mirskiego.

Wysoka i zgarbiona sylwetka Michała w towarzystwie masywnej postaci Saszy zanurza się w gąszczu gości. Dwie postacie jak z filmowej burleski giną w tłumie, przy akompaniamencie latynoskiego tanga, które zespół buduje na motywach *Ostatniej niedzieli*. Piotr zastanawia się, czy przypadkiem nie śni.

Krzysztof stuka kieliszkiem w wypełniony nie wiadomo kiedy kieliszek Piotra.

– Ciągle się zastanawiam, co właściwie robiliśmy w Instytucie – mówi, półodwracając głowę od Rybaka, nie wiadomo, czy aby wyeksponować profil, bo Piotr zauważył, że Mirski robi to dość często, czy poprzez salę usiłuje wytropić niknący obiekt namysłu. – Czemu właściwie służyły wszystkie te przedsięwzięcia? Staże i wspólne działania, „rzeki" i „źródła"... To znaczy wyjaśnienia były nam wtedy dane: odnajdowaliśmy drugiego człowieka, łączyliśmy się z nim z intensywnością niedostępną kiedy indziej, rozpoznawaliśmy i zaczynali rozumieć własne ciało, odnajdowaliśmy je w jedności ze światem... No dobrze, ale czemu wszystko to miało służyć, bo przecież samo przez się nie może być receptą na życie? Dlaczego było to dla mnie takie ważne i dlaczego ciągle o tym pamiętam i szukam jakiejś kontynuacji tamtych przeżyć... I co dzisiaj mogłoby być taką kontynuacją?

Wąskie dłonie Mirskiego, o długich palcach z wypielęgnowanymi paznokciami, leżą na blacie. Światło ścieka po jego pociągłej twarzy jak pot. Kiedy mówi, kołysze nieznacznie głową, jakby to słowa prowadziły go, a wydobywając się zeń, wprawiały w ruch całe ciało.

– Michał ma rację. Mamy szansę. Teraz nasz świat staje się... Możemy go tworzyć. To, kim jesteśmy, okaże się właśnie teraz. Wtedy uczyliśmy się panowania nad swoim ciałem i duchem, które okazywały się jednym. Teraz to, co ważne, jest na zewnątrz. Teraz możemy wykorzystać siłę, którą zdobyliśmy wtedy. Czy skurczeni w ciasnych mieszkaniach wegetować będziemy, rozpamiętując minione, czy...

Mirski łapie Piotra za rękę i przyciąga do siebie:

– Pamiętam tamten trans. Świadomość, że moje siły są nieograniczone i mogę wszystko. A przecież Mistrz korzystał z tego już wtedy. Podporządkowywał sobie ludzi i sterował nimi. Aby osiągnąć coś wielkiego. Musimy iść w jego ślady. Nie lekceważ tych, których spotkałeś tutaj. To już w tej chwili potentaci. Widziałeś Michała. To nie jest zwykły prymityw. I Sasza nie jest taki, na jakiego wygląda. I my musimy zacząć pracować razem...

Piotr budzi się. Elżbieta mruczy przez sen i wsuwa głowę pod kołdrę. Rybak człapie do łazienki, myśląc, że trzeba będzie ograniczyć alkohol. Woda ma smak rdzy i pleśni. Rusza do kuchni, licząc, że odnajdzie coś do picia. Światło z lodówki poraża obcością. Wysączając resztki wody mineralnej z butelki dociera do okna. Za szybą daleki blask z niewidocznego źródła oświetla drzewa. Piotr bierze do ręki figurkę z parapetu. To głowa Nefretete. Nefertari, mitannijska księżniczka, żona Amenhotepa IV Echnatona, proroka jednego boga. Obok stoi posążek pogrążonej w rozpaczy żony Dhritarasztry, indyjskiej Niobe. Za oknem, w pustej przestrzeni między drzewami kołysze się postać, która wyciąga rękę, aby oprzeć się o pień. Jej twarz nadlatuje znad pustej ulicy i wypełnia całe pole widzenia. Spod krwi cieknącej strugami, płynącej spomiędzy włosów, z nosa, z oczodołów, wyłania się przerażająco znana twarz. Piotr musi odwrócić się, zamknąć oczy. Czuje wstrząsające nim dreszcze. Kiedy wreszcie zdobędzie się, aby ponownie spojrzeć w okno, pomiędzy drzewami nie ma nikogo. Jest podświetlona odległym srebrnym światłem pustka. Piotr dociera do łóżka, wtula w ciepłe ciało Elżbiety. Zapomina. Pozostaje tylko bezprzedmiotowa groza, która unosi się nad jego snem.

VII

Pomimo wczesnej godziny Casablanca jest nieomal pełna. Naprzeciw Rybaka wyrasta Adam Sosna, który w zamęcie przyjaznych gestów zaprasza go do stolika.

– Wie pan, przepraszam, tak naprawdę dopiero teraz przypomniałem sobie pana. Najbliższy przyjaciel Ryszarda! Tak, Ryszard opowiadał mi. Teraz pamiętam. Przykro mi, że wtedy nie miałem tyle czasu, ile powinienem, ale możemy przecież to nadrobić – gada, sadzając go przy stoliku i przedstawiając swojemu towarzyszowi: starszemu, tęgiemu mężczyźnie o rumianej i zadowolonej z siebie twarzy. – Konrad Nawrocki – mówi Sosna, robiąc przerwę dla wywołania efektu.

Po chwili niepewności Piotr zaczyna sobie przypominać. O Nawrockim opowiadano, że to jeden z tych komunistów, którzy najwcześniej zrozumieli, iż trzeba się urządzić. Przejął wielką centralę handlu zagranicznego. Tworzył spółki pośredniczące w sprzedaży produktów macierzystej firmy. Jej pozostawały koszty, im zyski. Spółki pączkowały następnymi, które kapitałowo zasilała firma macierzysta. I wreszcie kolejna generacja spółek kupiła firmę macierzystą za jej pieniądze. A Nawrocki i teraz już oficjalnie jego własne potężne przedsiębiorstwo rozwijało się dynamicznie. Jako właściciel centrali brał kredyty w zaprzyjaźnionych bankach na utworzenie kolejnych przedsiębiorstw. Firmy plajtowały, nie mogąc wywiązać się z zobowiązań, gdy jego centrala zdążyła się już z nich wycofać. Bankructwa w niczym nie obciążały konta Nawrockiego, który rozwijał kolejne przedsięwzięcia na coraz większą skalę i zaciągał coraz większe pożyczki. Wszystko kręciło się, a majątek i notowania Nawrockiego rosły, chociaż raczej unikał natrętnej reklamy swojej osoby. Podobno ostatnio kreowane przez niego firmy rozwijały się pomyślnie i płaciły już nawet zobowiązania. Pytaniem pozostawało, w jakim stopniu Nawrocki działał na własną rękę.

– Na pewno słyszał pan o czołowym biznesmenie Uznania? Ucieleśnienie i wcielenie, a zarazem wizytówka wolnego rynku. Człowiek, który potrafił tak radykalnie i z takim sukcesem przepoczwarzyć się, że wszyscy mogą jedynie skręcać się z zazdrości – Sosna, śmiejąc się i machając rękami, piętrzy żartobliwe pochlebstwa, a Piotr nie wie już, czy retoryczne wielosłowie ukrywać ma kpinę, czy żart ma usprawiedliwić komplementy. Niczym nie speszony Nawrocki, uśmiechając się, wkłada mu w rękę wizytówkę: mgr Konrad Nawrocki, prezes firmy Impex eksport–import.

– No, tak. Jestem właściwym człowiekiem we właściwym czasie – mówi. – W komunizmie marnowałem się. Cóż, takie były warunki. Wszyscyśmy się marnowali, chociaż próbowali coś zrobić. Teraz są inne czasy i każdy może pokazać, na co go stać. Ja z kolegami jako jedni z pierwszych w kraju sprywatyzowaliśmy wielką centralę. Zdrowy system ekonomiczny opiera się na własności prywatnej. Do Impeksu państwo nie będzie już musiało dopłacać.

– A pan jest pierwszy raz w Uznaniu od osiemdziesiątego roku? Nie było pana, kiedy umierał Ryszard? – Sosna poważnieje i wichrzy kępki pokrywających łysinę włosów. – Pewnie niewiele panu wiadomo o jego śmierci? Wie pan, że poprowadził ostatnie przedsięwzięcie Instytutu: Rzekę? Tylko dzięki niemu jakoś się ono udało, co wydawało się wtedy, sam pan pewnie się domyśla, mało prawdopodobne. Umarł niedługo potem. Kilka miesięcy... Kilka miesięcy po Grzegorzu Antonickim, który umarł pierwszy. Miałem wrażenie, że wypalił się. Ta *Rzeka* to był jego ostatni, jeśli tak mogę powiedzieć, poryw? wzlot?... Był niezwykły. Jak chyba nigdy wcześniej. A może wyglądało to tak szczególnie na tle innych, którzy uczestniczyli w tym przedsięwzięciu. Bo to już nie byli ci ludzie, a jeśli nawet, nie byli już tacy sami. Mimo wszystko potrafił wykrzesać z nich... Bo wie pan, on już po powrocie z Ameryki zmienił się. Był jakiś nieswój. Właściwie nieomal wszyscy, którzy pojechali tam, po początkowej euforii popadli w rodzaj depresji. Może to efekt całej sytuacji. Wycofania się Szymonowicza... ale Ryszard wspominał pana. Powiedział mi kiedyś, że jest pan jedną z niewielu osób, z którymi może rozmawiać, a i to okazuje się niemożliwe. Niemożliwe z jego winy.

Piotr przypomina sobie znowu Ryszarda. Właściwie nie myślał o nim dotąd jako o konkretnej osobie. To była figura Instytutu. Szczególna, niepowtarzalna, ale istniejąca dlań jedynie w tym zespołowym wymiarze. Nawet kiedy usłyszał o jego śmierci, zobaczył ją wyłącznie w kontekście śmierci innych. Była elementem upadku Instytutu. Ruiną projektów Piotra. Teraz czuje nieomal wstyd. Widzi z bliska rozgorączkowaną twarz Ryszarda, czuje na ręce ciepło jego suchej dłoni. Słyszy słowa o brzemieniu, którego nie sposób udźwignąć. Urywany szept Ryszarda chwilami przeradza się w krzyk, aby znowu opaść do zdyszanego półgłosu. I czuje między żebrami ucisk, bąbel próżni rozsadza mięśnie i jest jak ból.

– A my tu ciągle o swoich sprawach, które Konrada mogą wcale nie interesować – zatroskał się nieszczerze Sosna.

– Ależ skądże! – Nawrocki jest jowialny. – Wręcz przeciwnie. Przecież dobrze znałem Maćka. No, mówię o Maćku Szymonowiczu. Tym, którego nazywaliście Mistrzem.

Sosna nie jest zaskoczony. Oszołomiony Piotr uświadamia sobie, że redaktor pewnie wiedział o tym. Znał przeszłość Mistrza jak nikt, a Nawrocki chyba już dwadzieścia lat temu był w województwie figurą znaczącą.

– To był ktoś. Jak nikt umiał ludzi owijać wokół palca. Jak inaczej załatwiłby sobie taki teatr? Teatr bez widzów. No, my od biedy moglibyśmy sobie wyobrazić teatr bez aktorów, ale bez widzów... Nie mówię później, kiedy stał się sławny na całym świecie. Wtedy miał wszystko, co tylko chciał. Był dla nas więcej wart niż wszystkie przedstawicielstwa kulturalne. Ba, stanowił dowód naszej wyższości nad kapitalizmem. Bo gdzie tam taki teatr mógłby się uchować? Ale wcześniej... Te jego eksperymenty. Przecież nikt o zdrowych zmysłach nie mógł tego poważnie traktować. A jednak dostawał fundusze. Owszem, inni zasłużeni czy tacy, którzy mieli układy, również dostawali, ale tyle... Czy on był zasłużony? Rozrabiał w pięćdziesiątym szóstym i co dalej... A przecież okazało się, że to on miał rację. I był dla nas tak ważny i wartościowy! Pamiętam kontakty z nim. Czasami myślałem potem, że hipnotyzował mnie. No, w każdym razie postać. A przy tym fajny był kumpel. I dowcipny. Szkoda, że go teraz nie ma. Wiedział, kiedy się wycofać. Zawsze wiedział. Gdyby wrócił... Ale może ma rację? Może on tu już nie ma do czego wracać? No, cóż, czasami szkoda tych starych czasów. Ale nowe też niezgorsze. Człowieka poznaje się po tym, czy potrafi sprostać nowym wyzwaniom. Prawda?!

To był dziwny dzień. W popołudniowym tłumie wracających do domu Rybak zobaczył Ryszarda. Zaczął ścigać go, ale drogę zagrodziły mu gromady innych postaci, które ani myślały ułatwiać Piotrowi pościg. Przepychając się, słyszał okrzyki oburzenia i wyzwiska. W pewnym momencie jakiś mężczyzna złapał go za ramię, obiecując mu lanie. Rybak wyrwał się i ruszył do przodu, ignorując obelgi. Ryszard zgubił się już definitywnie i Piotr nie wiedział nawet, w jakim kierunku miałby iść. Przecież nie byłem przy jego śmierci. Dlaczego muszę wierzyć, że nie żyje? – pytał sam siebie, rozumiejąc absurd tego pytania. Dzień robił się parny jak przed burzą, która nie może nadejść. Rybak czuł zmęczenie. Za często przydarza się mi to ostatnio, czyżby wiek dawał znać o sobie – myślał. Tłum zagarnął i niósł go, a on usiłował rozpaczliwie wydostać się, jak pływak, który trafił na zbyt wielką falę. Korpusy ludzkie osaczały ze wszystkich stron, gniotły. Z bliska wpatrywały się weń twarze obce i agresywne.

To nie on wyrwał się, to tłum wypluł go, pozbył się jak obcego ciała i wyrzucił na boczną uliczkę, gdzie z gromady pozostali pojedynczy przechodnie. Przed nim otwierał się skwerek, który Piotr przypominał sobie. Gdzieś na rogu powinna być kawiarenka, spotykali się tam stosunkowo często. Odnaleziona, wydawała się obrócona o dziewięćdziesiąt stopni wokół własnej osi i przeniesiona parę budynków w głąb skwerku. Tutaj trafiali zwykle pod wieczór, w drodze do głównego budynku Instytutu z sali, którą wykorzystywali zwykle w ciągu dnia. Za nimi była pierwsza faza zmęczenia, tu popas przed dalszą drogą.

Wtedy wydawała się mu urządzona z dyskretną elegancją. Teraz odnalazł to samo pomieszczenie, złamane w literę L, nieomal puste, pokryte kurzem i szare. Otwory oczu i ust masek teatru antycznego na ścianach zapadły się w niewyraźne jamy. Wydawało się, że starość pozbawiła je zębów i wypaliła oczy. Zgęstniałe światło przedostawało się z trudem przez przybrudzone okna i mieszało z zetlałym światłem sprzed wielu lat, które osiadało na blatach i podłodze jak kurz. Nawet kawa miała smak zwietrzałych wspomnień.

Tutaj odpoczywali. Przez krótki czas odrywali się od tego, co robili jeszcze przed chwilą i czemu oddadzą się, kiedy wyjdą i przejdą kilka przecznic. Przez moment wolni byli od wszystkiego, co wypełniało ich życie i sny. Siedzieli wydrążeni i uspokojeni. Czasami błaznowali. Opowiadali trywialne dowcipy. Najczęściej jednak milczeli, z rzadka wymieniając nieważne słowa. Chwile spędzone w tej kawiarni odciskają się wyrazistym, choć niezróżnicowanym wspomnieniem. Pamięta twarze przyjaciół, bo kiedy odnajdywali się tu, byli przyjaciółmi. Twarze ludzi, którzy w odprężeniu odnajdywali bezprzedmiotową radość trwania. Satysfakcję bezsłownej komunikacji z drugim. Świadomość współistnienia.

Widzi dłonie, palce na stole. Potrafi odróżniać szczupłe palce Agaty, jak zwierzęta usiłujące rozpoznać nowe miejsce, masywną, zwiniętą w pięść dłoń Mikołaja, rękę Ryszarda, w której tętnicach pulsuje wewnętrzne życie, żylastą dłoń Zbyszka nagle bezwładną, usypiającą na blacie. Widzi ich twarze nieco zdziwione, pogrążające się we własnej pustce.

Czasami potrafili powiedzieć coś zaskakującego. Grzegorz zaczął mówić o żalu, z jakim rozstaje się z aktorską profesją, chociaż zdaje sobie sprawę, że to postęp. Mówił, że chyba można porównać to z żalem za utraconym dzieciństwem, choć nikt z dorosłych nie marzy przecież o krótkich majtkach. Opowiadał o profesji, która pozwala wyzwalać w sobie nieprzewidywalne bogactwo, uwalniać od ambicji i wstydu, aby wypełnić rolę, która pozwoli odnaleźć inny wstyd i odmienne ambicje, odkrywać kolejne postacie i doprowadzać je do ekstremum, do stanu, o którym nawet nie odważylibyśmy się myśleć, a który poznać możemy na scenie. Tak, aktorstwo jest wspaniałe, bo pozwala ukryć się przed sobą, przed światem i może dlatego trzeba je przekroczyć... Pozwala wewnętrzną pustkę stroić w królewskie szaty, a nawet więcej – nadać jej boską rangę. Tak mówił Grzegorz. Mówił również, że może tym bardziej paradoksalnie żal mu tych możliwości, bo otworzył je przed nimi Mistrz. Wcześniej byli odrzuceni, przez urzędników teatru wyrzuceni poza nawias aktorstwa. Pogrążyli się w niebycie, skąd wydobył ich dopiero Mistrz. To on otworzył przed nimi nieskończony świat teatru, a teraz każe im iść dalej i oni rozumieją, ale żal im...

Pamiętał Zbyszka Jurgę – on też tego słuchał. I wtedy albo teraz nad zwietrzałą kawą uświadamia sobie, choć nie wie, co było wtedy, a co teraz, że po raz pierwszy widział osad goryczy w kącikach ust zawsze pewnego siebie Zbyszka, który zarazić chciał wszystkich swoją afirmacją, ale wtedy nie mówił nic.

Potem, już po ich powrocie z Ameryki, chciał zabrać Ryszarda do tej kawiarni. – Chodźmy na kawę – powiedział, ale Ryszard chyba nie słyszał nawet jego słów. Mruknął coś, nieuważnym gestem uwolnił łokieć od dłoni Piotra i odszedł, patrząc przed siebie nieobecnym wzrokiem.

Nic nie było już jak wcześniej. Rozdrażniony Zbyszek, Grzegorz, który usiłuje przywrócić dawny nastrój, opowiadając jakieś żarty, ale co chwila przerywa i zapada w ponury nastrój, aby za chwilę znowu próbować odpędzić go tanim dowcipem. Kiedyś, nieomal przypadkiem, natrafił tu na Ryszarda i Jana. Dosiadł się do nich i wtedy zauważył, że zachowują się dziwnie. Byli podnieceni i nieomal wykrzykiwali swoje kwestie. Komentowali decyzję Mikołaja Burana, który postanowił wyjechać i założyć własny teatr. Na początku mówili o nim niemal jak o zdrajcy. Potem przypomnieli sobie, że Mikołaj rozmawiał o swoim projekcie z Szymonowiczem jeszcze przed ich wyjazdem do Ameryki, a Mistrz podobno zaaprobował go. Co więcej, już jako widomy znak uznania, zabrał Mikołaja na tę ekskluzywną przecież wyprawę. I wtedy obydwaj nagle zaczęli zachwycać się projektem Burana. Błyskawicznie tworzyli siatkę trwałych instytucji, które miałyby opleść kraj. Miały być nieomal czymś na kształt ośrodków misyjnych przekształcających życie narodu. Piotr zastanawiał się, czy nie są pijani. Zachowanie ich przypominało euforię pijaków wznoszących na mokrym stoliku makiety lepszych światów i obalających je jednym toastem na rzecz kolejnych projektów. Maski patrzyły obojętnie. Teraz ślepe obumierały na ścianach.

Szedł skwerkiem, kiedy niebo zaczynało już szarzeć. A potem uliczkami, które niewiele zmieniły się od dwunastu lat. Nie wybierał drogi. Chwilami zdawało się mu, że ktoś go prowadzi. Kieruje jego krokami.

To było przed wyjazdem. Ich wyjazdem do Ameryki. Rysiek opowiadał, że brakuje im wtajemniczenia, które przekazuje się od pokoleń i dlatego ich doświadczenia w Instytucie są niepełne. Przypominał sobie: nad ranem, po całonocnym biciu w bębny, tańcu ptaka, tańcu drzewa, tańcu wiatru, wzniósł się, był ponad miastem, ponad ludzkimi siedzibami, ponad czasem. Jego palce sięgnąć mogły wszędzie. We własnym głosie słyszał głosy tych, którzy byli. Stopy wrastały mu w ziemię. Przebijały ją, wypełniały, oplatały. Czuł jęk i drżenie ziemi. Zawisał nad ognistymi czeluściami, skąd słyszał skomlenie duchów. Mógł wejść w nie. Stawić czoło grozie. Pokonać ból i lęk. I na moment był wszystkim. Zanim zaczął spadać. Zanim upadł na parkiet sali i ocknął się, gdy Ryszard wycierał mu ręcznikiem twarz. Patrzył na Ryszarda i wiedział, że on wie. Był z nim.

Teraz pamięta to znowu. Słyszy łoskot bębna, który jest jak bicie serca, jak łomot wielkiego serca wszechświata wypełniającego mu piersi. Opiera się plecami o mur. Ulica jest rzeką powietrza mieniącą się światłem wszystkich czasów. Postacie przechodniów są przeźroczyste, widmowe ryby skazane na niepełne istnienie. Nad ulicą, nad nim, chmury nocy. Unosi się z nimi, pędzi. Widzi czyjąś twarz, czyjś szept wibruje włóknami ciała, drzewa, kamieni.

Noc spadła na miasto i Piotr odnajduje się na innej, niepamiętanej już ulicy. Czuje, jak siła odpływa. Oddala się i pozostawia go na łasce pustki i wspomnień, które przenikają pory skóry niczym wiatr.

Wyjazd do Ameryki przemyśliwany był już od jakiegoś czasu. To miało być miejsce, gdzie praca Instytutu mogłaby się dopełnić. Ryszard opowiedział Piotrowi, co mówił Mistrz. Bo Mistrz, jak sam zaznaczył, wierzył kiedyś, że trzeba zanurzyć się w samą pierwotność, czas sprzed naszej kultury, odnaleźć szamańskie zaklęcia, praktyki magiczne. Uznał jak Brook, że dlatego jechać trzeba do Afryki albo na Syberię, gdzie dotarł przecież. Lub w poszukiwaniu innej drogi zawędrować do Tybetu, Indii. Tam i tylko tam, jak sądził wcześniej, odnaleźć można moment, w którym nasza cywilizacja rozłamała się. Kiedy potężny duch, jak w *Opowieściach z tysiąca i jednej nocy*, uwięziony został w czarodziejskiej lampie i skazany na wykonywanie poleceń właściciela.

Wcześniej człowiek i duch stanowili jednię, choć zawsze niepewną i zagrożoną. Dlatego człowiek musiał uczyć się współistnieć ze swoim cieniem, studiować go i siebie – dwie strony tego samego. Z czasem nauczył się panować nad swoją mocą, rozpoznawać siebie w obcym i niebezpiecznym żywiole. Uwięziony w lampie duch stawał się tylko jego sługą. Wykonując kolejne polecenia, zatracał swoją tożsamość. Coraz bardziej był zaledwie obłokiem, niczym więcej niż parą, która sprężona mogła jedynie wprawiać w ruch tłoki maszyny zaprojektowanej przez człowieka. A człowiek coraz bardziej ulegał czarowi dającemu mu panowanie nad lampą i uwięzionym w niej duchem. Coraz bardziej istniał jedynie jako właściciel, który ani nie zna, ani nie może poznać swojej własności i tylko stopniowo sam się w nią przekształca. Sam staje się duchem uwięzionym w lampie własnym zaklęciem.

Teraz jednak, jak opowiadał mu Ryszard prawie trzynaście lat wcześniej, Mistrz uznał, że może nawet lepiej dotrzeć do form synkretycznych. A więc nowych, zmienionych postaci dawnych obrzędów i rytuałów, które przetrwały w innym, obcym sobie otoczeniu. Połączyły się z innymi i przekształciły, ale zachowały swoją istotę. Zasadę jedności i ładu świata. I dlatego dla nas, dzieci technologii, której nie rozumie już nikt, dziedziców specjalizacji, ośmieszającej każdą próbę zrozumienia nawet zbudowanego przez siebie świata, prawdziwym objawieniem okazać może się wudu, candomble i inne kulty murzyńskie, odrodzone w Ameryce Łacińskiej w nowej postaci, ale równie żywe jak niegdyś. Tak opowiadał mu Ryszard, a Rybak czuł, że czeka na dopełnienie wtajemniczenia.

Nie pojechał. Starał się o tym nie myśleć, nie pamiętać. Było ich wielu, a pojechać mogła garstka. Nigdy zresztą nie był asystentem i wiedział, że długo jeszcze nie będzie mógł nim zostać. Wiedział też, że obowiązuje hierarchia wtajemniczeń i nie jemu sądzić decyzje Mistrza. A jednak...

Nad dachem księżyc wpada w klatkę telewizyjnej anteny. Ulicą płynie noc. Piotr czuje delikatne dotknięcie. Czuje obecność, której nie potrafi nazwać. Co jakiś czas dostrzega znajomą postać, która niknie jednak za najbliższym rogiem, a on nie może doścignąć nawet jej cienia. Sam nie wie, czego szuka w tym mieście, mieście rozwiewających się złudzeń. Pozostaje niesmak i zmęczenie. Nie wie, jak dociera na ulicę Ptasią. Wchodzi do mieszkania i ogarnia go radość na widok Elżbiety. Jej odwróconego od niego profilu, ręki, którą poprawia na półce jakąś figurkę. Zaczyna pytać, jak minął dzień, chce usłyszeć jej głos, porozmawiać, ale Elżbieta jest zniecierpliwiona i niechętna. Piotr czuje, że jest niesprawiedliwa, ale rozumie to rozgoryczenie. Próbuje uspokoić ją, objąć, pocałować... Elżbieta opiera się i tym razem nie jest to gra.

Mija nieco czasu, zanim za pomocą konsekwentnie i stopniowo stosowanych zabiegów udaje się mu posadzić ją na łóżku, aby wreszcie pozwoliła się rozebrać, ale jego sukces jest raczej owocem jej pasywności, zmęczenia mijającym dniem. Oddaje się mu obojętna i obca, reagując zniecierpliwieniem na zbyt gwałtowne pieszczoty, tak że i on jest zadowolony, kiedy wszystko się już kończy, a Elżbieta zasypia zwinięta w kłębek i odwrócona od niego. Piotr długo nie może zasnąć, patrząc w szybę, za którą pojawiła się mu kiedyś, wczoraj?, przerażająco znajoma twarz.

– Czy naprawdę pozostała tylko ta wariatka Milena i jej goście?! Przecież ona wymyśliła religię swojego męża, a wszystko, co mówi, kwestionuje sens naszych przedsięwzięć wtedy. Sens Instytutu, nie mówiąc już o tym, co wygaduje o Szymonowiczu, co, powiem ci szczerze, chwilami trudno mi wytrzymać. I ci dziwaczni ludzie wokół niej...

– Trochę cierpliwości – Elżbieta jest dzisiaj wyraźnie w lepszym humorze. – Może to nie jest tak, jak się wydaje na pierwszy rzut oka. Ona nie jest przeciw temu, co robiliście. W każdym razie nie do końca. Przecież uczestniczył w tym jej mąż. Może to, co ona robi, ma jakiś sens. Te rzeczy trudno wyrazić, ale czy zaraz wszystko trzeba wypowiadać... Może ci ludzie nie są wyłącznie dziwaczni. A swoją drogą, nie spotkałeś tam nikogo interesującego?

– Właściwie poznałem trochę tylko tego Mirskiego, to dość szemrana, niepokojąca figura... właściwie pewnie mały cwaniaczek...

– Jesteś niesprawiedliwy. Krzysztof jest inny, a ty masz tendencję do wydawania zbyt pochopnych sądów – Elżbieta wyraźnie się ożywia.

Mirskiego Piotr spotkał niedawno. Kiedy dał się zaciągnąć do knajpy, Krzysztof powrócił do znanego motywu. Pytał, czy Rybak nie przemyślał propozycji jego wschodnich przyjaciół. Interesował się, gdzie ma zamiar zacząć pracę.

– Nie dostałeś jakiejś propozycji od Kalinowskiego? To byłoby ważne! Nie myśl, że chodzi mi tylko o forsę. Mówiłem ci już. To tylko środek! Teraz jest moment na zaistnienie. Ale jak zawsze w takim momencie trzeba decydować się prędko. Tu i teraz ważna jest decyzja. Szybka i męska decyzja. Niepodjęcie jej kosztować będzie najwięcej. Ja mam tu dobre kontakty. Wszędzie w Uznaniu. Stąd wiem. Przyjechałeś, bo liczyłeś, że powrócisz do Instytutu? Schronisz się w nim jak w gniazdku, które na ciebie czeka. Ale słyszałeś pewnie, że nie można wejść dwa razy do tej samej rzeki? Nie ma żadnych gniazdek poza rzeczywistością, nawet na ulicy Ptasiej. Myślisz, że ja nie wolałbym powrócić do tamtej ekstazy, nie kombinując nic... Nie szukając, nie nawiązując kontaktów... Byłem aktorem i poetą, a teraz... ale cóż, jeśli chcemy walczyć ze światem, musimy stosować jego metody. Ucieczka nie załatwia niczego. Ty masz dobre kontakty, masz kredyt zaufania...

Piotr, który wreszcie doszedł do siebie – skąd ten skurwiel tyle o mnie wie? – przerwał mu ostro, że męską decyzję już podjął, nie będzie służył za pośrednika dla gangsterów i nie życzy sobie komentowania swoich postępków, po czym wyszedł, chociaż Mirski przepraszał go i obiecywał, że może zaprowadzić w miejsce, które okaże się dla niego niesłychanie ważne, tłumaczył, że został źle zrozumiany.

– Zasadniczo mylisz się co do Krzysztofa. To nie jest żaden cwaniaczek... Może, może można uznać go za postać kontrowersyjną – Elżbieta jest podniecona i na jej policzkach pojawiają się wypieki.

– A swoją drogą, Mirski był kiedyś u ciebie? – pyta z głupia frant Piotr.

Elżbieta przez moment nie mówi nic, a potem wyrzuca z siebie szybko:

– Chyba tak, owszem, kiedyś, dobrze się znamy. Co do Mileny... Przecież nie odrzuca wszystkiego, co robiliśmy? Może nadaje temu inny sens? Nie jestem od tłumaczenia, ale może właśnie ona pozwala zrozumieć to, czym żyliśmy i jeszcze będziemy mogli... Ona nie ma racji, ale może jest blisko. Tak bardzo szuka... Ja czasami myślę, że niewykluczone, iż właśnie my, w naszym teatrze, zrobiliśmy błąd. Wyobraziliśmy sobie za dużo, nie poszliśmy za Mistrzem i dlatego wszystko skończyło się w ten sposób, musiało się tak skończyć.

Elżbieta przerywa, jakby powiedziała za dużo. Oddycha gwałtownie, patrząc na Rybaka, a potem nagle odwraca się od niego. Mija dłuższa chwila, zanim znowu spojrzy w jego kierunku i spokojnie podejmie rozmowę, chociaż Piotr ma wrażenie, że jej dobry humor prysł.

– A wiesz, że ja współpracuję trochę z teatrem telewizji? Tutaj, w Uznaniu. To tam przepadam czasami wieczorem. Nie lubię o tym mówić, ale... Swoją drogą, wydaje mi się, że znasz Adama Sosnę, tego krytyka teatralnego, który pisał kiedyś monografię Instytutu... On jest teraz redaktorem naczelnym dziennika, ale w teatralnym światku nadal uchodzi za guru...

– Nie znam go właściwie. Z trudem i dopiero za drugim razem mnie rozpoznał – przerywa Piotr.

– Aha, więc słabo go znasz. On ciągle trzęsie tym światkiem – Elżbieta waha się.

– Niestety, tak jakbym go nie znał.

– Aha, więc prawie go nie znasz... W takiej sytuacji chyba nie ma o czym mówić, nie ma sprawy... – Elżbieta zawiesza głos, ale Piotr nie kontynuuje rozmowy.

VIII

– Czy to wszystko miało sens?! – rozpoczął ktoś ze sporej grupki osób, która zebrała się dziś u Mileny. Rybak ze zdumieniem zobaczył Łukasza Piotrowicza, pozdrawiającego go z uśmiechem, jak dawno niewidzianego przyjaciela. Z grupy pogrążonej w mroku pokoju, ostrym zarysem wyodrębniła się nagle przed Piotrem blada twarz dziewczyny, przypomnającej mu Zofię, chociaż – jak zdał sobie sprawę – w niczym nie była podobna do Elżbiety.

– Nasza praca, nasz wysiłek, nasze poświęcenie, czy były tylko pomyłką, bezsensowną i ślepą nadzieją? – mówił ktoś ciągle i wtedy również inkantacyjnym zaśpiewem wzniósł się głos Mileny wykrzykującej: Nie, nie, nie! – Czy poświęcenie nasze miało sens? – wykrzykiwał ktoś nadal. – Tak, tak, tak – odpowiadała Milena – bo w tym oszustwie była prawda, bo w każdym oszustwie jest prawda, bo w największym oszustwie odkryć można prawdę największą!

– Czy nasza śmierć miała sens, czy nasza śmierć miała sens, czy nasza śmierć miała sens?! – powtarza ktoś rytmicznie i uparcie, powtarza bez przerwy.

W pokoju robi się coraz duszniej i ciemniej, Piotr czuje się jak na nierealnej karuzeli, bliski utraty przytomności. Nie potrafi odróżnić otaczających go ludzi, którzy poruszają się spazmatycznie, wykrzykują coś i podrygują, wykonując jakby taniec, a do Piotra ze wszystkich stron dochodzi okrzyk – pytanie: nasza śmierć, nasza śmierć. I widzi Zbyszka Jurgę, widzi jego twarz, słyszy głos wołający coś o odrodzeniu, widzi twarz jakiegoś mężczyzny, który staje się Zbyszkiem, i krzyczy, że powrócą, odnajdą się, wcielą; i widzi Grzegorza Antonickiego, który z końca pokoju podnosi się jak ogromny ptak, bo to on opanowuje i przekształca ciało i twarz innego człowieka, zawodzi swoim potężnym głosem, opowiada i śpiewa, a tuż obok Piotra podrywa się Jan Młodziak, wyskakuje w przestrzeń, jakby powietrze było jego żywiołem.

Przed Piotrem wyrasta Ryszard. W rzeczywistości to Mirski, ale właściwie Ryszard, który nieomal z bólem, pokonując ból, uśmiecha się i mówi coś o brzemieniu, i wykrzykuje zaklęcia w obcym języku. Milena, skręcona, przygięta do ziemi, wstrząsana konwulsjami podrywa się i intonuje nie swoim głosem, lecz głosem Zygmunta, opowiada, że mieli odzyskać teatr, święty teatr, który utracili na nowo, oszukani...

Pokój przygniata cisza. Zmęczenie jest duszne i oblepia jak pot. Elżbieta wstaje i idzie ku drzwiom, dając Piotrowi znak, aby nie szedł za nią. Pochylone ku ziemi, spoczywające na podłodze, krzesłach, kanapie, parapecie okiennym, przez czas jakiś bezwładne, jak kukiełki opuszczone przez animatorów, sylwetki gości zaczynają się poruszać, prostować. Niektórzy wstają. Ktoś otwiera okno, do pokoju dociera szum ulicy, zapach spalin i brudne powietrze, które pozwala oddychać. Rybak patrzy na pogrążoną w rozmowie z Łukaszem dziewczynę, nadal przypominającą mu Helenę. Z mieszkania wychodzi Mirski. Dziewczyna przypominająca Zofię i w nieokreślony sposób podobna do Mileny spogląda na Piotra, który zbyt długo waha się, czy podążyć za Mirskim. Kiedy wychodzi, przed domem nie ma już nikogo.

W pustym mieszkaniu pełno jest Elżbiety. Jej obecność osiadła na ubraniach rozrzuconych na krześle i w otwartej szafie, wygląda spomiędzy postaci stłoczonych na parapecie. Piotr następuje na figurkę przewróconą na podłodze. Pochyla się, sięga i dłoń wypełnia mu opasły bóg z głową słonia – Ganesia, bóg pomyślności i dobrego początku.

Rozgardiasz glinianych istnień. Tandetne wzory symboli utraciły swoje znaczenie, zapomniały swoje kraje i teraz w niemym stuporze zagracają maleńkie mieszkanie. Rumowisko wizerunków, które już nic nie znaczą. Teraz łączy je tylko dotknięcie palców gospodyni, która nieuważnie powołała je do istnienia. Osiadły na nich zapomniane sny, niedomyślane marzenia, przedsięwzięcia równie nieforemne, jak ich postacie w dziecinnej nadziei zaklęcia świata.

Istnienie pozostawione na sprzętach ulatnia się z czasem. Jego smutek to nostalgia wietrzejących wspomnień. Poczekam tu, myśli Piotr, poczekam na Elżbietę.

Budzi się, kiedy Elżbieta ostrożnie wślizguje się do łóżka, by go nie zbudzić. – Daj mi spokój, jestem zmęczona – powtarza sennym głosem, gdy on wchodzi na nią, w nią, w złości i bezskutecznie próbując wyrwać z letargu, uzyskuje tylko kilka automatycznych poruszeń. A potem Elżbieta śpi, a on pozostaje naprzeciw okna w połyskach odległego światła. Cienie ludzko-zwierzęcych postaci splatają się, wyrywają w konwulsyjnych poruszeniach i nieruchomieją w niedokończonym geście, w ciemnym korowodzie na szybie.

– To może być twój gabinet – mówi Kalinowski, gestem gospodarza ogarniając spore pomieszczenie z obowiązkowym biurkiem prawie na środku i szafami pod ścianą, po czym, jakby kontynuował przegląd mebli, wskazuje gładkiego człowieka bez wieku: – A to Tomasz Jarema, dyrektor urzędu miasta, który może być twoim najbliższym współpracownikiem, bo ty będziesz... No... jak możemy nazwać twoją funkcję? Pełnomocnik do spraw kontaktów politycznych? Koordynator?

– Jakoś się to wymyśli – ułatwia Jarema – ważne, aby pan Piotr się zgodził – uśmiecha się zawodowo. – Ma pan dobrą kartę, żadnych afer, żadnych awantur i, co najważniejsze, nie jest pan stąd, a my potrzebujemy właśnie takiego mediatora, bo okazało się, że nikt od nas nie potrafi już sprostać tej roli. Wszyscy są tak skonfliktowani, każdy zdążył się już komuś narazić, tak że jedyna nadzieja w kimś z zewnątrz, w panu właśnie. Mam zresztą pomysł, aby pan przejął równocześnie jakąś ważną funkcję w mieście. Szefa miejskich zamówień na przykład...

– Ależ ja się na tym w ogóle nie znam – protestuje zdumiony Rybak.

– Nic nie szkodzi, znać się będą pana zastępcy, a pan będzie pilnował, aby to wszystko szło jak należy, bez przekrętów.

– Co ty, Tomku – Kalinowski zaniepokoił się – chcesz wpakować go w miejsce, gdzie zaraz będzie musiał się komuś narazić?! To jak on będzie wtedy mediował?

– Nie rozumiesz – Jarema uśmiecha się chłodno – przecież zamówienia miejskie to rodzaj kompromisu. Jeżeli będziemy chcieli połączyć nasze prawicowe partyjki w koalicję, musimy je związać również ekonomicznie i żadnej z nich nie zrazić. Jeśli więc pan weźmie na siebie tę niewdzięczną, acz nieocenioną – ukłon w stronę Piotra – robotę, dobrze, aby miał pan już w rękach narzędzia. Pan mówi, że się nie zna! A to przecież pan będzie musiał znać się najbardziej na układach, na tym, kto z czym jest powiązany, kto jest czyim eksponentem, czyli kto jakie zamówienie powinien dostać...

Rybak ma wrażenie, że w głosie Jaremy czuje ironię, zwłaszcza kiedy ten nieomal czołobitnie powtarza: a to przecież pan...

– Dobrze, w porządku. O tym pogadamy później – mówi Kalinowski delikatnie, acz stanowczo prowadząc przed sobą Piotra, który ciągle nie może wyjść ze zdumienia.

– Mam nadzieję, że przyjmie pan naszą propozycję. Byłbym zaszczycony, mogąc z panem pracować – głos Jaremy brzmi grzecznie, ale Rybak jest niemal pewny dźwięczącej w nim kpiny.

– To się nazywa gra grup interesów, lobbing czy jak tam chcesz. Praktyka najbardziej cywilizowanych demokracji. Bo to nie korupcja czy zwykłe kumoterstwo. On pracuje w urzędzie miasta i zna te sprawy – tłumaczył Kalinowski, wchodząc do Casablanki i wymieniając ukłony z Nawrockim, który na ich widok rozpromienił się i nieomal podniósł z krzesła. W dwóch mężczyznach, którzy za chwilę dosiedli się do niego, Piotr rozpoznał Mirskiego i Piotrowicza. Tymczasem Kalinowski przekonywał go, że wbrew pozorom i temu, co powiedział Jarema, jego potencjalne zadanie nie byłoby aż takie trudne.

– Strategię ustalalibyśmy razem, a do pomocy mielibyśmy specjalistów. Choćby takich jak Jarema. To troszkę dziwna postać i nie jestem pewny, czy możemy mu ufać do końca, ale na pewno fachowiec. Czasami musimy akceptować ludzi dawnego układu, a on na razie jest cenny, bo wyczuwa siłę, rosnącą falę. Ale tam to ty będziesz ważny. Ty po prostu masz dobrą kartę, dobre nazwisko i mógłbyś ludzi przekonać do sensownych działań, do których i tak są przekonani, tylko uwikłali się w konflikty i ambicyjki. Ty dałbyś im możliwość wyjścia z tego, nawet w ich odczuciu zachowując twarze.

– A wiesz, to nieprawdopodobne, ale prawdziwe, zwrócili się do mnie gangsterzy ze Wschodu, abym ułatwił im z tobą kontakt. Chcieli z miastem robić jakieś interesy. Rosjanin i Ukrainiec. Podobno mają w rękach cały ten wschodni handel w Uznaniu. W każdym razie gadali, że pośredniczą już w najbardziej poważnych i całkowicie legalnych interesach. Czy to nie zabawne? – Rybak śmieje się, ale Kalinowski zachowuje powagę.

– To rzeczywiście ekscentryczny pomysł, aby robić interesy z gangsterami. Gdyby jednak w grę wchodziła poważna firma... Nie możemy nic z góry przekreślać. Wiesz, powiem szczerze, z tobą mogę być szczery, nie wymagam świadectw moralności od kontrahentów handlowych.

Może bym i wolał, ale nie mam wyboru. Widziałeś na przykład tego rozpartego w głębi kawiarni faceta? To Nawrocki, słyszałeś pewnie. Właściciel może trzeciej części miasta. Każdy, kto jest na tym rynku, musi robić z nim interesy. Twoi rosyjscy gangsterzy nie dorastają mu do pięt. To bandzior na naprawdę wielką skalę. A co najważniejsze, działa w gangu na skalę krajową. Bo mamy już do czynienia z postkomunistyczną mafią, i to mafią, która zaczyna monopolizować rynek naszego kraju. Więc co? Z Nawrockim biznesy robić muszę, a innych oglądać mam przez lupę? W efekcie za rok Nawrocki będzie właścicielem całego miasta. – Mirski i Piotrowicz dostrzegli Piotra i zaczęli machać mu przyjaźnie. – Nie zrozum mnie źle. Oczywiście nie ma mowy o podejrzanych interesach. Ale jeśli w grę wchodzi poważna firma i wszystko jest lege artis...

Właściwie nie wiedział, gdzie idzie. Uświadomił sobie, że spacery, na które wybierał się w celu przemyślenia spraw-domagających-się-rozwiązania, były raczej ucieczką w niemyślenie. Rzeka wrażeń porywała go i oddzielała od myśli, stymulowała jedynie strumień świadomości niezależny od niego jak wydarzenia ulicy. Teraz prowadziło go światło, które prześwietlało przechodniów, zniekształcało maski samochodów na moment stające się lustrem blasku, aby odbić się od szyb wystaw i przekazać lśnienie dalej, kolejnym taflom szkła jak temu oknu kawiarni, które mijał, skąd ktoś machał do niego. Dziewczyna od stolika przy oknie po drugiej stronie szyby przyzywała go niemymi gestami. Przypominał ją sobie, ale dopiero kiedy dostrzegł, że gotowa jest wybiec na ulicę i zagłębił się w zadymione, szumiące wnętrze, zorientował się, że to ta właśnie, jak myślał wtedy, podobna do Zofii dziewczyna przyglądała się mu w mieszkaniu Mileny.

– Cieszę się, że zauważył mnie pan jednak. Miałam ochotę porozmawiać z kimś, a tymczasem napatoczył się pan, ale niezależnie od wszystkiego, panu właśnie chciałam zadać kilka pytań – mówiła, wskazując mu miejsce przy dwuosobowym stoliku. – Jestem Marta Majak, córka Mileny – przedstawiła się wyraźnie rozczarowana.

Po kilku zdawkowych uwagach wymienionych nad stolikiem zapadła osaczona gwarem cisza kawiarni. Rybak ciągle oszołomiony zastanawiał się, czy do Marty przysiadł się wyłącznie z powodu jej młodzieńczej urody i czy może oddać się tylko postrzeganiu – patrzeniu na ulicę, w której przegląda się twarz Marty, bez wysilania się na męski śpiew godowy, grę, na którą nie ma i nigdy nie miał ochoty. Kończą się pieniądze, a więc kończy się beztroska, której nie potrafił dotąd docenić. Piotr usiłuje odczytać swoją sytuację. Czy będzie musiał przyjąć propozycję Józefa, a więc kuchennymi drzwiami wrócić do polityki, którą opuścił frontowym wejściem? Jakie inne możliwości otwierały się przed nim tu, gdzie przecież chciał zostać, bo nie tylko nie zrezygnował z poszukiwań, ale nawet miał uczucie, że tuż obok, obok jego działań i myśli, rozpościera się ciągle dla niego niedostępne i tajemnicze równoległe miasto i może przejście do niego stanowi ciemne mieszkanie Mileny... Dlatego nie może wyjechać stąd, a zresztą Elżbieta... Ma więc wybrać rolę integratora sił prawicy na poziomie samorządu miejskiego mimo decyzji, którą podjął ledwie kilka miesięcy temu...

– Czy znał pan mojego ojca? – Marta wpatruje się w niego intensywnie. Nie ma już w niej nic z kokieterii, pozostaje uważne spojrzenie nieletniego śledczego.

– Znałem. Oczywiście. Jak mogłem go nie znać? Spędziłem w Instytucie cztery lata, a pani ojciec...

– Mój ojciec był skonfliktowany z waszym Mistrzem, który był przecież władcą absolutnym tego ośrodka.

– Może to niewłaściwe słowo: władca...

– Co, czuje się pan urażony? – przerywa mu Marta. – Wiem, że wszystko można nazwać inaczej, tylko czy ma to sens? Ten Szymonowicz decydował o wszystkim i przecież nikt nie odważył się mu przeciwstawić?

– Może nikt nie chciał, bo uznawaliśmy jego wyższość, jego... zresztą w takiej instytucji ktoś musi być szefem, żeby wszystko mogło funkcjonować, a to on stworzył Instytut.

– Ale mama mówi, że to szarlatan, a pan ani nikt inny nie protestuje!

– Wie pani, że obowiązują zasady dobrego wychowania i trudno pani domu... zresztą rozumiemy jej sytuację i całą tę tragedię...

– Dobra, dobra – Marta jest zniecierpliwiona, a Rybak czuje się, nie wiedząc dlaczego, nieszczerze i głupio. – Ale nikt nie ma obowiązku przychodzić do nas i wysłuchiwać tego, co mówi moja matka! Przecież zgodnie z tym, co myślicie, mój ojciec był zdrajcą! Zdradził Szymonowicza i was, poszedł na układ z komuną, i to w heroicznych czasach stanu wojennego – ironia Marty, tak jak jej skrzywiona twarz, nie jest wesoła. Piotr czuje się zupełnie zgubiony.

– Rzeczywiście, trudno wyjaśnić. To bardzo skomplikowana sprawa... Wybory w tamtym czasie, szczególnie w odniesieniu do spraw Instytutu, a więc nie polityki...

– Dobrze, dobrze – dziewczyna przerywa mu znowu ze skrzywieniem ust, które oznaczać ma uśmiech, a wyraża nieomal pogardę. – Wie pan, właściwie tamte starocie wcale mnie nie interesują. Niech matka wałkuje je do woli, ale beze mnie. Mnie zaczyna to już mdlić. Chciałam tylko zapytać, dlaczego przychodzi pan do nas?

Popłoch Piotra narasta i czuje się jak aktor, wyciągnięty na scenę, aby grał rolę, o której nie ma pojęcia. Jak swojego czasu w dziwnych momentach, w czasie przedstawienia...

– Wszystkich nas łączy przeszłość. Coś bardzo intensywnego, co przeżyliśmy tutaj, więc próbujemy, każdy na swój sposób, odnaleźć sens tamtego czasu...

– W porządku, ale matka stworzyła coś w rodzaju religii mojego ojca. A pan chyba nie należy do jej wyznawców – Marta jest już otwarcie ironiczna.

Zmieszanie Piotra przeradza się w agresję:
– A czemuż to zawdzięczam, że upatrzyła mnie pani na obiekt swojego dochodzenia? Przecież pytanie to równie dobrze może pani zadać wielu z tych, którzy przychodzą do pani matki?

Po raz pierwszy Marta wygląda na zakłopotaną.
– Bo może pan mi się podoba – odpowiada, niezdarnie usiłując udawać ironię. Po chwili niepewności kontynuuje: – Bo ja rzeczywiście mam wrażenie, że wielu spośród przychodzących nie podziela jej wiary w ojca, nie interesuje ich to nawet i przychodzą z innego powodu, przychodzą... właśnie, po co przychodzą?

Elżbiety znowu nie było. Piotr spacerował wzdłuż okna, przestawiając figurki i wreszcie zdecydował się pojechać po nią. Nie wiedział dlaczego. Ich stosunki wyraźnie się psuły. A właściwie stopniowo ulegały redukcji. Nawet łóżko zbliżało ich coraz mniej. Coraz rzadsze chwile, kiedy Elżbieta pogrążała się w seksie i zapominała, kiedy sama potrafiła przejąć inicjatywę i uwalniając się od wstydu, stawać kimś innym, kończyły się w momencie spełnienia. Potem Piotr nieomal przestawał ją interesować. Zwykle jeszcze przytulała się do niego, ale czuł, że był jedynie ciepłym istnieniem, w którym chciała się ukryć. Rozmawiali coraz mniej. Pomimo wspólnego mieszkania widywali się też coraz rzadziej. Po raz pierwszy Rybak pomyślał, że oprócz problemów uczuciowych do rozwiązania pozostanie mu jeszcze problem mieszkaniowy.

Czuje, że Elżbieta chce w jakiś sposób ograniczyć swoją egzystencję, przestrzeń, którą zajmuje, wydarzenia, w których uczestniczy, a on przeszkadza jej w tym. Może był to problem dwóch przestrzeni jej życia. W mieszkaniu mogła się schronić. Wolna od gry i napięcia, rozluźniona i bierna mogła ograniczać się do trwania. Bez niespodzianek. Rzeczy zgromadzone w jej mieszkaniu: figurki, plakaty, płaskorzeźby z materiału i sznurka, pojedyncze książki, składały się na rzeczywistość zaspokającą prawie wszystkie, jeśli nie wszystkie jej potrzeby. I do tego mieszkania, swojej skorupy, przypadkiem i nieopatrznie wpuściła obcego. Teraz usiłuje się wycofać. Wewnątrz mieszkania wytworzyć kolejną skorupę, która powoli otacza ją niewidzialnym pancerzem. Ale ochronna muszla jeszcze nie stwardniała. To jeszcze skóra. W epidermie drżą nerwy, które tak łatwo urazić, a skazany na niewiedzę Piotr potrąca je ciągle. Budzi ból. Nowa skorupa jest niegotowa. Obcy jej przeszkadza. Może dlatego Elżbieta coraz rzadziej pojawia się we własnym mieszkaniu. Jej gesty przed snem, poruszanie się w mieszkaniu tak kontrastują z pewnym siebie zachowaniem na zewnątrz. Świat Elżbiety wydaje się Piotrowi wyłącznie wycofywaniem, ucieczką w siebie, usypianiem.

Czasami Elżbieta potrzebuje jednak kogoś, myśli Piotr. Odzywa się w niej dawna namiętność. To wtedy opuszcza mieszkanie. Rybak spotkał ją podczas jednej z takich chwil. Wtedy przez moment żyła dawnym życiem. Poszukiwała kogoś, aby podziwiał wydobyte na światło dzienne, a chronione na co dzień klejnoty jej dawnych doświadczeń. Jednak świat jest obcy i żarłoczny. Dlatego trzeba chronić przed nim swoją przeszłość w zamkniętej i bezpiecznej przestrzeni, coraz mniejszej, która powoli kurczy się do granic ciała. Coraz uważniej trzeba osłaniać ją przed obcymi. A mimo wszystko przeszłość od czasu do czasu pozwala i każe przeżywać swój miniony smak. I dlatego, choć coraz rzadziej, Elżbiecie zapalają się oczy i różowi skóra policzków. Świat wypełnia teraźniejszość – czas obumierania.

Na portierni telewizyjnego ośrodka bezskutecznie wyjaśniał umundurowanym i gburowatym strażnikom, do kogo przyjechał. Brak przepustki absolutnie uniemożliwiał wejście, nazwisko Elżbiety nie mówiło im nic, a tłumaczenie o programie poetyckim wywoływało tylko niechętne zdziwienie. W geście wyjątkowej grzeczności pozwolili mu skorzystać z wewnętrznego telefonu, co Piotrowi w niczym nie mogło pomóc.

Trwał na ławce w poczekalni, zdecydowany czekać na nią do końca, gdy stanął przed nim Mirski. Rozwiązanie problemów Rybaka zajęło mu chwilkę. Błyskawicznie pojawił się telefonicznie wezwany przez niego człowiek, aby wprowadzić ich, podczas gdy Krzysztof gadał bez przerwy.

– Przyszedłeś do Elżbiety? Może być niezadowolona. Ta jej rólka jest trochę niepoważna. To statystowanie raczej. Zgodziła się na nie głównie dlatego, aby wejść z powrotem do branży. Próbuje już jakiś czas, niestety, bezskutecznie, a miała takie możliwości... Chociaż może tak się wtedy wydawało? To jednak tylko jedna rola, aczkolwiek dobra. No cóż, nie tylko ona zaraziła się wtedy tym... jak to nazwać? Złudzeniem? Wydawało się im, że swoim spektaklem zbawiają świat. Nie chciałbym z tego żartować. Ale nie można żyć przeszłością. Elżbieta uświadomiła to sobie chyba trochę za późno. Mówię to, bo dobrze jej życzę.

Piotr coraz bardziej przygnębiony i zażenowany również tym, że nie może powiedzieć troskliwie odprowadzającemu go Mirskiemu, aby poszedł w diabły, właściwie najchętniej uciekłby, ale wchodzili już do jaskrawo oświetlonego studia.

Na dwustopniowym podeście cztery ubrane w białe tuniki kobiety tworzyły chór. Jedną z nich była Elżbieta. Deklamowały wpatrzone w horyzont namalowany na ściance studia:

Chmury nad nami rozpal w łunę, / Uderz nam w serca złotym dzwonem, / Otwórz nam Polskę, jak piorunem / Otwierasz niebo zachmurzone. / Lecz nade wszystko – słowom naszym, / Zmienionym chytrze przez krętaczy, /

Jedyność przywróć i prawdziwość: / Niech prawo zawsze prawo znaczy, / A sprawiedliwość – sprawiedliwość.

– Nie, nie – mężczyzna ze srebrzystą kitką związanych z tyłu włosów wdarł się na scenę.

– Pamiętam go – szeptał ktoś za Rybakiem. – Umiał robić akademie, nawet ten sam tekst robił na rocznice Peerelu, ten sam montaż *Kwiatów polskich*, tylko wtedy znaczyło to coś innego. Teraz on mówi, że właśnie w ten sposób przemycał różne nieprawomyślne aluzje. Tak przemycał, że dostawał za to nagrody i odznaczenia partyjne. Tylko w sześćdziesiątym ósmym Tuwima wolał nie ruszać.

– Nie, moje panie, to jednak jest poezja. Trzeba czuć, co się mówi – reżyser stał przed chórem i jak rozjuszony dyrygent wymachiwał rękoma – to nie jest konkurs piękności. Nie strzyżemy oczkami na jurorów. Patrzymy daleko przed siebie. Horyzont jest tam – palec reżysera godził w zamalowaną na niebiesko z czerwonawymi półokręgami tekturę – tam jest zwiastun tego, co nadchodzi, a my wypatrujemy, usiłujemy wymodlić to, co nadejdzie. Dostojeństwa trochę. Ja wiem, że paniom nieco trudno, ale trzeba się postarać i poudawać. No więc raz jeszcze!

Rybak przysiadł z boku na schodkach, usiłując nie dostrzegać tego, co dzieje się w studio. Obok niego usadowił się Mirski.

– Chciałem pogadać z tobą i nie obawiaj się, ani słówka o interesach, chyba że o takich, jakie ty chcesz robić! Musimy się umówić. Broń, panie Boże! Nie zaproszę cię już do Odessy, ani nie spotkam z Saszą czy Michałem. Nie chcesz, to nie. Mam dla ciebie kontakt, za który będziesz mi wdzięczny, ale nie w tym rzecz, zasłużyłeś sobie na to. Trzeba trochę przejść, trochę pomęczyć się... zawsze odnajdziemy bramę albo choćby furtkę, no to umawiamy się!

Elżbieta przeszła obok zdecydowanym krokiem, furkocząc rozwiewającą się tuniką i nie zauważając ich. Piotr musiał krzyknąć, żeby się odwróciła. Zdecydowanie ustąpiło miejsca zmieszaniu, popłochowi, aby potem wraz z rumieńcem przejść w fazę agresji.

– Witam panów – uśmiechnęła się sztucznie, a potem zwróciła z pytaniem bezpośrednio do Piotra. – Po co przyszedłeś?

– Ja? Po ciebie – wybąkał zdziwiony.

– Chcesz sprawdzić co robię? Jaką rolę gram? I co? Napatrzyłeś się?!

– Nie rozumiem, przyszedłem żeby cię spotkać i odprowadzić. Przecież sama mówiłaś, gdzie grasz. Przyszedłem, żeby cię zabrać. Stęskniłem się...

– Cóż chcesz od człowieka – wtrącił się wyraźnie rozbawiony Mirski – przyleciał tu na skrzydłach uczucia...

– A ty co, występujesz w roli jego adwokata, wynajął cię? – jeszcze ostro, ale już z cieniem uśmiechu Elżbieta zwraca się do Mirskiego.

– Nie sądzę, abym potrzebował adwokatów. Nie przypuszczałem, że wywołam u ciebie taką złość. Po prostu chciałem cię zobaczyć – teraz Rybak czuje, że zaczyna ogarniać go gniew.

– Nie jestem adwokatem, tylko wprowadzającym, przypadkowo trafiłem na Piotra, który nie potrafił dać sobie rady z cerberami, teraz nie będę przeszkadzał zakochanym – Mirski nadal dobrze się bawi. – Więc oddalam się, pamiętaj Piotrze...

Ktoś z telewizyjnych znajomych Elżbiety odwoził ich samochodem, w drodze powrotnej uśmiechnęła się do Piotra. Przy herbacie, którą robił naburmuszony Rybak, napięcie powoli ustępowało. Miał wrażenie, że Elżbieta chce się usprawiedliwić z telewizyjnej chałtury. Mówiła, że miała to być całkiem inna rola, a na tę zgodziła się, bo stwarza szansę na kolejną. Tłumaczyła, że zastanawia się, czy wrócić do zawodu. Długo wahała się, ale wielu przyjaciół, i Krzysztof, namawiało ją, aby jednak spróbowała, bo jej powołanie... a to, co będzie robić, w niczym nie zdeprecjonuje tego, co zrobiła... Wyrzuciła mu delikatnie, że nie chciał jej pomóc, ale jego protesty zbyła tylko i wreszcie wszystko jak zwykle skończyło się w łóżku, gdzie było im tak dobrze, jak nie zdarzyło się już dawno. Kiedy zasnęła wtulona w niego, a Piotr jak zwykle nie spał jeszcze, pomyślał, że to nie o niego jej chodziło. Był tylko kimś, do kogo mogła mówić, przed kim mogła się usprawiedliwiać, z kim wreszcie mogła iść do łóżka i zasnąć przytulona... Tylko przypadkiem tym kimś był akurat Rybak. Zasypiając dużo później, po długiej wędrówce po pokoju i medytacji przy rozjaśnionej dalekim światłem szybie okna, pomyślał, że może czas zdać sobie sprawę, iż jest to norma, a wszystko inne jest tylko literacką egzaltacją. Czas się przyzwyczaić.

Zdał sobie sprawę, że Mirskiego traktuje w inny sposób, od kiedy zobaczył w nim Ryszarda. Nie analizował nigdy tego, co przydarzyło się wtedy u Mileny, unikał myślenia na ten temat, ale pamiętał twarz Krzysztofa przepoczwarzającą się w Ryszarda. Rybakowi trudno było nawet uzmysłowić sobie, co zdarzyło się wtedy, ale nie potrafił już myśleć o Mirskim wyłącznie jak o przedsiębiorczym cwaniaku od podejrzanych interesów. Może to wyrzuty sumienia odzywały się w nim, gdy przypominał sobie Ryszarda i jego odległą śmierć. Próżnia, którą usiłował klajstrować usprawiedliwieniami, że to jego przyjaciel oddalił się pierwszy, zniknął w przestrzeni, do której on, Piotr, nie miał już dostępu i zostawił jemu, im wszystkim, tylko pozbawione duszy ciało... A przecież Ryszard oddalał się, prosząc o pomoc, bezgłośnie wołając o nią, i Piotr nie zauważał tego, może dlatego, że uznał, iż Ryszard oddalił się wcześniej, wyjechał na wyprawę i pozostawił go u wrót rozstrzygającej tajemnicy, dokąd Rybak dotarł po latach prób i wyrzeczeń, aby zastać je zatrzaśnięte przed sobą właśnie? Czy z tego powodu Piotr miał żal do Ryszarda i obwiniał go, choć nie potrafił przyznać się do tego nawet przed sobą? A więc jego ślepotę powodowała zwyczajna zawiść i chęć odwetu?

Teraz, kiedy spotyka Mirskiego, Rybak ma wrażenie, że może jakoś odnaleźć Ryszarda. Tak jak idąc przez miasto, widzi, że pod ścianami domów, poza szkłem i aluminium nowych gmachów, trwa miasto, które znał przed laty. Między przechodniami biegnącymi do swoich spraw, ścigając uciekające na cyferblacie wskazówki, rysują się postacie, które nie całkiem odeszły i czekają na wezwanie, zaklęcie przywracające im istnienie. Nie umarli, chcą podzielić się swoim sekretem, opowiedzieć swoją historię. Przez gwar ulicy Piotr słyszy nieomal ich szept, czuje ledwie wyczuwalne dotknięcie.

– Wiesz, to kolejny krąg wtajemniczenia. Milena była potrzebna. Nie pytaj mnie dlaczego. Nie wiem. Po prostu była... Teraz idziemy dalej – Piotr usiłuje zobaczyć w twarzy Krzysztofa rysy Ryszarda. Chwilami zdaje mu się, że widzi podobieństwo.

Drzwi otwiera im niezwykle chudy mężczyzna. Jego stan szczególnie wyraźnie odbija się na wyciągniętej twarzy i głęboko zapadniętych oczach. Patrzy na Rybaka, który w ciemnych oczodołach widzi tylko żarzące się punkciki. Może nie mieć lat czterdziestu, ale może też zbliżać się do sześćdziesiątki. Wprowadza ich do potwornie zagraconego mieszkania.

– To Henryk Kurlet – przedstawia go Mirski, a właściwie nie tyle przedstawia, co przypomina.

Piotr pamięta. Dwanaście lat temu Kurlet wyglądał podobnie. Był może najbardziej tajemniczą postacią uporządkowanej jednak społeczności Instytutu. Nie był asystentem, ale jako jedyny spoza tej kasty mógł niekiedy grać podobną do nich rolę. Bardzo rzadko, ale jednak prowadził jakieś staże. Rybak nie miał okazji trafić na żaden. Jego miejsce wyznaczała szczególna zażyłość z Szymonowiczem. Niespodziewanie Henryk, którego nie było przez kilka miesięcy w Instytucie, pojechał na wyprawę do Ameryki. Piotr nie widział go więcej.

W pokoju niewiele da się dostrzec. Światło prawie nie przenika przez grube zasłony. Na ścianach wiszą trudne do identyfikacji przedmioty. Maski albo rzeźby, bębny, broń chyba: łuki, oszczepy i sztylety. Rzeźby, broń i egzotyczne instrumenty walają się również na podłodze, jak w trakcie przygotowań do wielkiej przeprowadzki. Henryk wciska się w kąt, stamtąd zmieniony w cień coś mówi, wprawiając w ruch białe promienie kurzu, dzielące przestrzeń pokoju od szpar w zasłonach. Piotr słyszy słowa dopiero po chwili, a może widzi je tylko – ruch drobin światła w ciemności.

– ...że jesteście. Musimy odnajdywać się powoli, zbierać i usiłować rozumieć. Bo nie jest to zadanie dla kogokolwiek pojedynczo. Teraz, kiedy odpowiemy sobie na parę podstawowych pytań, kiedy zaczniemy rozumieć, musimy wspólnie wyruszyć na poszukiwanie. Odnajdywać go w mieście. Odkrywać tamto miasto pod widmem tego, które nas otacza. I cały czas musimy szukać jego, musimy śpieszyć się, bo jest go coraz mniej, bo potrzebuje nas, bez nas jego obecność ulatnia się i pozostawia nas zamkniętych... Jego obecność i siła jest jak brama, którą możemy przejść, ale która zamyka się powoli. Musimy nauczyć się biegać po mieście z zamkniętymi oczami. Uwolnić w sobie ten zmysł, który potrafi nas prowadzić i tak dalece przekracza pozostałe, bo jego natura jest odmienna, bo tylko tak biegnąc, nie szukamy, a odnajdujemy drogi, odnajdujemy cel i odnajdziemy wreszcie cel ostateczny – odnajdziemy jego... Musisz żyć tak, jakbyś biegł z zamkniętymi oczami. Mówił mi wtedy: nie możesz żyć z zamkniętymi oczami. Musisz zdobywać pożywienie, budować dom, rozpoznać innych, ale żyć musisz tak, jakbyś biegł z zamkniętymi oczami.

– Dlaczego wycofał się wtedy, kiedy jeszcze panował? Dlaczego odszedł w momencie swojej największej chwały? Dlaczego odszedł i zostawił ich, zanim wiatr historii nie zburzył jego budowli, której fundament zachwiało jego odejście? Może przeczuwał już wstrząsy i nie mógłby im stawić czoła ani obronić przed nimi konstrukcję wznoszoną przez tyle lat? A może poddał ich próbie największej, aby – gdy sprostają jej – odrodzili się potężniejsi niż kiedykolwiek?

– Dopływaliśmy do wyspy i zielony gąszcz za żółtym jęzorem piasku jarzył się ciemnym lśnieniem. Szliśmy przez wodę, szliśmy przez piasek, szliśmy przez czarnozielone morze, które zamknęło się nad nami...

To nie Henryk opowiadał ukryty w ciemnym kącie zagraconego pomieszczenia. Pozbawiona światła przestrzeń rozsuwa się, kąt z cieniem Henryka odpływa gwałtownie. Ciemne powietrze faluje jak woda. Woda wypełniona gęstym, zielonym światłem powoli rozjaśnia się. Drążą ją żółte promienie słońca. Czasza wody wysoko nad głową napina się, jakby miała pęknąć pod ciśnieniem światła. Coraz bardziej przejrzysta, jasna. I wreszcie otwiera się w ulewie promieni słonecznych.

Nad morzem, coraz bliżej brzegu. Zieleń wody, coraz bardziej piaskowa, jak łachy nieomal białych ziaren bez końca polerowanych językiem fal. Ciche zatoki buczą już rojowiskiem dżungli, która wyciąga grube dłonie liści i spowija zapachem lepkim jak żywica. Powietrze między drzewami niczym woda wibruje tysiącem niewidocznych skrzydełek, usiłujących wyplątać się ze słodkiej pułapki spływających korą soków. Ślina w ustach robi się aromatyczna i kleista jak miód. Dżungla pochłania i trawi wszystko, co znajdzie się w jej zasięgu.

Ponad dżunglą. Ponad wielkim organizmem, który dyszy aromatem gnijących drzew i korzeni, opuchłymi twarzami kwiatów, drąży pnie sokiem owoców, gdzie nie ma ziemi, tylko kolejne płynno-gąbczaste warstwy rozkładających się roślin i zwierząt, gdzie nie ma nieba w zielonych taflach liści. Liście jak drzewa poruszają się w rytm wielkiego serca, które tłoczy zieloną krew roślin. Lecą ponad ich zielonymi przypływami, aż tam, gdzie las kończy się, pęka w szczeliny dróg, odbija od rudawych wydm pól i pastwisk, rozpryskuje o blade groble ogrodów. A przed nimi daleko zaczynają wznosić się skały miast. Wielkie kopce ludzkich termitów. Głazy gorączkowego życia, które fosforyzuje nocą. Między wielkimi domami, między willami i ogrodami, coraz dzikszymi i bardziej zapuszczonymi, między obłupanymi z tynku domkami osłaniającymi się spękanymi ścianami pełnymi dziur, między ruderami, przybytkami z desek, tekturowych opakowań i falistej blachy, w miejscu, za którym wielkie miasto rozpościera się, jak namalowana na płótnie dekoracja – podświetlony kombinacją żaróweczek wizerunek odległego widnokręgu. Wokół grupy ludzi, których podniecenie graniczy z niepokojem, ludzi krążących wokół dużej drewnianej chaty, wyglądającej jak stodoła, i ściszających głos, gdy do niej podchodzą. Ze środka zaczynają dobiegać pierwsze uderzenia bębnów, dołączają do nich inne i powietrze wypełnia rytm, który wielokrotnieje, staje się wibracją krwi, skurczem serca, miarą oddechu. Postacie wypełniające drewnianą halę powoli, w napięciu, odrywają się od ścian i zaczynają tańczyć coraz szybciej, coraz gwałtowniej, gnane łoskotem bębnów. Miotają się w takt ich uderzeń, a ciała tracą swoje kształty i ograniczenia, gdy spadają na nie zawieszone u pułapu coraz wyraźniejsze i bardziej widoczne cienie, które czekają, aby wcielić się, zaistnieć, runąć na tańczącego, wypełnić go, unieść ponad ziemię i jej ciążenie, poszybować. Bogowie tańczą nami. Wszystko jest inne. Minione ożywa w nas, otwierają się przestrzenie, których nie przeczuwaliśmy. Światło i noc, głos i cisza. Nie ma przeszłości ani przyszłości, lęku ani bólu, wątpliwości ani zmęczenia.

Ściany pokoju Henryka uciekają ścigane wzrokiem i rozpływają się w przestrzeni. Między noc czarnych zasłon wdziera się oślepiające światło tropiku. A potem znowu nadchodzi noc i dzień, które wymieniają się na rozpędzonej karuzeli, aby stać się jedną świetlistoczarną obracającą się dookoła kopułą nieba. Jak powietrzny koń wzbija się ponad ludzi i ich domy, ich miasta, frunie, przeskakuje ciążenie, unosząc się w niebo. Zanurza się w pęknięcie nieba pomiędzy nocą a blaskiem słońca. Widzi walkę, ciała przeciwników pękające pod jego dotknięciem jak dojrzałe owoce, których sok użyźnia ziemię, czuje rozkosz kobiet, które zapładnia spojrzeniem. Jego gniew jest zaspokojeniem, gdy pali oddechem niesforne miasto i czuje radość tych, którym daje w posiadanie równiny po widnokrąg rozciągające się u stóp gór, na które dotarli.

Są jak wydrążone skorupy. Ich zmęczenie jest wszystkim, a ciężar pustego ciała wciska w kamienne klepisko. Zmęczenie. Ciężar ciała. A jednak powoli rośnie w nich niepokój. Potem lęk. Łuski ciała wypełnia przerażenie. Rośnie. Nadchodzi. Nadchodzi moment, gdy utracą oparcie. Ich stopy oderwą się od ziemi, obcy wir porwie ich w nieprzytomny strach, nim przeistoczy się w ekstazę, cudzą ekstazę, która ogarnie jak pęd powietrza, zanim staną się posłuszni i będą niczym bezcielesne konie zrośnięte ze swoimi boskimi jeźdźcami.

– A potem wróciliśmy – to już znowu mówi Henryk. Niewidoczny prawie w swoim kącie. Tylko jego głos wprawia w ruch drobiny powietrza w białych pasemkach światła. – Wróciliśmy upojeni i zarażeni. I chyba nie mogliśmy się podźwignąć. A on zniknął. Nawet tam, za oceanem, nie było to proste. Powroty jak z innego świata. Wymagały potem wręcz rehabilitacji. Później nadchodził lęk. Słyszałem o epileptykach, którzy wyczuwają kolejne ataki i boją się ich. Strasznie boją. To było chyba podobne. Pamiętam tamten strach, ale nikt z nas nie wyrzekłby się tego.

Tak pięknej choroby. A tu, po powrocie, było coraz trudniej. Jakbyśmy nie mogli odnaleźć kontaktu z rzeczywistością. Tylko powtarzaliśmy działania, których sensu już nie rozumieliśmy. Przecież tamto wtajemniczenie miało otworzyć nam ostatnie drzwi i pozwolić... przeistoczyć... zmienić nasze istnienie i działanie... zrozumieć do końca...
– Byliśmy między dwoma światami. Tym, skąd przybyliśmy, bo czuliśmy, że to nie kilka tygodni w obcym świecie, gdzie nie było kalendarza ani zegara, ale powrót, odrodzenie się w naprawdę swoim świecie – i w tym mieście, Uznaniu, z którym łączyło nas tak niewiele, że nie wyczuwaliśmy jego realności. Na początku jednak myśleliśmy, że odnowimy świat, do którego wróciliśmy, chociaż dla nas było to przybycie do ledwie pamiętanego kraju. Ich pierwsze staże były jak objawienia, bo wierzyli, że bogowie nadchodzą już, są już tak blisko, że strach zbliżał się do ekstazy. Tak mówili inni, którzy widzieli ich praktyki, co przypomniałem sobie później, bo wtedy... Zdawało się nam, że przywieźliśmy ze sobą bogów. Tam byliśmy wierzchowcami stającymi się jednym z jeźdźcami. Czuliśmy to, gdy świat piętrzył się pod nami. Raz jeszcze przeżywaliśmy namiętności i zwycięstwa, które nie mogą być udziałem ludzi. I wróciliśmy tu. Przybyliśmy do nieomal obcego, nieznanego kraju odległego jak dziecinne wspomnienia.

Naprzeciw siedzi Zbyszek, ale nie widzi Piotra. Patrzy przez niego. Siedzą wokoło: pochylająca się rytmicznie zwalista sylwetka Grzegorza przypomina modlącego się chasyda, Ryszard wykonuje nerwowe ruchy, Jan otwiera usta i chwyta powietrze, usiłując zaspokoić pragnienie płuc. W mroku są jeszcze inni, Mikołaj... A w tyle za nimi, w cieniu, który zmienia pokój w nieskończoność, Rybak rozpoznaje sylwetkę Mistrza, właściwie tylko zarys...
– Było tak inaczej, kiedy wróciliśmy, nie rozpoznawaliśmy tego miasta – Piotr nie wie, kto z nich to mówi. – Nie

potrafiliśmy odnaleźć dawnego miejsca. Wracaliśmy do obcych mieszkań i do ludzi, których z trudem poznawaliśmy. Usiłowaliśmy zachowywać się jak dawniej, robić to, co kiedyś, ale tak naprawdę tylko czekaliśmy, czekaliśmy na tę chwilę, kiedy staniemy się znowu jednym z istotami, które uniosą nas gdzie indziej, a potem, kiedy to nie nadchodziło, czekaliśmy na wskazówki. Na początku jeszcze, na stażach, czuliśmy, że zbliżamy się i przenosimy w ten świat tamte spełnienia, tamten lot, do którego porwać mieliśmy naszych uczniów, ale po jakimś czasie okazywało się, że to tylko wspomnienia, oczekiwanie i wabienie bogów. Bogowie nie nadchodzili, więc jak mogliśmy przyprowadzić do nich naszych uczniów? Nam pozostawał tylko strach, ten moment, gdy traciliśmy oparcie i ziemia jak odbita piłka odlatywała od naszych stóp.

– Czekaliśmy, że on powie, jak mamy teraz odnajdywać drogę. Co robić w Instytucie, który, wydawało się nam, wyczerpał już swoje możliwości i powinniśmy zacząć coś innego, a nie tylko czekać na boskie zespolenie – powinno wyprowadzić nas stąd, ale nie nadchodziło, a my znowu byliśmy tylko aktorami. Aktorami, bo pozostały nam wyłącznie role i wszystko, co robiliśmy, było już wyłącznie grą. Aby istnieć, musieliśmy grać podobno kiedyś nasze, ale nie do końca już pamiętane wcielenia. Jednak on milczał. Nie wiedzieliśmy nawet, gdzie jest i czy jest w Uznaniu. Nie było go. Zostawił nas samych. Kiedy już przeszliśmy próby, zaszliśmy najdalej i tylko nie wiedzieliśmy, co zrobić z uzyskaną mocą. Bo może nie trzeba już było czekać, bo może sami potrafilibyśmy...

– Pamiętałem, że na imię mi Grzegorz. Otwierałem drzwi kluczem, który potrafiłem bezbłędnie umieścić w zamku, tak jak wcześniej wydobyłem go z kieszeni. Ale były to tylko odruchy, mógł je za mnie wykonywać kto inny, wiedza mięśni i ścięgien, która nie odzywała się żadnym echem. Nie pamiętałem nawet, jak znalazłem się przed tymi drzwiami, drzwiami mieszkania Grzegorza Antonickiego. Przeszedłem przedpokój, spacerowałem po pokoju i oglądałem duże fotografie w drewnianych ramkach. Na niemal wszystkich był Grzegorz, który obejmował się z jakimiś ludźmi, podnosił do góry ręce w geście pozdrowienia, kłaniał się, czasami dziwnie ubrany, na tle najrozmaitszych budowli różnych miast świata. Mógłbym przypomnieć sobie, kto stoi z nim, kto ściska jego dłonie, dlaczego całuje tych ludzi i śmieje się szeroko, ale nie interesowało mnie to. Kładłem się do łóżka i wiedziałem, że następnego dnia muszę iść do Instytutu, spotkać ludzi i poprowadzić staże. Nie potrzebowałem nastawiać budzika, bo wiedziałem, że obudzę się dokładnie, kiedy będzie trzeba. Wiedziałem także, że muszę, musimy podjąć kilka ważnych decyzji. Rozstrzygnąć jakieś kwestie, które potrafiłbym nawet nazwać i ująć w słowa, gdyby zależało mi na tym, ale istotne było tylko napięcie drzemiące we mnie, oczekiwanie na skok, nieprzytomny lot: oderwie mnie od ziemi i czasu, i wyda lękowi, aby potem napełnić mocą. Dlatego następnego dnia, kiedy kazałem tańczyć tym, których imiona znałem, ale kim byli lub pragnęli być, nie chciałem nawet pamiętać, bo i tak byli bliscy jak wszyscy inni, wtedy czułem oddech tamtego strachu i podniecenia, a ci na sali byli tak blisko mnie, że mogli być mną albo ja nimi. Ja, a więc ktoś o przypadkowym imieniu i nieważnej przeszłości, miejsce, skąd ktoś inny postrzegał świat.

– Rozmawiałem z kobietą, która czekała na mnie – to był już inny głos i mógł należeć do Zbyszka albo Jana. – Mogłem przypomnieć sobie fakty z jej życia i życia tego, którego imię nosiłem, chociaż nie miało to dla mnie znaczenia. Obejmowałem kobietę, bo chciała tego, pieściłem, bo tak zrobiłby ten, którego oczami patrzyłem na świat, chociaż widziałem już co innego, ale gesty, które czyniłem, pozy i miny, w które przyoblekałem swoje ciało i twarz, były jego, bo czyjeś być musiały. Kobieta, nie tak dawno tyle znaczyła dla Jana, którym znowu być musiałem, była mi równie bliska jak te, które mijałem na ulicy i twarze ich mówiły do mnie. Słyszałem ich myśli, nawet te, z których one nie zdawały sobie sprawy. Słyszałem myśli wielu ludzi. Mogłem być każdym, bo nie byłem nikim, jak wszyscy, którzy wróciliśmy.

– Szedłem drogą, którą prawie co rano od wielu już lat chodziłem do Instytutu, albo chodził ten, kim musiałem stać się znowu, bo nie miałem wyboru. Nogi niosły mnie i nie musiałem rozpoznawać drogi, chociaż nie kojarzyła się mi z niczym – mówił chyba już ktoś inny – i tylko niekiedy widziałem skrzyżowanie, a za nim kryły się wspomnienia tego, którego krokami szedłem. Wiedziałem, że słoje mijanych drzew były słojami jego pamięci i gdybym chciał, odtworzyłbym to nie moje już życie, idąc drogą, która towarzyszyła mu latami, ale dlatego właśnie nie chciałem i nie dokonywałem tego wysiłku. Śpieszyłem, aby znaleźć się w sali, gdzie będą już inni, a ja mogę stać się każdym z nich.

– Stałem w budce i patrzyłem na cyferblat. Deska, na której zawieszony był telefon, pstrzyła się od napisów, cyfr, imion i znaków. Cuchnęło uryną. Wiedziałem, że powinienem wykręcić ten numer. Ona czeka już od dawna i nie rozumie. A ja nawet nie wiedziałem, czy powinienem dalej grać to nie swoje uczucie. Udawać miłość, kiedy nawet samo to pojęcie przestało dla mnie cokolwiek znaczyć.

– Jeden przez drugiego zadawali pytania. Chcieli, żebym porównywał coś. Żebym przypomniał sobie, co mówiłem wtedy, i ocenił, czy trafnie przewidywałem... Odpowiadałem nieomal nieświadomie. Składałem nieznaczące słowa w zdania, które udawały, że coś znaczą. Chciałem się wydostać. Uciec spomiędzy bliskich temu, którego istnienie niechętnie i bez przekonania musiałem kontynuować, do nieznanych mu, a więc bliższych mi teraz...

Głosy nakładają się. Rybaka otacza szum zmieniających się monologów. Pokój Henryka jest salą Instytutu pełną stukotu, pokrzykiwań i chóralnego pomruku, który staje się nieomal śpiewem. Drzewa wyrastają z parkietu, a przez park przesuwają się postacie znane, ale inne nieco: niewidzące i nieobecne. Ktoś usiłuje wydostać się z kręgu przyjacielskich gestów i dotknięć, z dymu papierosów i słów. Ktoś patrzy w okno tuż obok głowy nachylającej się ku niemu dziewczyny, która z rozpaczą usiłuje odnaleźć jego oczy.

Postacie wymieniają się miejscami. Kolejno wysuwają na plan pierwszy i ustępują. Twarze zmieniają się, zastępują coraz szybciej i pozostaje wrażenie, że to jedna twarz przetwarza się i zmienia nie do poznania, jedna twarz, która niesie w sobie rysy wszystkich i może stać się każdą.

– A jednak nawet ta pewność kroku okazywała się zawodna. Odnajdywaliśmy się niespodziewanie na środku ulicy w pisku opon i hamulców zatrzymujących się gwałtownie samochodów, przy akompaniamencie klątw wygrażających kierowców. Odnajdywaliśmy się na obcych ulicach, ani wiedząc, jak mamy trafić gdziekolwiek, ani zdając sobie sprawę, jak trafiliśmy tutaj. Nagle budziliśmy się w trakcie rozmowy, nie rozpoznając człowieka przed sobą ani nie wiedząc, co należałoby dalej mówić.

– Nie było już Zbigniewa, Ryszarda, Mikołaja... Nasze związki z poprzednim życiem rozluźniały się. Obcy ludzie byli może nam nawet bliżsi, jednak nasi bliscy stali się tacy jak inni. Mogliśmy być wszystkim i każdym, ale dlatego musieliśmy być nikim. W Uznaniu, swoim dawnym mieście, nieomal nie poznawaliśmy nikogo. Nie poznawaliśmy miasta, nie odnajdywaliśmy dawnych tras wydeptywanych przez lata. Nieważcy, bez bólu i rozterek... Nawet nasze obyczaje opadły z nas jak stare ubrania. Byliśmy obojętnym postrzeganiem, rejestrującym równie nieważne zjawiska – krajobrazy złudy. W obojętności, w której czaiło się napięcie i lęk przed prawdą, która porywa jak czarne światło.

– Potem było coraz trudniej. Tylko wir pustki i coraz bardziej beznadziejne oczekiwanie. Były zdolności, ale nie wiedzieliśmy, jak je spożytkować. Niepotrzebne nam moce. Potrafiliśmy czytać cudze myśli, idąc przez miasto zanurzeni w poszum słów. Potrafiliśmy oglądać ich przeszłe losy. Umieliśmy przenikać mury i widzieć w ciemności. Przenosić się do miejsc w mieście, o których zaczynaliśmy myśleć bardziej intensywnie. Potrafiliśmy przerażać i zmuszać do posłuszeństwa. Porozumiewać się na odległość. Jednak nawet nie wiedzieliśmy, jak i po co mielibyśmy z tego korzystać.

– Powoli zaczęliśmy odnajdywać kawałki siebie. Punkty zaczepienia. Stare odruchy, nieuzasadnione sympatie, miejsca, które nie wiadomo dlaczego lubiliśmy. Stopniowo zapominaliśmy, jak wyzwolić w sobie ten szczególny stan, który otwierał przed nami dziwne zdolności. Próbowaliśmy powrócić do swoich dawnych wcieleń. Zanurzyć się w przyzwyczajeniach. Wczuć w gorzkawy smak herbaty. W alkoholu przywrócić ciężar świata i wagę zdarzeń. Próbowaliśmy odnaleźć napięcie rozmowy z kobietą, gdy coraz mniej słów znaczy coraz więcej. Ale alkohol, narkotyki, seks otumaniały tylko, dawały krótkotrwałe złudzenie, z którego tym łatwiej wypadało się w zimną pustkę czekania. Realny mógł być tylko on. Odległy, pozwalał istnieć miastu, Instytutowi, nam wreszcie. Ale był daleko i tak jak wcześniej czekaliśmy, coraz bardziej czekaliśmy już wyłącznie na niego. Coraz bardziej beznadziejnie.

– Ile trzeba było, aby wypełnić tę pustkę i przeżyć? – Teraz to już na pewno mówi Henryk. Ukryty w kącie swojego pokoju chudy cień, który roztapia się w mroku. – Ile trzeba było, aby powrócić z brzegów objawień, skąd na pewno przywieźliśmy jedynie nicość i strach. Ile trzeba było, aby powrócić i znowu nauczyć się chodzić po ulicach

Uznania. Żeby znowu być Zbigniewem, Mikołajem, Henrykiem, chociaż żaden z nas nie odnajdzie siebie do końca, żaden z tych, którzy przeżyli. Żaden nie wróci już tu naprawdę.

– Oni, pamiętam, gdy otrząsnęli się z tego czekania, otrząsnęli się z wiary, że wyprowadzą Instytut w inne rewiry, poza czasem i przestrzenią, otrząsnęli się ze złudzeń, że choćby sami tam powrócą, poderwali się do najbardziej gorączkowej aktywności, może właśnie po to, aby otrząsnąć się i powrócić... Zaczęli przygotowywać to przedsięwzięcie, *Rzekę*, a jednocześnie chcieli porozumieć się z nim, ale on wycofał się i nie mogli go odnaleźć... Po raz pierwszy podjęli decyzję sami, niepewni, czy jest ona zgodna z jego wolą, a więc dobra, i może dlatego tym bardziej gorączkowo podążyli za nią, uwolnili w sobie wszystkie te niezwykłe zdolności, które stały się ich udziałem i nadeszło lato osiemdziesiątego roku...

– Pierwszy umarł Grzegorz, potem Ryszard, dopiero niedawno dowiedziałem się o śmierci Zbyszka, Jana... Ja przeżyłem. Znowu chodzę po ulicach. Jeżdżę autobusami. W sklepie na rogu kupuję chleb i ser. Potrafię czasami wejść do kawiarni i poprosić o herbatę. Mój strach drży w kupkach gałganków w kątach mojego pokoju. Drzemie w cieniu. Ale już nigdy nie będę taki jak dawniej.

– To była próba i dumny jestem, że przeszedłem ją i przeżyłem. Ale przed nami teraz próba najważniejsza. Musimy odszukać go i sprowadzić. Są miejsca w Uznaniu, gdzie można go jeszcze znaleźć. Ale jest ich coraz mniej, jest go coraz mniej. Tam można jeszcze odszukać dawny świat i zaczerpnąć siły. Zobaczyć, jak poza domami, ulicami, miastem rozciąga się inna przestrzeń. Bowiem rytm teraźniejszości jest jak tętent koni barbarzyńców: zagłusza wszystko i pozostawia tylko ruiny. Nowe miasto wyrasta szybciej, niż zdołamy się do niego przyzwyczaić. Rosną szklane ściany, zwielokrotnione odbicia próżni. Nieprzytomnie mnożą się pasma samochodów. Miasto wibruje jak turbina. Musimy wyczarować w nim inną przestrzeń i tylko on może nam w tym pomóc. Oto nadchodzi czas przełomu. I musimy mieć tyle siły, którą tylko on potrafi nam zapewnić... To ostatnie chwile, kiedy jeszcze możemy wystąpić, czas ostatniej szansy. Komunizm spłynął z nas jak brudna pleśń. Zostały po nim gnijące odpadki i chore wyziewy w strumieniu nowego. Teraz jak wiązki elektrycznych impulsów przesiewa nas era odczłowieczenia. Era samotności w nieskończonej kakofonii słów i obrazów. Więznący w siatkach ekranów, topieni w rzekach informacji, nieświadomie czekają na gest i słowo, które tylko my możemy im zapewnić. Prowadzeni przez niego. Musimy odnajdywać się, gdyż wtedy dopiero możemy odnaleźć jego. Podobno jest w mieście i czeka na nas. To będzie nasza ostatnia próba. Naprawdę nie jest ważne, czy znajduje się w Uznaniu. Czy jeśli zawołalibyśmy go, trudno byłoby mu przybyć, gdziekolwiek by nie był? A czy dla nas trudne byłoby ściągnięcie go, jeśli odnaleźlibyśmy się i uwolnili w sobie dawne siły? Tylko musimy odnaleźć się na nowo: pewni, silni, czyści. Musimy uwolnić się od tych lat, które obciążyły nas zwątpieniem, słabością, podłością nawet. Musimy odnaleźć się i oczyścić blisko niego. Bo jeśli nawet ja, teraz chory i zmęczony, kiedy odnajduję miejsce, w którym pozostawił dla mnie ślad, i widzę, jak nowe budynki rozmywają się niczym widma wirtualnej rzeczywistości, potrafię zatrzymać ludzi śpieszących do swoich nie-cierpiących-zwłoki-spraw i pokazać im co innego, aby gdy odejdą, nie rozumieli, co się zdarzyło, i starali się o tym zapomnieć, powtarzając sobie komunały o dziwnych mirażach codzienności, potrafię obudzić w nich na długo niepokój i poczucie dotknięcia tajemnicy, jeśli nawet ja potrafię uwolnić w sobie tyle siły, to ile potrafimy razem, kiedy odnajdziemy się i oczyścimy w ogniu naszej pewności? Tylko musimy się śpieszyć. Nawet jego ślady się zacierają. Nawet on nie może czekać w nieskończoność, a rzeka codzienności pędzi coraz gwałtowniej...

Piotr z trudem przyzwyczajał się do światła. Oślepiało go ciągle, chociaż minęło trochę czasu, odkąd opuścili mieszkanie Henryka. Wydawało się mu, że szyba kawiarni ściąga cały blask wiosennego popołudnia, który prześwietla ludzi. Czyni z nich nierealne widma niknące w zgiełku ulicy.

– ...chociaż nie wierzyłeś! Mówiłem ci, że chodzi o sprawy najważniejsze. Obaj jesteśmy tego świadomi. Tylko ja wyciągam wnioski z faktu, że żyjemy w nowym czasie. Ale moje działania poświęcone są ciągle temu samemu. Temu, czemu poświęciłeś lata w Uznaniu i do czego wróciłeś. Henryk ma rację! Musimy go znaleźć. On panował. Panował nad ludźmi. Panuje do teraz. Nad Henrykiem, nad nami chyba, nawet nad Mileną i tym dziwnym kółkiem u niej. Znasz Łukasza? Wiesz, że był ubekiem odkomenderowanym do śledzenia nas, Instytutu? Może najmniej Mistrza. Bo on był blisko nich, bo zdawało się im, że sami go kontrolują. Chociaż może Łukasz pisał czasami raporty i o nim, sam wiesz – sprawozdawczość. I na nim, kontrolującym, ten czas wycisnął swoje piętno. I on już nigdy nie opuści Instytutu, który, chociaż przestał istnieć fizycznie, nadal trzyma nas w swojej sieci. Łukasz opowiada, że to partyjni sterowali Szymonowiczem. Nieomal wymyślili go i Instytut, który był im tak na rękę. Boi się nawet przed sobą przyznać, że było na odwrót. Bo Mistrz przewidział, co nastąpi. Wykorzystywał koniunktury i podsuwał im wyjaśnienia. To on suflował im wygodne koncepty tak, aby sądzili, że wymyślili je sami. Głupi Łukasz... Ale i on może się przydać, i jego nie możemy lekceważyć, bo pali się w nim wzniecony przez Mistrza płomień... Tłumacz Rilkego... Często myślę i widzę to nawet... Ten wielki teatr czerwonych panów tamtego kraju, a w każdym razie na pewno miasta, i on – Mistrz, który pociąga za wszystkie sznurki. Myślę nawet, że wiem, jak to robił. A i teraz zdolności takie będą potrzebne. Dzisiaj działać musimy inaczej, co oznacza – bardziej przemyślnie. Henryk ma rację. Musimy odnaleźć siebie, aby odnaleźć jego. Musimy zdobyć środki... Staniemy przed problemami, przed jakimi ty stoisz dzisiaj. Dlaczego wahasz się przed przyjęciem oferty Kalinowskiego? Teraz mogę pożyczyć ci pieniądze, ale przecież wcześniej czy później będziesz musiał zacząć myśleć o zarabianiu... Chyba że potrafimy zdobyć środki nie tylko na nas, ale i na całe przedsięwzięcie... W każdym razie oferta Kalinowskiego jest naprawdę interesująca. Choćby na czas jakiś.

IX

Rybak zanurzał się w tłumie. Pogrążał w gąszczu cudzych rozmów i pozwalał, aby kołysały go nic nieznaczące słowa. Chciał znaleźć się bliżej obcych ludzi, podnieconych pierwszymi falami upału, spadającego na popołudniowe miasto. Starał się uwolnić od ech pierwszego dnia pracy, które jak natrętny motyw powracały uporczywie i męczyły kolejnymi głosami.

– Przecież możemy być plastyczni, nie ma jeszcze ustawy o zamówieniach publicznych. Decyzja leży w naszych rękach i może warto wykorzystać tę sytuację... Oczywiście, nie chodzi mi o naruszenie publicznego interesu, a tylko o wzięcie pod uwagę wszystkich okoliczności, również tych, których efekty mogą dać znać o sobie za jakiś czas... – Tomasz Jarema stał pochylony nieco nad biurkiem Piotra, nad nim samym i chociaż całą swoją postacią wyrażał uszanowanie, a Piotr nie potrafiłby określić tonu ani gestu czy ułożenia twarzy, które uzasadniały jego wrażenie, był pewny narastającej ironii urzędnika.

Nie dano mu przyzwyczaić się do gabinetu, kiedy ceremonialnie anonsowany przez sekretarkę pojawił się Jarema z zieloną teczką, pełną wpiętych w przeźroczyste, foliowe koszulki dokumentów. Brnąc przez kolejne oferty i ekspertyzy, Rybak z trudem liczył sumy, od których kręciło się mu w głowie. Dopiero po jakimś czasie zrozumiał, że chodzi o budowę arterii przez miasto, wraz z następnym mostem, podobno niezbędnym dla rozwijającego się Uznania.

Czuł nieomal ból w pulsujących skroniach, kiedy zrozumiał wreszcie, że ostatecznie istnieją dwie oferty złożone miastu na to przedsięwzięcie. Jarema pojawił się natychmiast po wezwaniu.

– Niepotrzebnie trudził się pan tyle czasu – funkcjonariusz był przejęty. – To moja wina. Powinienem powiedzieć, że ma pan do dyspozycji urzędników, którzy w kilkanaście minut wytłumaczyliby wszystkie zawiłości sprawy. Po prostu nie przyszło mi do głowy, że jest pan tak ambitny, to znaczy, chciałem powiedzieć, obowiązkowy. Liczyłem, że będzie pan czas jakiś rozglądał się po swoich nowych włościach i jednocześnie zostawiłem panu na wszelki wypadek, na później oczywiście, sprawę najważniejszą, choć może wcale nie taką zawiłą... Bo wie pan oczywiście co to Impex?

Rybak przypomina sobie wreszcie wizytówkę i okrągłe, rumiane oblicze Nawrockiego. Właściciel prawie trzeciej części miasta, bandzior na wielką skalę, mówił o nim Kalinowski. W pamięci rozwija się taśma interesów Nawrockiego, o której głośno było w Sejmie.

– Oczywiście wiem, że musi kojarzyć pan Impex i Nawrockiego – mówi i uśmiecha się niemal czule, przyglądając się mu badawczo Jarema. – Chciałem też powiedzieć, że firma Uznar jest z pewnością godna uwagi. Są nowi na rynku, ale z pewnością ideowi. Miasto miało stworzyć z nimi spółkę dla budowy trasy, kiedy pojawił się ten Nawrocki, który wszędzie ma swoich ludzi i złożył miastu ofertę, formalnie rzecz biorąc, bardziej intratną. No, ale chyba nie chce pan, żeby Nawrocki otrzymał taki unikatowy kontrakt? Na szczęście nie ma jeszcze ustawy o zamówieniach publicznych, zresztą jeśli miasto nie zleca, tylko wchodzi w spółkę, to i tak nikt...

– Co ty?! Wahasz się? Tu nie ma co się wahać! Ten komuch stać się ma właścicielem całego miasta?! – Kalinowski nieomal zakrztusił się, coraz szybciej przemierzał gabinet. Rzadka bródka celowała w przeciwległą ścianę, rozmówcę, sufit. – Ogłoszenie przetargu byłoby wręcz tragiczne w skutkach. Sam wiesz, kto ma forsę i układy. To właśnie naszą rolą jest stworzenie dla niego przeciwwagi. Wszystko szło dobrze: ten pomysł ze spółką, ale ktoś musiał mu donieść. Precyzyjnie poinformować o projekcie. To widać po ofercie, którą Nawrocki złożył. Wszędzie są ci ubeccy kapusie. Teraz trzeba rozważyć, jak załatwić to formalnie...

Dwa samochody przelatują obok Piotra z nagłym trąbieniem klaksonów i piskiem opon. Tuż obok inny wóz wpada na chodnik, o włos unikając potrącenia. Rybak słyszy przekleństwa kierowcy. Ścigane auto, zakręcając gwałtownie, zarzuca tyłem, obraca się dookoła własnej osi i zatrzymuje, uderzając przodem o latarnię. Tuż przy nim z piskiem opon hamuje ścigający. Wyskakują z niego dwaj ludzie i dopiero po chwili, w potężniejącym hałasie, Piotr orientuje się, że strzelają z pistoletów w kierunku unieruchomionego pojazdu, skąd w tym samym momencie ktoś usiłuje się wydostać, drzwi otwierają się i czyjeś ciało wypada, głowa i tułów uderzają o bruk potrącane kołyszącymi się drzwiami. Napastnicy wskakują do samochodu i odjeżdżają z przeciągłym piskiem opon.

W zbiegowisku w okamgnieniu gęstniejącym wokół unieruchomionego samochodu, przez potrzaskaną szybę Rybak dostrzega w czerwonych rozbryzgach drugie ciało nienaturalnie leżące na siedzeniu. Wydostaje się z trudem z tłumu, którego siła ciążenia uruchomiona przed momentem wsysa wszystko w jądro ostrzelanego pojazdu. Udaje się mu wreszcie wyrwać. Idzie na oślep, coraz dalej, aż tumult gaśnie w odległym wyciu syren.

Na rogu ulic, przy dalekim skrzyżowaniu, dostrzega kobiecą sylwetkę... trudno mu uwierzyć, czuje, jak traci oddech i ręce zaczynają drżeć. Przecież wiedział, chociaż nigdy wiary tej nie ubierał w słowa, że spotka ją, był nawet tego chyba jakoś pewny i dlatego teraz, jakby nie chcąc spłoszyć zjawy, zbliża się ostrożnie, ale kobieta odwraca się i oddala, a on zaczyna biec w tamtym kierunku. Biegnie coraz szybciej, tracąc orientację. Wpada w pusty, dziwnie cichy zaułek i widzi kogoś w bramie, widzi Zbyszka, który z charakterystycznym poruszeniem ramion odwraca się i wchodzi w głąb ciemnego przejścia. Biegnie za nim, a kiedy z ciemności wypada na jaskrawe światło dnia, przez kolejny prześwit bramy widzi Ryszarda powoli znikającego za rogiem.

I znowu stoi na pustej, obcej ulicy. Zbyt zmęczony, aby zatrzymać oddalające się i znikające postacie. Czekają na niego. Na akt woli, który przywróci je istnieniu. W tym dziwnym zaułku, w drżeniu popołudniowego powietrza, gdy szept odległych głosów brzmi prośbą, a przestrzeń w zasięgu ręki jest jak woda czekająca na skok, wszystko staje się prawie możliwe. Tylko że teraz właśnie Piotr jest za słaby. Może zbyt wyraźnie słyszy głosy Jaremy i Kalinowskiego, widzi ciało wypadające przez otwarte drzwiczki samochodu i dlatego nie potrafi zatrzymać znikających postaci. Za bardzo absorbuje go teraźniejszość i może z tego powodu nie potrafi uwolnić w sobie siły, która przeniknie przez mur piętrzący się wokół, szklane ściany, obudzi skazanych przez czas i przyoblecze w ciało Helenę... A przecież wystarczyłoby nieco dystansu. Wiary, że miasto dookoła jest mniej realne niż tamten, budowany wspólnie świat, odsłaniający się w postaciach pokazujących mu drogę, w znakach pozostawionych mu w przestrzeni... Ale Rybak jest zbyt zmęczony. Odchodzi, tłumacząc sobie, że muszą być przecież podobne miejsca, które jeszcze odnajdzie...

Na rynku jest gwar, a przed wejściem do Casablanki ludzie zatrzymują się i zbijają w grupy. Grzęznąc w tłumie, Piotr dziwi się, że znowu jest tutaj, że instynktownie trafił w znajome miejsce. Czuje, jak ktoś chwyta go za rękę.

Ze zdumieniem orientuje się, że to Łukasz. Podniecony Piotrowicz wciąga go do lokalu, cały czas wyrzucając z siebie zdania, z których Piotr rozumie tylko niektóre:

– Przyjechał... Sam wiesz, jakie to ważne. Będzie robił film. I w ten sposób pomoże nam znaleźć... Ale teraz musimy być cicho, bo on zna polski, może nawet lepiej niż chce to pokazać...

Przy stoliku siedzi dziewczyna, którą Rybak prawie rozpoznaje, zanim nie zorientuje się, że tylko przypomina mu kogoś. Spoza dymu papierosa obrzuca go szybkim, uważnym spojrzeniem. Mężczyzna obok niej spogląda w okno, a potem na nią z grymasem, który ujawnia jego wiek, odsłania znużenie twarzy, pierwsze bruzdy wiotczejącej skóry. A przecież nie musi być wiele starszy ode mnie, myśli Piotr, wymieniając uścisk dłoni z Paulem Tarois.

– Musieliście się spotkać – Łukasz usiłuje ożywić rozmowę.

– Byłem tu tylko kilka miesięcy w siedemdziesiątym szóstym – odpowiada Tarois, odwracając się na moment od okna i spoglądając na Rybaka.

– Tak więc nie musieliśmy się widzieć – dopowiada Piotr.

– Ale to jednak niezwykłe, że nieomal w tym samym czasie wróciliście do Uznania, weterani Instytutu, którzy poszli innymi drogami, aby powrócić – nie daje za wygraną Łukasz. Niemal podrywa się z krzesła, gestami rąk, ciałem sekunduje słowom. – A Zofia właściwie jest już aktorką i marzy o tamtych czasach, i tak żałuje, że nie dane jej było przeżyć doświadczenia Instytutu. Jedyna jej nadzieja, że Instytut odrodzi się, a Mistrz powróci...

Zofia spogląda na Tarois. Wpatruje się w niego. Piotr zauważa drgnięcie Francuza na dźwięk tego imienia i sam odnajduje wreszcie podobieństwo, które męczyło go od chwili, kiedy ją zobaczył. Widzi je coraz wyraźniej, chociaż równocześnie strofuje się, przypominając sobie, że to już chyba trzecia Zofia, którą odnajduje w Uznaniu: po Elżbiecie, Marcie... A jednak fakt, że nie są do siebie specjalnie podobne, w niczym nie zmienia jego wrażenia. Piotr uświadamia sobie, iż Helenę pamięta na tyle sposobów, że choćby kobiety, które przypominały ją, były całkowicie różne, w niczym nie naruszałoby to jego odczucia.

– Można powiedzieć, że czekałam na panów. Łukasz nigdy nie był aż tak blisko tych najważniejszych w Instytucie spraw. Zresztą przybył za późno. Dzięki panom poznać mogę bliżej to, co znam z lektur. Zawsze wiedziałam, że tamte doświadczenia nie mogą pozostać dla mnie tylko lekturą – Zofia mówi niskim, spokojnym głosem.

Jest jak Zofia, myśli Tarois. Kiedy zaczęła mówić ukonkretniła się. Bo dotąd wszystko tu było jak przestrzenne widziadła wyczarowane na mój użytek przez przewodnika, który mnie przyprowadził. Ten rozegzaltowany, nadpobudliwy Łukasz, Piotr Rybak – mrukliwy brodacz wydobyty z fotosów walczącej Solidarności i popołudniowy zamęt na rynku miasta, które na moich oczach staje się inne. Więc znowu prowadzić ma mnie Helena...?

– To, że zjechaliście tu i spotkaliście się, jest jak znak – Łukasz jak sprzedawca reklamujący swój towar wyrzuca z siebie słowa bez chwili przerwy. – Powinniśmy spotykać się teraz, odnajdywać. Bo gdy odnajdziemy się, to on przyjedzie do nas. Wiemy przecież, że czeka na nas, na tych, którzy potrafili pozostać wierni, potrafili przenieść przez czas swój entuzjazm i nadzieję...

– Muszę iść – Paul Tarois z grymasem, który wyrażać mógł zmęczenie albo znudzenie, albo zupełnie inne odczucie, podniósł się od stolika.

– Mam nadzieję, że spotkamy się jeszcze. Chciałabym, aby opowiedział mi pan o tamtych doświadczeniach, czym były i dlaczego teraz, po co... – głos Zofii załamał się nieco. Piotr po raz pierwszy zauważa u niej zmieszanie i dostrzega czujne spojrzenie, jakim obdarza ją Łukasz.

Tarois wydaje się obojętny:

– Mieszkam w hotelu Pod Zegarem, to mój numer – dopisuje coś na swojej francuskiej wizytówce – a gdyby również panowie... – żegnając się, czyni nieokreślony gest ręką.

Rybak chce odejść, ale Łukasz zatrzymuje go.

– Musisz zostać! Musimy porozmawiać. Mam ci do powiedzenia coś bardzo ważnego – przekonuje żarliwie, trzymając go za nadgarstek.

Piotr uwalnia rękę, ale pozostaje, bardziej może ze zmęczenia niż z ciekawości, uznając, iż skoro dał się już wciągnąć mimo składanych sobie obietnic, że nie będzie z Łukaszem rozmawiał.

– Powinniśmy porozmawiać o ważnych sprawach. Osobistych! – powtarza Łukasz bardziej do Zofii niż Piotra, a dziewczyna przeciąga się, uśmiecha leniwie, przymyka oczy i całkowicie zmienia wyraz twarzy, a po chwili ciszy mówi:

– No, to ja już chyba pójdę.

Zanim wstanie, spod opuszczonych powiek spogląda przeciągle na Rybaka i znowu się uśmiecha. Łukasz milczy chwilę, odprowadzając ją wzrokiem.

– Dobra dupa, co? – pyta. Odwraca się do Piotra i mówi gwałtownie: – Chciałbym, żebyśmy się zrozumieli. Wiem, że unikasz mnie, unikasz kontaktów ze mną, a przecież chodzi nam o to samo i jesteśmy dla siebie ważni. Krzysztof to rozumie! Czy nie sądzisz, że za prędko oceniasz, za prędko wydajesz wyroki? Mistrz zaakceptował mnie! A chyba wiedział więcej od ciebie? Czy skrzywdziłem kogoś? A teraz... czy nie chodzi nam o to samo?! O to, żeby powrócił. Dlaczego chcesz wykluczyć mnie z waszej wspólnoty? Czy nie za dużo w tobie pychy?!

Przecież jesteśmy sobie potrzebni. Jeżeli zrobię coś złego... jeżeli zdradzę, ale przecież nic takiego nie możesz mi zarzucić. Możesz powtórzyć jedynie to, co powiedziała kobieta, z którą łączyły mnie skomplikowane stosunki. I to, co ja sam powiedziałem ci po pijanemu. A co ja tak naprawdę ci powiedziałem? Że mam wątpliwości? To prawda. Miewam je. Może dlatego się upijam. Ale robię wszystko, aby je przezwyciężyć. I czy ktoś z was z czystym sumieniem powiedzieć może, że nie ma ich nigdy?! Przecież byłem jednym z was u Mileny. Nie pamiętasz?

Jan rozrywa w gwałtownym geście koszulę, obnaża tors. Czy to był Łukasz? Czy z pamiętanej jak sen sytuacji sprowokowana wydarzeniami pamięć lepi dowolne kształty?

— Mówiłem ci wtedy, jak zginął Zygmunt. Zygmunt zdradził. Mistrz nie musiał nawet nic robić. Są ci, którzy wykonają jego wolę. A teraz... Niektórzy mówią, że on już jest. W Uznaniu – Łukasz uspokaja się. – Może nie tylko mówią? Są ci, którzy czekają na niego. I może ja jestem jednym z nich. Może twoja próba to przekroczenie własnej pychy?! Zdjęcie sędziowskiej togi? – Łukasz zamiera nagle i nieruchomieje wpatrzony w punkt na szybie kawiarni. Po chwili podrywa głowę i innym już tonem pyta: – Wiesz, kto to jest ten Tarois? To facet, który reprezentuje amerykańską telewizję i francuskie gazety. Ma środki, które są dla nas niewyobrażalne. A my? Co mamy? Zacząłeś pracę w miejscu, które przecież nie całkiem ci odpowiada. Czy myślisz, że Elżbieta kocha wypalanie tych pierdółek i handlowanie nimi? A tu potrzebne są środki znacznie większe. Rozumiesz? Dotąd rozumiał to tylko Mirski. W każdym razie tylko on potrafił wyciągnąć z tego wnioski. A ten Paul... Tarois... przecież też był jednym z naszych. Trzeba mu tylko przypomnieć... Swoją drogą, mam nadzieję, że z Elżbietą wszystko dobrze?

Paul Tarois jest wyczerpany. Wydostał się wreszcie spomiędzy tych męczących ludzi. Nie zatrzymałby się nawet chwili, gdyby nie Zofia. Kiedy zobaczył ją, poczuł jakby niewyraźne szarpnięcie. Impuls, który kazał pozostać. Potem imię. Czy natrafił na to inne wcielenie, o którym mówił Mistrz? „Odzyskać to, co nie będzie już tym samym". Czy teraz, po przejściu prób, które oddaliły go od dawnego Tarois tak, że łączyć go z nim może już tylko pamięć Heleny, odzyska ją w postaci dziewczyny młodszej o kilkanaście lat? Tylko co znaczy w tym wypadku czas?

Obcy, męczący ludzie. Histeryczny Łukasz. Jakby usiłował spętać go słowami, gestami, poprowadzić gdzieś. I ten drugi. Posępny. Dziwnie daleki.

Jestem tu znowu. Ile czasu dzieli mnie od chwili przyjazdu? Tydzień? Trzy? I czy ma to jakieś znaczenie? Tam, gdzie byłem, czas był inny. Najpierw zobaczyłem przed sobą, jak rozwiniętą wstęgę pergaminu, czterdzieści nie swoich lat. I wchłonąłem je, dotykając innych czasów. Innej historii. Zrozumiałem, że potrafię wyjść poza czas. Tropiłem go, ale to on towarzyszył każdemu mojemu krokowi. Poddał mnie próbie labiryntu. W Krakowie – mieście labiryntu. Musiałem odnaleźć drogę. Wyjść ze świata zamętu. Chodziłem między grobami. Przemierzałem cmentarze, aby odnaleźć drogę żywych. I wydostałem się. Byłem z nim. Byłem nim na afgańskim płaskowyżu.

Oczyszczałem się ze strachu i wiary w racjonalną zapobiegliwość. Odnajdowałem ufność. Otwierałem się na istnienie. Dlatego, potem poddał mnie kolejnej próbie. Próbie śmierci. Posłał tam, gdzie będzie ona wypalać dusze i ciała. Oczyszczać z lęku, słabości. Śmierć przyjęła mnie i pochłonąłem ją. Dlatego nie mogę być dalej tym, dla którego świat kończy się poza zasięgiem jego ręki. Gdy zostawiłem labirynt – miasto wtajemniczeń, zosta-

wiłem za sobą tamten cień. Dane w paszporcie i banko-
wym wyciągu. A przecież nadal pozostawałem w swoim
dawnym wcieleniu. Obnosiłem dawną twarz.
   A potem to nieduże, senne miasto. Byłem tam, prze-
glądałem archiwa Teatru Małego. I zobaczyłem politycz-
ny teatr na zamówienie. Znowu stałem się obcy. Ponieważ
nie mogłem być już Tarois, byłem nikim. Pustym, zdzi-
wionym postrzeganiem. Teraz w Uznaniu, obcym mieście,
ten, który nazywa się Tarois, smakuje ciepły zmierzch. To
nowe miasto dopiero powstaje i krztusi się swoimi możliwościami. Nie chce pamiętać i wyrywa ku górze. W sta-
jącą się już przyszłość: w potęgujący się ruch, w wielo-
krotniejące odbicia. W tym świecie nie potrafi się odnaleźć.
Może dlatego, że stał się kimś innym. A potem w Olsztynie trafił na agitkę zrobioną na zamówienie propagandy
partyjnej.
   – Wiesz, że zawsze był antymieszczański – Sosna palcami przeczesuje kosmyki na głowie, odsłaniając łysinę. –
I tamte czasy... On przecież przeżył wojnę, a to było coś
innego niż u was. To była trauma. Każdy kto przeżył ją –
zapamiętał. Zawsze będzie tliła się w życiu jego pokolenia. To były wczesne lata sześćdziesiąte. Obawy były jeszcze tak żywe. Niemcy potężniały, bogaciły się. Słyszeliśmy
o rewanżystach, ziomkostwach... Żądaniach wobec ziem,
na których mieszkała trzecia część żyjących w tym kraju
Polaków...
   Sosna wierci się, nie patrzy na Paula. Prześlizguje się
wzrokiem po stolikach, gdzie po pracy zaczynają gro-
madzić się pracownicy pobliskich instytucji. Mężczyźni
w ciemnych garniturach i kobiety w strojach przypominających garnitury. Sosna gapi się za okno, gdzie kształty błękitnieją, nasycają nieskończonym horyzontem nocy. Gwałtownie odwraca się.
   – No, dobra. Przecież nikt nie kwestionuje, że zrobił to
na zamówienie. Nazwał to: Teatr Faktu. A zamówienie

znaczyło pewną tezę polityczną. Musiał tak zrobić, żeby istnieć. Żeby nie zamknęli teatru. To było konieczne, żeby móc robić coś innego, wartościowego. Wielkiego. Na tej szali należy rzecz mierzyć. I nie było to zeszmacenie. Nie zrobił tego wbrew sobie. Zresztą nie rozumiesz tamtej sytuacji. Wtedy nikt się tym nie przejmował. A on zrobił przedstawienie o swoich autentycznych obawach. Przecież wiemy, że Niemców można się obawiać... A buchające stamtąd filisterstwo... Odbudowa, bogacenie się i nic... Zresztą było to dobre – spektakl o lęku...

– Właściwie chciałabym pana o coś zapytać – Marta patrzy na refleksy odbijające się w blacie stolika i bawi srebrnym naszyjnikiem. Między palcami dziewczyny Rybak dostrzega chiński znak, który pokazywano mu kiedyś. Symbol połączenia żywiołów, harmonii i szczęścia albo może czegoś całkiem innego.

Dziewczyna wygląda na zakłopotaną i Piotra bawi ta sytuacja.

– No, proszę bardzo, niech pani pyta.

– Ale to jest pytanie intymne...

– To zależy jak intymne, może jakoś wspólnie znajdziemy odpowiedź – Piotr czuje, że przestrzeń między nimi wypełnia się, przekształca w ruchomą siatkę ich nerwów, które dotykają się, przenikają, a on nie tylko muska powierzchnię skóry dziewczyny, ale słyszy nieomal jej myśli, czuje jej wewnętrzne napięcie.

– Chciałam zapytać, czy pan kocha Elżbietę?

Rybak jest zaskoczony. Niespodziewanie orientuje się, że nie tylko nie wie, co odpowiedzieć, ale nie zna prawdziwej odpowiedzi na to pytanie. W popłochu zaczyna mówić cokolwiek, zmuszając się do spojrzenia na Martę, patrzącą mu teraz prosto w oczy.

– Dość obcesowe pytanie, i to wobec człowieka, którego pani nie zna zbyt dobrze. Zresztą nie do końca wiem, co dla pani znaczą te słowa, a jeszcze mniej, dlaczego pyta pani o to...

– A ona, kocha pana? – Marta kontynuuje, nie przejmując się jego słowami.

– No, wie pani! Niech pani ją zapyta...

– Pytam, co pan o tym sądzi. Bo tylko to może mi pan powiedzieć! A pan chyba powiedział mi właśnie, że wierzy w jej uczucie...

– Nic pani nie powiedziałem, a pani nie odpowiedziała mi, skąd to zainteresowanie i niedyskretne pytania...

– Chciałabym się dowiedzieć, czy chodzi pan do łóżka również z kobietami, których pan nie kocha...

– Zdarzyło mi się – odpowiada Piotr i czuje się, jakby znowu dotykał twarzy Marty. Jej oddech pełen jest niedopowiedzianych słów i poszarpanych myśli...

– A ja, podobam się panu?

– Bardzo – odpowiada szczerze Piotr.

– Ale właściwie nie chodzi pan do łóżka z kobietami, których pan nie kocha – Marta z wysiłkiem wytrzymuje spojrzenie Piotra. – I Elżbiety pan nie zdradza – bardziej stwierdza, niż pyta.

– Proszę mi jednak wyjaśnić, do czego zmierzają pani pytania? – Piotr nagle czuje się zgubiony, oszołomiony i zdaje sobie sprawę, że nie potrafi zrozumieć wpatrującej się w niego dziewczyny, która ignoruje jego słowa i wydaje się zmierzać w określonym kierunku.

– A ona? Jak pan sądzi, jest panu wierna?

Oszołomienie Rybaka przeradza się w irytację.

– Co pani chce mi powiedzieć? Co pani sugeruje!

– Nic. Ja tylko dłużej niż pan znam Elżbietę. Znam na przykład jej poprzedniego partnera, pan zresztą też go zna.

– Mówi pani o Łukaszu?

– O Łukaszu? A to ciekawe. O tym nie wiedziałam. Mówiłam o Krzysztofie. O Mirskim. Wie pan, taki przystojniaczek, który myśli, że każda kobieta na strzelenie palców wskoczy mu do łóżka. W każdym razie na Elżbietę działał z pewnością. Już kiedy zostawił ją, szukała go po całym Uznaniu. A on niekiedy obdarzał ją swoimi łaskami. Biedaczka. Łukasz... nie wiedziałam. Rzeczywiście biedaczka.

Piotr wstaje.

– Myślę, że przekracza pani dopuszczalne granice. Nawet biorąc pod uwagę pani wiek. To znaczy, chciałem powiedzieć, że jest pani zbyt smarkata, by mówić o takich sprawach. A zresztą, o czym w ogóle tu gadamy. Rzeczywiście, pani matka powinna się bardziej panią zająć. Żegnam.

Marta wygląda jak skarcona i przestraszona dziewczynka. Łapie za rękę Piotra.

– Proszę nie odchodzić! Bardzo pana przepraszam. Nie chciałam nikogo urazić ani obrazić. Proszę wybaczyć i nie odchodzić!

Marta potrafiła być irytująca, ale Rybak lubił ją spotykać. Nie tylko dlatego, że prowokowała go jej osiemnastoletnia uroda. Spotykając się z nią, odnajdywał inną rzeczywistość i innego siebie. Zapominał o pracy, której niejasne konflikty, jak mu się zdawało, zatruwają go i oddalają od poszukiwania, którego cel stawał się dla niego samego coraz bardziej niejasny. Czy naprawdę szukał Mistrza? Poszukiwanie stało się oczekiwaniem, wsłuchiwaniem w zdeformowane sygnały, wpatrywaniem w grę cieni, z których coraz mniej wynikało. Czasami tylko miał wrażenie, że prawda odbija się jakoś w histerycznych seansach u Mileny i w gorączkowej gadaninie Łukasza. Dotknął jej niespodziewanie w mieszkaniu Henryka. A potem wymykała się, przeistaczając w niejasne obrazy i zdarzenia, których nie potrafił zrozumieć. Nieoczekiwanie dla siebie zaczął wierzyć Mirskiemu – jego gorące namowy pomogły mu zaakceptować pracę u Kalinowskiego, właściwie w urzędzie miasta, gdzie oficjalnie Kalinowski nie pełnił żadnej funkcji. Jednak Mirskiego Piotr nie widział już kilka dni, a praca zaczynała się wiązać z ciśnieniem, jakiego nie podejrzewał nawet.

– Dlaczego jednak kontrakt ma być tak ryzykowny dla miasta? – nie dawał za wygraną Rybak. – Dlaczego nie można z Uznarem podpisać normalnej umowy? Przecież według tego projektu miasto bierze na siebie wszystkie zobowiązania, których jego partner nie będzie w stanie wypełnić, a jednocześnie samo uruchomienie kredytów powoduje przejęcie przez Uznar terenów nad rzeką. Jak się zorientowałem, bardzo obiecujących terenów. Przecież w ten sposób to my, ja i ty, moglibyśmy podpisać spółkę z miastem. Po takim kontrakcie otrzymalibyśmy dowolny kredyt, a zapłaciłoby miasto.

– Daj spokój. Nie gorączkuj się! – Kalinowski był zdegustowany. Rzadka bródka kołysała się z dezaprobatą. – Przecież Uznar to znana już firma i z renomą.

– Jeśli tak jest, to podpiszmy z nią normalną umowę!

– Nie rozumiesz! Przecież tłumaczyłem ci, że musimy wspierać niekomunistyczny kapitał, który stawia pierwsze kroki. Oni nie są w stanie podjąć ryzyka związanego z tego typu przedsięwzięciem na zasadach klasycznej spółki...

Elżbieta nie mogła mu pomóc i chyba już nie chciała. Właściwie nie rozmawiali. Nie kłócili się nawet. Gęstniała między nimi przestrzeń obcości. Tolerowała go. Zadawała mu nawet grzecznościowe pytania dotyczące pracy, ale wyraźnie nie interesowała się odpowiedziami. O sobie mówiła półsłówkami. Czasami, w odpowiedzi na pytania, brutalnie charakteryzowała swoją pracę.

– Wiesz, on (tak mówiła o swoim pryncypale) potrzebuje aktorki, dlatego mnie zatrudnia. Przy okazji pomagam mu zresztą w tych jego wypiekach. A potem tkwię w sklepie jako żywy eksponat. Mam udawać tajemnicę.

Przychodzą i gadają. Z obleśnymi minami biorą do ręki te figurki. Obmacują boginie. Ślinią się, a udają koneserów przed tą niezdarną pornografią z Khadżuraho. Biorą w łapy płytki i oglądają je, jakby figurki pierdoliły się naprawdę. Potem gapią się na mnie. A ja jestem wyniosła i niedostępna. Kiedy pytają, odpowiadam powoli i enigmatycznie. Żadne tam prostackie naganianie. Ja ich wtajemniczam. Daję do zrozumienia, że za parę groszy wejdą w posiadanie talizmanów, które otworzą im drzwi nie wiadomo dokąd. Z chamów zrobią koneserów. Za kilka złotych staną się członkami elity. Daję im do zrozumienia, że obcują ze sztuką, religią, tajemnicą, przekazem tysięcy lat. A wszystko nie jest takie bardzo skomplikowane, wszystko to widzieli w telewizorze, ale ja gwarantuję im, że tu mają jednak dostęp do czegoś zupełnie innego. I to całe uniwersum w niedużym sklepie, wszystko w zasięgu ręki. Mitologia grecka i Daleki Wschód, bohaterowie *Mahabharaty*, wojownicy azteccy i scytyjscy jeźdźcy, totemy indiańskie i afrykańskie... Ten chłam sprzedaje się całkiem nieźle. Będę musiała zażądać podwyżki.

Nie chciała mówić o swojej pracy w telewizji. Napomykała jedynie. Sugerowała coś ważnego, do czego powinna się przygotować. Ważna rola... Miała mu za złe, że nie próbuje jej pomóc w karierze aktorskiej. Nie mówiła o tym, ale napomknienia były oczywiste, mimo że tłumaczył wielokrotnie, iż nie ma żadnych możliwości. Urywała z wyniosłą pretensją, wobec czego przestał wreszcie tłumaczyć cokolwiek. Spotykali się właściwie tylko nocami i Piotr nawet nie proponował już Elżbiecie spacerów. Ostatni raz zapytał, czy nie poszliby do Mileny. W odpowiedzi słyszał niewyraźne mruknięcie na temat zmęczenia i kątem oka dostrzegł niechętne wzruszenie ramion. Odnajdywali się jeszcze niekiedy w łóżku. Ale odnajdywali jedynie swoją satysfakcję, szczelnie wypełnione monady samowystarczalnej samotności. A potem dziękowali sobie pojedynczymi gestami, odpływając ku swoim osobnym niewyraźnym marzeniom.

Piotr przestał wierzyć, że Elżbieta stanie się jego przewodnikiem po Uznaniu. Przestał się łudzić, że poprowadzi go przez obojętne miasto do świata żywej pamięci i pozwoli odzyskać czas. Przestał chronić tę wiarę i pogodził się z jej utratą.

Spotkania z Martą były inne. Nie musiał niczego szukać ani pamiętać. Przy Marcie uspokajał się, ale nie był to spokój tępej rezygnacji, jaki ogarniał go czasem przy Elżbiecie. Uwalniał się od bolesnego napięcia dnia i czuł, jak dotyka go chłodna przestrzeń nadchodzącej nocy. Nie pamiętał już o niczym, wychylony ku przyszłości, którą była dziewczyna. I nawet bezczelność Marty irytowała go tylko przez moment. Teraz jednak, po rozmowie o Elżbiecie, dość długo nie mógł dojść do siebie. Bezczelna, smarkata dziwka, powtarzał, chodząc po mieście, żeby się uspokoić.

Nagle zorientował się, że trafił do nieznanej sobie, choć niezwykle ruchliwej dzielnicy. Barwne neony lokali nocnych wabiły z obu stron ulicy, którą przeciskał się podekscytowany tłum. Pod martwymi naturami owoców, jarzyn, mięs i łakoci mieniącymi się spoza szyb, żebracy wystawiali swoje kikuty, pokazywali chrome ciała, wijąc się niemal na chodnikach albo pochylając w modlitewnej prośbie.

– Jestem chory – wychrypiał ktoś prawie w ucho Piotra – mam aids i niewiele życia, pomóż, pomóż mi – Piotr z trudem wyrwał rękę.

Jakieś dziecko z tragicznym wyrazem twarzy usiłowało podsunąć mu przed oczy zawieszoną na szyi kartkę. Dopiero po chwili Piotr zrozumiał, że postacie w długich biało-czarnych kostiumach na chodniku wydzielonym granicą sznurka, a po chwili kręgiem widzów, inscenizują spektakl. Splątane motywy muzyczne, które dobiegały ze wszystkich stron, zdawały się tworzyć jakąś kompozycję, aby za chwilę stać się znowu rywalizacją muzycznych światów. Od jakiegoś już czasu przestrzeń wokół Piotra wypełniał dźwięk akordeonu. Akordeonista słaniał się, odbijając plecami od muru i ekspresyjnie rozciągał instrument na całą jego długość.

Dopiero po chwili, stojąc przed niepozornym wejściem do lokalu, Piotr przypomniał sobie, że był tu już w towarzystwie Mirskiego. Wszedł do Odessy prowadzony znanym sobie motywem muzycznym, nad którym pastwiła się ukryta orkiestra. Z trudem rozpoznał *Ostatnią niedzielę*. Przeszedł przez gęste, nisko sklepione pomieszczenia i usiadł przy kontuarze.

– No i proszę, odnalazł pan drogę. Powitać, powitać! – złoty ząb błyska w uśmiechu okrągłej twarzy. – Pozwoli pan przysiąść się? – masywna postać opada na krzesełko obok. – A pana Krzysztofa nie ma? Samotny pan? – skośne oczy mrużą się we frasunku. – Szkoda. Chętnie pogadaliby. Dawno go nie było. A ja i Misza, on zaraz będzie, stęsknieni... Pan pracę już znalazł, prawda? Ciekawą pracę. Nu, powinszować. Może porozmawiamy o tym, bo my coś słyszeli. Bo to zawsze problem – pieniądze. Nie mówię o panu. Pan to da sobie radę. Choć zawsze może być lepiej. Nie tak? Ale pieniądze na przedsięwzięcia. Duże pieniądze. Takich brakuje. Prawda?

Wysoka, zgarbiona sylwetka Michała zjawiła się jak na wezwanie.

– Cieszymy się, że możemy pana ugościć! Przepraszam, że mówię, jakbyśmy byli właścicielami tego lokalu, ale pan wie... tak często bywamy tu i zżyliśmy się ze wszystkimi, a co więcej, wie pan, powiem w tajemnicy, kupiliśmy trochę udziałów. Skoro tyle czasu tu spędzamy, warto, abyśmy przyłożyli się... To tak jak z miastem. Chcielibyśmy uczestniczyć. Powoli staje się, jak wy to mówicie, naszą małą ojczyzną. Nasza mała Odessa. A pan, mam wrażenie, ciągle nieufny. Jakbyśmy proponowali jakieś podejrzane transakcje. A my jesteśmy po prostu biznesmenami i gdyby nie to, iż wiem, że pan nie może być takim człowiekiem, podejrzewałbym pana o jakąś formę ksenofobii. Jakby nie wierzył pan, że zza wschodniej granicy mogą się pojawić poważni przedsiębiorcy, z którymi warto robić interesy...

– Tak, tak – wtrącił się Sasza. – To trochę nieładne, taka nieufność. Bez powodu. My mamy spółki. Mamy już trochę spółek w mieście. Znaczy się, mamy udziały. A one mieć mogą środki, te spółki, albo i kredyty na duże sprawy. Na przykład, jakby kto chciał zbudować most i drogę. Taki Uznar. Fajny pomysł, ale trochę mu brakuje, znaczy się, gotówki. My nie musimy być górą. Nam wystarczy trochę. I to nie my będziemy, ale taka dobra firma z dobrą nazwą: Polbud na ten przykład.

Saksofon z sąsiedniego pomieszczenia, w rytm nowoorleańskiego standardu, wrzucał podmuchy przyćmionego światła, które dobijało się od osadzonych w roślinnych wzorach lamp. Z obu stron, coraz bliżej, nachylały się ku Rybakowi postacie z męczącego snu.

– Sasza chce powiedzieć, że za mniejszościowe udziały spółki, o których mówimy, wejść mogą z potrzebnym kapitałem. I wtedy, na przykład, miasto zawiera umowę zgodną z wszelkimi standardami. I nikt nie może mieć pretensji. Nie trzeba asekurować tych, którzy dopiero wchodzą na rynek wątpliwymi umowami, my asekurujemy żywym pieniądzem i wszyscy są zadowoleni.

– A pan Piotr nadal nieufny. Szkoda, że nie ma przyjaciela, Mirskiego. On by powiedział panu, że... że my jesteśmy solidni. Dla nas umowa święta. I dlatego my może naiwni. To pan Mirski może powiedzieć – ślepia przed twarzą Piotra robią się jeszcze węższe w półuśmiechu, który nie ma w sobie już nic wesołego. – My płacimy wszystko. Długi oddajemy. Każde długi. A pan Mirski winien nam pieniądze. I nie oddał. I umów nie dotrzymał. Tak nie robi człowiek honoru. A człowieka bez honoru to... – Sasza nachyla się jeszcze ku Rybakowi, który gwałtownie wstaje.

– Proszę się uspokoić – to już Michał. – Przecież to nie są zarzuty do pana. Niech nas pan zrozumie. Musimy pilnować swoich należności, bo inaczej... sam pan wie. Nikt nie traktowałby nas serio. Nie byłoby nas tu. Świat jest brutalny i my nic na to nie poradzimy.

– Tak, tak. Bo jest jakiś ład – Sasza znowu mówi głosem nieomal łagodnym, przeciągając samogłoski. – Kto łamie ład, łamie umowy... – kładzie na blacie wielkie dłonie i zaciska je w pięści. – Ale z panem chcielibyśmy pracować. Mamy zaufanie.

– Niby dlaczego mam wiedzieć?! Nie widziałam go już kawał czasu. Czemu pytasz? – Elżbieta patrzy mu w oczy wyraźnie rozdrażniona, a Piotr czuje pod skórą igły zazdrości. „Elżbieta biegała za nim po całym Uznaniu, a on w nagrodę niekiedy obdarzał ją łaskami, to było nieomal publiczne". Piotr słyszy znowu pełen satysfakcji głos Marty i widzi tę chwilę, kiedy z mieszkania Mileny wychodzi Elżbieta i niedługo za nią Mirski. Niech go rozwalą! Powtarza sobie, a przecież wie, że powinien Krzysztofa znaleźć, ostrzec i dlatego odwraca się od Elżbiety. Nie podejmuje wyzwania.

– Może poszlibyśmy do Mileny – rozpoczyna pojednawczo, licząc, że tam może odnajdzie Mirskiego, ale po chwili agresji Elżbieta zwija się znowu w swój niedostępny kłębek.

– Jestem zmęczona, a wizyty tam męczą mnie szczególnie. Przecież znasz ich. Byłeś tam tyle razy. Śmiało możesz iść bez mojej asysty.

– Muszę go znaleźć – powtarza Rybak bardziej do siebie, ale Elżbieta budzi się znowu:

– Co? Nie możesz już bez Krzysia wytrzymać? Tak że-ście się zaprzyjaźnili? A może coś więcej? – jej twarz krzy-wi się w grymasie.

– Grozi mu naprawdę duże niebezpieczeństwo. Muszę go ostrzec.

– Co? Krzysiu wpakował się znowu? Nie myśl, że to pierwszy raz! Tylko uważaj. On zawsze potrafi się wywi-nąć, a obrywają inni. Uważaj, żebyś to tym razem nie był ty – sarkazm Elżbiety brzmi jak skarga.

Długo stoi pod drzwiami Mileny, zanim niewyraźne szmery zmienią się w identyfikowalne szuranie stóp. Sły-szy stuk judasza i drzwi mozolnie się otwierają. W progu stoi Milena w szlafroku, z potarganymi włosami i nie-przytomnym wyrazem twarzy.

– To ty, wejdź – mówi, jakby poznawała go z trudem.

Zmarszczki jej twarzy poruszają się niezależnie od sie-bie, cienie pod oczami są czarne. W koszmarnie zabałaga-nionym pomieszczeniu, na sofie leży ktoś, chrapiąc, a mo-że rzężąc. Ktoś inny siedzi na fotelu z głową dotykającą nieomal kolan.

– Mówiłam im, żeby poszli. Idźcie już. Idźcie! – powta-rza nieprzytomnie Milena. – Muszę tu zrobić porządek. Przecież będą działy się ważne rzeczy – chodzi, obijając się o meble i potykając o przedmioty rozrzucone na pod-łodze. – Muszę posprzątać – zbiera porzucone butelki i od-kłada je, zapomina w innym miejscu, szarpie za rękę sie-dzącego człowieka, który jak wielki manekin daje się jedynie unieść na siedzeniu.

– Mirski, Mirski? Krzysztof? – Milena powtarza czas ja-kiś, zanim zrozumie pytanie. – Nie było go już dawno. Łu-kasza też nie było. Nikogo nie było. Nikogo. Idźcie stąd, idźcie – powtarza znowu, nachylając się nad chrapiącym na otomanie. – Muszę się wykąpać, ogarnąć.

W zatęchłym smrodzie wnętrza Rybak czuje wzbiera-jący niepokój.

– Czy jest Marta – pyta kilkakrotnie, zanim Milena przyjmie to do wiadomości.
– Marta, Marta? Moja córka. Gdzie jest Marta – krzyczy niemal. – A, już wiem. Poszła. Poszła i powiedziała, że długo nie wróci. Gdzie ona poszła? Dlaczego? Powinna mi pomóc! Jak mogła pójść?! – z drugiego pokoju, pod ścianami, przemyka może dwunastoletnia córka Mileny, ale matka dostrzega ją. – Jolu, co ty robisz? – krzyczy i prawie równocześnie z dziewczynką rzuca się ku drzwiom, ale Jola jest szybsza. Wyrywa się matce i ucieka, zbiega po schodach. Stojąca w drzwiach matka woła ją rozdzierająco i rozpaczliwie. Piotr wychodzi i zza zamykających się drzwi znowu słyszy monotonny jak litania głos Mileny: – Idźcie stąd, idźcie.

Dopiero na drugi dzień udało się Rybakowi trafić do mieszkania Henryka. Nie pamiętał ulicy, numeru domu ani mieszkania, ale pewny był, że potrafi je znaleźć. Parę popołudniowych godzin chodził po mieście, zanim zorientował się, że zatacza koła. Koła były coraz mniejsze, aż wreszcie, jeszcze w ciepłym oddechu słońca, które chowało się za domy, Rybak stanął przed powracającym z jego pamięci domem.

Pogrążył się w ciemność sieni i klatki schodowej. Szedł na oślep, ale pewnie. I kiedy znalazł się przed drzwiami, których szukał, chociaż właściwie nie widział ich, i chyba nawet nie zdążył wyciągnąć ręki, aby zastukać, gdy drzwi otworzyły się. Henryk, prawie nie patrząc, gestem zaprosił go do środka. Piotra ogarnęła duchota półmroku, przekłuta pomarańczowymi strużkami, które wyciekały przez nieszczelne kotary na oknach.

– Przyprowadziłem cię – mówił, patrząc w ścianę Henryk. – Wiedziałem, że już wczoraj chciałeś mnie odnaleźć, ale byłem zajęty – spogląda na niego. – Teraz chcesz znaleźć Krzysztofa. Mogę ci pomóc, ale on jest gdzie indziej. Niepotrzebnie rozdrabniasz się. Tylko on sam może sobie pomóc. Zapamiętaj. A ty gubisz się w jałowej gonitwie. Gubisz się! – Henryk osłonił rękami głowę i zamilkł.

Po chwili ciszy, która zrobiła się nieomal absolutna, tak że widać było, jak ciemnieją pomarańczowe nitki biegnące od okien, Henryk oderwał dłonie od twarzy i znowu zaczął mówić:

– Nie potrafię. Wszystko się rozłazi. Wymyka z rąk. Jest go coraz mniej, a my chaotycznie miotamy się i tracimy siły. I co z tego, że wiem, gdzie kto z was znajduje się teraz i co robi? Wiem nawet, czego chce w tej chwili albo zdaje się mu, że chce. Umiem przywołać każdego z tej topniejącej grupki. Ściągnąć go tutaj, do siebie, ale to na nic. Nie potrafię wpłynąć na wydarzenia, które nadchodzą. Ogarnia mnie lęk. Zbliża się noc strachu. Ślizgamy się. Ślizgamy się po powierzchni wydarzeń i ani nie rozumiemy ich, ani nie potrafimy w nich istnieć. Jesteśmy jak cienie, które nie potrafią zaistnieć. Cienie pełne bólu, strachu i rozterek. Idź! Spotkasz go. Pomogę ci, chociaż na nic się to nie przyda. Nic już na nic się nie przyda.

Henryk nieruchomieje na podłodze i zaczyna mruczeć. Dopiero po chwili Rybak pojmuje, że gospodarz zawodzi, skanduje coś bez słów albo w obcym, nierozszyfrowanym języku. Gospodarz kołysze się rytmicznie i pokój wypełniają wibracje, które ogarniają Piotra. Ciemność zmienia się w półmrok, w półszept. Ciało Rybaka jest jak wielka membrana, zaczyna prawie rozumieć, gdy niespodziewanie Henryk urywa, osuwa się na podłogę, a pokój zalewa ciemność i cisza.

Mirskiego Piotr spotkał po parunastu minutach.

– Musiałem iść! – powiedział Krzysztof, jakby rozstali się na rogu. – To Henryk, prawda?

– Byłem w Odessie, spotkałem tych twoich znajomych, Michała i Saszę. Grozili ci. Opowiadali o niezapłaconym długu. Nie przypuszczam, żeby to byli ludzie, którzy żartują.

Mirski nie wygląda na zaskoczonego.

– Oni rzeczywiście nie żartują. Cholera, wiedziałem o tym! Ale nic nie mogą mi zrobić! Podskakują tylko. Straszą.

Teraz dopiero Rybak dostrzega, że Mirski jest niezwykle podniecony. I nawet już po jakimś czasie, w kawiarni, nad kawą, wyrzuca z siebie słowa na granicy utraty tchu, jakby przed chwilą, ostatnim wysiłkiem wydobył się na powierzchnię wody. Jego ręce pełne są niezsynchronizowanych, obcych słowom poruszeń.

– Mogą tylko straszyć, za dużo o nich wiem. To ja mogę przywołać ich do porządku, i chyba zrobię to! Ciągle trzymam ich w garści. Niech więc lepiej uważają! Ale ciągle możemy ubić z nimi interes. Naprawdę intratny dla wszystkich. Wielki interes. Mówiłem ci! – Potem już spokojniej Mirski zaczyna tłumaczyć: – To Konrad. Wiesz. Nawrocki. Wyrolowali mnie jego ludzie. Wszystko miało być pewne. Aparatura do szpitali. Założyliśmy fundację. Wiesz, ministerstwo i Odessa. To znaczy parę ich spółek z polskimi figurantami. Rozumiesz? Było ileś umów ze szpitalami. Zaczęli sprowadzać sprzęt. Ale w ministerstwie, które obstawiali ludzie Konrada, coś się spietrali i wycofali. Fundację szlag trafił, a oni zostali z aparaturą, którą sprowadzili. Uziemili niezłe pieniądze. Niech nie czepiają się mnie, bo to zasługa Konrada. No i Łukasz, też dobry cwaniak. Ale wszystko można jeszcze naprawić. Kupili bankrutującą spółkę budowy domów. Jedno dobre zamówienie i wszystko gra. Wiesz co? Chodźmy do nich.

Środkiem ulicy, wśród gwizdów i okrzyków tłumu gromadzącego się na chodnikach i przepychającego do swoich spraw mijał ich pochód. Młodzi ludzie, w większości ostrzyżeni niemal do skóry, szli marszowym krokiem, co jakiś czas chóralnie skandując slogany. W szarych, brunatnych, zielonych lub stalowych uniformach przypominali oddziały wojskowe.

– Polska dla Polaków! – krzyczeli. – Czcij matkę swoją i ojczyznę! Cudzoziemcy do domu! – przekrzykiwali gwiżdżący i wywrzaskujący wrogie hasła tłum, uderzając o bruk drewnianymi pałkami.

Z chodników spoglądali znudzeni policjanci. Ogon pochodu znikał sprzed Odessy, kiedy tam dotarli. Władzę nad ciemniejącym niebem przejmowały elektryczne światła.

Piotr zauważył Saszę, gdy ten był już blisko ich stolika. Szedł nieco pochylony, miękkim krokiem, z rękami lekko wysuniętymi do przodu.

– No, mogę się dosiąść – stwierdził raczej, niż zapytał, odsuwając od stołu krzesło.

– Gdzie Michał? – zimnym tonem rzucił Mirski. – Chciałbym, aby był przy naszej rozmowie.

– Nuu, będzie – przeciągnął Sasza, nie odwracając się w stronę Krzysztofa, ale natrętnie wpatrując w Rybaka. – To pan go przyprowadził?

– Sam zadecydowałem – Mirski mówi nieomal niegrzecznie. – Słyszałem, że groziliście mi?

– Myy – Sasza wygląda na rozbawionego. – Mówiliśmy, że długi się płaci, nawet w Polsce, nawet kacapom, ot co.

– Wiesz, że sprawa nie jest tak prosta i nie można powiedzieć, że to zwykły dług – Mirski unosi się niemal.

– Dług jest dług – Sasza odpowiada obojętnie, nie zaszczycając Mirskiego spojrzeniem. – Mogę odstąpić, mogę nie, mogę termin przesunąć, mogę nie, obiecał coś, mogę powiedzieć: zastanowię się, nie zrobił, ja się nie zastanawiam. Płać! – ostanie słowo Sasza rzuca ostro, odwracając się i spoglądając Mirskiemu prosto w twarz. Oczy zwężają się mu jeszcze bardziej, skóra na policzkach naciąga.

– Nie będę w taki sposób rozmawiał – mówi Mirski z pogardą.

– A kto prosi o rozmowę? – znowu beznamiętnym, choć nieprzyjemnym głosem rzuca Sasza. – Płać!

– No, w porządku. Musimy porozmawiać rzeczowo. Przecież mówimy o interesach. Spokojnie, jak to między przyjaciółmi – Michał siedzi już obok, przemawiając swoim wyraźnym, nieco sennym głosem.

– A profesor – cieszy się Sasza. – On zawsze potrafi powiedzieć wszystko tak jak trzeba, nie to co ja. Ja jestem do roboty, każdej roboty – mówi z naciskiem, przyglądając się Mirskiemu.

– No, więc na czym stoimy? – pyta Michał.

– Dobra, mogę przedstawić sytuację – zgadza się na niezgłoszoną propozycję Mirski. – Straciliście dużo na sprzęcie medycznym, na interesie, który ja wam przedstawiłem, ale nie możecie mnie za to winić! To mimo zapewnień nawalił Konrad, przecież ja też nic na tym nie zarobiłem, a włożyłem tyle pracy, energii i inwencji...

– A my pieniędzy – przerywa Michał, podczas gdy Sasza prycha pogardliwym śmiechem. – Może więc wyjaśnimy wreszcie sytuację. My zainwestowaliśmy w to przedsięwzięcie, ale ty zainwestowałeś również, i to nasze pieniądze. Zapomniałeś już, że pożyczyliśmy ci jako wspólnikowi niezłą sumkę. Tylko dzięki temu stać się mogłeś udziałowcem. Poza tym winny nam jesteś dodatkowo sumkę znacznie mniejszą, ale zawsze tych kilka tysięcy dolarów obrotowego, prawda?

– No, nie możecie przecież tak tego liczyć. Przecież powiedzieliście, że nie mam co się martwić kosztami, a forsę pożyczyliście mi na udziały... A jakie tu udziały w nieistniejącym przedsięwzięciu – Mirski jest coraz bardziej oburzony.

– Nie miałbyś co się martwić, gdyby interes wypalił, ale teraz to co innego. Musisz zwrócić. A nasza pożyczka na udziały... Przepraszam, ale co pan sobie wyobrażał? To tylko my mieliśmy ponosić ryzyko? Więc gdyby udało się, to pan zostałby udziałowcem zyskownego interesu, a jeśli nie, to przestaje się pan przejmować?! Przecież po to pożyczaliśmy ci tę forsę, żebyś był związany z nami ryzykiem! Nie załatwiłeś, płać!

– To jakieś nowe ustalenia? Z czego niby mam płacić – Mirski mówi wyniosłym tonem.

– Nic w tym nowego. I dobrze wszystko rozumiałeś, kiedy ustalaliśmy udziały i zapewniałeś nas, że to stuprocentowe przedsięwzięcie, a gwarancje są jak ze stali, z której zrobione są chirurgiczne narzędzia – z głosu Michała ulotniła się senność, teraz bez wysiłku przebija się przez knajpiany gwar. – Ustna umowa zobowiązuje tak samo. Pamiętaj! To nie nasza sprawa, jak zdobędziesz pieniądze. Chyba że prolongujemy ci długi. Bo my z panem Piotrem chcielibyśmy ubić interes. Miasto buduje dużą trasę i most i, jak wiem, przyjaciele pana Piotra chcieliby, żeby robiła to taka stosunkowo mało znana firma: Uznar, chyba tak. Proszę poprawić mnie, jeśli się będę mylił. Mamy drobne udziały w spółce, która chętnie uczestniczyłaby w tym przedsięwzięciu. Ma zarówno solidne gwarancje bankowe, jak i żywą gotówkę. Bo na razie Uznar nie chce wziąć na siebie ryzyka i proponuje umowę, którą trudno uznać za korzystną dla miasta. A z Polbudem można by zrobić umowę zadowalającą wszystkich. No, może nie wszystkich, bo pan Nawrocki, który złożył swoją ofertę, powiedzmy szczerze, formalnie z pewnością lepszą niż oferta Uznaru, pan Nawrocki nie będzie się chyba cieszył. Ale my tym martwić się nie będziemy. Nie kochamy tego pana po tym, jak nas zrobił w tej sprawie... Tak więc Krzysztofie... przekonaj pana Piotra, a my prolongujemy ci ten dług, a potem jak przedsięwzięcie ruszy, możemy nawet wciągnąć cię do niego i jakoś te pieniądze rozliczyć... Rozumiesz?

– Ależ panowie! – po raz pierwszy Rybak wtrącił się do rozmowy – przeceniacie moją rolę. Dopiero zacząłem pracować. Jestem pod lupą i każdy nieostrożny gest zakończy moją karierę w urzędzie miasta.

– Kto mówi o nieostrożnym? – całym sobą zdziwił się Sasza. – To będzie najostrożniejsze, najsolidniejsze. I wszyscy będą zadowoleni. No, może nie pan Konrad, ale jak mówił Misza...

– Panowie musielibyście złożyć oficjalną ofertę...

– Ależ panie Piotr – Michał jest leciutko urażony. – Czym zasłużyliśmy sobie na takie lekceważenie? Przecież wiemy, że oficjalne oferty to fikcja. W innym razie jak można byłoby w ogóle rozważać projekt spółki miasta z Uznarem w kształcie, który on zaproponował? Przecież dobrze wiemy, że problem polega na tym, jak formalnie zrezygnować z korzystniejszej oferty Nawrockiego. I my proponujemy wyjście. Oczywiście, wszystko będzie jak trzeba. Lege artis. Tak się przecież mówi. Co?

– Ale ja nie mogę przyjąć takich nieformalnych propozycji. Nie mogę w ogóle wziąć ich pod uwagę! – oszołomiony Rybak orientuje się, że nieomal krzyczy.

– Dobrze, rozumiem, że chcecie załatwić interes z Piotrem, uważam, że to dobry pomysł i chętnie wam pomogę, ale na początek przyjmijmy, że zawieszamy nasze zobowiązania...

– A ty lepiej zamilcz – siedzący dotąd przy stole w milczeniu, z nisko zwieszonymi ramionami, Sasza prostuje się i patrzy na Krzysztofa.

– Coo?! – Mirski zrywa się z krzesła. – Ty kacapie! Tak to możesz mówić do swoich gnojów, goryli!

Sasza podrywa się na przygiętych nogach, a krzesło za nim odlatuje z łoskotem. Piotr zauważa kilka postaci, które z różnych miejsc sali zbliżają się i zatrzymują w pewnej odległości, wpatrując się w ich stolik.

* * *

– Ty, blad'! Kurwa twoja... – Sasza balansuje na przygiętych nogach. Michał podrywa się i chwyta go za nadgarstek w tym samym momencie, gdy Piotr łapie za ramię Krzysztofa, który wygląda, jakby miał się rzucić na Saszę wykrzykującego: – To ty oszust, masz moje pieniądze i obrażasz... Ty, zobaczysz, będziesz skomlał jak pies, będziesz całował po rękach i szczał po nogach, jak tylu wcześniej, ale będzie późno, będzie koniec pan Krzysztof... będziesz się modlił do mnie jak do Boga, ale za późno...

– Ty ruska małpo! Zlewie! Uważaj, bo twoja kariera tu zaraz się skończy. Wiem wszystko o waszych sprawkach. O haraczach, wymuszaniu, sutenerstwie. Wiem, jak załatwialiście nieposłusznych. Wiem, coście zrobili z Kasjanowem, więc uważajcie – Mirski przytrzymywany i uciszany przez Piotra szarpnął się parę razy.

– No, żebyś nie posunął się za daleko i nie żałował potem – Michał niemal siłą sadza na krześle Saszę, mówi spokojnie i zimno. – My postaramy się to zapomnieć, a na dzisiaj skończymy już. Choć nie wiem, czy się nam uda. Pamiętaj Krzysztof... A do pana, panie Piotr... podtrzymujemy propozycję, niech się pan zastanowi... to również w interesie pana przyjaciela, bo wie pan, u nas, jeśli ktoś nie oddaje długów...

– To co?! – wyrwał się Mirski, ale Michał zignorował go.

– Niech pan to przemyśli, panie Piotr, i niech pan tylko skontaktuje nas z panem Kalinowskim. Tylko tyle! No i prośba ostatnia. Niech pan nam w żadnym razie nie przeszkadza! Proszę o tym pamiętać. Tak by nam zależało, aby skontaktował nas pan z panem Kalinowskim, ale w każdym razie liczymy, że nie będzie pan szkodzić. A sam pan widzi, że co nieco wiemy o interesach miasta.

Skąd oni wiedzą to wszystko? Skąd znają sprawy, o których wie tylko kilka osób? – Rybak nie może dojść do siebie i powtarza to, kiedy po wyjściu z Odessy idą ulicą ludną jak za dnia.

Mirski uspokoił się już. Chwytając Piotra za łokieć, mówi swoim zwyczajnym, nieco modulowanym tonem:

– Widziałeś tych drani? No, ale biznes to biznes. To, co ci proponują, to układ naprawdę interesujący i chyba nie masz co się tak zżymać...

– Co ty mówisz?! – Piotr aż się zatrzymał, wyrywając łokieć z dłoni Mirskiego. – Przecież to gangsterzy. Sam miałeś właśnie z nimi przygrywkę, przedsmak tego, co może się zdarzyć. Swoją drogą, po co pchałeś się w interesy z nimi? Nie mogłeś znaleźć sobie mniej szemranego towarzystwa?

Mirski wygląda na nieco zmieszanego, w każdym razie tak wydaje się Piotrowi. Przeciąga słowa, jakby szukał ich dopiero i zastanawiał nad nimi, zwalniając kroku, tak że Piotr również musi zwolnić, zamiast jak zwykle przyśpieszać, aby dotrzymać kroku swojemu towarzyszowi.

– Nie przesadzaj. Mieli prawo obruszyć się nieco. Stracili sporo forsy, lekko licząc paręset tysięcy dolarów. Nic dziwnego, że puściły im nerwy. A wszystko przez Nawrockiego. Szanownego biznesmena, o którym nikt nie powie, że gangster. Z kim mam robić interesy w takim czasie? Zresztą... cóż chcesz? Ja nie jestem od wystawiania cenzurek. Pieniądze są nam potrzebne: tobie, mnie. Nam. Bo jeśli nawet chcemy walczyć z rzeczywistością, to na początku musimy rozpoznać ją i dostosować się do niektórych jej warunków. Zapomniałeś już, jak działał Instytut? Zapomniałeś lekcji Mistrza? Chciałbyś mieć wszystko i nie ubrudzić się?! Nie udawaj dziecka! Moralnością jest to, co uczynić potrafimy ze swoich grzechów. Co potrafimy zbudować. A jeśli wzniesiemy piękną budowlę, kto będzie wybrzydzał na pochodzenie cegły? – Mirski znowu odzyskuje pewność siebie i idzie szerokimi krokami, odwracając do Piotra profil. Kaskady słów pointowane są poruszeniami głowy, gestami wąskich dłoni i długich palców.

– Świat jest jak wojna. Musisz cofnąć się, aby zaatakować. Jak inaczej wyrwiemy się z naszej codzienności? Naszej klatki. Z tego, co słyszałem, to nie wszystko w twoich nowych zadaniach spełnia twoje wysokie standardy?! Co?! Pozostaje pytanie: czy chcesz podporządkować się, ulec? A może inaczej: kiedy i jak podporządkować się, żeby nie ulec? Myślisz, że można to robić bez poświęceń? Bez poświęcenia swojej konwencjonalnej moralności, która jest tylko wygodnym kodeksem. Bo inaczej... Tak czy inaczej skazani jesteśmy na świat, który zmienia formy, ale pozostaje taki sam. Możemy tylko zmienić w nim swoją rolę. Z tego, którym się gra, stać się rozgrywającym. Tak zdobywamy wolność. Inaczej, co pozostaje? Drobne kompromisy dnia codziennego. Głupota szefa, marnotrawstwo instytucji, absurdy zasad, którym musisz się podporządkować. Codziennie po tysiąckroć uśmiercać będziesz swój rozum, wolę, serce. Czy to chcesz wybrać?

Mirski zatrzymuje się i chwyta Piotra za ramiona:

– Myślę, że nawet ich źle oceniasz. Ten Sasza jest może nieokrzesany, ale... nie należy go niedoceniać. Zresztą zauważyłeś, że przywołałem ich do porządku. Na koniec zmiękła im rura. Zauważyłeś? To ja ciągle trzymam w ręce drążki steru...

– Nie zauważyłem – wyrzuca z siebie Piotr z mieszaniną zażenowania i satysfakcji. Ale pierwszy sprzeciw uwalnia w nim kolejne. – Trudno było zauważyć. Zarówno to, że zmiękła im rura, jak i to, że kontrolujesz cokolwiek.

Zmieszanie Krzysztofa, jeśli nawet pojawia się, jest tylko mgnieniem.

– No, cóż, może jesteś za mało wtajemniczony w nasze relacje. Mniejsza o to... Niezależnie od wszystkiego, ta ich propozycja warta jest przemyślenia...

– Nie! – Rybak jest zdecydowany. – Nie ma w ogóle o czym mówić! Mowy nie ma, abym przyłożył rękę do interesów z bandziorami.

– Przesadzasz, oni mają legalne firmy, udziały w legalnych firmach...

– A co mnie to obchodzi, sam wyliczałeś historie, za które powinni nie wyjść z pierdla.

– No... poniosło mnie. Przyznaję. Przesadziłem. Grubo przesadziłem, żeby ich nastraszyć. Teraz rozumiem, że nie powinienem, ale sam wiesz... A ta transakcja jest ważna, to znaczy może być ważna dla nas wszystkich, a dla mnie jest z pewnością, i to już...

Krzysztof mówi z trudem, pochylając głowę w nietypowy dla siebie sposób. W jego głosie pojawiają się nutki nieomal prośby. W Piotrze narasta determinacja, aby przerwać tę scenę. Wyrywa rękę z dłoni Mirskiego i odsuwa go na wyciągnięcie ramienia.

– Daruj! Nie wiem, w co się wpakowałeś. Ale ja nie będę ryzykował układów z gangsterami, aby cię z tego wyciągnąć. Nie próbuj nawet przekonywać mnie swoim wielosłowiem. Strata czasu! A właściwie powinienem już iść.

– Poczekaj! – głos Mirskiego brzmi błagalnie, jego ręka chwyta kurczowo łokieć Rybaka. – Myślę, że nie zrozumiałeś wszystkiego. To znaczy, spróbuj zobaczyć to w czysto biznesowych kategoriach, to i dla miasta... zobaczysz...

– Powiedziałem ci! Daj już spokój. W inny sposób mogę próbować ci pomóc, ale do tego w ogóle nie wracaj. A jeśli chodzi o coś innego...

Mirski nie tyle puszcza, co odpycha łokieć Piotra.

– Masz rację, nie ma o czym mówić! O mnie się nie obawiaj. Dam sobie z pewnością radę. Do widzenia! – wykrzykuje nieomal i odchodzi wielkimi krokami, nie patrząc na boki, przez ciągle ruchliwą ulicę. Chwilę jeszcze widoczny, długimi rękami zgarnia powietrze, zanim zniknie w tłumie.

X

Miasto nie otwierało się. Mury starych kamieniczek i kościołów, pośpiesznie wznoszone lustrzane wieżowce, dzi-
waczne kompozycje z aluminium, stali i szkła zamykały
przed Tarois swoje obce bryły. Miasto było tylko masą
przypadkowo przypasowanych do siebie murów. Dalekim
śladem obecności. Budynki były stertami cegieł, kamieni,
metalu i murarskiej zaprawy. Ulice rozwijały się pod stopami, jak chaotycznie łatane skalno-asfaltowe chodniki.
I na nic zdawały się próby zrozumienia sensu tych budowli, który dalece przekraczać powinien zamierzenia budowniczych. O ich nieruchome ściany rozbijały się próby
odnalezienia znaczenia, które powinien nad nim nadbu-
dowywać i spajać czas. I chociaż Paul nadal potrafił widzieć przez mury, dostrzec poza nimi ludzi i tęsknoty ich
rozgorączkowanych albo bezwładnych ciał, ich pomarsz-
czonych w wysiłku lub obojętnie rozluźnionych twarzy,
słyszał tylko kakofonię słów, westchnień, zawodzeń
i okrzyków. Jego nowo odkryte możliwości w Krakowie
dały mu poczucie siły, jakiej nie wyobrażał sobie wcześniej,
w Olsztynie stały się źródłem niepokoju, teraz, w Uznaniu, były rzeką postępującego zmęczenia. Gęstniejący cień
oddzielał go od świata.

W Krakowie przeistoczył się. Dawny Tarois – kompleks
przyzwyczajeń, sądów, wątpliwości i pewników zlepionych doświadczeniami miejsca i czasu, a tylko przeświet-
lanych niekiedy czymś, co tliło się głębiej niemal niezau-
ważalnie, pozostał gdzieś na ulicach. Rozumiał, co mówili
inni. Potrafił usłyszeć słowa wypowiadane na drugim

końcu miasta, gdyby chciał, mógłby czytać sny tych, którzy zamierzali ukryć się przed nim za ścianami domów. Gdyby chciał... Mógł słuchać tego, co mówili oddaleni przestrzenią i czasem. Mógł przywołać ich. Ten, który go śledził, okazał się tym, który prowadził, aby wreszcie ten inny już Paul mógł go spotkać. W ażurowej klatce pokazał mu świat wyborów – świat teatru. I potem Paul mógł już nim być, albo zdawało się mu tylko... Kiedy przestał być dawnym Tarois i stał się nikim, a więc mógł stać się każdym. Był nim na afgańskim płaskowyżu, gdzie przełamywał strach, aby odrodziła się w nim ufność. Przeżywał śmierć, trawił unicestwienie tożsamości i największe przerażenie obcości. Przeżył to i wyjechał do Olsztyna.

I tam, w szarej klatce archiwum Teatru Małego, usłyszał szelest pożółkłych papierów i głosy, którymi mówiły. Słyszał formuły partyjnych zapisów jak bluźnierczą parodię liturgii. Widział zebrania wokół stołów przykrytych zielonym suknem z obowiązkowymi czerwonymi goździkami pośrodku. Słyszał rezolucje przeciw rewanżystom z NRF i zaklęcia na temat wierności niezłomnej linii partii, bezwzględnej walce o pokój. Zobaczył spektakl. Rozpisane na role oskarżenie, retorykę pustych gestów i słów, doskonałe w swojej formie fałszywe świadectwo.

Żeby przetrwać, musiał uznać, że to jeszcze jedna próba. Pokusa łatwego osądu.

Przyjechał do Uznania, żeby zrozumieć, ale rozumiał coraz mniej, a wiara oddalała się. Rozwiewała się jak jego moce. Nikt mu nie towarzyszył. I dopiero teraz, kiedy wyszedł z hotelu, miał wrażenie, że ktoś znajomy opuścił z nim hol recepcji, aby rozwiać się w tłumie przechodniów.

I była Zofia. Od kiedy zobaczył ją, zrozumiał, że to jest prawdziwy, najważniejszy znak. To ona znowu prowadzić go będzie jak szesnaście lat wcześniej. Przestał myśleć o tym, kogo miał spotkać w Uznaniu. Kogoś, kto przyzywał go, pokazując niewyraźnie drogę przez miasto. Liczyła się Helena. Chociaż teraz, kiedy krążył wokół hotelu, poganiając minuty, które pozostały mu do spotkania, słyszał tamten nieznany głos, wydawało się mu, że widzi chudą twarz wołającą z ciemnego wnętrza.

Zofia była punktualna. Kiedy zbliżała się do stolika, pochylając nieco na bok głowę, pomyślał, że jest piękna.

– Tak... Wiem. Wiem, że była ważną postacią, choć nieco z boku i nie grała nigdy w ich przedstawieniach. To znaczy, kiedy jeszcze grali... Wie pan, ja zdaję sobie sprawę, że to może zabrzmieć głupio, ale czuję jakąś więź z tamtą kobietą. I dodatkowo to samo imię. Znikała i pojawiała się, aż wreszcie przepadła razem z Mistrzem i nikt nie widział jej już. Śni mi się, chociaż nigdy jej nie spotkałam. Nie mogłam jej widzieć, jak ich wszystkich, a przecież jakbym znała ich tak dobrze... Wie pan, strasznie się cieszę, że pan przyjechał. Czekaliśmy na kogoś takiego. Był pan tak ważny wtedy, niech pan nie zaprzecza, słyszałam to tyle razy i teraz... Czekaliśmy, bo czas ożywić... nadać życie, czas powrócić... i pan...

Dziewczyna odwraca głowę, jakby zawstydzona patrzy w drugi kąt sali. Tarois bierze jej dłoń, dotyka palców i czuje równocześnie napięcie i uspokojenie. Czuje chłód skóry, bezwład ręki, niezauważalną nieomal zgodę dłoni. Przesuwa palcami po jej policzku i dziewczyna odwraca się do niego i uśmiecha.

– Jeśli pan będzie robił ten film, to jakby przywracał pan im istnienie i może od tego trzeba zacząć...

– Ale ja nie zdecydowałem się jeszcze. Muszę, powinienem odnaleźć, to znaczy myślałem, aby odnaleźć jego, Szymonowicza. Przecież nie mogę zrobić filmu o nim bez niego. Zresztą niekoniecznie o film tu chodzi...

– Ależ musi pan! – dziewczyna przerywa mu zapalczywie, aby nieomal w tym samym momencie uspokoić się, stać się daleka i zamyślona. – To znaczy myślę – znowu spogląda na przeciwległą ścianę, jakby szukała tam pomocy – to takie ważne, aby pan podjął się tego, bo ludzie zapominają. Ja to co innego, ale moi rówieśnicy na studiach słuchają o Instytucie jak o, o... teatrze greckim...

– Mogło być gorzej – Paul uśmiecha się.

– Nie o to chodzi, ale o to, aby było żywe, jak dla mnie. Pan mógłby coś zrobić a wtedy może i on pojawiłby się znowu. Bo pan wie, są tu jeszcze inni. Widział pan Piotra Rybaka? On też przyjechał, są też inni, tylko trzeba ich znaleźć...

Odchodziła lekkim krokiem i dopiero przy samych drzwiach odwróciła się i rzuciła mu spojrzenie, odsyłając go do wieczoru następnego dnia, kiedy mieli się spotkać. Wychodząc z sali, miał wrażenie, że od stolika pod dużym lustrem na ścianie podnosi się ktoś, kogo znał. Dopiero potem uświadomił sobie, że ten ktoś podobny był do człowieka, którego przedstawiono mu niedawno u Mileny i który miał na imię Łukasz. Człowieka, który przedstawił mu Zofię.

– Wiesz, naprawdę cieszę się, że udało się nam porozumieć. Raz jeszcze przekonuję się, jak dobrze zrobiłem, proponując ci pracę z nami. Miałeś rację: tamta umowa nie była w porządku. Teraz jest zdecydowanie lepiej i dobrze, że tak twardo upierałeś się przy swoim. Liczyłem na to, kiedy wymyśliłem ci tę posadę. Okazuje się, że Uznar mógł wziąć na siebie więcej, niż deklarował, i wszystko wygląda tak, że niemal nie można się przyczepić. Obie strony poszły na kompromis i tak jest najlepiej.

Kalinowski biegał po gabinecie, zadzierając ku górze rzadką bródkę. Jego oczka myszkowały między Piotrem, Jaremą i wielkim oknem, przez które wlewało się słońce.

– Tak, muszę przyznać, że zaskoczył mnie pan – Jarema stoi zgięty jak w ukłonie, z wyrazem twarzy, który może być karykaturą lokajskiego grymasu. – Oczywiście, słyszałem o panu same najlepsze rzeczy, ale w takich sprawach, mam nadzieję, że mi pan wybaczy, nie ma pan przecież jakiegoś szczególnego doświadczenia. A tu proszę! Załatwił pan to po mistrzowsku: Uznar dostanie, co miał dostać. Pozory zostaną zachowane, a i tak miasto będzie asekurować wszystko. Wszyscy będą zadowoleni z wyjątkiem pana Nawrockiego, ale o to przecież chodziło. Czy nie tak? – Jarema nachyla się wprost do Rybaka.

– A wiesz, rozmawiałem już o twoim służbowym mieszkaniu. Nie będzie wielkie, ale zawsze... W najbliższych dniach możemy je zobaczyć – Kalinowski zaciera ręce i uśmiecha się.

– Dlaczego wszystko musisz robić i mówić przy nim? Masz do niego takie zaufanie? – Piotr był wściekły, ale na Kalinowskim nie robiło to wrażenia.

– Na kimś musimy się oprzeć, a to fachowiec – uśmiechał się promiennie. – Fachowiec od wszystkiego. Przeszedł dobrą, komunistyczną szkołę. Silniejszym nie podskoczy. A to my jesteśmy silniejsi. Zresztą trzymam go krótko, a on, sam widziałeś, zna swoje miejsce. Wiesz, czasami trzeba załatwiać sprawy nieprzyjemne i wtedy on przydaje się jak nikt. No, i co nam w końcu może zrobić?!

Rybak wychodził z urzędu pośpiesznie. Chciał pospacerować przed spotkaniem z Martą, chodzić długo, żeby zapomnieć o swojej pracy, zadowolonej gębie Kalinowskiego, przygiętej sylwetce Jaremy. Starał się myśleć wyłącznie o Marcie. Kiedy jednak zbliżał się do kawiarni, gdzie umówili się już trzy dni temu, ogarnął go niepokój. Przypomniał sobie ostatnią wizytę u Mileny. Jej bezsensowną krzątaninę po pobojowisku mieszkania. – Marta powiedziała, że poszła i długo nie wróci, dlaczego poszła, dlaczego zostawiła mnie... – Niepokój ogarnia go i pochłania. Kiedy siedzi w kącie kawiarni i czeka, jego nerwy wibrują w rytm skurczów obcego zwierzęcia, które wypełnia jego ciało. W końcu zauważa Martę.

Dziewczyna wchodzi do kawiarni i rozgląda się niepewnie. Wydaje się bardziej wiotka i zagubiona niż kiedykolwiek. Wreszcie dostrzega go i podchodząc nonszalanckim krokiem do stolika, przybiera swój zwykły, nieco ironiczny wyraz twarzy.

– Byłem u pani w domu – mówi Piotr i czuje, że powinien się wytłumaczyć. – Szukałem Krzysztofa Mirskiego, ale to, co zastałem, nie wyglądało dobrze. Niepokoiłem się o panią.

Dziewczyna patrzy na niego szeroko otwartymi oczami, potem zaczyna mrugać coraz szybciej i spod jej powiek płyną łzy. Pochyla głowę, całe jej ciało drży w spazmach płaczu.

– Mam już tego wszystkiego dość – zachłystuje się – tego nie można już wytrzymać. I nie tylko ja, Jola także uciekła i musiałam jej szukać, wyglądała jak małe przestraszone zwierzątko, ta tupeciara, która kłóci się ze mną zawsze, tuliła się i płakała. A matka, co się z nią dzieje, ja już w ogóle nie wiem, co robić, od dawna właściwie nie wiedziałam, ale starałam się nie myśleć, nie myślałam, teraz... przesiedziałam dwie doby u koleżanki, ale dłużej nie mogłam i co zrobić z Jolą...

– Uspokój się, uspokój – powtarza bezradnie Rybak, obejmując ją i przytulając – wszystko się jakoś ułoży, zawsze się układało – mówi, w tym samym momencie zdając sobie sprawę z idiotyzmu swoich pocieszeń.

– Uuuch, nic się nie ułoży, już nic się nie ułoży, kiedyś też tak myślałam, ale jest gorzej i gorzej – buczy coraz głośniej Marta. Ludzie ze wszystkich stron zaczynają patrzeć w ich kierunku i Piotr dostrzega w ich oczach więcej niż naganę.

– Chodźmy się przejść, chodźmy na spacer, dobrze ci to zrobi – mówi, pragnąc uciec od spojrzeń, które urą-

gają mu, obnażają go, satyra polującego na niewinność...
I wreszcie z ulgą wyprowadza zanoszącą się płaczem na
jego ramieniu Martę. Jej niewyraźne słowa, roztopione
w szlochu, nie składają się na całość. – Byli tam, przychodzili, nawet ten, wyjątkowy skurwysyn, a mama,
przecież ona już nie powinna, a oni, nie wiem, czy robią żarty, czy kpią, czasami dzieje się coś dziwnego i wtedy myślę, że to ja nie rozumiem, a mama... tylko dlaczego Jola, przecież ona jest za mała i widzi to wszystko,
taka byłam głupia, że pozwoliłam tym draniom... jak
dziwka...
Miasto oddala się i ucisza. Idą wśród drzew w głąb
parku i Marta jest spokojniejsza. Coraz rzadziej Rybak
czuje dreszcz, który przebiega po jej ciele i odzywa się
skowytem w gardle. Siadają na ławce, dziewczyna podnosi głowę. Z bliska, załzawionymi oczami patrzy na niego, przysuwa do niego mokrą twarz i Piotr nie wie, kto
pierwszy wykonuje gest i jak zaczynają się całować. Czuje zimne, wilgotne wargi, które chwytają jego usta, czuje język dziewczyny, uderza zębami o jej zęby, pod jej su-
kienką ujmuje niespodziewanie pełne piersi i wyczuwa
ciało, które usiłuje roztopić się w nim. Kiedy odrywają się
od siebie, Piotr myśli, że było dobrze, nie trzeba było nic
mówić ani próbować myśleć, współczuć, ale zaczyna
znowu.
– Jeżeli jest tak, aż tak źle, to może... – urywa, zdając sobie sprawę, że nic nie ma do zaproponowania
dziewczynie. Obejmuje ją znowu, a Marta przywiera do
niego.
Kątem oka dostrzega kilkoro ludzi zbliżających się alej-
ką. Odsuwa się od dziewczyny, znowu gorączkowo myśląc, czy pieniądze, które ma w portfelu, wystarczą na
hotel i jak zaproponować to Marcie, a równocześnie wyobraża sobie detale jej skóry, jej ciało pod swoim, szuka-
jące wspólnego rytmu.

– Może pójdziemy gdzieś... – zaczyna niepewnie.

– Gdzie? – rzeczowo pyta dziewczyna.

– Czy ja wiem? Tam, gdzie nikt nam nie będzie przeszkadzał...

– Teraz nie mogę – odpowiada Marta – muszę wrócić do domu, zobaczyć co z matką. Może już wróciła do siebie. Przechodziła już takie kryzysy i zawsze się potem zbierała. Muszę zresztą znaleźć Jolę. Boże, jak chciałabym skończyć tę szkołę i zacząć pracować. Zarabiać na siebie. Tyle razy myślałam, żeby zostawić tę budę i znaleźć pracę, a potem, ewentualnie, coś wieczorowo, został mi już tylko rok, więc myślę, że potem będzie łatwiej, ale sama nie wiem... I nie mogę całkiem odejść choćby z powodu Joli. Teraz przyjechał taki Francuz – był u nas. Ma podobno robić film. Wszyscy są tym podnieceni. Podobno wziął go pod opiekę Łukasz i Matylda, niezła parka. Będą próbowali go oskubać. Muszę już iść...

Kiedy umawiali się i żegnali, Rybak wiedział, że będzie musiał nacisnąć Kalinowskiego w sprawie mieszkania.

Elżbieta była wyjątkowo ożywiona.

– Przyjechał taki Francuz – usłyszał Piotr nieomal po przekroczeniu progu. – Ma spore środki, aby zrobić coś o Instytucie. Może zresztą nie tylko. Instytut, Mistrz. To były impulsy, a potem wokoło pojawiały się rzeczy może niemal tak samo interesujące...

– Jak Teatr Światło – nie wytrzymuje Piotr.

– A choćby – Elżbieta spogląda na niego z nienawiścią. – Co ty na ten temat możesz powiedzieć?! Widziałeś? Znasz się na tym?

– W porządku, to tylko głupi żart, chcesz herbatę? – usiłował łagodzić sytuację, obijając się o ściany kuchni, ale Elżbieta zatrzasnęła się już w swojej niechęci.

– Lubisz kpić. Kpić z czegoś, czego nie znasz. Potrafisz dotknąć. Ale to cię nie obchodzi. A sam co? Jakie ty masz osiągnięcia? Jak pensjonarka przyjechałeś tu szukać swoich wspominek. Tylko w twoim wypadku nie jest to już rozczulające!

Po przedłużającym się milczeniu, dla wypełnienia którego Piotr nie potrafił znaleźć słów, Elżbieta znowu zaczyna mówić.

– Chciałam ci powiedzieć o czymś może również ważnym dla ciebie. Łukasz pertraktuje z tym Francuzem. To szansa. Szansa, jak myślę, również dla ciebie, żeby odnaleźć wszystkich. Pozbierać te wszystkie pogubione wątki. Bo teraz wszyscy będą ciągnąć do Francuza, który ma środki. I to wcale nie jest takie złe. Przecież zawsze trzeba sponsorów, a dobry wujek Peerel się skończył. Różni tam będą. Naciągacze również. To szansa także dla ciebie, ale może dla ciebie nie ma już żadnej szansy?!

Kończył się dziwny dzień. Skończyły się wreszcie spotkania z ludźmi, którzy opowiadali mu o przeszłości i o tym, co można z niej zrobić dzisiaj.

Spotkania zaaranżował Sosna. Tarois niepomiernie dziwiło, że redaktor ciągle traktował go jak tę samą osobę, którą niedawno wyekspediował do Krakowa. Nie potrafił dostrzec, że do Uznania wrócił, z podobną twarzą, kto inny. Jak ktoś tak ślepy mógł się stać kronikarzem Mistrza? Jak ktoś taki mógł nie zauważyć, że może go odnaleźć w kimś innym? Ale Sosna widział w Paulu tylko zafascynowanego Szymonowiczem dziennikarza i producenta, i z godną pozazdroszczenia energią kontaktował go z pogrobowcami nieżyjącego Instytutu. Tarois biernie poddawał się temu. Sam nie wiedział dlaczego. Czy ze spotkań z tymi dziwakami wyniknąć może coś, co pozwoli wyplątać się z bezładnego zamętu, w jakim pogrążył się ktoś, kto wrócił do Uznania?

– Szkoda, że coś stało się z Krzysztofem. Mirskim – jak zabiegany intendent troskał się Sosna. – To najciekawsza z nich postać. Taki praktyczny szaleniec. Wizjoner, który okazywał się zmyślnym kombinatorem, aby zdobyć środki na coś, co wydawało się nie do zrealizowania. Ma najdziwniejsze kontakty w najbardziej nieoczekiwanych środowiskach. Typ uwodziciela, któremu trudno się oprzeć. Swoimi projektami potrafił zainteresować Nawrockiego, a to jest figura. Główny przedsiębiorca tego miasta, a może i kraju. Sam pragmatyzm, a wyglądało, że zaprzyjaźnili się. Co ciekawe, Nawrocki znał Szymonowicza. Powinieneś go poznać. To jakby spojrzenie z innej perspektywy. Nawrocki był figurą w tym dawnym, partyjnym układzie. Nie wiem, co dzieje się z Mirskim. Dziwne. Zawsze można go było znaleźć. Łukasz wydaje się jego cieniem. W każdym znaczeniu tego słowa. Jest dynamiczny, inteligentny, ciekawy, ale to już nie ta klasa. Mam zresztą wrażenie, że we wszystkim chce naśladować Krzysztofa...

W dużej hotelowej kawiarni drobny człowieczek bez wieku skurczony na krześle podnosi chwilami głowę w stronę Paula, rzuca mu spojrzenia sponad stolika, aby znowu skupić się na blacie. Jego głos ma zapach zwietrzałych liści i pożółkłego papieru.

– On już nas zostawił. Wypaliliśmy się i nie mamy dla niego znaczenia. Bo on i tak dał nam szansę. Staliśmy się pokarmem wielkiej historii, która odrodzi świat. Wie pan, on teraz jest w Portugalii. I paru w Paryżu dowiedziało się o tym. Między nimi Czerkawski. Ten, który swoje psychologiczne badania opierał na pracy Instytutu i nawet Mistrz powołał się kiedyś na ich wyniki.

Człowieczek palcem na blacie rysuje jakieś niewyraźne mapy:

– Pojechali tam. Miasteczko nad Atlantykiem na końcu świata. Wydzwonili go jakoś wcześniej i po długich namowach zgodził się na spotkanie. Kazał im przyjść na ryneczek, skąd widać było ocean i stanąć twarzą do wody, pod szyldem miejscowej apteki, która w nazwie miała słonia. Stali tam i czekali kilka godzin. A potem, nagle, spomiędzy kilku drzew, wyłonił się w towarzystwie młodych chłopców, efebów. Stanął pod zegarem na wieżyczce ratusza, naprzeciwko przyjezdnych, Czerkawskiego i innych, kazał im zostać tam, gdzie stali, i przez ten pusty ryneczek krzyczał, aby przyjrzeli się jego towarzyszom. Żeby zrozumieli, że ich czas minął i wyciągnęli z tego wnioski. A potem oddalił się.

Pokurczony człowieczek prostuje się na krześle i zdziwiony rozgląda po pustawej sali.

– Ja myślę, że teraz trzeba zrobić pełną dokumentację uznańskiego okresu. Na przykład w formie dokumentalnego serialu telewizyjnego. Ja mógłbym zająć się dokumentacją.

Traci energię i kuli się znowu, zapada, mówi coraz ciszej:

– Ale przecież nie tylko to chciał im przekazać. Myślę, że wtedy wszystko tam coś znaczyło. Może nic nie jest przypadkowe? I ta apteka, słoń, zegar i ocean...

– Poznałem go, kiedy przyjechał do Uznania. Zaczynał być znany, ale była to ledwie zapowiedź tego, co miało się zdarzyć. Znak zapytania – siatka zmarszczek pod siwą szczeciną włosów nieruchomieje w półuśmiechu. Dynamiczny człowiek, który dosiadł się do Paula okazuje się starcem. – Byłem wtedy takim uniwersalnym dziennikarzem. Rozpoznawalnym tutaj. Pisałem recenzje teatralne, a czasem, coraz rzadziej, interwencyjne teksty społeczne. Wtedy zależało mu, żeby mnie pozyskać. Sam mnie zaprosił. Pokazywał etiudy przed spektaklem. Razem piliśmy wódkę. I mówił, mówił, opowiadał. Zauroczył mnie. Nie znałem wcześniej takiego człowieka. Nie poznałem i później. Teatr robił niezwykły. Walczyłem o niego jak lew. Jeszcze byłem dosyć znany i chyba coś tu znaczący. Trochę więc mu pomogłem. Potem zaczął robić oszałamiającą,

285

międzynarodową karierę. Nie miał już czasu na prywatne spotkania. No, ale to, co robił, choć coraz rzadziej, to była doskonałość. A potem pogubiłem się... Przestał robić teatr. Przekroczył go – jak twierdził. Gdyby to był kto inny, nie zostawiłbym na nim suchej nitki, ale on... Często myślałem, że najprawdopodobniej jest ode mnie, od nas wszystkich tyle mądrzejszy, że mogę tylko próbować go zrozumieć.

– W lecie osiemdziesiątego byłem na stypendium w Paryżu i przypadkiem spotkałem go wczesną jesienią. Może to był wrzesień? Był przejazdem. Podszedł do mnie i zapytał, czy lubię kino i czy nie gadam w trakcie seansu. Później zabrał mnie na jakiś dziwaczny, chyba grecki film w małym kinie w Dzielnicy Łacińskiej. Czarno-biały film. Kiedy wyszliśmy, zaczął mówić. Chodziliśmy. Dokoła był Paryż. Mienił się, świecił i oszałamiał, ale on nie dostrzegał go. Potem i ja przestałem dostrzegać. Mówił bez przerwy, kilka godzin. Opowiadał o tym, co działo się w Polsce, ale jakby z perspektywy działacza partyjnego, który postrzega wszystko w kontekście gier i rywalizacji koterii partyjnych na najróżniejszych poziomach. Nie tylko opowiadał o Grabskim, Barcikowskim czy Milewskim, ale i o wojewódzkich aparatczykach, o których istnieniu nie wiedziałem nawet. Jednak wtedy, przez chwilę, przez czas, kiedy mówił do mnie, zrozumiałem jakie to ważne. Mówił i mówił, a potem machnął mi ręką na pożegnanie i odszedł. Często zastanawiałem się później, czy zdarzyło się to naprawdę. A teraz czekam, żeby przyjechał, abym mógł go o to zapytać – kąciki ust opadają ku dołowi. Siatka zmarszczek nieruchomieje ponownie, palce zanurzają się w siwą szczecinę.

Ciężka, masywna postać, grube rysy twarzy zatopione w mozolnym zamyśleniu.

– Może nie byłem wtedy taki ważny, ale byłem. Byłem. Teraz oni nie żyją, a ja jestem. Jestem i czekam. Będę czekał – mężczyzna nie podnosi pochylonej głowy. Głos dźwięczy jakby niezależnie od zwieszonego nad stolikiem ciała. Jest mocny i stanowczy. – Nauczył mnie wierzyć, więc nie boję się. Wiem. Są inni. Musimy odnaleźć się. I tak się stanie, kiedy on da znak. Czekam.

– To była fascynująca przygoda – kobieta przymyka oczy, rozchyla zasznurowane dotąd usta, jej głowa odgina się, a oczy wędrują przez salkę aż na sufit. – Wyzwanie kulturowe, antropologiczne. Powrót do źródeł. Teatr powracał do misterium. Tylko że problemem tego misterium był uwiąd świętości. Obumarcie sacrum. A więc była to podróż w poszukiwaniu sacrum. Próba odtworzenia go – kobieta przestaje płynąć na swoich słowach i znowu dostrzega Paula. – Rozumie pan, antropologiczne wyzwanie, które staje przed naszą cywilizacją – unosi palec i potrząsa nim przed Tarois – pewien ciąg, w którym odnajdziemy Junga i Eliadego, ale myślę, że i Heideggera. Tych, którzy postawili naszemu czasowi pytania na inny sposób. Sądzę, że ciekawy byłby taki cykl telewizyjny, pytania do naszego wieku. Mogłabym...

Najpierw jest nadmiar poruszeń i słów, których Paul nie łączy w żadną całość. Wreszcie gesty Łukasza Piotrowicza uspokajają się. Postać nieruchomieje nieomal naprzeciw Tarois. Twarz tężeje na moment.

– Wie pan, że są ci, którzy czekają... Wierzą... Wiemy, że czeka na nasze wezwanie. I przyjdzie tu znowu. Wie pan, to będzie już drugie przyjście. Będzie już inaczej. Bo za pierwszym razem było to... – Łukasz szuka słów i rezygnuje po chwili. – Musimy tylko przygotować się. Przygotować na jego przyjście. Musimy odtworzyć Instytut. Szkoda, że nie spotkał pan Mirskiego, ale znajdziemy go. Wtedy wszystko stanie się dla pana jaśniejsze, choć może i teraz jest już jasne, tak, wierzę...

Nareszcie sam. Tarois szedł ulicą z przymkniętymi oczyma. Ścigał go chaos słów, który zmieniał się w lawinę niedokończonych obrazów. Szedł coraz szybciej, aby hotelowa kawiarnia, która stała się zaimprowizowanym przez Sosnę naprędce biurem, pozostała daleko, rozwiała w niebyt wraz z konturami niejasnych kształtów rozpływających się w granatowym powietrzu zmierzchu. Szedł tym prędzej, że już za pół godziny będzie musiał wrócić w to samo miejsce, gdzie umówił się z Zofią, a chciał, aby stało się ono miejscem zupełnie innym. Żeby, kiedy wróci do swojego hotelu i wejdzie do kawiarni, w której spędził dzisiaj tyle godzin, była ona przestrzenią oczyszczoną przez czas. Przestrzenią wypełnioną wyłącznie obecnością Zofii.

Teraz, kiedy starał się nie myśleć nawet o tych słowach, które poruszyły w nim odległą wiedzę, znowu czuł, że ktoś go wzywa. Chce go prowadzić przez ulice Uznania, aż do miejsca, gdzie czeka na niego. Zdawało się mu nawet, że widzi tego kogoś. Niezwykle chuda twarz mówiąca coś z wysiłkiem w ciemnym pokoju, gdzie kotary nie przepuszczają światła z zewnątrz. Postać woła... przyzywa. Z trudem uwalniał się od tego głosu, który kierować chciał go gdzieś indziej, kiedy on wracał do hotelu Pod Zegarem, gdzie umówił się z Zofią.

I kiedy wracał, zmęczony, jakby przełamanie tamtego wezwania wyczerpało wszystkie jego siły, czuł zapomniany już wiele lat temu niepokój. Obawę, że Zofia nie pojawi się, że on nie potrafi jej odnaleźć. Napięcie towarzyszyło mu cały czas. Nawet wtedy, gdy Zofia podeszła do niego w hotelowej kawiarni, napięcie, które na moment ustąpiło miejsca euforii, powróciło. Trwało, kiedy szli już po schodach, a on trzymał ją za rękę, i jeszcze później, kiedy otwierał drzwi i wprowadzał ją do środka. Nie ustępowało, kiedy obejmował Zofię i natrafiał na jej gotowe ciało z lękiem, że wszystko okaże się nierealne, a on odnajdzie wyłącznie swoje wspomnienie. Nie ustępowało później, kiedy stopniowo rozbierał ją i potem, kiedy leżał już na łóżku pogrążony w niej, pytał o coś, aż do nagłego skurczu, który wyzwolił w nim spokój i zdziwienie.

Dziewczyna drzemała skulona na boku w embrionalnej pozycji. Przez szybę widać było niebo rozjarzone białawą poświatą miasta. Kiedy zbliżył się do okna, bardziej poczuł, niż zobaczył błękitne impulsy neonowych nerwów. Daleko żółty placek księżyca odbijał niewyraźne figury.

Na tę chwilę czekał szesnaście lat. Właściwie wszystko, co robił, prowadziło go z powrotem tutaj, do Polski, do Uznania i hotelu Pod Zegarem. Wszystko robił po to, aby znaleźć się właśnie tu i teraz, teraz, kiedy wszystko może odnaleźć sens.

Spod koca jasnym refleksem wysuwało się ramię dziewczyny, jej biodro, pośladek. Splątane włosy pozwalały tylko domyślać się fragmentów twarzy, której nie pamiętał.

Patrzył w łunę miasta, która stawała się ruda. Za plecami leżała dziewczyna o imieniu Zofia. Takim samym jak imię tej, którą ledwie poznał szesnaście lat temu. Przypominał sobie strzępy wrażeń. Ręce dziewczyny przesuwają się po jego skórze, palce wnikają w każdy zakamarek, usta, język pełzną po jego piersiach, brzuchu, genitaliach. Jej jęk przeradza się w krzyk. Głośny, długotrwały krzyk ciała pod nim, nad nim, które usiłuje dostroić się do jego rytmu, a chwilami dominować, narzucać swój. Paul przypomina sobie swoje zaskoczenie. Zadziwiająco sprawna, obca kobieta. Wrażenia jak sny kogoś innego.

Patrzył w szybę, za którą miasto wyrzucało z siebie gorączkowe rojenia. Ich brunatny połysk błękitniał, bielał, spazmatyczny jęk stawał się szeptem tysięcy głosów. Nie potrafi ich zrozumieć, choć wie, że są tam, mówią właśnie do niego, komunikują mu może to, na co czekał zawsze. Teraz słyszy chaos dźwięków, które pozbawiają go tożsamości. Chciał odwrócić się. To tylko parę kroków...

odwrócić się i już będzie siedział na łóżku, głaskał twarz dziewczyny, odgarniając z niej włosy, a ona trochę nieprzytomnie otworzy oczy i uśmiechnie się, pozwalając, aby koc zsunął się z niej, i wyciągnie do niego ręce, aby zapomniał, odnalazł jej ciało, ciepły dotyk jak wodę, która zamknie się nad nim.

Człowiek biegnący przez ulicę w jego kierunku wydawał się znajomy, ale dopiero gdy złapał go za rękaw, Rybak zorientował się, że to Mirski. To nawet nie głębokie cienie pod oczami i wyciągnięta twarz o kolorze błota, ale popłoch, który sączył się z każdego poru skóry spotkanego, emanował z nieskoordynowanych poruszeń, z grymasów twarzy, uświadomił Piotrowi, że kilka dni może być epoką.

– Nie, to nieważne – odpowiedział Mirski na pytający gest Piotra wskazującego jego zabandażowaną dłoń. – To nieważne. Wiesz, muszę teraz znaleźć miejsce na przeczekanie. To dla mnie... teraz... Nie chciałbym używać wielkich słów. Powiedzmy: najważniejsze – ciemne oczy Krzysztofa czepiają się wzroku Piotra.

Idą przez tłum i Mirski chwyta go co chwila za łokieć. Trzyma, jakby w obawie, że Rybak ukryje się przed nim wśród przechodniów.

– Wiesz, nie za bardzo mam gdzie iść. Wytropili mnie. I teraz potrzebuję trochę czasu, żeby załatwić wszystko. Bo to tylko kwestia czasu i wszystko załatwię.

Jest parno. Niebo spada na przechodniów niewidoczną, gęstą mgłą, która ścieka kroplami po ciałach, twarzach, lepi się do włosów. Ludzie oddychają ciężko i przepychają się z trudem przez zatłoczone ulice. Piotr bezwiednie odnotowuje zmiany, jakie zaszły w Krzysztofie: nienaganną garderobę będącą zawsze integralnym elementem sylwetki zastąpiła zmięta marynarka, która wisi na Mirskim oblepionym równie nieporządną, mokrą od potu koszulą. Na szyi, między włosami a kołnierzykiem, puchnie gruba, czerwona pręga.

– Napadł cię ktoś?

Mirski niecierpliwie macha ręką.

– To nieistotne, nieważne. Chciałem dowiedzieć się, czy mogę zatrzymać się u ciebie kilka dni. Tylko kilka dni. Usta mówiącego usiłują złapać jeszcze jeden oddech.

Obserwując zlepione kosmyki włosów nad szarą twarzą, Piotr czuje się nagle zażenowany swoim chłodnym postrzeganiem.

– Wiesz jaka jest moja sytuacja. Warunki nie są najlepsze. To maleńkie mieszkanko, no i muszę spytać Elżbietę, przecież ona jest gospodynią... Dlaczego nie spróbujesz gdzie indziej? Przecież masz tylu znajomych? A jeśli to tylko kilka dni, to może w hotelu, mógłbym spróbować pożyczyć dla ciebie pieniądze, zresztą jestem ci winien...

– To nie w tym rzecz. Ja, ja nie za bardzo mam gdzie iść. Tam, gdzie mogę, to oni już wiedzą... To tylko kilka dni... Proszę cię...

– Sam wiesz, że może być niewygodnie i Elżbieta... zresztą jeśli nawet znajdą cię w hotelu, ale chyba przesadzasz, to przecież i tam...

– Ciebie będą bali się ruszyć. Jesteś już figurą w mieście i masz układy. Oni chcieliby z tobą jak najlepiej i na pewno nie zaryzykują...

– Dobrze – Piotr zdecydował się – porozmawiam z Elżbietą, ale może lepiej, żebyś ty z nią...

– Nie, nie! Z pewnością będzie lepiej, jeżeli to ty zrobisz. To jedyna szansa...

Elżbieta siedziała i przekładała swoje figurki. Coraz częściej zastawał ją pochyloną nad nimi. Czyściła je z kurzu i ustawiała bez końca, skupiona nad swoją czynnością, nie patrząc w jego kierunku i nieomal nie odpowiadając na pytania. Tym razem jednak wyprostowała się, podniosła głowę i zaczęła mu się przyglądać, mrugając powiekami.

– Co?! Krzysiu Mirski? Poszukuje mieszkania na kilka dni i my, ja, mam mu pomóc? Przygarnąć?

– Nie wiem, czy zrozumiałaś mnie do końca – Piotr zauważa, że w rozmowach z Elżbietą coraz łatwiej traci cierpliwość, ale teraz wie, że musi się opanować. Hamując złość, próbuje tłumaczyć: – On jest naprawdę w fatalnej sytuacji. Nigdy nie widziałem go w takim stanie. Ma jakieś bardzo poważne kłopoty. Jestem tego pewny, tak jak tego, że powinniśmy mu pomóc!

– Myy? W moim mieszkaniu? – Elżbieta prostuje się, sztywnieje, jej policzki robią się czerwone, a głos podnosi się o kilka oktaw. – Biedaczek znowu w coś się wpakował albo chce kogoś wpakować?! A może zrobimy balecik? Przeleciał cię już? To jego sposób załatwiania spraw. Wszystko mu jedno: facet czy kobieta. A kokainkę z nim wąchałeś? No, na pewno. To przecież taka niewinna zabawa, którą straszy się tylko dzieci, trzeba spróbować! Elżbieta zrywa się i wymachując rękami, moduluje głos, naśladując i przedrzeźniając Mirskiego: – Więc co, zrobimy ten balecik? O nas już pewnie wiesz? O mnie i Mirskim. Ta mała zdzira, córeczka Mileny, pewnie ci opowiedziała! A powiedziała ci, że i ją posuwał? Zresztą, kto tam tego nie robił? A swoją drogą, fajna jest? Słyszałam, że w łóżku jest naprawdę dobra. Podobno świetnie obciąga. To co? Może zaprosimy ją również?! – zbiegając po schodach, Piotr słyszy jeszcze krzyk Elżbiety i jej histeryczny, wysoki śmiech, który urywa się nagle ni to w kaszlu, ni to skowycie.

Hotelik był tani. Tania była również hotelowa knajpa. Smugi światła stłumionego przez lampiony z czerwonego papieru nie pozwalały wyróżnić osób w mroku wokół nieforemnych stolików. Kolejny łyk wódki uspokaja. Rybak wodzi oczami od znudzonej barmanki, która mozolnie zmienia kasetę w aparaturze przy barze, przez pustą ulicę za oknem i niewyraźne wnętrze w mętnych płomykach światła. Zatrzymuje wzrok na jasnym barze naprzeciw i na barmance, która z ulgą opada na siedzenie w lirycznym pomruku głośników. Właściwie może być zadowolony. Ta historia wreszcie musiała się skończyć. Dobrze stało się, że ma ją już za sobą. O Elżbiecie wiedział. Właściwie od początku wierzył Marcie, która nazwała tylko to, czego domyślał się już od jakiegoś czasu. A teraz stara się nie myśleć o tym, ani o tym, co Elżbieta powiedziała mu o Marcie, sobie, Krzysztofie. Równocześnie wie, że nie powinno to już mieć żadnego znaczenia. Czy może być zazdrosny o Krzysztofa? Czy może nienawidzić śmiertelnie przerażonego człowieka, który oczekuje ratunku? Chyba że jest to także gra, jak może wszystko, co Mirski demonstrował na jego użytek? Co stało się przez dni, które przeistoczyły króla życia w pożałowania godną ofiarę?

Na kontuarze z nocy wydobywają się dłonie Piotra. W ciemności połyskuje cyferblat zegarka. Z trudem w półmroku dostrzega wskazówki, które zbliżają się, aby ustawić na godzinie dziesiątej i wtedy przypomina sobie powtarzaną kilkakrotnie prośbę Mirskiego: telefon o godzinie ósmej, o ósmej bez względu na okoliczności. „Pamiętaj! Będę czekał. Nie mogę tam być długo, a to dla mnie kwestia życia lub śmierci! Zrozum mnie, uwierz!", twarz Mirskiego zbliża się, prawie go dotyka, oczy są rozgorączkowane.

Piotr przypomina sobie swoje zniecierpliwione: „Przecież obiecałem, zadzwonię punktualnie".

Przy nikłym zainteresowaniu barmanki Rybak wysypuje na kontuar zawartość portfela i raz jeszcze przeglądając kieszenie, odnajduje zmięty karteluszek, na którym udaje się mu odcyfrować numer. Jeszcze krótkie rokowania z barmanką obojętną na jego zniecierpliwienie i wreszcie chwyta aparat, myląc się kilka razy w pośpiechu, jakby po dwóch godzinach miało to jeszcze jakieś znaczenie, w końcu wykręca prawidłowy numer. Spokojny sygnał po drugiej stronie przewodu rośnie w czaszce pęcherzem napięcia. Krzysztof miał czekać, ale prosił o punktualność. Teraz minęły dwie godziny, a telefon milczy. Piotr czuje przebiegające pod skórą dreszcze. Zwycięski pasożyt niepokoju wije się w głębi jego ciała. Czuje krople potu ciekące po skórze i słyszy zmieniony głos Mirskiego: „Tylko pamiętaj, zadzwoń. Będę czekał".

Wolno sączy kolejną wódkę i uspokaja się. Przecież jedyną rzecz, jaką mógł zaanonsować Mirskiemu, była odmowa. W efekcie sam wyniósł się od Elżbiety. A jednak czuje niepewność. Widzi masywny korpus Saszy balansujący na ugiętych nogach: „Ty, kurwa, będziesz się do mnie modlił jak do Boga, ale będzie za późno", skóra naciąga się na wydatnych kościach policzkowych, oczy nikną prawie w podłużnych fałdach. Przypomina sobie spokojną, niemal dostojną twarz Michała, w której coś nieznacznie zmienia się, ale to coś przekształca twarz w maskę, pod którą czai się nieznane.

Może znowu powinien znaleźć Henryka, aby ten pomógł mu dotrzeć do Krzysztofa. Jednak pomocy u Henryka prędzej mógłby szukać sam Mirski. Piotra ogarnia złość. To mogła być gra albo tylko histeria. Narkotyczny głód. Etiuda. Pośrodku pokoju, w sercu świata, siedzi Henryk, powtarzając: „Wszystko wymyka się z rąk. Rozłazi. Nie potrafię wpłynąć na wydarzenia, które nadchodzą i ogarnia mnie lęk. Zbliża się noc strachu".

Rybak odchyla się na wysokim, niewygodnym stołku. Jest tu. W pustym barze hotelu, gdzie odnalazł przystań na tę noc. Patrzy na ledwie zarysowane bryły stolików i dostrzega kogoś. Jest już pewny. Z ciemności ktoś się mu przygląda. Piotr rusza w jego kierunku wolno, ze zdziwieniem czując, że musi włożyć wysiłek, aby kroki były pewne. Zatrzymuje się przed siedzącym człowiekiem, a ten podnosi pochyloną głowę i Piotr widzi martwą twarz Mirskiego. Dopiero po chwili, wczepiając palce w blat, orientuje się, że jest to tylko gra światła i cienia, że ten ktoś mógłby być równie dobrze nim, jego odbiciem, z którego cień spływa jak krew. Jak twarz, którą widział przez okno mieszkania Elżbiety.

Rybak siada przy stoliku. Obcy człowiek przygląda się mu uważnie. Mógłby to być Ryszard, tak podobny do Mirskiego, co Piotr odkrył dopiero u Mileny, kiedy Krzysztof stał się jego dawnym przyjacielem.

Obcy człowiek coś mówi. Może opowiada o podróży, z której wrócili tak zmienieni, że nigdy nie wrócili naprawdę. Z której wrócili w śmierć. Może Henryk. Człowiek obdarzony niedostępnymi dla innych mocami i pełen nieznanego lęku, człowiek, który usiłuje nadać odmienny bieg rzeczom. Obcy człowiek przed nim mówi coś i pokazuje. Henryk siedzi pochylony na podłodze ciemnego pokoju. Jego ciało żarzy się bladym blaskiem. Spomiędzy dłoni wychyla kula światła, która rozrasta się i widać w niej już niewyraźne figury, ich niedokończone poruszenia, a Henryk zawodzi coś, śpiewa całym ciałem, niczym instrumentem pełnym niezwykłych akordów. Jego głos wznosi się, światło między dłońmi rozjarza, otwiera w głąb, odsłania przestrzeń pełną postaci i ruchu. Głos Henryka załamuje się gwałtownie i w jęku nieomal milknie. Jego głos wybrzmiewa jak echo w pustym pudle. Światło między dłońmi gaśnie. Zapada w czarny bezwład ciążenia. Henryk osuwa się na podłogę. Blednące ciało drży w skurczach, zanim nie przykryje go cień.

Człowiek naprzeciw mówi coś i pokazuje w kierunku baru. Teraz w głębi pomieszczenia, pomiędzy ciemnymi stolikami Rybak dostrzega kolejną sylwetkę, a może tylko zgęstniały cień. Cień, który układa się w twarz

Łukasza obserwującego go drapieżnie. Człowiek, który siedzi naprzeciw, też może być Łukaszem. Romantyczne spojrzenie nawróconego konfidenta. Ale Piotr śmieje się z niego. Z niezdarnych prób przeniknięcia jego, Piotra, tajemnicy. Nachyla się do niego i śmieje. Śmieje prosto w twarz z nieudolnego kamuflażu. Z próby udawania Mirskiego.

Człowiek naprzeciw mówi coś gniewnie i gestykuluje przed twarzą Rybaka. Piotr jest już jednak spokojny. Nie zaskoczą go własne odbicia, wyłaniające się z ciemności jak w gabinecie krzywych luster. Nie przestraszy go własna zakrwawiona twarz. Nie zdziwią go nieoczekiwane podobieństwa. Ani człowiek, który podchodzi do niego, za ramię podnosi z krzesła i prowadzi w kierunku baru. Elżbieta za kontuarem coś mówi. To nie jest Elżbieta ani Marta. Tę kobietę widział już, ale nie jest ona podobna do Heleny, nawet do tej, którą na użytek Francuza wyczarował w Casablance Łukasz Piotrowicz. Kobieta pokazuje mu zamazany papier, a Piotr wydobywa z portmonetki ostatnie banknoty, które w kierunku kobiety przesuwa mężczyzna, ciągle nie puszczając jego ramienia.

Jednak oni chcą od niego czegoś jeszcze. Rybak śmieje się. Nie wie, a więc nie może im powiedzieć, gdzie jest Mirski. Nie powie im już nic. Wyrzuca na kontuar klucz z tekturowym breloczkiem. Mężczyzna zamyka go w szerokiej dłoni, równocześnie chwyta Piotra za rękę i ciągnie gdzieś, mimo oporu, który Rybak usiłuje stawiać. Od niedalekiego stolika obserwuje ich Michał. Szczupła, zamyślona twarz pod lekko szpakowatą czupryną pęka w dziwaczny uśmiech. Białe zęby fosforyzują w czerwonych wargach. To tylko maska założona niezdarnie na wyszczerzone kły. Obok siedzi z nieobecnym wyrazem twarzy Marta, a człowiek w masce Michała przesuwa dłonią po jej udzie. Piotr chce coś krzyknąć, zatrzymać się, ale nie może wydobyć głosu, nie może wyrwać się człowiekowi, który ciągnie go za sobą. Od sąsiedniego stolika z ironicznym uśmieszkiem przygląda się mu Jarema. Siedzą. Siedzą przy stolikach: Kalinowski, Sosna, inni – wpatrują się w to, co się dzieje, jak w obojętne przedstawienie, chociaż Piotr oczekuje od nich pomocy. Daje im znaki i znowu bezskutecznie usiłuje się uwolnić. W głębi pomieszczenia jest ktoś jeszcze. Ciemna obecność bez twarzy i Piotr próbuje zawołać go. Zwrócić uwagę. Podnosi dłoń, chce krzyknąć, ale struny głosowe, gardło, język odmawiają mu posłuszeństwa. Ktoś szarpie go i wywleka z ciemnego pomieszczenia do rozjaśnionego żółto holu – światło oślepia, boli i pozbawia pamięci.

Człowiek ciągnie Piotra, który przestaje się już opierać. Wciąga go po schodach, które zdają się nie kończyć, aby wreszcie skręcić w korytarz. Korytarz, drzwi, spoza których go obserwują. Drzwi otwierają się i odsłaniają wnętrza pokojów, postacie wchodzące i wychodzące, pojawiające się i znikające. Widzi Elżbietę skuloną między hinduskimi figurkami z rękoma założonymi na piersiach, jedną spośród nich. Chce się zatrzymać, powiedzieć jej coś, ale człowiek brutalnie szarpie go i ciągnie za sobą, a Piotr nie może już nic zrobić, czując bezwład nóg, które nie potrafią nadążyć za tułowiem. Skurcz krtani nie pozwala mu wydobyć słowa. Nie może nawet krzyknąć, kiedy widzi Mirskiego prowadzącego za rękę Martę, bezwolnie wchodzącą za nim do pokoju, a on, jeśli to on, jeśli to jego twarz, powoli zamyka za nimi drzwi. Widzi Francuza, idącego za Zofią, która nie jest Zofią i Łukasza obserwującego ich czujnie, zanim nie znikną za zamykającymi się drzwiami pokoju. Tyle pokojów, tyle drzwi, które nie otworzą się już przed nim. Piotr wie, że zostawia za sobą coś najważniejszego, więc rozpaczliwie usiłuje się zatrzymać, za którymiś z tych drzwi czeka przecież na niego, wytłumaczy mu... ale jego wysiłki są beznadziejne. Ktoś wlecze go za ramię po korytarzu, a on krztusi się własnym bełkotem i widzi obcych ludzi patrzących za nim, nieznane oczy, zanim nie otworzą się drzwi, przez które ktoś, krzycząc, pchnie go w ciemną przestrzeń pokoju. Kiedy drzwi za nim zatrzasną się, odbierając światło, będzie osuwał się długo, bez końca w mrok, aż wreszcie padnie, wbije w łóżko, a ono zagarnie go, obejmie i poniesie chybotliwym lotem w noc.

XI

Kiedy przypominał sobie Zofię, dziwiło go, że myśli o niej tak rzadko. Dzień nie był oczekiwaniem na wieczór, kiedy dziewczyna zastuka do jego pokoju. Nie był wyłącznie przygotowaniem na spotkanie z nią. Wbrew temu, czego oczekiwał, Zofia nie wyprowadziła go z rosnącego wokół niego chaosu, a romans z nią stał się tylko jego kolejnym elementem. I Tarois nie wiedział już, czy spotkanie jej było znakiem, w który uwierzył, gdy zobaczył ją po raz pierwszy. Teraz myślał o niej bardziej jak o pięknej dziewczynie, która pozwoli mu uspokoić się i odnaleźć prostą radość istnienia.

Niespodziewanie osaczyła go zapobiegliwość Sosny. Własna, początkowo obojętna i bezwolna zgoda wprowadziła go znowu w rolę dziennikarza tropiącego ślady umarłego Instytutu i ukrytego Mistrza. Zgadzał się na to, aby zorientować się w rzeczywistości, która odsunięta przez czas jakiś dopadła go ze zdwojoną siłą, aby w rosnącym wokół niego zamęcie mógł odnaleźć punkty orientacyjne. Dotrzeć do źródła przyzywających go głosów, pojąć sens spotkania Zofii. Być może musi z pokorą znosić tę kakofonię głosów, być czujny i uważny, aby zrozumieć. Być może powinien z większą czułością wsłuchiwać się w oddech Zofii, aby poczuć, co naprawdę mu ona ofiarowuje...

– W morde! Muszą lać się na widoku! Dla wszystkich?! – taksówkarz zabulgotał coś przez ślinę w zaciśniętych ustach. Przez chwilę, gdy zatrzymali się na czerwonym świetle, Paul zobaczył kilku ostrzyżonych przy skórze chłopców, którzy obskakiwali jakiegoś mężczyznę. Dopiero po chwili zorientował się, że mężczyzna przewraca się, i zobaczył pęcherze krwi pokrywające jego twarz, ściekające na klatkę piersiową. A potem widział już tylko oddalające się ciało podskakujące pod uderzeniami nóg jak szmaciana pacynka.

– Niech się pan zatrzyma. Trzeba pomóc...

– Co pan, skąd pan wie, kto zaczął – taksówkarz odwrócił się do niego niechętnie.

– Niech się pan zatrzyma, trzeba wezwać policję.

– Dobra, dobra – taksówkarz przyhamował. – O, widzi pan, uciekli. – W odległości widać było nieruchomą postać na bruku, w pustym kręgu cisnących się o kilka kroków gapiów.

Na błękitnym wieżowcu dominującym nad okolicą ciemniejsze litery Impex wybijają się jak znamię. Szklane drzwi. Elegancki portier. Cicha winda. Miękkie dywany. I wreszcie drzwi z napisem: Prezes mgr Konrad Nawrocki. Efektowna sekretarka, cała w uśmiechach otwiera przed nim drzwi gabinetu z oknem na całe miasto i wielkim obrazem na ścianie naprzeciw wejścia.

Zza ogromnego biurka wybiega do Paula tęgi mężczyzna i ujmując go za ramię, prowadzi, a potem sadza na skórzanym fotelu naprzeciwko okna, sam zajmując miejsce po drugiej stronie niedużego stolika.

– Cieszę się, że odwiedził mnie pan w moich skromnych progach – rumiana twarz wyraża zadowolenie. – Wiem, co sprowadza pana do naszego miasta, Adam opowiadał mi o panu i myślę, że mogę być pomocny. Bo wie pan – Nawrocki mówi w zamyśleniu, jego twarz układa się w alegorię refleksji – ja go, to znaczy Maćka Szymonowicza, którego nazywacie Mistrzem, znam z nieco innej strony. Znam go z dawnych czasów, z, powiedzmy, politycznych układów. Nie wiem zresztą, czy wielu z tych, no... tych wyznawców Maćka, cieszy nasza znajomość. Bo, muszę uprzedzić pana, nie wszyscy mnie tu lubią. To znaczy, wie pan, nie lubi się ludzi sukcesu, a ja z pewnością jestem nim. Jestem i nie wstydzę się tego. Tylko że u nas na wszystko nakłada się jeszcze przeszłość. My to nazywamy polskim piekłem – Nawrocki znowu uśmiecha się rubasznie. Skóra jego wypielęgnowanej, nieco nalanej twarzy naciąga się i wydaje prawie gładka, uśmiech zmienia oczy w szparki. – Każdego bez przerwy i bez końca usiłuje się rozliczać: a co robił wtedy, a co kiedy indziej, a dlaczego czegoś nie robił, kogo znał i dlaczego. Nie potrafimy wyjść naprzód. To te nasze kompleksy. Dlatego wielu nie lubi mnie. Bo potrafiłem coś zrobić, ale mówią, że to dlatego, ponieważ byłem komuch. Panie, jaki tam ze mnie komuch?!

Niebo za oknem ciemnieje. Wielki panoramiczny ekran na wprost Paula pęcznieje sinymi chmurami. Pejzaż miasta poniżej strzela ku nim pojedynczymi wieżowcami, gotuje się w metalowych siatkach kolejnych budowli, które wyrywają się już ponad zwarte wielokąty domów, przyozdobionych gdzieniegdzie wieżyczkami i kopułami kościołów. Teraz miasto scala się, zwiera w jedną bryłę. Przyobleka w ciemną folię tężejącego nieba. Miasto, które na horyzoncie ograniczają chmury.

– Widzi pan? Kiedy było mi tak dobrze i czy za komuny mogło mi być aż tak dobrze? Panie, to ja za komuny traciłem najwięcej. Nie mogłem rozwinąć skrzydeł, więc to ja ponosiłem koszty, a nie ci, co i tak nic nie potrafią. Panie, za dobrzy byliśmy dla nich.

Nawrocki przerwał na moment, odsapnął i wypił łyk kawy. Teraz dopiero Paul zwrócił uwagę na wielkie płótno zajmujące ścianę po jego lewej stronie. W nagłym półmroku świeciło własnym światłem. Siedzący na białej cembrowinie studni człowiek bez wieku, oparty o nią chudymi, żylastymi rękami, patrzy w bolesnym napięciu na zbliżającą się kobiecą postać.

– Malczewski. Oryginał – podążając za jego wzrokiem, z satysfakcją mówi Nawrocki. Po czym, odwracając się do Paula, kontynuuje: – Ja zawsze byłem aktywny. Pan wie, pan jest z cywilizowanego świata. Człowiek aktywny zawsze szuka sobie miejsca. Jak Maciek Szymonowicz. Nie czekał, żeby rozpadła się komuna, a Sowieci poszli do domu. Coś robił. Próbował robić. I coś mu wychodziło. A ci, którzy nigdy nic nie potrafili, teraz opowiadają, że my im przeszkadzaliśmy. Panie, to my spokojnie doprowadziliśmy ten kraj do tego, co jest teraz. Spokojnie, bez krwi, nie tak jak w Rumunii. Zrobiliśmy to, kiedy innym jeszcze się nie śniło. Jeszcze był Związek, RWPG, NRD, sowieckie wojska u nas, twardy reżim w Pradze. I nas się oskarża? Nas się powinno na rękach nosić! Zawsze oskarża się nas o całe zło. A może by tak pomyśleć, co by się działo, gdyby nas nie było? Można porównać z sytuacją w innych krajach. Sowiety nie ja wymyśliłem. Gdyby nas nie było...

Krajobraz za oknem siniał, tężał. Ciemne promienie światła przez chmury załamywały się w wielokątne zygzaki i tonęły we wzburzonej powierzchni dachów. Coraz cięższe tumany przedzierały się ku dołowi, rozrywały tkaninę chmur i parowały ciemną mgłą. Dopiero teraz, kiedy usłyszał uderzenie kropel o szyby, Tarois zrozumiał, że to ulewa. Miasto spływało w kaskadach wody.

– ...ale mniejsza. Wszystko się sprawiedliwie rozłoży i ja nie mam co narzekać. Jak człowiek pracuje, myśli i nie przejmuje się, to ma efekty. Nie mam racji?! Psy szczekają, a my dalej, prawda?! A tak między nami, to wie pan... Za kilka lat wrócimy. Ludzie wybiorą nas. Będą mieli dość tych warchołów, awanturników, którzy potrafią tylko jątrzyć i rozwalać. Ludzie nie są głupi. Zatęsknią za ładem i zwrócą się do nas. Do ludzi sprawdzonych. Zobaczy pan. Powiedziałem na początku: bez nerwów, spokojnie, praca organiczna. Niech sobie gówniarze porządzą. Niech się pokompromitują. Niech żrą się między sobą, bo myślą, że wszystko zostało już tylko dla nich. A my spokojnie. My pracujemy, budujemy ten kraj, no i... zarabiamy na tym. Tu ich dopuścimy, tam dopuścimy. Damy im spróbować. Niech się rozpuszczą, bo kogo władza i pokusy nie rozpuszczą... Niech nabiorą jeszcze większego smaku. I niech się między sobą gryzą i kotłują. Wtedy my wrócimy.

Miasto rozmazywało się w wodnej mgle. Ulice, domy, dzwonnice i wieże, szklane góry najważniejszych urzędów płynęły w nawałnicy fal, która zacierała ich kształty. Ze wzburzonej kipieli wyłaniały się metalowe szpice niedokończonych budowli, które tonęły w oparach. Przez granatowe chmury przenikała czerń innych przestrzeni. I Paul dostrzegał zarys niewidocznych postaci, daleko, poza zasięgiem wzroku...

– A ten Maciek... Wiele razy żałuję, że nie ma go tu z nami. To był cwaniak – Nawrocki kiwa głową z uznaniem. – Czasem długo gadaliśmy. Nie powiem, wypiliśmy niejedną buteleczkę. I kiedy się rozstawaliśmy, pojąłem, że naobiecywałem mu rzeczy, których nie miałem najmniejszego zamiaru obiecywać, a co śmieszniejsze, już później, kiedy zorientowałem się, co nagadałem, nadal miałem dziwne poczucie, że powinienem to wszystko załatwić. Jakby pilnował mnie. Nieobecny. I wiem, że nie tylko mnie się to zdarzyło. Myślałem: hipnoza, diabeł wie co? Panie, co on nie wymyślał. Teatr bez widzów! Przecież mnie w ogóle cały ten teatr nie obchodził! Ja jestem taki bardziej praktyczny. A jednak... Potrafił przekonywać. Mówił o propagandzie. Tłumaczył, że może uspokoić szalone głowy, bo jest jak wentyl bezpieczeństwa...

Niebo rozłamywało się na złoto, na czerwono, pękało w fosforyzującą, zielonkawą biel. Miasto tonęło, tonęło i pogrążało się coraz głębiej, a niebo wybuchało. Ciemne bryły chmur ścierały się w nieskończonej walce. Bogowie ognia. Ich świecące czerwienią oczy. Błysk uderzających o siebie zębów. Głos dudni niebem. Bogowie wody. Ich włosy trzepoczą strugami, tańczą. Zielony syk ich głosu. Tarois słyszał łoskot rydwanów, turkot kół, kwik koni i jęki ranionych. Słyszał głos, który śpiewał o nigdy niedokończonej wojnie. Pola Kurukszetry rosły w niebie.

– Tak, to był gość... Tylko nawet on musiał mieć bezpośredni kontakt. Żeby osiągnąć coś, musiał widzieć cię, mieć przed sobą. Nie potrafił wygrać z organizacją, partią. Tu odbijał się jak każdy. To taka nauka z tamtego czasu. Ze strukturą nikt nie wygra. I dlatego my trzymamy się razem. Sami przegralibyśmy. Pożarliby nas. Razem wygramy. Organizacja przeciwko tej hordzie. Bo to my jesteśmy cywilizacją. Budujemy, tworzymy, a oni nic, tylko chcieliby rozliczać, rozwalać... – Konrad Nawrocki nachyla się ku Pawłowi Tarois. – Cywilizacja, panie. Niech sobie jeszcze pobrykają w polityce. Już niedługo. Nie tylko trzeba im pozwolić, ale nawet ich podpuścić. A potem po łapach... po łapach. Dla dobra tego kraju. Bo wie pan, oni byli tacy czyści, kiedy nie mogli się ubrudzić. Tacy czyści. A teraz... – nachylony ku Pawłowi Nawrocki z bliska patrzy mu w twarz i odwraca się prowadzony jego wzrokiem. – Burza. Taka burza, bo to późna wiosna. Tak to u nas jest. A widzi pan – pokazuje z dumą na szyby – ani, ani. Tam grzmoty jak cholera, a u nas cichutko. Szwedzkie szyby. Nie przepuszczą – kiwa z uznaniem głową i wraca do tematu. – Ale o czym my tu... A właśnie, zwinęli mi niezły interes sprzed nosa. Trasa przez rzekę i most. To ja miałem forsę i kredyty, a oni zamówienie dali swoim chłopaczkom z Uznaru, takiej, takiej – pokazuje palcami – malutkiej, wymyślonej firemki. Takiej, której prawie nie ma. Wie pan, trudno tak łatwo policzyć, ale to będą z pewnością jakieś dziesiątki milionów dolarów, które, ot, tak, wyjęli mi z kieszeni – Nawrocki zrywa się z fotela i zaczyna chodzić po gabinecie, wymachując rękoma. Jego twarz wyostrza się w pysk rozdrażnionego zwierzęcia.

Paul jest zdumiony. Jego gospodarz nie dostrzega, że unoszą się w kruchej bańce nad rozhukanym żywiołem. Są w samym oku burzy. Bo on sam jest już na zewnątrz, przez przyciemnione szyby widzi tęgiego mężczyznę o krótko przystrzyżonej, siwej czuprynie, biegającego przed stolikiem, po drugiej stronie którego siedzi Tarois, nieruchomy i obcy, ciało zatrzymane w pół myśli.

– Ale niech oni nie myślą, że im tak to przejdzie. Bo, wie pan, nie chodzi tu o mój interes, chodzi o zasady. Oni naruszyli wszelkie możliwe zasady. Etosowcy! To ten Kalinowski, kręci się, kręci. Chce zbudować układ. Nową strukturę. Ale nie ma szans. Nie z takimi ludźmi i w takim czasie. A wszystko namotał taki nowy gość, Piotr Rybak, którego Kalinowski ściągnął do roboty w mieście. Do zamówień. Właściwie to do organizowania prawicowej platformy politycznej w radzie miejskiej, a przy okazji do zamówień publicznych. To miała być jakaś fikcja przy okazji politycznej roboty, a ten gość nie wyglądał nawet, aby się do ich polityki nadawał. Z rzędu tych zasłużonych, co to konspirowali, siedzieli, potem w nagrodę dostali się do parlamentu. A ten się nawet między nimi nie sprawdził. Nie kandydował w ostatnich wyborach. I okazało się, że z cicha pęk... Kalinowski chciał zrobić taki ordynarny numer, dać to zamówienie Uznarowi, nie zachowując nawet żadnych pozorów i to byłby skandal, który by ich pogrążył, a i sam projekt... Mieliby przechlapane. Ale ten nowy zrobił parę sztuczek, wymyślił inne warunki, w każdym razie wszystko teraz bardziej się trzyma kupy, co nie znaczy, że jest w porządku. Na pewno trudniej teraz będzie rzecz zablokować. Wszystko wiem. Mam swoich ludzi w mieście. Oni musieli zostawić dawnych fachowców, bo niby kto robiłby im robotę? A tamci związani są z nami i czekają tylko, żebyśmy wrócili. To chłopaki z naszego układu. Przecież myśmy ich wyciągnęli i z nami zawsze wiadomo, jakie są reguły gry. No, ale tamtego zamówienia

305

nie popuszczę. Nie popuszczę takiego jaskrawego bezprawia. Nie tylko „Nie" o tym napisze. Cała prasa aż zahuczy. Dotrę do Sosny. Nie wprost. Żeby nie myślał, że chodzi tylko o mój interes. Bo chodzi również o mój interes. W moim interesie są uczciwe przetargi, które mogę wygrać. Zgodne z zasadami. Po prostu Sosna dostanie dokumentację i rozrobi sprawę. Niech nie myślą, że wszystko tak łatwo im pójdzie. A jeśli nawet to nie pomoże, i tak potrafię sprawę rozrobić. Zapamiętają mnie!

W strugach deszczu można usłyszeć głosy. Co było i co będzie. W kryształkach wody odbija się kosmos. Ktoś go woła. Woła w ciemny lej chmur. Potrzebna jest tylko odwaga. Skok w czarny odmęt. Zatracenie się. Zapomnienie wszystkiego, w co wierzył. Bo może i Mistrz nie potrafił wyciągnąć konsekwencji ze swojego ostatniego spektaklu i dlatego zrozumiał tylko, że więcej już teatru robić nie może. Porywa go mroczny wir. Fala zamętu i krzyku, i Paul z wysiłkiem odnajduje się w biurze naprzeciw siadającego Nawrockiego, który uważnie spogląda na niego. Kobieca postać na obrazie zbliża się do wpatrzonego w nią w napięciu mężczyzny. Jej twarz, spojrzenie, którym ogarnia mężczyznę, światło tamtego świata. Filiżanka jest pusta. Na białej porcelanowej ściance skrystalizował się czarny ornament.

– Pani Moniko! Jeszcze jedna kawka dla pana redaktora! A swoją drogą, ten nowy facet Kalinowskiego – Rybak... Też kiedyś był w Instytucie. Ktoś opowiadał mi nawet, że przyjechał, żeby odnaleźć Maćka i towarzystwo. Mało to prawdopodobne, ale z pewnością rozgląda się również w tym środowisku. Bo, wie pan, są tu tacy, którzy czekają na niego. Na Maćka. Na Mistrza. Może mają rację. Skoro potrafił tyle wtedy, może zrobić też coś dzisiaj. Są grupą, chcą czegoś, powinni się lepiej zorganizować. Myślę sobie, że tak byłoby lepiej. Z układem można się dogadać. Na przykład ten Rybak, Piotr Rybak. Można coś zrobić wspólnie. Zawsze tak myślałem i chciałem im pomóc. Chcę im pomóc. Zacząłem nawet coś z nimi robić. Tylko jeszcze nie okrzepli. Ciekawe osoby, ale... Taki Krzysztof Mirski. Przedsiębiorczy, inteligentny facet. Niestety, wpakował się w dziwne układy. Za szybko, za szybko chciał wszystko robić, bez przygotowania. Nawet ostatnio chciał pożyczyć ode mnie całkiem spore pieniądze na słabe gwarancje. Brak doświadczenia, brak przygotowania. Chyba sensowniejszy jest taki poeta, Łukasz Piotrowicz. Rozsądny facet – Nawrocki przerywa na moment, patrzy na Paula, a potem na swoją pustą już filiżankę. Uderza nią leciutko o podstawkę, budząc cichy, śpiewny dźwięk. – A swoją drogą, słyszałem o pana projektach. Myślę, że moglibyśmy coś wspólnie zrobić. Chętnie podjąłbym się współprodukcji pana filmu na terenie Polski. Może zresztą nie tylko. Pan myśli o dokumencie dla telewizji. A może by tak bardziej ambitnie? Kinowa fabuła? Moglibyśmy się dogadać. Wie pan, jestem do tego stworzony. Czego się dotknę, zmienia się w sukces. Wszyscy to panu potwierdzą. Który z biznesmenów w pana kraju przeszedł taką drogę? I wygrał. A wszystko jeszcze przede mną!

Powoli obręcz wokół głowy rozluźniała się. Ból łagodniał. Jednak dopiero gdy zobaczył Martę, Rybak na moment zapomniał o swojej głowie, która od paru dni niczym szklana bańka dźwięczała przy każdym gwałtowniejszym poruszeniu.

Kiedy wszedł do kawiarni, z niechęcią dostrzegł przy stoliku w kącie sali Łukasza z dziewczyną, która miała na imię Zofia. Natrafił na jego spojrzenie, gdy starał się znaleźć miejsce w przeciwległym rogu pomieszczenia. Spojrzenie wydało się mu równie niechętne, jak jego własne. Łukasz wykonał ukłon, choć ku wielkiej uldze Piotra nie ruszył nawet w jego kierunku. W ciemnym kącie, niedostrzegany – jak miał nadzieję – przez gości, Rybak doczekał przybycia Marty.

Podchodziła do niego bardziej niepewnie niż zwykle, nawet wtedy, kiedy go już zobaczyła. Poderwał się, zakłopotany jak ją przywitać. Pocałowała go w policzek. – Jest już lepiej. Znacznie lepiej. Nawet Jola się uspokoiła. Jest już nawet tak dobrze, że zaczynam się niepokoić – Marta uśmiecha się blado. – Bo matka zachowuje się, jakby chciała znowu przyjmować... organizować... No wiesz. Przez kilka dni nie wpuszczałam nikogo. Ale teraz... – Marta dostrzega Łukasza i Zofię, krzywi się wyraźnie i nieomal ostentacyjnie odwraca od nich. Jak owad wewnątrz głowy Piotra o ścianki czaszki odbijają się zapamiętane oderwane słowa Elżbiety i sprawiają ból. – I ci jeszcze tu. Mam nadzieję, że dadzą mojej matce spokój. Choćby póki będzie tu ten Francuz.

– Dobrze znasz Łukasza? – Piotr zaczyna ostrożnie...

– Jak wszystkich, którzy przychodzili do nas – Marta odpowiada obojętnie, ale uważnie spogląda na Piotra. – Z tego, co mi mówiłeś, to, zdaje się, Elżbieta znała go lepiej... – i widząc, że Piotr nie odpowiada, dodaje: – zresztą wiele niedobrego o nim opowiadali, o jego przeszłości. Mnie to nie obchodzi. Chociaż to nawet ciekawe – agent, dla tego towarzystwa niby ważne, ale żadnych konsekwencji z tego nie wyciągali. Może to zresztą nieprawda, a może typowe dla nich? Nic nie potrafią do końca... Czego ja tam zresztą się nie nasłuchałam. Chciałabym, żeby ominęło to Jolę i żeby już matka... – głos Marty załamuje się niebezpiecznie, na chwilę odwraca głowę, przełykając ślinę, a potem znowu prawie wyzywająco patrząc na Piotra, kontynuuje, wskazując głową przeciwległy koniec kawiarni – i tę Matyldę znam...

– Jaką Matyldę? To jest Zofia.

– Dziwne. Zawsze znałam ją jako Matyldę. Już kilka lat. Jeżeli zmieniła imię, to musi mieć powód. Bo ona tak bez powodu nic nie robi. Chyba, że ten jej reżyser... bo wiesz, że Łukasz był kiedyś także reżyserem, więc może wymyślił coś dla niej.

– Chodźmy stąd – Piotr z zaskoczeniem słyszy swój głos. – Dostałem wreszcie mieszkanie i mam nadzieję, że pomożesz mi je urządzić, nieduże, więc i pracy niewiele, ja wierzę w kobiecy zmysł.

– Nie wiem... – Marta kryguje się, ale nie opiera zbyt długo.

Wychodzą, wymieniając ukłony z parą zagłębioną w swoim kącie. Jak zauważa Piotr, rozmawiają niezwykle gwałtownie, choć przyciszonym tonem, a właściwie to chyba Łukasz strofuje dziewczynę, która słucha nieco spłoszona.

Kiedy po schodach wchodzą na drugie piętro, Piotr czuje, że jest zdenerwowany i nie wie, czy to tylko konsekwencje przepicia, czy niepokoi go dziewczyna i to, co ma się stać między nimi. Stara się iść przy niej możliwie najbliżej, dotykać jej. Wyczuwa barkiem, ramieniem, udem ciepło jej ciała, obietnicę spokoju, inną rzeczywistość, która otworzy się przed nim w jej ciele, jej twarzy...

– To tylko dwa pokoiki i kuchenka – Piotr wprowadza Martę i pokazuje jej niewielkie mieszkanko.

Idzie przed nim nieco spięta, nadrabiając nonszalanckimi gestami. Wyprzedza go i zbliża się do okna. Patrzy przez brudną szybę na drzewa pobliskiego parku, gdy Piotr podchodzi do niej, obejmuje ją od tyłu. Całuje jej włosy, kark, odwraca do siebie, a może to ona odwraca się sama. I znowu jej usta, język, jej ręce obejmują go, jego wsuwają pod luźny sweter, pod którym dziewczyna nie nosi stanika, pieszczą jej plecy, piersi. Dziewczyna mruczy coś, co brzmi jak „nie", ale niewyraźne, i Piotr bierze ją na ręce. Wbrew pozorom Marta waży trochę. Starając się wstrzymywać przyśpieszony oddech, donosi ją do tapczanika zadowolony, że to tak blisko.

Marta opiera się trochę, kiedy zaczyna zdejmować jej spodnie, nie na tyle jednak, aby utrudnić mu wyciągnięcie jej z ciasnych dżinsów. Po chwili pieszczot, pokonując opór ciała, Piotr wbija się w nią, a dziewczyna obejmuje go spazmatycznie. Z niespodziewaną siłą przyciąga jego głowę do swoich piersi, usiłuje wcisnąć twarz między jego szyję i bark, poddaje się jego poruszeniom, jęcząc i bełkocząc słowa, których Piotr nie potrafi zrozumieć. Kobieta pod nim, podatna na jego ręce, na ruchy jego ciała ogarnia go, wydobywa z jego świata i czasu, fragmenty jej ciała przenikają się z rozsypanymi obrazami, które nie stanowią już całości. Przed oczami kształty znikają za szybko, aby mógł je nazwać, jego skóra czuje przyśpieszony oddech, bicie serca, pulsowanie krwi, nieznany impuls pogania go, pędzi przez własny jęk i zawodzenie dziewczyny, wreszcie wyrzuca na brzeg białego spokoju.

Widzi Elżbietę kołyszącą się apatycznie wśród dziesiątków figurek dorównujących jej wysokością, ze ściany nad jej głową, jak z rozpinającego się ubrania, wydobywają się ludzko-ptasie szkielety, chociaż Elżbieta nie dostrzega ich, niczego nie potrafi zobaczyć, a on wie, że coś jeszcze powinien jej powiedzieć, ostrzec ją. Słyszy nieprzytomny głos Krzysztofa i budzi się, otwiera oczy w swoim obcym mieszkaniu. Widzi nagą ścianę przed sobą i obok nagie ciało dziewczyny, która ma na imię Marta.

Marta dopiero po chwili odpowiedziała, że już od jakiegoś czasu nie widziała Mirskiego. Jej zaskoczenie było tak duże, iż Piotr czuł się w obowiązku coś jej tłumaczyć.

– Poważne kłopoty, mówisz. A wiesz, że on cytował kiedyś Chandlera, mówił: „Kłopoty to moja specjalność" – głos Marty pełen jest dojrzałej ironii i wbrew własnej chęci Piotr nie może nie przypomnieć sobie głosu, a później słów Elżbiety, o Mirskim, a potem o Marcie...

– Zdaje się, że ty znałaś go równie dobrze – zaczyna, ale dostrzegając wyraz bezbronnego zdziwienia na jej twarzy, obejmuje ją i zaczyna całować...

Już od kilku dni Rybak wie, że powinien znaleźć Henryka. To jedyna osoba, która musi wiedzieć o miejscu pobytu Krzysztofa. Teraz może już przecież pomóc Mirskiemu, choćby dowiedzieć się, w jakim stopniu zasadne były jego lęki. Rybak myśli o Krzysztofie jak o Ryszardzie, którego zostawił dawno temu samego wobec porażającej samotności, która okazała się śmiercią. Jednak hałaśliwe miasto milczy.

Chodzi w zwielokrotnionych refleksach latarń, tłumnymi ulicami pełnymi kałuż po przedpołudniowej ulewie. W zapachu roślin ogarniających miasto, Piotr usiłuje znaleźć drogę do mieszkania Henryka, tak jak kilka dni temu. Wtedy jednak ktoś zdawał się prowadzić jego kroki. Niesłyszalny głos, który dawał mu pewność i choćby godzinami okrążał wielokąt tych samych ulic, dawał mu wiarę, że tam właśnie odnajdzie mieszkanie Henryka. Teraz Piotr błąka się bezładnie jak kiedyś, kiedy szukał mieszkania Elżbiety, nabierając coraz większej pewności, że nie jest możliwe, aby jego chaotyczne kroki mogły przypadkiem doprowadzić go w to właśnie, poszukiwane miejsce.

Było już późno i ulice zaczynały się wyludniać, kiedy zdecydował się na powrót. Wracał, usiłując przypomnieć sobie Martę, próbować raz jeszcze przeżyć każdą chwilę ich dzisiejszego spotkania. I gdy nieomal udało się mu zapomnieć o Mirskim, uwolnić od bezprzedmiotowego niepokoju, pojął, że jego niejasne podejrzenia krystalizują się i jest już pewien, że ktoś idzie za nim pustą prawie ulicą. Kiedy zatrzymywał się, człowiek znikał w przecznicy albo bramie, ale gdy ruszał, już po chwili, w tej samej odległości za sobą, zauważał tę samą postać. Sytuacja powtarzała się: pustka za nim, a gdy ruszał, słyszał daleki odgłos rozpryskujących wodę kroków.

Kiedy zamknął za sobą drzwi mieszkania, zorientował się, że ciężko oddycha. Znowu był sam. Powoli robił herbatę. Noc za oknem szumiała budzącym się deszczem. W mieszkaniu czuł zapach Marty, porami skóry czuł ślady jej obecności, jej oddech. Pijąc herbatę, spoglądał w okno. Dopiero po jakimś czasie pomiędzy drzewami zauważył nie więcej niż cień. Postać, która rozmazywała się w deszczu, człowieka, który patrzył w jego okno.

Przypadkowo, gdzieś w środku gazety, Piotr natrafił na niewielką wzmiankę. „Wyłowiony przedwczoraj z rzeki mężczyzna został zidentyfikowany jako Krzysztof M. Był to 36-letni, od dawna niepracujący już aktor. Dość znany w «złotym towarzystwie» Uznania. Według obiegowej opinii, trudnił się nie zawsze legalnymi interesami. Krzysztof M. śmierć poniósł na skutek uduszenia. Wcześniej był torturowany. Dochodzenie trwa. Wszystkich, których informacje mogą okazać się pomocne, uprasza się o skomunikowanie...".

Gazeta leży na biurku. Wokół Piotra nabrzmiewa balon ciszy. Pusty gabinet dzieli od świata, który wybucha szaleństwem niesłyszalnych tutaj dźwięków. Czy to mógł nie być Mirski? Czy istnieje szansa, aby nie był to Mirski? Przecież może zgadzać się wszystko poza paroma literkami w nazwisku, wszystko... „To sprawa życia i śmierci. Nie chciałbym być patetyczny, ale dla mnie to najważniejsze...", spokojny, miarowy sygnał telefonu.

Henryk kołysze się na podłodze, jego głos dobiega z zewnątrz: „Nie potrafię nic zmienić, nie potrafię zapobiec temu, co nastąpi, nadchodzi noc strachu...".

– Tak, tak – Jarema potakuje usłużnie – oczywiście mogę się dowiedzieć, ale może skontaktowałby się pan z jednym z szefów komendy, mogliby poinformować pana, a może i pan... bo pan wie przecież, poszukują informacji, a pan jako znajomy...

312

– Nie, nie chcę rozmawiać z policją – Piotra zaskakuje gwałtowność własnych reakcji i widząc czujną uwagę w wyrazie twarzy Jaremy, poprawia się szybko – na razie nie chcę bez powodu zawracać im głowy, to stary znajomy, dawno go nie widziałem, więc niewiele mógłbym im pomóc...

Ciemna szafa, brunatne ściany przedzielone zielonkawym szlaczkiem, ostre światło słońca przenikające przez brudne szyby, na ścianie orzeł w koronie, mała szafka, w której za szkłem tkwią ustawione w rzędzie urzędowe druki miejskie, szare drzwi, ciemna zamknięta szafa, zegar na ścianie... Czy wierzy jeszcze, że to nie jest Mirski, choć wie przecież, że to nie może być nikt inny, a on znowu jakoś winny jest tej śmierci. „Śmierć poniósł na skutek uduszenia. Wcześniej był torturowany...". Ciemna, zamknięta szafa, „będziesz sikał po nogach, będziesz się do mnie modlił jak do Boga, ale będzie już za późno...", źrenice Saszy w szparach oczu jak żarzący się popiół, twarz Michała, maska, która pęka... dlaczego nie chciał spotkać się z policją, przecież mógłby im coś powiedzieć. Tylko co właściwie miałby do powiedzenia... Drzwi otwierają się powoli i wchodzi Jarema z niewyraźnym uśmieszkiem.

Właściwie nie wie, co doprawdziło go tu wreszcie. Czy był to przypadek? Rachunek prawdopodobieństwa kilku dni szukania miejsca, gdzie był przecież już dwa razy. Czy jednak ktoś poprowadził w końcu jego chaotyczne kroki...

Dom, który pamiętał, chociaż nigdy nie przyjrzał się mu dokładnie. Secesyjna fasada z czasem zatraciła kolor, poszarpane motywy przy zwieńczeniu bramy, platformie balkonu, fantastyczne rośliny, teraz kamienne pasożyty przywierające do muru. Bezładne wypryski na ścianie.

Dziś Piotr widzi wszystko wyraźniej, może dlatego, że – w przeciwieństwie do ostatniego razu – chociaż wiedział, że jest to ten dom właśnie, nie miał żadnej pewności, iż zastanie w nim Henryka. Zniszczony budynek, zapuszczona klatka schodowa, popękane schody i pogięty metal poręczy odartych z drewna, wreszcie te drzwi. Dwuskrzydłowe drewniane drzwi w półmroku i kurzu, przyczajone teraz jak ściana, która dzieli od wolności.

Na początku Piotr pukał, potem uderzał coraz mocniej, coraz gwałtowniej, jakby chciał obudzić jakieś echo w bezruchu gęstniejącym za milczącym drewnem. Drewniany stuk pogrążał Krzysztofa w ciemności, przygniatał Henryka cieniem, który wypijał ostatnie strużki światła, uśmiercał przestrzeń i czas, tężał w pozbawiony wymiarów bezruch.

Drzwi obok otworzyły się gwałtownie:

– Czyś pan zwariował! – tęgi facet w rozpiętym dresie narzuconym na podkoszulek był wściekły. – Co się pan tak tłuczesz?!

– Ja chciałem do przyjaciela, może zasnął...

– Jakiego przyjaciela?! Tu nikt nie mieszka. Już chyba dwa lata nikogo tu nie było. Mieszkanie stoi takie wielkie i nieużywane, a ludzie czekają... coś pan sobie wymyślił?

– To niemożliwe, byłem tu kilka dni temu, byłem tu dwa razy...

– Panie, czyś pan pijany, mówię jak komu mądremu, nikogo tu nie ma, więc pan nie mogłeś tu być. I pan się lepiej nie awanturuj, bo... patrzcie go, był tu, przyszedł i tłucze się, tłucze i tłucze...

– Jakiś smutny jesteś – dziewczyna przytuliła się do Tarois, który przez okno patrzył na przestrzeń między domami, nad nimi, między stromymi dachami kościołów, krzyżami, kształtami epok jak słojami drzewa, wieżowcami połyskującymi metalem i szkłem (błękitna bryła Impeksu należała do najokazalszych), uciekającą w niebo, rozpływającą w nadchodzącej nocy.

– Pewnie myślisz o swoich projektach. O tych ludziach, których nie tak łatwo spotkać – nagie ciało dziewczyny ocierało się o niego. – Wiesz, musisz mieć trochę cierpliwości. Może Łukasz potrafiłby ci pomóc. Jestem nawet pewna, że mógłby to zrobić. On jest dziwny, ale można mieć do niego zaufanie. To jest taki, no... taki ideowiec.

„Łukasz Piotrowicz, taki poeta, najsensowniejszy z nich", twarz Nawrockiego wygładza się namysłem.

„Musimy przygotować się, przygotować na jego przyjście", zamęt gestów i uśmiechów Łukasza, który poznał go z Zofią.

Teraz miasto zamilkło. Nie słyszał głosu, który wzywał go. Któremu musiał się przeciwstawiać, aby odnaleźć Zofię. Naga dziewczyna obok przeciąga się. Paul czuje, że utracił wszystko, co uzyskał, podążając dotąd za Mistrzem. Zagubił wszelką pewność. Nie wiedział, co myśli dziewczyna odwracająca się obok niego na łóżku, aby zapalić papierosa. Nie rozumiał ludzi, którzy otaczali go i gubili w słowach, w niekończącym się strumieniu słów tracących sens. Nie potrafił sumować ich znaczeń i słyszał tylko męczący szum. Był znowu sam i nie był sobą. Nie potrafił być już nawet Paulem Tarois i pozostał obcym sobie refleksem, kroplą zawieszoną ponad nieznanym miastem.

– Muszę już iść – Zofia wyskakuje z łóżka naga i przeciąga się, wydając nieartykułowany pomruk, wyrzuca ręce do góry i obraca wokół własnej osi, zanim nie zacznie grzebać w porzuconej na krześle garderobie i zbierać jej elementy z podłogi. – Muszę już iść – powtarza, wydobywając spod ciuchów zegarek.

– Może cię odwiozę? – Paul proponuje bez przekonania i kiedy słyszy, że dziewczyna umówiła się gdzieś jeszcze, rezygnuje z nalegania.

Dopiero kiedy Zofia wychodzi, całując go na pożegnanie, kiedy cisza w pokoju trwa i pogłębia się w narastającym mroku, a po tym, co działo się tak niedawno, pozostają tylko niewidoczne smużki papierosowego dymu, Tarois zaczyna dostrzegać sens wydarzeń, gestów i słów ostatnich dni w inny zupełnie sposób, jakby przypadkowe kreski układały się w coraz wyraźniejszy rysunek czyjejś twarzy.

Narzucając w pośpiechu marynarkę, zbiega po dwa stopnie i wypada na szarzejący skwerek, jednak nie dostrzega znajomej sylwetki wśród przechodniów. Gdy zrezygnowany chce iść po prostu przed siebie, na końcu uliczki wpadającej na rynek zauważa postać dziewczyny. Tarois pędzi, potrącając przechodniów, i kiedy po paruset metrach dobiega placu, jest przekonany, że dziewczyna ginąca w tłumie to na pewno Zofia. Teraz jest już za blisko, żeby ją zgubić. Przechodzą rynek. Omijają Casablancę, przed którą Zofia zatrzymuje się na chwilę, spoglądając przez szybę na jasno oświetlone wnętrze, a potem, podnosząc do oczu przegub, przyśpiesza kroku. Idą coraz bardziej wyludnioną ulicą i Paul zaczyna niepokoić się, zostawać w tyle, kiedy Zofia skręca w bramę, przy której świeci szyld. Kawiarenka nazywa się Czarny Kot. Tarois dobiega na tyle szybko, że przez wielką szybę dostrzega moment, w którym Zofia staje przy stoliku Łukasza.

Łukasz nie podnosi się na jej powitanie. Zofia wygląda jak słabo przygotowana uczennica, która usiłuje wytłumaczyć się nauczycielowi, a Łukasz odpowiada, nie patrząc na nią. Wreszcie dziewczyna siada. Łukasz powoli popija alkohol koloru miodu z wysokiego kieliszka. Po chwili taki sam kieliszek pojawia się przed Zofią. Rozmowa nie klei się. Ale trwa. Siedzą tam niesłyszalni w plastrze gęstego światła, opleceni smugami dymu z papierosów, który wydmuchują z ust, aby jeszcze bardziej odgrodzić się od obserwatorów. Paulowi wydaje się, że rozumie ich słowa, chociaż z odległości, przez odbicia na szybie, nie widzi nawet ruchu ust. Rozmowa, składająca się głównie z pauz, coraz dłuższych fragmentów milczenia, przeciąga się. Tarois zaczyna spacerować wzdłuż kawiarni. Odchodzi od szyby i przechodzi nawet na drugą stronę ulicy, skąd wydaje się mu, że ciągle widzi ukryte w kącie kawiarni sylwetki. Im dalej, tym wyraźniej słyszy ich słowa. Powtarza je nawet, niektóre powtarza na głos. Dostrzega zdziwione spojrzenia nielicznych przechodniów, ale nie interesują go one. Czas ciągnie się. Czas jego przyjazdu do Polski, czas wędrówek za przewodnikiem, lata doświadczeń, lata jak pudełka, w których ukrywają się kolejne, lata poszukiwania kobiety, którą poznał szesnaście lat wcześniej, lata tliły się, popielały w stężonym świetle kawiarenki za szybą.

Zdaje się mu, że to, co się tam dzieje, nabiera intensywności. Znowu zbliża się do szyby, aby zobaczyć Zofię nieomal krzyczącą na skulonego Łukasza, który niespodziewanie prostuje się, chwyta ją z boku za włosy, ucho. Przyciąga skrzywioną twarz do siebie, a potem przychyla do stolika, przygina ją tak, że twarz dziewczyny opiera się nieomal o blat, a on coś mówi do niej, nad nią i równie gwałtownie puszcza. Zrywa się i wychodzi. Paul niemal zderza się z nim, kiedy Łukasz wychodzi z kawiarni, a on decyduje się właśnie wejść. Podchodzi do stolika, od którego wstaje, rozcierając ucho, dziewczyna, bierze ją za ramię i osłupiałą sadza na krzesełku.

– Jak masz na imię? Jak masz na imię naprawdę?

Zofia otrząsa się ze zdumienia i przybiera oburzony wyraz twarzy, kiedy Paul nachyla się do niej i mówi z naciskiem:

– Skończ tę grę. Jeżeli usłyszę jeszcze jedno kłamstwo, obiecuję ci, że będzie to ostatnia rzecz, którą usłyszę od ciebie. Wiem więcej, niż ci się wydaje, i wiem, że nie nazywasz się Zofia. Jak masz na imię?

– Matylda – dziewczyna wygląda na zmęczoną i zrezygnowaną. Przymyka oczy wciśnięta w oparcie krzesełka. – To wymyślił Łukasz. Wiedział, że kiedyś... że znałeś tamtą Zofię–Helenę. Ja miałam być takim... jakby jej nowym wcieleniem. To powinno ułatwić kontakt, tłumaczył. Bo to on wymyślił. Wszystko wymyślił. Nie wiem, skąd tyle o tobie wiedział. Ale nie myśl o nim źle, on chciał tylko przekonać cię do ważnych rzeczy, w które naprawdę wierzy. Chce odbudować Instytut i liczył, że pomożesz nam. Skontaktujesz... Miałam przekonywać cię do jego planów.

– Konkretnie, powiedz mi konkretnie, do czego miałaś mnie przekonywać?

– To nie takie proste – Matylda wybucha nieomal – on mnie chciał instruować za każdym razem, chciał żebym mu zdawała sprawozdania. Precyzyjne. Kłóciliśmy się... Chciał być moim reżyserem, był reżyserem, a ja jestem aktorką, jestem do tego przyzwyczajona, ale są przecież granice aktorstwa, prawda? Chociaż niektórzy mówią, że dla prawdziwych artystów nie ma takich granic. Tak mówił Krzysztof i teraz Łukasz...

– Mów, do czego miałaś mnie przekonywać – Paul orientuje się, że ściska ramię dziewczyny, potrząsa nią, chociaż ona usiłuje się uwolnić.

– To boli, przecież mówię. Miałam zasugerować ci, żebyś zrobił film o Instytucie. Prawdziwy film, który współprodukować miał ten bogacz, Nawrocki. Oni jakoś razem kręcą, wcześniej z Krzysztofem, ale teraz... i ja też liczyłam na ten film. Bo nie myśl, że mnie Łukasz wynajął – Matylda mówi głosem rozżalonego dziecka. – Mnie interesowało to od początku. I ty mnie interesowałeś, zanim jeszcze cię poznałam. Nie możesz mieć o to do mnie pretensji. Przecież dlaczegoś jedni ludzie interesują cię bardziej, a inni mniej. Liczyłam, że potrafię ci się spodobać. Że potrafisz docenić mnie, bo będę, kim będziesz chciał, żebym była. Przecież mam być aktorką! A potem cię poznałam. I to było już inaczej. Przecież nie mogłam ci się przyznać, że nie mam na imię Zofia i wszystko zostało wymyślone, żeby cię zwabić. Jakoś wszystko się zaczęło, wszystko jakoś się zaczyna, ale potem jest już inaczej. Przecież zawsze na początku gramy jakieś role, nawet jeśli nie jesteśmy aktorami. A ja jestem aktorką i chcę zrobić karierę, wyjechać stąd. Wyjechać z tego zapyziałego miasta. Z tego świata, gdzie wszyscy wszystkich znają... Na co miałam czekać? Teatr się skończył... Przecież nie możesz mieć o to do mnie żalu, że jestem tym wszystkim zmęczona. Ale potem pojawiłeś się ty i wszystko stało się inne. Dlatego kłóciliśmy się z Łukaszem, chociaż rozumiem go... – Matylda mówi coraz szybciej, przerywa i spazmatycznie łapie powietrze, a w jej oczach maluje się autentyczne przerażenie.

– Chyba nie zostawisz mnie dlatego, że powiedziałam ci prawdę? Przecież kochamy się, a to, co było, stało się już, zanim cię poznałam. Co w tym złego! No, powiedz! Co w tym złego? Teraz jest już inaczej, ale jeśli chcesz, mogę cię przeprosić. Możemy zacząć wszystko od początku, przecież nie chcesz mnie tu zostawić?!

Taksówka zatrzymała się przed nieoświetlonym budynkiem, którego ponura bryła ledwo wynurzała się z nocy. Klatka schodowa cuchnęła i Tarois miał wrażenie, że śmierdzą nawet drzwi, a przycisk dzwonka lepi się mu do palców. Łukasz Piotrowicz, który stanął na progu w rozpiętej koszuli, zionął alkoholem i chyba zdumienie przeistaczające jego twarz w dziwną maskę spowodowało, że nie zareagował, gdy Paul odsunął go i wszedł do środka.

Mieszkanie rzeczywiście cuchnęło. W wielkim, zagraconym i wypełnionym dymem papierosów pokoju, pomimo otwartego okna, czuć było swąd przypalonego tłuszczu, alkoholu i nie wiadomo jakich organicznych odpadków. Kobieta leżąca na wielkim łóżku pod ścianą tylko w fioletowej koszuli na ramiączkach podniosła się na jego widok.

– A co ten twój koleś tu robi? Wódkę przyniósł? – jej zniszczona twarz krzywiła się pod grubą warstwą makijażu.

– To pan Paul Tarois, a to moja żona – zaczął ceremonialnie Łukasz, zapinając koszulę, ale Paul przerwał mu ostro:

– Nie jestem kolesiem pani męża i nie są tu potrzebne żadne formy... Pani mąż usiłował mnie naciągnąć. Nawet zorganizował w tym celu spisek, angażując dodatkowe osoby. I o tym z nim chciałem porozmawiać!

– Nabrał pana, ha, ha, ha – kobieta śmieje się ochryple. – Nie pan pierwszy, nie ostatni. Mężulek mój, reżyser, poeta, artysta. Ha, ha.

Łukasz jest już spokojny. Rozsiada się przy stole między łóżkiem a oknem, zapraszając gestem Paula. Wygrzebuje papierosa, zapala, a jego twarz krzywi się w grymasie pogardy.

– To ta kurwa powiedziała ci, gdzie mieszkam. Nie przypuszczałem, że tak szybko wszystko wygada. Zresztą na swoją zgubę. Głupie to wszystko, te wszystkie historie. Bo przecież o najpoważniejsze sprawy chodzi. I choćbyś nie wiem co myślał, wszystko to prawda. To, co mówiłem. Napijesz się? – sięga po niedopitą butelkę, goniony krzykiem kobiety:

– Nie zapominaj o mnie.

– To zwykła wódka, smak tego kraju – powiada Łukasz. Wobec braku odzewu ze strony Paula rozlewa zawartość do dwóch szklanek i podaje jedną kobiecie. – Pewnie ci pasuję do roli, którą dla mnie przewidziałeś. Wrak. Tak mieszkam, tak żyję!

– Mów za siebie – kobieta zanosi się piskliwym krzykiem – chlew to ty tu robisz. Ja nie będę za tobą sprzątała i sprzątała, a jak się komuś nie podoba, fora!

– Ale co z tego, że jestem wrakiem? Nie chodzi o mnie. A swoją drogą doceń, jakim jestem reżyserem! Jak z takiej dziwki zrobiłem Zofię–Helenę. Na twój użytek! Powinieneś być mi wdzięczny. Dostarczyłem ci niezapomnianych wrażeń! To ja napisałem scenariusz i wyreżyserowałem wszystko. Zrobiłem ci z niej emanację boskości, rozumu bożego. Tak jak Mistrz tamtą, wiele lat temu! Może tamta nie była więcej warta? Ważne było to, co Mistrz potrafił z niej uczynić na nasz użytek. I tym tylko była.

– Reżyser, artysta – kobieta wypiła trochę wódki i zakrztusiła się. – Będzie opowiadał o ważnych sprawach. Potrafi to. To dla jego ważnych spraw skrobałam się tyle razy, że nie będę już miała dzieci. Nigdy! I teraz także choruję i zdycham w tym gnoju, dla niego – kobieta wypija wódkę do końca i zaczyna płakać, rozmazując makijaż na twarzy.

– Lilu – zaczyna Łukasz, ale kobieta przerywa, przedrzeźniając jego głos:

– Lilu, Lilu, odpierdol się, kurwa, będę mówiła, co chcę i kiedy chcę – i znowu zaczyna płakać, przyciskając ręce do twarzy.

Łukasz patrzy na nią posępnie:

– Przejdzie jej. A ja nie chciałem cię oszukiwać. Chciałem ci w ten sposób powiedzieć o ważnych sprawach. I jeśli myślisz teraz o mnie, że jestem śmieć, to myśl. Wiesz, w jakich warunkach umierali ci z Instytutu? Przecież widziałeś Zbyszka. Słyszałeś, jak powiesił się Janek? A wiesz, skąd wyszli? Czy ty masz oceniać, czyją ręką on pisze? Tobie, z luksusowego świata bez kłopotów, ma być dane prawo potępiać tych, którymi może wypełnia się przeznaczenie? Tobie rozsądzać czyją ręką ma być pisane? Bo ci są i chociaż może jestem najmniej godny, ja mógłbym doprowadzić cię... Ja... Już nie Krzysztof, zawsze odpieprzony pyszałek. Nikogo już nigdzie nie zaprowadzi... Słyszałeś, że Nawrocki mi ufa? A wiesz kto to? A więc

może to, co tu widzisz, nieszczęście rodzinne, to tylko pozory...
– Ty sobie rodziną gęby nie wycieraj! – kobieta znowu zanosi się płaczem.
Tarois podchodzi do stołu i kładzie na nim banknot:
– Macie pięćdziesiąt tysięcy. Będziecie mieli na następną butelkę.

W ciemności klatki schodowej, gdzie wyłącznik nie reaguje na żadne impulsy, Paul długo jeszcze słyszy krzyk Łukasza, który otworzył za nim drzwi, wyrzucając na schody prostokąt światła:
– Nie odchodź! Ja naprawdę mogę cię z nimi skontaktować. Jestem twoją jedyną szansą. To przecież najważniejsze. Nie odchodź...

– Nie porozumiał się pan jeszcze z policją? – zatroskanie Jaremy podszyte jest nieomal widoczną ironią. – Bo wie pan, ten pana przyjaciel, jak on się nazywał? Mirski?
– To nie był mój przyjaciel – Piotr zaczyna się zastanawiać, czy Jarema nie prowokuje go świadomie. Testuje wytrzymałość jego nerwów.
– Ależ oczywiście, gdzie ja mam głowę, to przecież tylko pana znajomy, dawno go pan nie widział i dlatego nie miałby pan policji nic do powiedzenia... Jak mogłem tego nie pamiętać... W każdym razie to paskudna sprawa. Skądinąd ten Mirski to bardzo malownicza postać, aktor, specjalista od... no, powiedzmy, ryzykownych interesów, zdaje się, że nie były mu obce także narkotyki, donżuan, jak się wydaje, także płeć nie stanowiła dla niego różnicy. Podobno znał nieomal wszystkich w Uznaniu, to znaczy tych, których warto znać. I taka śmierć... Policja twierdzi, że torturowali go zawodowcy. Że trwało to długie godziny, zanim zdecydowali się go zabić, a i zabijali długo. Tak długo musiał umierać, tak długo musiał cierpieć, zanim umarł. Opisywali mi wszysto detalicznie, ale trudno by-

łoby mi to powtórzyć panu – usta Jaremy krzywią się w grymasie współczucia, który może też wyrażać rozbawienie, głos drży tłumionym chichotem, przymrużone ślepka wwiercają się w twarz Piotra...

– A wiesz, że spotkałem twoich wschodnich kolegów? – Kalinowski prostuje się. Jest to znak, że mogą przerwać beznadziejne rozważania na temat kombinacji pomiędzy osobami i partyjkami, których jest nieomal tyle samo co osób, i że Rybak może zaprzestać opowieści o serii spotkań, które mnożą tylko trudności, bo wprowadzają kolejne żądania kolejnych butnych przedstawicieli kolejnych ugrupowań, następne warunki, pod jakimi zaakceptują one koalicję, tak że Piotr myśli, iż na zaspokojenie tylko tych podstawowych żądań, spełnienie których ma być dopiero warunkiem wstępnym jakichkolwiek rokowań, potrzeba byłoby dziesięciu rad miejskich.

– Ciekawe postacie. Jeden wyglądał tak, że jeśli spotkałbym go w pustej uliczce, sam oddałbym mu portfel, ale ten prawie wcale się nie odzywał. Natomiast drugi, po prostu światowiec. Intelektualista pierwszej wody. Po polsku mówi niemal bez akcentu, no i cóż za rozmach. Nie oponuj. Oni sami przyznali, że nie czujesz do nich sympatii. Ten wysoki, Kurniewicz, zasugerował nawet, zrobił to zresztą bardzo elegancko, powiedział więc, że obawia się, iż żywisz pewne uprzedzenia do przybyszy ze Wschodu. Od razu dodał grzecznie, że nie można ci się dziwić, bo on, na naszym miejscu, pewnie w ogóle bałby się z takimi rozmawiać, biorąc pod uwagę, ile mętów nadciągnęło do nas stamtąd. Apelował jednak o wzięcie w nawias swoich, choćby najbardziej uzasadnionych generalizacji. Powiedział nawet jakoś tak, że ty, ze swoimi doświadczeniami, powinieneś zrozumieć niebezpieczeństwo takich uprzedzeń. Ale Piotrze, to dla mnie zaskoczenie! Skąd w tobie tyle, miłej memu sercu, ksenofobii?

– To gangsterzy! Niebezpieczni ludzie. Trzeba unikać z nimi jakichkolwiek kontaktów – Rybak nie ma ochoty na żarty.

– Ależ nie przesadzaj! Masz policyjne raporty o ich przestępstwach? – Kalinowski jest poruszony. – Zostali za coś skazani? Jeśli opierasz się na ludzkich opiniach, to wiesz, ile i co gadają na mój temat? Są przedsiębiorcami. Być może muszą być twardzi, żeby przetrwać na tamtym rynku, ale to nawet trzeba szanować. Przedstawiali ciekawe propozycje, mają referencje... Zgadzam się, wszystko trzeba sprawdzić, ale nie można z góry wykluczyć...

Było gorąco. Powoli zaczynało się lato. Lato obcego miasta, w którym został tylko dlatego, że nie miał gdzie i do czego wracać. Przypomniał sobie Urszulę. Niekiedy wyobrażał ją sobie, postać z obcego wcielenia, która nigdy nie przypominała mu Zofii. Teraz, niespodziewanie zobaczył ją w Elżbiecie. Urszula. Zawsze myślał o niej z żalem, jak o utraconych uczuciach, ale nigdy nie przyszło mu nawet do głowy, aby mógł do niej wrócić. Było to równie nierealne, jak powrót do minionego czasu. Teraz wróciła ona i wyrzut sumienia, ona i Elżbieta. Może dlatego, że uświadomił sobie, iż miasto, które otacza go, jest inne niż to, do którego chciał powrócić. Długo łudził się, że potrafi znaleźć do niego drogę. Wydawało się mu, że poprowadzą go kolejne postacie i scenerie: Elżbieta, mieszkanie Mileny, Krzysztof, wreszcie Henryk, nieoczekiwane pasaże, dawne kawiarenki, skwerki, na których – jak mu się wydawało – rozpoznaje drzewa. Głosy, powietrze nasycone czyjąś obecnością, impulsy pozwalające widzieć przez mury i słyszeć niewypowiedziane słowa. Ale postacie znikły, jeśli nawet żyły jak Elżbieta, która schowała się, stała jedną z figurek, wypełniających jej mieszkanie. Miasto osaczało wrzawą tłumu, łudziło nowymi ulicami i budynkami, aby nie potrafił już odnaleźć drogi do świata obok, który oddalał się, niknął, jakby nigdy nie istniał naprawdę. Teraz miasto stawało się groźne. W jego ponurym łoskocie słyszał jęk Mirskiego, Ryszarda, który umarł raz jeszcze.

A przecież na co dzień miasto było tylko męczącym tłem. Uznań niczym nie przypominał tego, do którego tak tęsknił, a teraz nie potrafił sobie nawet przypomnieć. Może – jak myślał po wielekroć – doprowadził do tego sam pracą, czy może raczej dziwnym zajęciem, które z trudem nazywa pracą, owe dziesiątki niekończących się zabiegów i rozmów, gdy starał się z tymi obcymi budować ład podobnie nietrwały jak ich słowa, kieszonkową politykę figurek Elżbiety. Pogrążał się w świat figurek równie groteskowych jak ich wiara, że znaczą i trwają. I może dlatego znowu został sam z pamięcią o latach tu spędzonych i o Mistrzu. Teraz, kiedy chodzi po upalnych ulicach przepoczwarzających się na jego oczach i kipiących pośpiechem tłumu, tamto miasto zaczyna wydawać się równie nierealne jak odległy sen.

Wiedział jednak, że powinien zobaczyć Elżbietę, czuł to tym intensywniej, im bardziej wydarzenia przyśpieszały swój pęd ku nicości. Trudno byłoby mu nazwać zmiany, które powodowały, że ulica Ptasia, a zwłaszcza dom o numerze siedem, wyglądały nieco inaczej, niż kiedy opuścił je ledwie kilka dni temu. Jak zawsze, naprzeciwko budynku, na niedużym skwerku, rosło parę drzew, może teraz o jeszcze bardziej rozwiniętych liściach i kwiatach, ale przecież wszystko było jak dawniej. A mimo to jego wrażenie zmieniało się w pewność. Miejsce wyglądało inaczej.

Dzwonił długo i chociaż na początku zdawało się mu, że słyszy wewnątrz szelest, nikt nie otwierał, a cisza wypełniająca wnętrze kazała wierzyć, iż uprzedni dźwięk był tylko złudzeniem. Wyszedł na skwerek i postanowił czekać. Marta miała przyjść do niego późno. Miał czas.

Żałował, że zostawił klucze. To było na drugi dzień. Chyba pijany jeszcze, po telefonicznym uprzedzeniu biura, że się spóźni o kilka godzin, przyszedł do Elżbiety, aby zabrać swoje rzeczy. Była to raczej manifestacja. Chociaż potrzebował świeżego ubrania zmięty i brudny po minionej nocy. Jednak bardziej chodziło o zademonstrowanie ostateczności swojej decyzji: Elżbiecie, sobie.

W końcu znalazł klucze w kieszeni, mógł więc wejść, mimo że w mieszkaniu nikogo nie było. Z trudem wkładał swoje ubrania do wielkiej brązowej torby. Każde pochylenie wywoływało eksplozję pod czaszką, nawrót mdłości. Co chwilę siadał, aby odpocząć i zastanowić się, czy czegoś nie zapomniał. W głowie tańczyły mu oderwane słowa i niewyraźne obrazy. Nie bardzo wiedział, gdzie jest i co ma zrobić. Wreszcie się spakował. Pił słabą herbatę, patrząc przez okno na skwer ostatni raz, jak sobie wmawiał. Wciąż powracały do niego obrazy, które widział przez szybę, na szybie: niejasne i niepokojące. Kończył już pić ledwie letnią herbatę, gdy niespodziewanie do mieszkania weszła Elżbieta. Prawie nie widział wyrazu jej twarzy. Na jego nieskładne tłumaczenie, że przyszedł tylko zabrać rzeczy i oddać klucze, skinęła głową. Weszła do pokoiku i miał wrażenie, że jak zwykle usiadła między swoimi figurkami. Skulona, z nogami podciągniętymi pod brodę. Ogarnęła go złość. Na jej milczenie, bierność. Powiedział, że zostawia klucze na stole i wyszedł, nie oglądając się za siebie. Zamykając drzwi, nie usłyszał żadnego słowa.

Teraz patrzy na zamknięte okna i przypomina sobie Elżbietę. A właściwie to Elżbieta powraca do niego obrazami swoich kolejnych wcieleń, brzemieniem swoich słów. Nagle Piotr orientuje się, że myśli o niej z podnieceniem. Przypomina sobie jej nagie ciało. A potem ma przed oczami jej smutną twarz, czuje podmuch czułości i niespodziewanie uświadamia sobie, że Elżbieta przypomina mu Urszulę. Widzi martwe okna na trzecim piętrze.

Na przeciwległym końcu skwerku ktoś stoi. Rybak jest przekonany, że widzi go chyba już od jakiegoś czasu, krążącego i niknącego za drzewami. Jedyna ławeczka na skwerku stoi po przeciwnej stronie i Piotr kieruje się do niej. Człowieka nie ma już w tym miejscu. Dopiero po jakimś czasie odnosi wrażenie, że znowu dostrzega go po drugiej stronie, jak własny cień, który zamienił się miejscem z właścicielem.

Zapada zmierzch. Elżbieta nie przychodzi. Okna są nadal zamknięte.

Piotr musi już wracać, żeby zdążyć przed przyjściem Marty. Stara się nie myśleć o Krzysztofie, nie przypominać sobie słów Jaremy: tak długo musiał umierać, tak długo musiał cierpieć, zanim umarł... Rybak raz jeszcze wchodzi do ciemnej już bramy. Ale na dzwonek odpowiada cisza.

Żeby skrócić drogę, trzeba przejść park. Rybak przecina skwerek. Mija parę uliczek i zagłębia się w zieloną ciemność. Znowu bardziej uczucie niż wrażenie podpowiada mu, że ktoś idzie za nim. Jednak tym razem jakiś mężczyzna wychodzi spomiędzy drzew na pustą alejkę, prosto naprzeciw Piotra. W ustach trzyma niezapalonego papierosa. Jego dłonie poszukują zapałek. Rybak robi się czujny, ale nie spodziewa się tak szybkiego ataku. Półobrót ratuje tylko częściowo. Kopnięcie trafia Piotra w ramię, odrzucając do tyłu i paraliżując na moment, ale ten moment wystarcza, żeby zyskał równowagę i otrzymał tylko trochę zablokowany ręką cios obcasem w klatkę piersiową. Piotr leci do tyłu, przewraca się, lecz zanim stanie na nogi, czuje wybuch z tyłu głowy – ból od uderzenia, a może serii uderzeń. W czaszkę wbijają się metal i pięść. Metal i kości. Kolejne uderzenie jest uderzeniem ziemi spadającej na niego w eksplozjach bólu. Nie wie nawet, czy napastników jest dwóch, czy więcej. Odruchowo chwyta czyjeś nogi i próbuje oderwać je od ziemi, ale znowu ból pozbawia go orientacji. Głowa jak piłka odbija się od asfaltu, usta wypełniają krwią, w uszach słyszy pękający świat. Usiłuje osłonić się, odpełznąć, ale kości jego dłoni rozstępują się w bólu. Ciało rozpada się w kolejnych uderzeniach, pozbawiających myślenia i czucia. Słyszy swój skowyt. Tak chciałby uciec. Każda komórka jego ciała pragnie uciec, skulić się, ukryć przed następnymi ciosami, które miażdżą bezbronnego na asfalcie. Usiłuje wpełznąć w ziemię. Czaszka tak krucha, kości pękają z hukiem głośniejszym niż grzmot. Powietrze uciekło i gardło nie jest już w stanie go schwytać. Sprężyny bólu otwierają się w nim bez końca, skóra przestała osłaniać nerwy. Cały w kleistej, ciepłej mazi. Rozbite, ślepe oczy. Krztusi się i wypluwa kawałki czegoś, a głosy nad nim czegoś żądają i może to one tak szarpią, zadają ból. Może to one, a nie buty wbijają się w niego jak młotki, rozrywają skórę, drążą ciało. Pokaleczony język nie jest w stanie zwinąć się w jęk.

Postacie odchodzą. Może odeszły już dawno. Ból poraża. Każda próba ruchu to udręka i Piotr nie wie, dlaczego mimo to próbuje się podnieść. Przyciągnąć do siebie zmasakrowane ręce, wygiąć sparaliżowany bólem korpus, wstać, mimo że ziemia podstępnie wymyka się spod niego, aby dopaść z niespodziewanej strony kolejnym uderzeniem, które powinno być ostatnim. A jednak Piotr nie rezygnuje. Jeszcze raz opiera się na czymś, co było dłońmi, zgina nogi i usiłuje wyprostować ciało. Wreszcie po którejś próbie, ku swojemu zdumieniu, podnosi się. Na oślep, chwiejnie rozpoczyna marsz i znowu ziemia wymyka się spod stóp, uderza znowu. Leży czas jakiś, po czym podejmuje te same próby, aby wreszcie zacząć iść. Niepewnie podążać do przodu.

Nie czuje ciała. Ociera krew z oczu i zaczyna dostrzegać kształty ciemnego parku. Wreszcie dociera do ulicy. Wchodzi między ludzi i światło latarń. Wie, że musi iść. Chce tylko, żeby go zobaczyli. Żeby pomogli. Widzi ich blisko. Usiłuje krzyknąć. Zawołać. Ale ze zmiażdżonych ust przez pęcherzyki krwi wydobywa się tylko ciche skomlenie.

A ludzie nie widzą go. Nie dostrzegają, chociaż niemal ocierają się o niego. Idą, przesuwając po nim niewidzące spojrzenia... Nie potrafi wyciągnąć do nich ręki, zatrzymać. Słyszy bezgłośny jęk swojego ciała, a oni przechodzą, obok, nad nim, przez niego.

Miasto rozstępowało się przed nim. Otwierały się mury i ściany. Poza widmami z betonu, stali i kamienia, poza majakami z cegły i szkła wyłaniała się inna przestrzeń.

Pomiędzy niewyraźnymi figurami przechodniów wyrasta Krzysztof. Idzie w kierunku Piotra. Jego zmasakrowana twarz zbliża się, jakby chciał coś powiedzieć. I dopiero kiedy był bliżej, bardzo blisko, Piotr zorientował się, że to Ryszard: – Nie potrafiłem udźwignąć tego brzemienia. Nie przeszedłem próby. A przecież tańczył mną bóg. Słyszałem śpiew pokoleń, które trwały w nieprzerwanym teraz... Ale nie podołałem próbie. – Ryszard mija go i Piotr nie potrafi zawołać, odwrócić się za nim. Wreszcie, kiedy udaje się mu podążyć wzrokiem za odchodzącą sylwetką, widzi chudą postać Henryka, słaniający się kształt, który chroni w dłoniach drobne światło i szepcze coś, czego Piotr nie może usłyszeć, ale słyszy – ...musimy odnaleźć go, bo jego istnienie jest jak brama otwierająca nasze miasto, brama, która zamyka się powoli – między palcami Henryka na moment wyrastają rośliny światła, aby zwinąć się, osypać jak płatki popiołu. Helena stoi, patrząc obok, nie dostrzegając go, a kiedy udaje się mu zbliżyć do niej, widzi Elżbietę, maskę smutnej kolombiny, której Piotr nic już nie zdąży powiedzieć, figurka znieruchomiała wśród innych, a Zofia jest już gdzieś indziej, biegnie lekkim krokiem, za szybko dla niego, chociaż Marta zachęca do pośpiechu. Przechodzą obok: Zbyszek z twarzą cierpiącego zwierzęcia, Grzegorz z ciałem pochylonym jak pod ciężarem za dużym nawet dla jego szerokich barów, Zygmunt obcy i daleki z agonią zakrzepłą w szklistych oczach. Oczy Zbyszka są białe, ślepe. Ślepy Dhritarasztra przemierza dawno wygasłe pobojowisko. Trupy wrosły już w ziemię. Agonia, ostatnia, największa eksplozja życia, rozwiała się w nieruchomiejącym powietrzu. Nawet nie król, ślepiec tylko, idzie przez umarłe pole. Przez przestrzeń, która odebrała jego palcom kształty i uczyniła go bardziej niż ślepym.

Przechodnie znikają. Znika miasto. W pustej przestrzeni stężone powietrze wywołuje złudzenia, mgliście rysują się kształty figur. Tylko że jest tam ktoś jeszcze. Ukrywa się w przeźroczystym dymie, podmuchu przestrzeni. Niewidoczna obecność, która może znowu powołać świat do życia. Może nieobecność właśnie. Pusty, kamienny płaskowyż. Pejzaż, który staje się nocą.

XII

To tylko godzina. Tarois patrzy na zegarek. Niewielki budynek otwarty na kilka pasów startowych. I las. Daleki las wznosi się ścianą gęstych sosen, których zapach Paul zdaje się wyczuwać przez półotwartą szybę dzielącą od tarasu lotniska. Zapach sosny miesza się z zapachem kawy, parującej z białej filżanki, stojącej na stoliku pomiędzy jego palcami.

Tylko godzina czekania i niewiele więcej niż godzina lotu. Znowu być Paulem Tarois, znanym publicystą, który łatwo powróci do swoich starych programów, a może nawet wymyśli nowe, jeszcze bardziej prestiżowe i popularne.

To dobrze, że miał już za sobą tę drogę. Kilka godzin pociągiem do Krakowa, między ścianami lasu i polami podzielonymi na niewielkie prostopadłościany różnokolorowych zbóż. W ostrym świetle słońca.

Z każdym odcinkiem drogi znaczonym niepotrzebnymi stacyjkami, na których pociąg nie zatrzymywał się: kilka domków pokrytych dachówką brunatną od dymu, ogródki kwiatów ze stertami rupieci, przeżartym rdzą żelastwem, zdziwione krowy zanurzone w trawie na łące, z każdym pasażem światła wybijanego na cymbałkach leśnych pni, Uznań coraz bardziej rozsypywał się na pojedyncze obrazy, niejasne zdarzenia, niedokończone formy. Coraz bardziej nierealny omam nałożony na miasto sprzed szesnastu lat.

Widmowy świat powołany na jego użytek. Kolejny labirynt, w którym nie potrafił już odnaleźć drogi i tylko na każdej stacji swojego błądzenia pozostawiał uzyskane wcześniej moce. Na końcu tracił pamięć. Pamięć zdarzeń, które nie były już tylko udziałem Tarois albo w ogóle nie były jego, bo kiedy posiadł je, stał się już kimś innym, coraz bardziej niepewnym swojej tożsamości przybyszem z Paryża.

Pole odsłonięte po las. Puste pole Kurukszetry. Zwłoki wsiąkły w ziemię i nie odrodzą się nawet przy najbardziej niezwykłych pieśniach. Ślepy cień na polu. Białooki ślepiec, w którego palcach rozpływa się wiatr. Głosy odbiegają. Powracają następnym, coraz słabiej słyszalnym, nikłym echem. Jak gasnący śpiew wybrzmiewa głos Durjodhany i jak daleki odgłos pękających gór odbiega dudniący śmiech jego zabójcy Bhimy, plagi ślepca synów, tego, który zmiażdżył piersi, rozerwał kości i pił gorącą jeszcze krew. Gdzieś dalej jeszcze do słońca modli się Karna, a głos jego jest jak promień światła wbity w grząską ziemię, po której toczy się zdradziecko odrąbana głowa Drony. Ich coraz odleglejsze głosy pozostawiają ślepca samotnego naprzeciw jego winy, którą była słabość, niemoc wobec przeznaczenia, ślepota. Oczy Zbyszka są białe jak oczy ślepca, którego gra, gdy powtarza: Ponieważ jestem najsilniejszy, wiara moja jest największa – doczekam.

Teraz nie pamięta, czy przeżył to, czy tylko ktoś opowiedział mu jak Mistrz, Maciej Szymonowicz, wsiadał do wagonu w Przemyślu. Brudna stacyjka i poranny tłum wokół pociągu do Szczecina – najdłuższa linia w tym kraju, ponad dwadzieścia godzin jazdy. Ludzie zaczynają się już tłoczyć, a on wybiera najgęściej zaludnione przedziały. Pasażerowie są nieufni. Niechętnie patrzą na drobnego, chudego człowieka z wystrzępioną brodą, którego obcość ujawnia się w każdym szczególe ubrania, poruszenia, w sposobie mówienia. Trwa to czasami godzinami, zanim wykonując przyjazne gesty, częstując współpasażerów herbatą z termosu i mówiąc, na początku niewiele, pojedyncze zdania, które potwierdzają to, co czują, staje się znajomym. Potem zmęczenie, ciasnota i zaduch, stukot kół i gwałtowne hamowanie zatrzymującego się na najmniejszej stacyjce pociągu, który stoi bez końca, zanim dopiero po kilku próbach, szarpnięciach i zatrzymaniach ruszy znowu, powoli i mozolnie sunąc do następnego postoju, tworzy wspólnotę. Dzielona wspólnie aura beznadziejności wyzwala bliskość i on staje się bliski. Jego łagodny głos uspokaja, a chęć słuchania uwalnia potrzebę zwierzeń. Wtedy jego odmienność staje się atutem. Bo jest bliski i starszy, wyrozumiały i mądrzejszy, kimś kto może wreszcie, po bolesnych usiłowaniach, odbierających nadzieję, po utracie wiary – okazać się tym właśnie, kogo los postawił na drodze, aby pomóc. I stara się.

Wie, jak ograniczone są jego możliwości. Wie, że rady nie zastąpią pieniędzy ani nie powołają tych, którzy wyciągną rękę do cierpiących. On też nie może być z nimi dłużej niż kilka godzin męczącej jazdy. Ale może wysłuchać. Może być obok przez jakiś czas, który ktoś zapamięta. I może powiedzieć coś, co ten obok przypomni sobie w chwili szczególnej, co pomoże. I potrafi słuchać. Słucha o mężach przepijających pieniądze i bijących dzieci, o grzybie, który przegryza ściany i osacza pętlą chorób, o tym, jak boli śmierć tych, którzy powinni żyć zawsze, jak pozbawia oparcia i zostawia nędzę. O utraconych dzieciach. O zdradach najbliższych, oszustwach i bólach codziennych. O niewdzięczności, panoszeniu się bezwzględnych i codziennej walce, jaką między sobą toczyć muszą słabi. I wszystko zaciera się jak obrazy rozpadające się za szybą pociągu.

Kiedy jest między nimi, słucha i bierze na siebie choćby część ich brzemienia, czuje, jak wypełnia się pustka w jego piersi, która zwykle rozrasta się i boli. Dzień rozmazuje się na brudnych szybach, a potem, kiedy w przedziale gaśnie mdłe światło, nie trzeba już prawie mówić,

bo w ciemności półsnu przerywanej natrętnymi uderzeniami poświaty zza okna, w odorze zlepionych potem
ubrań i bielizny w brudnej wydzielinie, słowa uwalniają
się same. Szepczą w zaduchu i zmęczeniu. Potem zasypia-
ją i one. Z czasem świt przeciska się przez chmury i okna,
kładzie kolorem wapna na zmęczoną skórę, wydobywa
z wątpliwej kryjówki snu skulone ciała i zmięte ubrania,
aby zbudzić do drogi kolejnym szarpnięciem pociągu. Wtedy pod brzemieniem ich zawieszonych w zaduchu przedziału snów, jak od nocnego widziadła, uwalnia się od ciężaru pychy, która zostawiła za sobą nieszczęścia i śmierć.
Wysiada z pociągu, słaniając się pod brzemieniem powie-
rzonych sobie losów. Chce już tylko zrzucić je z siebie,
spłukać gorącym prysznicem wraz z pozostałościami drogi, uciec, odpocząć. Jednak po nie do końca przespanej
nocy w tanim hoteliku budzi się i znowu śpieszy na stację. Znajduje pociąg o najdłuższej w tym kraju trasie, a jego drobna sylwetka odbija się od pędzącego przed siebie
tłumu, zatacza gnana wiatrem. Wie, że tylko w ten sposób może, choćby na chwilę, powstrzymać zżerającą go
od środka próżnię, zadośćuczynić za działania, które jak
kamień rzucony w przepaść roztrzaskały na dnie lawinę
innych losów.

Dziwna, wyróżniająca się z tłumu postać wchodzi do
wagonu i przesuwa korytarzem w ruszającym powoli pociągu. Rozparty w pustym przedziale pierwszej klasy, gdzie
połyski słońca spomiędzy drzew budzą na szybie migotli-
we fantasmagorie, Paul nie wie, czy jechał tą trasą tygo-
dniami z tym człowiekiem, znosząc codzienny mozół, czy
tylko ktoś opowiadał mu o Mistrzu wciśniętym między
zmęczone ciała towarzyszy podróży, aby oderwać się od
obciążonej własną winą przeszłości.

Teraz widzi przestrzeń czekającą na samoloty. Jest sam.
Tak jak w pociągu. Tak jak w Uznaniu. Może to tylko jego, Paula Tarois, wina, że nie potrafił go tam ściągnąć? Nie

potrafił dotrzeć do innych, którzy wierzyli. Chociaż może pozostali tylko tacy, jak Łukasz? I czy ktokolwiek potrafiłby go wyciągnąć z pustelni, w której, jak mówili, schronił się na odległym kontynencie? W jurcie na stepie, skąd ziemia po widnokrąg jest tak płaska, że zda się widać jej krzywiznę. Słychać wiatr. Szelest trawy. I milczenie. Nocą, daleko wyją zwierzęta albo wiatr bawi się, udając ich głosy.